HEYNE <

BERNI MAYER

Mandels Büro

Kriminalroman

WILHELM HEYNE VERLAG
MÜNCHEN

FSC
www.fsc.org
MIX
Papier aus verantwortungsvollen Quellen
FSC® C014496

Verlagsgruppe Randomhouse FSC-DEU-0100
Das für dieses Buch verwendete FSC®-zertifizierte Papier
Holmen Book Cream liefert Holmen Paper,
Hallstavik, Schweden.

Originalausgabe 02/2012

Printed in Germany 2011
Redaktion: Heiko Arntz
Umschlagillustration und -gestaltung: Eisele Grafik Design, München
Satz: Greiner & Reichel, Köln
Druck und Bindung: GGP Media GmbH, Pößneck
ISBN 978-3-453-40873-9

www.heyne.de

Für Ludwig und Barbara.

Aber riesig schreitet über dem Untergang
Blutiger Tage groß wie ein Schatten der Tod,
Und feurig tönet aus fernen Ebenen rot
Noch der Sterbenden Schreien und Lobgesang.

Georg Heym, Der Krieg II

In matters of grave importance, style,
not sincerity is the vital thing.

Oscar Wilde, The Importance of Being Earnest

All the truth in the world adds up to one big lie.

Bob Dylan, Things Have Changed

Eins

Als ob man einen Vorhang aufzieht. Als ob man einen Vorhang aufzieht, und es ist heller, als man geahnt hat. Taghell ist gar kein Ausdruck. Und dann reißt man das Fenster auf, und die Luft ist plötzlich so warm, mit so einer Wärme hat man nicht mehr gerechnet. Dass der Winter, dieser qualvolle, überhaupt in diesem Leben wieder vorbeigehen würde, das hat man nicht mehr einkalkuliert. Man reißt das Fenster auf, und die ganze Wohnung wird aufgeblasen mit einer minzhaltigen Frischluft, die sich ihren Weg bis in die letzte schimmlige Ecke von der wintergepeinigten Wohnung bahnt. Vorhang weg, Fenster auf, und alles fängt im Handumdrehen an, sich zu verändern.

Die Veränderungen, auf die ich Jahre, wenn nicht Jahrzehnte gewartet hatte, fingen Punkt halb elf an einem Montagvormittag Mitte März an. Es war auf den Schlag genau halb elf, als der Vorhang sich hob und jemand das Fenster aufriss. So ähnlich stelle ich mir einen Kriegsausbruch vor. Plötzlich riecht die Luft anders, die Leute reden nur noch über das eine Thema, alles ist im Aufbruch, und andauernd passiert irgendetwas Neues. Diese klamme Starre, in der ein Land und eine Biografie oft seit Jahren liegt, diese Zustandsgruft aus Nichtstun und Herummosern wird von einer einzigen Begebenheit aufgebrochen. Hunderte und Tausende von Tagen gehen durch einen hindurch, als ob man ein Geist wäre, aber dann kommt der eine Tag, der einen umrennt, wo man sich dreimal überschlägt.

Der Moment, als die Malleck durch die Bürotür kam, war so ein Fensteraufreißen. Selbst der Mandel mit seiner stoischen Art muss in dem Moment gemerkt haben, dass da etwas aufbricht. Dass ab jetzt kein Stein mehr auf dem anderen bleibt. Vielleicht überschätze ich aber da auch die Empathie vom Mandel, vielleicht hat der die Dringlichkeit des Anliegens erst bemerkt, als es sich schon zu einer alles verschlingenden Gesamtkatastrophe entwickelt hat. Ich wusste jedenfalls in dem Moment, als die Malleck unser Büro betrat, dass kein Stein mehr auf dem anderen bleiben würde. Die alte Routine war vorbei. Eine Zugluft kam mit dieser Frau herein, die einen mit einem Schlag in ein anderes Leben hinüberwehte. Ich weiß, dass der Mandel es nicht so hat mit Bedeutungsschwangerschaften und Gefühlsüberschwang, aber das hat selbst er im Nachhinein zugegeben, dass das Auftauchen der Malleck eine reißende Veränderung der Umstände eingeleitet hat.

Für so eine Botschaft der Veränderung ist natürlich der Botschafter nicht ganz unerheblich. Das ist ja sozusagen der erste Eindruck von dem, was einem bevorsteht, und der erste Eindruck ist der wichtigste. In der Liebe, beim Bewerbungsgespräch und beim Kundentermin. Da kann mir keiner etwas anderes erzählen. Unser erster Eindruck von der kommenden Veränderung war über die Maßen betörend, und nichts hätte uns mehr in die Irre führen können als so ein erster Eindruck. Der Mandel und ich, wir waren vom alten Beruf her eigentlich Prominenz gewohnt, also mehr der Mandel als ich. Bei Interviews und Premieren, bei Konzerten und Fernsehaufzeichnungen, bei Empfängen und hinter den Kulissen. Aber man täuscht sich, wenn man denkt, ein Prominenter, besonders ein weiblicher, könnte einen nicht mehr nervös machen. Bei einem Kaliber wie der Malleck wird selbst der Mandel hektisch.

Ich glaube ja, dass sie mich schon vorher vom Sehen gekannt hat. Den Mandel kannte sie auf jeden Fall, weil der regelmäßig ihren Mann interviewt hat. Sie grüßte den Mandel immer so nett, wenn sie ihn sah. Und ich war ja meistens dabei. Vom Sehen her sollte ich ihr mindestens ein Begriff gewesen sein. Und dann gab es noch den einen Abend in der Schwarzen Pumpe, wo ich mit Tim Schultze an der Bar gesessen bin und er von seinen One-Night-Stands schwadroniert hat und ich den Blick ein wenig umherschweifen ließ. In der Ecke links am Fenster ist die Malleck gesessen, und unsere Blicke haben sich wie alte Schulfreunde getroffen, die sich auf der Straße nach fünfzehn Jahren wiederbegegnen. Mit einem vorsichtigen Lächeln beim Entgegenkommen. Ich hab mir das nicht eingebildet, egal, was der Mandel sagt. Immer wieder war der Blick von der Malleck in die Mitte des Raumes gewandert, wo meiner schon gewartet hat, während der Schultze weiter über eine schwadroniert hat, die ihm im Aufzug von seiner Firma … Ich will's gar nicht sagen, weil es eine eklige Vorstellung ist, wenn man den Schultze kennt.

Die Zehntelsekunden, bevor die Malleck »Guten Morgen« sagte, vergingen in Zeitlupe, wie bei einem Unfall, wenn einem die Frontscheibe ganz still und im Detail entgegensplittert. Der schönste Unfall, den man sich vorstellen kann. Die Zehntelsekunden in Zeitlupe nutzte ich, um die Malleck zu mustern. Ich fing bei den Schuhen an. Halbhohe Lederstiefel in Grau, ein bescheidener Absatz. Die Unterschenkel vielleicht etwas kräftiger als beispielsweise bei einem Supermodel, aber immer noch zart auf ihre Weise. Dann das graue Nylon weiter nach oben in einer Grazie, dass man sich verbeugen wollte vor solch royalen Beinen. Die Sicht auf das Nylon endete an einem Jeansrock, knapp über dem Knie, das ein richtiges Knie war. Mit einer echten und deutlichen Kniescheibe, wie ich persönlich das mag. Hüfte übrigens auch deutlich breiter als beim Supermodel, aber keineswegs ordinär. Als Oberteil eine weiße Bluse mit hellblauen Bestickungen darauf. Oberkörper mittellang, der kleine Busen kaum zu erahnen, aber dann der Hals. Auf der ganzen Länge eine einzige Zärtlichkeit von der Genetik. Glatt wie eine Eisschnelllaufbahn und ans Kinn herangleitend wie … wie eine sanfte Mittelmeerwelle – eine am spitzen Kinn sich brechende Mittelmeerwelle. Die großen weißen Zähne, ein bisschen zu groß geratene Vorderzähne vielleicht, aber noch lange nicht wie bei einem Hasen. Die Nase präsent, aber nicht Himmelfahrt, gottseidank. Sanfter Knick nach unten eher. Augen weit, grün, rund, neugierig. Zum Hineinspringen und drin Baden und erst weit nach Bäderschluss Rauskommen aus dem von der Abendsonne noch warmen Wasser. Haare mittelblond, widerspenstig der auslaufende Pony, der sich anscheinend mit den langen Wimpern abgesprochen hatte. Insgesamt wie eine Best-of-Platte. Alle Hits waren drauf. Man konnte sich die Frau von vorne bis hinten anschauen. Es gab keine Füller, nur Killer. Ich riss mich zusammen, weil sonst selbst in Zeitlupe eine peinliche Situation entstanden wäre. Wenn man jemanden so anstarrt.

»Guten Morgen«, sagte die Malleck.

»Guten Morgen«, sagte der Mandel und lächelte, wie ich ihn nicht mehr lächeln gesehen habe, seit das Management von Emily Haines damals im Verlag angerufen und ausdrücklich drauf bestanden hatte, dass der Mandel und nur der Mandel das einzige Interview in Deutschland machen darf. Jetzt hatte die Plattenfirma meiner Meinung nach das Interesse an Emily Haines in Deutschland total überschätzt, aber der Mandel war natürlich schon lange ein Bewunderer gewesen, und das hatte nicht nur mit ihrer Musik zu tun. Der Mandel ist dann sogar noch in einer Bar mit ihr gesessen, aber mehr hat er nicht erzählt.

»Hallo«, sagte ich.

»Schön, dich mal wiederzusehen, Max«, sagte die Malleck.

»Das Vergnügen ist ganz auf meiner Seite, Veronika«, sagte der Mandel, ein bisschen zu staatsmännisch.

»Wir kennen uns ja auch vom Sehen«, sagte die Malleck zu mir. Für meinen Geschmack hätte sie das ruhig etwas konspirativer sagen können.

»Setz dich doch«, sagte der Mandel und schob einen Klappstuhl aus Plastik an den schönen Kugelhintern der Malleck. Dabei warf er mir einen Blick zu, der vielleicht so etwas bedeutete wie: Hättest ja nicht unbedingt den billigsten Plastikstuhl kaufen müssen.

»Du bist jetzt also Detektiv«, sagte die Malleck, offensichtlich meinte sie jetzt wieder den Mandel.

»Ermittler. Wir sind ein Ermittlungsbüro«, antwortete ich für den Mandel.

»Aha, wo ist der Unterschied?«, fragte die Malleck und verlor zu keinem Zeitpunkt ihr vertrauensseliges Lächeln. Als hätte sie uns eine Ewigkeit nicht gesehen und uns innerhalb jener Ewigkeit aber ernsthaft vermisst.

»Da ist natürlich keiner. Ermittler ist nur der zeitgemäßere Begriff«, antwortete der Mandel.

»Ich finde ja, ›Detektiv‹ klingt besser. Nach Abenteuer und Whiskey.«

»Ach so, was willst du trinken? Whiskey oder lieber einen Kaffee?«

Und noch während ich das sagte, ärgerte ich mich, weil ich mich damit selbst in die Küche abkommandiert hatte, während der Mandel die unverbaute Aussicht auf die Malleck genießen konnte.

»Gerne einen Kaffee. Auf den Whiskey komm ich zurück, Sigi«, lachte mich die Malleck an. Das war mein Vorname, und die Malleck wusste ihn.

»Was können wir denn für dich tun, Veroni? Woher weißt du eigentlich, dass wir jetzt hier sind?«, hörte ich den Mandel sagen. Das »Veroni« ist zu jovial, dachte ich beim Kaffeekochen. So gut kennen die sich doch gar nicht.

»Das hat sich schnell herumgesprochen in der Stadt. Dass ihr jetzt Detektive seid. Beziehungsweise Ermittler. Das ist ja schon eine abenteuerliche Verwandlung, vom Journalisten zum Ermittler«, sagte die Malleck.

»Eigentlich nicht. Beide recherchieren und hören Leuten zu. Und treffen durch den Beruf hübsche Frauen«, sagte der Mandel, der jetzt einen auf Marlowe für Fußgänger machte, was ich ihm sagen würde, sobald die Malleck wieder weg war. Und es passte auch gar nicht zu ihm, so ein Spruch. Wo er sich doch sonst so lakonisch gab. Affig. Ich stellte der Malleck ihren Kaffee hin.

»Wer hat denn erzählt, dass wir hier jetzt das Büro haben?«, wollte ich wissen.

»Ihr habt doch eine Anzeige geschaltet. Und dann hat auch der Deutzsch was gesagt.«

Der Deutzsch war unser ehemaliger Chefredakteur.

»Hast du dem das erzählt?«, fragte ich den Mandel, aber der zuckte nur unwillig mit den Schultern.

»Und? Was für Fälle habt ihr schon bearbeitet?«, fragte die Malleck.

Keinen, wollte ich sagen, aber der Mandel war schneller.

»Den einen oder anderen. Aber aus Gründen der Diskretion bespricht man nie einen Fall mit einem anderen Fall«, sagte der Mandel, und ich muss zugeben, dass er uns da elegant aus der Affäre gezogen hat.

»Verstehe. Dann nimmst du also an, dass ich auch ein Fall bin.«

»Jeder, der durch diese Tür geht, ist ein Fall. So lange, bis er was anderes sagt«, sagte der Mandel, und ich fingerte eine Zigarette aus der Schachtel vom Mandel und zündete sie an, um ein bisschen weniger deplatziert zu wirken, während der Mandel seine Ermittlershow darbot.

»Leo Tilmann«, sagte die Malleck.

»Dein Mann«, sagte der Mandel.

»Mein Mann«, sagte die Malleck.

»Der Leo ist ein großartiger Typ«, sagte sie, und der Mandel nickte.

»Aber er hat das alles nicht mehr im Griff.«

Der Mandel runzelte die Stirn und setzte seinen Interviewblick auf.

»Vorab die große Bitte: Was ich euch erzähle, muss unbedingt unter uns bleiben, unter allen Umständen. Ich muss mich da auf euch verlassen können. Deshalb bin ich ja auch bei euch. Weil du, Max, beim Leo und den anderen so einen guten Ruf hast.« Die Malleck schaute jetzt angespannt aus.

»Das bleibt alles in diesem Büro. Diskretion ist sozusagen eine unserer wichtigsten Dienstleistungen«, sagte der Mandel.

Die Gesichtszüge von der Malleck entspannten sich wie auf Kommando, und sie lächelte wieder. Sie wartete kurz ab, bevor sie weiterredete.

»Ach, der Leo. Ein Kind von Traurigkeit war er ja nie, und ich hab das verstanden, weil wenn er auf Tour ist und diese Konzerte, und überhaupt das ganze Drumherum bei Musikern, das kennt man ja. Aber er ist jetzt über vierzig, und ich bin vierunddreißig und will Kinder, und das Geschäft, ach, ich weiß auch nicht, es ist hässlicher geworden. Also, das Geschäft vom Leo, nicht meins.«

Jetzt schaute der Mandel angespannt, und ich merkte ihm an, dass er kein Wort von dem verstand, was die Malleck sagen wollte. Ihr vertrauensseliger Blick galt inzwischen ausschließlich dem Mandel, den sie wie ihren Hausarzt ansah. Der Mandel hielt ihr seine Zigarettenschachtel hin und gab ihr Feuer.

»Ab einem gewissen Alter ist das alles nicht mehr sauber. Die Drogen. Die irren Fans. Die Affären. Die Geldverschwendung. Ich weiß, dass er nie ein Heiliger werden wird, aber man denkt ja, dass Leute wie der Leo ihres Lebenswandels irgendwann überdrüssig werden. Dass sich da was beruhigt im Kopf. Als ich ihn damals kennengelernt habe, da war das normal. Aber jetzt? Ich will eine Familie. Und ich will raus aus der *Bildzeitung*. Ich möchte wegen meiner Arbeit in der Zeitung stehen und nicht wegen Leos Eskapaden. Unter uns, und bitte wirklich unter uns: Sein Verhalten ist mir unangenehm geworden, ja peinlich. Er ist peinlich, wie er sich benimmt, wie ein wildes Tier, und das mit seinen über vierzig. Es ist mir peinlich, wenn ich die Bilder sehe von ihm, wie er auf Partys mit irgendwem über die Tanzfläche geistert. Erst neulich war so ein Bericht im *Stern*: ›Der ewige Lifestyle – Leo Tilmann hat den Rock'n'Roll noch nicht aufgegeben.‹ Das ist peinlich. Auch für mich. Wie passe ich denn da ins Bild? Ich bin doch keine Hausfrau, die drauf wartet, dass ihr Mann wenigstens einmal in der Woche das gemeinsame Abendessen seinem Kegelclub vorzieht.«

Die Malleck sagte das so monoton daher, als würde sie ihren Anrufbeantworter besprechen.

»Es tut mir leid, ich bin ungerecht«, sagte sie und wendete ihren Blick nach draußen durch unsere Ladenfront in Richtung Nordufer. Vielsagend ins Nichts schauen. Das konnte sie richtig gut.

Der Mandel sagte natürlich auch nichts, weil ihm das Elend von anderen Leuten immer schon viel zu viel war, und so sprang ich ein:

»Du bist doch nicht ungerecht. Wenn der sich nicht im Griff hat, dann ist er ein Versager, dein Leo.«

Und ich gebe zu, dass es da ein bisschen mit mir durchgegangen ist, weil ich den Tilmann immer schon für einen aufgeblasenen Wichtigtuer gehalten habe, der mit seinem Pseudopunkrock schon zehn Jahre zu lang dieses Land verblödet hat und der dank seiner allzu durchschaubaren Rolle als Everybody's Enfant terrible mittlerweile selbst in Filmen angesehener Regisseure mitspielen durfte. Und die Belohnung für all sein kulturelles Unwesen war am Ende die Malleck. Und als ich das mit dem Versager sagte, war dann eben nicht nur die Missgunst – die geb ich gerne zu –, sondern auch der gerechte Zorn mit mir durchgegangen. Der Mandel schaute mich vorwurfsvoll an. Die Malleck traurig.

»Nein, nein, das ist er nicht. Vielleicht habe ich mich falsch ausgedrückt. Ich liebe den Leo. Immer noch. Weil er im Prinzip ein hilfloses Kind ist. Aber ich habe meinen Stolz. Und meine Pläne. Und die sind mit dem Leo nicht mehr zu verwirklichen.«

Die Malleck klang jetzt nicht mehr wie der automatische Anrufbeantworter, ihre Stimme war wieder sanft und melodiös. Sie wartete, bevor sie ihren nächsten Satz sagte. Wir alle warteten.

»Ich habe einen Ehevertrag mit dem Leo geschlossen. Nach unserer ersten großen Krise. Kurz nach der Hochzeit.«

Und noch eine Kunstpause von der Malleck.

»So ein Ehevertrag«, sagte die Malleck, »ist sicher nicht das, was man sich unter einem romantischen Liebesversprechen vorstellt. Der Holger, mein Anwalt, hat mir damals dazu geraten. Ich dachte nicht, dass der Leo zustimmen würde, aber er hat sofort unterschrieben. Der war da total unkompliziert.«

»Hm«, machte der Mandel.

»Und jetzt sind wir halt am Ende, so was passiert in einer Ehe. Die besten Pärchen haben sich irgendwann auseinandergelebt. Und es heißt auch nicht, dass wir uns nicht mehr mögen. Aber was eben nicht sein muss, ist, dass man sich in meiner Branche erzählt, der Leo treibt's nach dem Konzert mit einer aus dem Publikum, der Leo treibt's mit der Lufthansa-Stewardess auf dem Flug nach Köln. Das muss nicht sein. Der Leo tut, als wäre er gerade aus der Pubertät gekommen und hätte endlich keine Pickel mehr. Es ist eh ein Wunder, dass die Zeitung noch keine Fotos, keinen Artikel hat. Kein Handyvideo. Jeden Tag, wenn morgens das Telefon klingelt, denke ich, es ist der Holger, der mir sagt, dass jetzt alles offenliegt. Diese Demütigung vor den Augen der Leute. Und ich steh da wie das naive Heimchen am Herd, während der große Herr Rockmusiker sich durch alle Bundesländer vögelt.«

Die Malleck zog am schmorenden Filter ihrer ehemaligen Zigarette.

»Die Zigarette«, sagte ich.

Der Mandel nahm der Malleck den Filter aus der Hand und warf ihn in den Aschenbecher.

»Das ist alles eine hässliche Angelegenheit, ich weiß. Das wirft auch kein gutes Licht auf mich, dass ich jetzt zu euch komme. Und es ist auch kein schöner Job für euch.«

Die Malleck rieb sich die Hände mit einer Creme aus ihrer Handtasche ein und lächelte mich an. Beeindruckend, wie sie zwischen den Tonalitäten hin- und herschalten konnte. Aber gut, Schauspieler, was erwartet man.

»Ich bin mir jetzt nicht ganz sicher, wie wir, also was wir jetzt für dich tun können«, sagte der Mandel.

»Dazu wär ich doch jetzt gleich gekommen«, lachte die Malleck und umfasste dabei mit ihren langen Fingern das Handgelenk vom Mandel. Gottseidank kurze Fingernägel. Ich flippe aus bei langen Fingernägeln. Selbst eine wie die Malleck würde ich dafür auspeitschen lassen.

»Ich will nicht lange drum herumreden. Ich will Fotos, die den Leo beim Fremdgehen zeigen, dann geh ich damit zu Holger, und der leitet alles Weitere in die Wege. Ich lass mich scheiden, der Leo bekommt nichts mehr von meinem Geld, die Presse bekommt keine schmutzigen Geschichten, und wir sagen, wir haben uns auseinandergelebt. Ich bin ein Miststück, oder?«

Jetzt schaute sie uns todernst an. Erst den Mandel und dann mich. Schwer zu sagen, ob sie kokettierte. Überhaupt schwer zu sagen, was wirklich in ihr vorging. Ihr bisheriger Auftritt hätte genauso gut in einem Drehbuch stehen können mit den ganzen Tempo- und Tonartwechseln. Aber vielleicht tat man Schauspielern auch Unrecht, wenn man sie im Privaten des permanenten Rollenspiels bezichtigte.

»Und warum jetzt? Das Problem ist doch sicher schon länger bekannt«, fragte ich.

Die Malleck sah mich kalt an.

»Zum einen, weil es irgendwann genug ist. Zum anderen glaube ich, dass es da eine ganz konkrete Nebenbuhlerin gibt.«

»Aha?«, machte der Mandel.

»Man merkt so was ja, und dann sind da diese Reisen an die Ostsee. Aber das kann ich euch erzählen, wenn wir konkreter werden.«

»Und jetzt willst du Fotos vom Leo in flagranti?«, fragte ich zur Sicherheit nochmal nach. Der Mandel sah mich vorwurfsvoll an, vermutlich war ich ihm etwas zu direkt.

»Ich brauche zwei Motive, zwei verschiedene Frauen. Oder

den Beweis für eine dauerhafte Affäre. Ich gebe euch acht Wochen Zeit. Jetzt sagt ihr mir, was das ungefähr kostet.«

Der Mandel räusperte sich und stand auf.

»Wir haben so eine Art Tarifliste«, sagte er und ging zu dem unansehnlichen hellbraunen Regal mit den Aktenordnern, die uns der Onkel Hans hinterlassen hatte. Ich gebe zu, dass ich jetzt auch nicht gewusst hätte, wie man acht Wochen Observation berechnet. Und ob das überhaupt Observation war oder eher Infiltration, und ob es dafür überhaupt einen Tarif gab. So weit hatten wir uns noch nicht in den neuen Beruf hineingearbeitet. Ich hätte halt gesagt, wir rechnen das mal durch und melden uns dann heute Nachmittag. Der Mandel hingegen blätterte umständlich in einem Ordner, und wenn ich das von hier aus richtig sehen konnte, war das der Ordner mit den Bewerbungsunterlagen von der IHK, da standen ganz sicher keine Tarife für Infiltration drin. Der Mandel drehte sich mit dem Ordner in der Hand zur Malleck um und sagte:

»Wir rechnen das mal durch, und ich schick dir heut Nachmittag dann ein Angebot.«

»Passt auf, ich mach euch einen Vorschlag«, sagte die Malleck. »Für die acht Wochen bezahle ich euch fünfzehntausend Euro. Sieben-fünf im Voraus. Wenn ihr die Fotos liefert, bekommt ihr den Rest. Solltet ihr länger brauchen, können wir natürlich nochmal reden. Die erste Rate überweis ich euch direkt. Ihr könnt eine Rechnung an Holger schreiben. Holger Edelstein, mein Anwalt. Alles legal und fürs Finanzamt, der Holger hat sich erkundigt. Neunzehn Prozent Mehrwertsteuer, oder wie ist das bei Detektiven?«

Der Mandel schaute mich an, und ich nickte beiläufig. Innerlich hatte ich natürlich schon ein Festzelt errichtet und das Bierfass angezapft, die Kapelle spielte einen Tusch. Fünfzehntausend Euro für den ersten Auftrag. In unserem alten Milieu und für die Malleck, für die wir auch umsonst noch viel hässlichere Dinge getan hätten, als nur den Idioten Tilmann zu infiltrieren.

»Klingt doch gut. Einverstanden«, sagte der Mandel und hielt kurz die Luft an, vermutlich, um seine Begeisterung zu unterdrücken. Der Form halber hätte er sich mit mir absprechen müssen, bevor er zustimmte. Als sein Partner.

»Aber jetzt muss ich doch fragen: Warum wir?«, fragte der Mandel.

»Ihr seid doch Musikjournalisten. Oder wart es zumindest bis vor kurzem. Wenn sich jemand unauffällig in Leos Kreisen aufhalten kann, dann ihr. Ihr habt einen guten Ruf, ihr seid zwei aufrichtige und diskrete Typen. Und süß noch dazu«, lachte die Malleck das herzlichste Lachen, das ich je von einer Frau außerhalb eines Spielfilms gesehen habe. So etwas kann doch kein Mensch schauspielern.

Zwei

Es war eigentlich wie vorher. Wie noch bis vor ein paar Wochen beim *Rock'n'Roll-Express.* Der Mandel war draußen bei den Leuten, unter den Musikern und bei den Plattenfirmen, und ich saß im Büro und bediente das Internet. Der Mandel war schon immer der feine Herr im Außendienst gewesen, und mir blieb nur das Herumgesitze im Büro. Der Mandel kannte den Tilmann von früheren Interviews, und er konnte jederzeit vorgeben, eine Reportage über ihn und seine Band DEMO – ja, ja, in Großbuchstaben – zu schreiben. Gerade jetzt, wo DEMO mit ihrem gefühlten einundachtzigsten Album auf Tour gehen wollten. Pünktlich zum fünfundzwanzigjährigen Bestehen der Band. *Lauthals und Halbstärke* hieß es, und das war nur ein weiteres Beispiel für das ermüdende pseudointellektuelle Getue vom Tilmann. Man nehme zur Anschauung die Texte der aktuellen Single »Afrika«, die gerade rauf- und runterlief.

Strophe:
Die Straße, die zum Gestern führt
Ist ab morgen früh gesperrt
Da hilft kein Gotteslästern mehr
Das alte Leben ist nichts wert

Die, die gern zu reden pflegen
Beruhigen sich schon wieder
Leg dich in den frischen Regen
Er spült dich weg mit neuen Liedern

Refrain:
Steig ins Cockpit ohne Fallschirm
Mach die Motoren an
Dass man dich auch noch in Afrika
Hören kann

Ich wusste nicht, wie sehr es sich in der Branche tatsächlich verbreitet hatte, dass Mandel und Singer nicht mehr im journalistischen Bereich tätig waren, sondern ihren Lebensunterhalt nun als private Ermittler bestritten. Die Malleck hat ja so was behauptet. Dabei hatten wir das alte Büro vom Mandel seinem Onkel Hans erst vor vier Wochen bezogen, und wäre da nicht die Malleck aufgetaucht, hätte ich schwören können, dass noch keiner so genau wusste, was wir vorhatten. Noch nicht einmal wir selbst. Die Anzeige in der *Morgenpost* war erst ein paar Tage alt, und von den ganzen Idioten aus der Branche las keiner die *Morgenpost.* Es war uns auch kein Anliegen, dass unsere berufliche Neuorientierung in aller Munde war. Der Mandel war sicher einer der bekannteren Journalisten in der Stadt. Immerhin zwölf Jahre Festanstellung beim *Express*, wo gibt es das in der Branche noch? Und jetzt Ermittler, ohne einen einzigen Auftrag bisher. Nein, solange der Laden nicht lief, wollten wir das nicht an die große Glocke hängen, und die Annonce in der *Morgenpost* diente lediglich der Akquisition von neuer Kundschaft. Weil wir schauen wollten, ob sich überhaupt jemand meldete. Ob es überhaupt einen Bedarf für private Ermittler gab. Der Anzeigentext war übrigens vom Mandel:

Ermittlungsbüro Mandel & Singer.
Flexibel, modern, Internet-Recherche
und neue Medientechnik.
Nordufer 14, Wedding, Tel. 67450067.

Vielleicht hätte er ja doch *Detektivbüro* schreiben sollen. Oder wenigstens eine E-Mail-Adresse angeben, wenn wir schon so modern waren. Bisher hatte niemand angerufen. Wir haben uns vielleicht auch verzettelt, als wir auf das Renommee und die alten Kundenkarteien vom Onkel Hans spekuliert haben. Es hatte sich herausgestellt, dass der Mann de facto seit zehn Jahren arbeitslos gewesen war, aber bis zuletzt Spesen abgesetzt hatte wie ein Weltmeister. Und höchstwahrscheinlich falsche Rechnungen geschrieben an Menschen, die ihm irgendwoher Geld schuldeten, ich möchte gar nicht wissen, woher. Der Onkel Hans war praktisch unser erster Fall gewesen. Gut, ich will nicht schlecht über die Toten reden, immerhin hat er seinem einzigen Neffen Max das Büro vererbt, und das war abbezahlt. Immerhin.

Während der Mandel unterwegs zur Plattenfirma von DEMO war, um die Reportage über den Tilmann anzufragen, saß ich im ehemaligen Büro vom Onkel Hans am Nordufer und sah mir im Netz Bilder von der Malleck an. Eigentlich wollte ich mir per Suchmaschinen ein Basiswissen über alle involvierten Parteien einholen. Den Tilmann, die Malleck, ihren Anwalt und die Band, aber irgendwie war ich bei der Malleck und der Bildersuche hängen geblieben.

Von außen klopfte jemand an die Scheibe. Der Hausmeister schon wieder. Ich öffnete die Ladentür und blickte aufs Nordufer hinaus, was schöner klingt, als es ist. In Wirklichkeit ist das Nordufer nichts anderes als eine Straße mit haufenweise Schlaglöchern, welche die Wohnhäuser vom Kanal trennt.

Das tatsächliche Ufer liegt abschüssig unterhalb der Straße, und deshalb ist vom Nordufer aus überhaupt kein Wasser zu sehen. Auch der Blick zum anderen Ufer ist nicht gerade idyllisch. Eine Sanitärfirma hatte eine flache Halle aus Backstein dorthin gestellt, und von links drohten die Türme eines Pharmakonzerns, von rechts eine alles unterjochende S-Bahn-Brücke. Kein schöner Anblick, außer man war Liebhaber besonders urbaner Szenarien.

Der Hausmeister. Ich vergaß ständig seinen Namen, irgendetwas wie Golozky, aber sicher war ich mir da nicht. Sicher war nur, dass er ein äußerst unfreundlicher Mensch war, aber den Mandel mochte er wegen seinem Onkel, dem Privatdetektiv, den er immer nur den Herrn Hauptkommissar genannt hatte. Mich hingegen konnte er nicht ganz so gut leiden, mein Eindruck.

»Na, Herr Singer. Wie loofn die Jeschäfte? Ick wär Ihnen ja sehr verbunden, wenn sie Ihre leeren Flaschen nicht mehr nach acht Uhr abends in den Glascontainer im Hinterhof schmeißen. Is ja ein Höllenradau, und et jab schon mehrere Beschwerden von den Anwohnern.«

»Ich dachte, erst ab zehn darf man nicht mehr laut sein«, sagte ich.

»Gab's jetzt erst ein neues Urteil vom Bundesverfassungsjericht. Lärmbelästigung is jetzt jar nich mehr jestattet. Auch nicht vor zehne. Schönen Gruß an den Herrn Hauptkommissar noch.«

Ich ging wieder rein und haute die Tür hinter mir zu. Ewig dieser Hausordnungsfaschismus. Ich schlug im Netz nach, wie man als Laie an den kleinen Waffenschein kommt, ließ aber die Seite mit den Bildern von der Malleck offen. Die eine Fotoserie von ihr in Schwarz-Weiß, Zwanziger-Jahre-Stil. Schwarzes Mieder. Die Beine in halterlosen schwarzen Nylonstrümpfen. Und es gab tatsächlich Waffenliebhaberblogs, die Tipps geben, wie man am schnellsten an einen Waffenschein kommt.

Ich öffnete meinen Kalender auf dem Computer. Für heute gab es keinen Eintrag. Aber morgen: Akademie. Einführungsveranstaltung »Beginn der Ausbildung zur Fachkraft Detektiv an der Sicherheitsakademie (IHK-zertifiziert)«. Ein teurer Spaß für den Mandel und mich, der sich fast über ein halbes Jahr hinzog. Das Grundlagenseminar vom TÜV in Spandau hatte lediglich drei Tage gedauert. Gottseidank fanden die Seminare nur einmal im Monat statt. Aber fast fünftausend Euro pro Person und dann noch die Prüfungsgebühren. Ich war mir nicht sicher, ob sich das alles rentierte. Wir hatten uns da eventuell verspekuliert mit dem Renommee vom Onkel Hans. Aber jetzt war der ganze Mist schon bestellt. Neuer Computer, Mini-Peilsender, Abhörmikrofon und eben die Kurse. Ich gebe zu, letztlich war das – abgesehen von den Peilsendern und dem Abhörmikrofon – vor allem meine Idee gewesen, basierend auf dem Irrglauben, vom Onkel Hans ein intaktes Geschäftsmodell übernehmen zu können. Aber er war ja schon tot, bevor wir ihn hätten fragen können, was da los war mit seiner Auftragslage und wie alles so funktionierte mit einem Detektivbüro. Vorausgesetzt, dass es bei ihm überhaupt je funktioniert hat.

Vor ein paar Wochen waren wir noch beim Christian Deutzsch in seinem kleinen Chefredakteursbüro gesessen und hatten gelacht, als er die Guillotine niedersausen ließ. Also nicht gelacht im Sinne von besonders witzig. Eher im Sinne von Humor-ist-wenn-man-trotzdem-lacht-witzig oder Ironie-des-Schicksals-witzig, wenn überhaupt. Der Deutzsch, also unser Chefredakteur, dessen Job der Mandel in einem halben Jahr hätte vielleicht übernehmen können, hatte uns mittels einiger hervorragend dargebrachter Anekdoten erzählt, wie er sich am Vorabend mit dem Verlagsinhaber, dem Kopfler, in diesem Schnitzelrestaurant getroffen hatte. Besagter Vorabend hatte heiter angefangen, nur dann war der Kopfler nach sechs Williamsbirne und einem Jägerschnitzel mit Doppelkrustenserviettenknödel zu einem sehr nüchternen Thema gekommen. Nämlich, dass er den *Express* zusperrt und dass selbst die Büroräume schon weitervermietet sind und die nächste Ausgabe gar nicht mehr erscheint. Von heute auf morgen alles zu Ende. Er hatte den Deutzsch damit getröstet, dass er ihn als Chefredakteur für sein neues Kochen-für-Manager-Magazin *Biztro* in Hamburg einstellen würde. Das hat der Deutzsch uns zwar nicht erzählt, aber man kriegt ja im Nachhinein immer so einiges heraus. Und mit dem Gelächter der Verzweiflung, weil der Deutzsch den Kopfler nun mal so gut nachmachen konnte, war dann nicht nur das Schicksal vom *Rock'n'Roll-Express* besiegelt, sondern auch die Karriere von Max Mandel, Deutschlands beliebtestem Musikjournalisten mit Festanstellung.

Der Mandel war bis dahin eigentlich ein überwiegend zufriedener Zeitgenosse gewesen, auch wenn ihm immer zwei Sachen gefehlt haben. Einerseits die richtige Frau, weil der ganze Sex mit den Pressepromoterinnen von den Plattenfirmen ist ja nichts auf Dauer, aber noch viel notwendiger hat ihm eine eigene Band gefehlt, auch wenn er das nie zugegeben hätte. Weil der Mandel hat in seinem ganzen Leben noch nie in einer Band gespielt, wenn man die Gothic-Rock-Band bei ihm am Gymnasium nicht mitzählt, und die sollte man nicht mitzählen, weil das bei Tageslicht betrachtet eigentlich die Band von der Dauner Anita war und der Mandel lediglich ein paar Melodiebögen einhändig auf dem Keyboard von seinem Opa, einem Volksmusiker, mitgespielt hat. Natürlich, der Mandel war auch unmusikalisch bis zur Schmerzgrenze, aber wer gesteht sich das gerne ein, gerade wenn er so dringend Musiker werden will? Es war ja nicht nur wegen dem Musikmachen an sich. Es ging dem Mandel um dieses Lebensgefühl, wenn man das heutzutage noch straffrei so nennen darf: Sex, Drugs, Rock'n'Roll. Das war ja in der Jugend vom Mandel noch kein Sat1-Motto. Dass er am Ende ein gefragter Musikjournalist geworden ist, da kann jeder seine eigenen Schlüsse ziehen. Ich sage, das war sicher das Zweitbeste, was der Mandel aus seiner Liebe zur Musik hat machen können. Und am Ende hat ihm das gereicht, weil der Mandel ist, wie gesagt, im Grunde ein genügsamer Mensch, damit hier kein falscher Eindruck entsteht. Nur jetzt hatte man ihm mit dieser Kündigung seine gesamte Existenzgrundlage entzogen, und da wunderte es mich nicht, dass er plötzlich Mini-Peilsender bestellte.

Ich gab bei Google »Veronika Malleck nackt« ein. Das heißt, ich wollte »Veronika Malleck nackt« eingeben, aber irgendwie überlegte ich es mir bei dem »na« anders und gab »Veronika Malleck nazi« ein. Das war nicht so weit hergeholt, wie man vielleicht denkt, denn die Malleck drehte gerade eine große Produktion als Eva Braun unter dem Titel *Die Braut*. Produktion und Regie von dem Deininger, diesem Filmmogul. Den Hitler spielte natürlich der Dominik Mommsen, den ich neulich noch als Andreas Baader im Fernsehen gesehen hatte. Meine Suchanfrage brachte die üblichen Vorberichte, Artikel zu den Dreharbeiten und ein Interview mit ihr, in dem sie gefragt wurde, inwiefern sie moralisch Stellung zu der Rolle bezieht. Es war das übliche Geschwafel von Schauspielern, dass, wenn man sich ganz in der Rolle befindet, man sich keine moralische Distanz erlauben kann und so weiter. Derlei Blödsinn erzählen Schauspieler immer dann, wenn sie Nazis spielen. Nichts gegen die Malleck an sich, aber Schauspieler in historischen Rollen verwechseln sich hin und wieder mit Intellektuellen und fangen plötzlich an, über Gott und die Welt zu philosophieren wie ich mit sechzehn im Irish Pub. Damals hielt ich meine Ansichten und meine Meinung über Single Malt Whiskey auch für ziemlich relevant.

Es gab jedoch einen ganz anderen Artikel, der mich interessierte. Aus der *Hannoverschen Allgemeinen Zeitung* vom 12. Januar dieses Jahres. Er lautete:

DAS HERZ AM RECHTEN FLECK

Wie Neonazis die Schauspielerin Veronika Malleck feiern

Der Film heißt *Die Braut* – fast könnte man ihn auch *Die Schauspielerin* nennen. So viel wird derzeit über die Verwandlung der ehemaligen Moderatorin in die späte Ehefrau der Nazi-Bestie Hitler geschrieben, dass die historische Eva Braun fast gänzlich in den Hintergrund gerückt ist.

Womöglich ahnte die 34-jährige Veronika Malleck, dass sie nicht nur ihre schauspielerische Leistung, sondern ihre gesamte Persönlichkeit in die Waagschale werfen muss, um dem Medieninteresse an Deiningers neuester Großproduktion gerecht zu werden. Dass ihre Persönlichkeit aber nicht nur von der filminteressierten Zunft und dem Kinopublikum, sondern auch vom extrempolitischen Lager beurteilt werden würde, hat sie wahrscheinlich so nicht erwartet.

Ihre Verpflichtung für die Rolle der Eva Braun erfreute sich jüngst bei einer vom Verfassungsschutz beobachteten Vereinigung namens »Die Kulturfreunde des Nordens« großen Zuspruchs. Der Verein ließ auf seiner Website wissen: »Veronika Malleck dürfte wohl als die ideale Besetzung für die Ehefrau des Führers gelten, nicht zuletzt ihr tadelloses Äußeres spricht dafür, sondern auch das vorbildliche Engagement ihres in Freundschaft verbundenen Anwalts Holger Edelstein in der Causa Torsten G. …

Drei

Der Mandel, und das weiß ich, weil er es mir im Nachhinein erzählt hat, saß ungefähr zur selben Zeit bei dem Produktmanager und A&R von DEMO: Karsten Urbaniak, schon im Sitzen ein Riese. Graublonde Locken, halber Vollbart, Designerbrille, hellblaues Hemd, eins neunzig und dazu noch dick. Eine Präsenz war er, der Urbaniak, da brauchen wir nicht zu diskutieren. Der Mandel kannte den Urbaniak noch von früher, als er Pressepromoterpraktikant bei Global Records gewesen war. Der Urbaniak, nicht der Mandel. Damals noch mit Ziegenbart und Pearl-Jam-T-Shirt. Jetzt aber Produktmanager und A&R, irgendwo knapp unter dem Chef für Domestic, was so viel heißt wie nationale Musik. Diese Branche hatte sich ja früher als andere in Deutschland blödglobalisiert und mitgeholfen, die einst umgangssprachliche Kommunikation zwischen Journalisten und Plattenfirmen durch Anglizismen zu sterilisieren. Der Urbaniak war schon immer einer von der neuen Generation gewesen, einer, dem Leidenschaft für Musik per se suspekt war, der das Geschäft, den Umsatz als die einzige Legitimierung überhaupt für einen künstlerischen Beruf sah. Einer von diesen karrierebewussten Kulturwirtschaftlern, für die »über Leichen gehen« keine moralische Anschuldigung darstellte, sondern einen Ritterschlag. Nichtsdestoweniger war er einer von Mandels zahlreichen guten Bekannten bei

Global Records und in Fachkreisen für die Modernisierung und die monetäre Renaissance von DEMO bekannt. Er hatte das Schlachtross Tilmann vor fünf Jahren nochmal richtig zum Geldverdienen rausgeschickt, als andere Plattenfirmen dachten, DEMO wären nur noch eine schlechte Angewohnheit auf Studenten-Partys.

Waren DEMO früher eher eine linke Punkband mit einer Unmenge loyaler Fans gewesen, fanden sie sich mit ihrem ersten Album unter Urbaniaks Fittichen plötzlich mitten im Massengeschmack wieder. *Abbruch* war Nummer eins in den Albumcharts, fast ein ganzes Jahr lang. Dennis Horvath, dieser Regisseur, der zu der Zeit nur noch in den USA arbeitete, führte beim Video zu »Ewiges Leben« Regie, und eine gewisse Veronika Malleck spielte im Video die Gangsterbraut vom Tilmann. Der Rest ist – wie man so schön sagt – traurige Geschichte.

Man kann nicht mehr ergründen, was genau an dem Erfolg das Verdienst vom Urbaniak war. Er war wohl nur zur richtigen Zeit am richtigen Ort. Denn eigentlich waren DEMO genau wie damals Robokopp oder Traunstein längst eine Tour- und Merchandise-Maschine gewesen, auch ohne Major-Label. Das gnadenlose Verpulvern von Marketingbudgets durch Bauzaunplakatierung und ganzseitige Anzeigen in Männermagazinen brachte ihre Verkaufskraft auch bei Tonträgern und DVDs ans Tageslicht. Plötzlich hatten DEMO auch Anteil am berüchtigten Weihnachtsgeschäft, samt Greatest-Hits-Alben, und traten bei *Wetten, dass ...?* auf. Der Schulterschluss mit dem Boulevard war dem perfekten Timing des Videos zu »Ewiges Leben« zu verdanken. Die Malleck wurde seit dieser Zeit auf Kinopremieren und in Restaurants mit dem Tilmann gesichtet, und die Presse hatte ihr junges und wildes Traumpaar. Der *Bildzeitung* kam der Tilmann gerade recht. Hatte sie sich vorher einen Scheiß für die Band interessiert, gab der Tilmann als – Zitat – »Rockrüpel« jetzt eine schillernde Figur an der Seite der beliebten Malleck ab. Für die Spießer war er eine Reizfigur und für die anderen Lemminge endlich wieder ein großer deutscher Rockstar. Ab der Hochzeit dann sowieso Vollgasboulevard, was aber auch daran lag, dass der Tilmann und die Malleck einem anderen Magazin exklusive Fotos von der Hochzeit in einem kleinen, unaussprechlichen Ort bei Venedig verkauft hatten. Damit hatten sie quasi dem Klatschvampirismus eigenhändig Tür und Tor geöffnet. Alle wussten jetzt: Bei Tilmanns gibt's was zu holen. Und wenn auch nicht ganz so freiwillig, war der Tilmann immer für ein paar Schlagzeilen wegen seiner Ausraster auf Tour gut. Manchmal denke ich, die Presse hat das exzessive Dasein vom Tilmann nicht nur ans Tageslicht gezerrt, sondern es überhaupt erst hervorgerufen. Manchmal denke ich, der Tilmann hat damit erst angefangen, nachdem die Presse auf ihn aufmerksam geworden ist.

Und der Urbaniak war all die Zeit hinter seinem Schreibtisch mit Flussblick gesessen wie der Sonnenkönig höchstpersönlich und hatte Erfolgsmeldung um Erfolgsmeldung an den Chef von Domestic weitergeleitet, während er in den verspiegelten Gläsern seiner Ray-Ban Aviator seine mit Haarwachs eingeriebenen Korkenzieherlocken zurechtkräuselte.

Der Urbaniak konnte den Mandel gut leiden. Weil der Mandel nicht so ein notorischer Verreißer war. Kein Zyniker und aggressiver Besserwisser wie die meisten seiner Kollegen aus dem Musikjournalismus. Wenn der Mandel mal etwas über DEMO geschrieben hat, dann war das immer mehr oder minder wohlwollend. Wie eigentlich fast alles, was der Mandel schrieb, nebenbei gesagt. Und bei den ganzen wohlwollenden Interviews mit den Künstlern von Global Records, die der Mandel im Lauf der Jahre geführt hatte, da war der Urbaniak meistens dabei gewesen. Der Mandel hat sich auch nie über den Urbaniak beschwert, weil a) war der Urbaniak immer scheißfreundlich zu ihm gewesen, und b) war der Urbaniak dem Mandel einfach vollkommen egal.

Wie die meisten Leute. Ausnahmen vielleicht ich und der Bruder vom Mandel und die eine oder andere Pressepromoterin früher. Der Mandel hatte aufgrund seiner großzügigen Gleichgültigkeit auch bestimmt kein Problem damit, vor dem Urbaniak zu sitzen und ihm ins Gesicht zu lügen.

»Und das wird also was Größeres, sagst du?«, fragte ihn der Urbaniak und lispelte dabei leicht, bei weitem nicht mehr so schlimm wie früher.

»Genau, ich würde gerne den Leo eine Weile im Alltag begleiten. Bei den Proben zu der anstehenden Tour, den ersten Konzerten mit dem neuen Material, den Besprechungen mit dem Rest der Band, wenn er es zulässt, vielleicht auch Aspekte seiner Freizeit. Das wird dann im Idealfall eine Reportage über fünf Ausgaben. *The Life And Times Of Leo Tilmann*, um's mal auf Englisch zu sagen. Eine Hommage zwar, aber eine ungeschminkte. Mit dem hässlichen Alltag und dem glamourösen. Eine Hommage an den einzigen großen deutschen Rockstar. Wer weiß, vielleicht wird am Ende sogar ein Buch daraus.«

»Ja, das klingt schon nicht unfunky, mein Lieber«, sagte der Urbaniak und strich sich eine Fettlocke aus der Stirn.

»Und wo soll das noch mal erscheinen? Weil deinen *Express*, den gibt's ja praktisch nicht mehr, was man so hört.«

»Wie gesagt: *Rolling Stone* ist eine Option, aber wenn's nach mir geht, sogar eher im *Stern* oder im *Spiegel*. Ich stehe mit den diversen Ressortleitern in Kontakt.«

Das war natürlich gelogen, dass der Mandel mit den Ressortleitern von *Stern* und *Spiegel* in Kontakt stand, aber ich glaube schon, dass sich so eine Reportage auch ohne das, was später passieren würde, in Nullkommanix an den *Rolling Stone* oder an eins dieser Herrenmagazine hätte verkaufen lassen. Nicht umsonst wollten die vom *Rolling Stone* den Mandel vor drei Jahren, als es den Printmedien noch besser ging, abwerben, aber der Mandel wollte partout nicht nach München.

»Ja Mensch, Max, das klingt fetter als fett.«

Der Urbaniak walzte ruhelos auf seinem Stuhl herum. Der Mandel hielt sich innerlich die Nase zu, wegen dem durch die Bewegung freigesetzten aufdringlichen Herrenduft vom Urbaniak.

»Du, ich seh den Leo eh heut Abend, dann red ich mit ihm. Und dann trefft ihr euch einfach mal, würd ich sagen«, sagte der Urbaniak und streckte die Hand aus. Nach der Hand vom Urbaniak nahm der Mandel seinen etwas zu jugendlich wirkenden schwarzen Mantel, der an der Taille zu eng war, verließ das Bürogebäude von Global Records und stieg in seinen Audi A4, Vorführmodell von vor zwei Jahren. Der Mandel war guter Dinge, das Lügen hatte ihm gar nichts ausgemacht, er fühlte sich erfrischt, weil er fand, dass ihm der Anfang von seinem ersten Fall gut gelungen war. Er rief mich an und behauptete, den Urbaniak habe er schon mal in der Tasche, die Reportage mit dem Tilmann sei praktisch beschlossene Sache. Und dass er jetzt ins Büro käme. Tatsächlich kam er erst gegen fünf wieder, ohne eine Erklärung, was er in der Zwischenzeit getrieben hatte.

Vier

Als ich abends mit dem Mandel im Deichgraf saß und Grünkohl mit Salzkartoffeln aß – es herrschten gerade Grünkohlwochen im Deichgraf –, war der Mandel alles andere als gesprächig.

»Wan los?«, fragte ich mit vollem Mund.

»Nichts«, sagte der Mandel und schaute ausdruckslos auf sein Gulasch mit Grünkohl.

»Jetzt iss halt«, sagte ich, und der Mandel nahm eine Gabel von dem Gulasch, aber wie ein Roboter.

Wir aßen vor uns hin, und der Mandel sagte in den heiteren Himmel hinein: »Der Tilmann. Das ist schon eine arme Sau irgendwie.«

»Wieso arme Sau? Der bescheißt die Malleck nach Strich und Faden und schreibt Songtexte, für die man sich als Realschüler schämt. Dafür bekommt er eine Menge Geld und die schärfste deutsche Schauspielerin. Was ist denn daran arm?«, fragte ich nach.

»Noch. Noch hat er das alles«, sagte der Mandel und starrte in sein Gulasch.

»Was meinst du denn, was wir da anrichten?«

»Gerechtigkeit, die richten wir an«, sagte ich.

»Komisch, dass eine wie die Malleck zu uns ins Büro kommt und uns ihr Herz ausschüttet. Uns eine Unmenge Geld anbietet, um ihren Ehemann zu ruinieren. Dass sie ausgerechnet zu uns kommt. Dass sie überhaupt weiß, dass wir dieses Büro haben«, sagte der Mandel, der in den letzten Stunden einen totalen Sinneswandel durchlitten haben musste, wo er am Telefon doch noch so euphorisch geklungen hatte.

Ich fühlte mich ein wenig ertappt, weil ich in meiner Malleck-Begeisterung natürlich nicht wahrhaben wollte, dass die Umstände in der Tat etwas seltsam waren. Deshalb war ich jetzt auch so unwirsch mit dem Mandel, wegen dem Ertapptgefühl.

»Mein Gott, jetzt red halt nicht alles schlecht. Es spricht sich eben rum, wenn wir was Neues machen. Schließlich sind wir jetzt auch nicht irgendwer. Und dass sie zu uns kommt, ist doch das Beste, was sie machen kann. Wer bekommt denn sonst so mir nix, dir nix Zugang zum Tilmann, wenn nicht wir? Und dass die Frau Geld genug hat, um uns mal eben so fünfzehntausend in die Hand zu drücken, dazu muss ich nicht das *Forbes*-Magazin lesen.«

»Das *Forbes*-Magazin ist ein *englisch*sprachiges *Wirtschafts*magazin, die beschäftigen sich nicht mit deutschen Schauspielern«, klärte mich der Mandel auf.

»Du Hirsch! Du weißt, was ich meine«, sagte ich.

Der Mandel nahm ein Stück Gulasch in den Mund.

»Wir praktizieren die schwarzen Künste«, sagte der Mandel, immer noch mit dem Gulasch im Mund.

»Wie bitte?«

»Was wir da jetzt machen, also das Privatleben einer prominenten Person mit detektivischen Mitteln auskundschaften, das nennt man in England schwarze Künste. Dark arts.«

»Schwarze Künste?«

»Ja. Wenn zum Beispiel ein Spruch auf der Mailbox von Prinz Charles an die Öffentlichkeit gerät, wo Camilla ihm unterstellt, dass er eigentlich stockschwul ist, dann hat vermutlich ein Privatdetektiv die Leitung angezapft oder sich in das Telefon gehackt. Oder wie auch immer man das heutzutage anstellt.«

»Aha«, sagte ich.

»Im Auftrag irgendeines schmierigen Nachrichtenmagazins. Hochbezahlte Leute sind das. Aber der Ruf ist furchtbar.«

»Der von den Detektiven?«

»Ja, weil es eben schwarze Künste sind. Damit brüstet man sich nicht.«

Eine Stunde später saß der Mandel, und das weiß ich, weil er es mir im Nachhinein erzählt hat, in seinem Auto und fuhr nach Hause in seine Wohnung nach Kreuzberg. Er hatte dort eine Tiefgarage, weil bei einem Audi war es nun mal brandgefährlich, den in der Wildnis abzustellen, selbst wenn es nur ein A4 war.

Der Mandel wohnte am Chamissoplatz in einer großen Vierzimmerwohnung, wobei ich nicht weiß, wofür er vier Zimmer braucht. In einem typischen Altbau, wie ich ihn unerträglich finde. Ich selbst wohne in einem Fünfziger-Jahre-Haus tief im Westen, kompakt, gemütlich, überschaubar. Diese Möchtegern-Stadtpaläste mit den hohen Decken und dem Stuck können gerne die Neureichen samt ihren wöchentlichen Lieferungen Biogemüse aus dem Umland beziehen. Es geht allen nur noch um den Status. Niemand denkt mehr an die Gemütlichkeit. So eine hohe Decke ist furchtbar kalt und ungemütlich. Und wenn man alleine wohnt, wird es dadurch noch leerer in der Wohnung. Ich bin froh um diese Neubauten. Der Zweite Weltkrieg hat dieser Stadt nicht nur geschadet.

Der Mandel suchte im Regal nach einer CD. In einem der drei Regale, die drei Wände von seinem Wohnzimmer totalitär einnahmen. So wie überhaupt der Tonträger an sich über die halbe Mandelsche Residenz herrschte. Im Wohnzimmer die riesigen Batterien aus CDs und im Schlafzimmer dann stapelweise Schallplatten.

Der Mandel nahm eine ältere CD von DEMO und legte sie in den CD-Spieler. *Spartacus.* Ganz alte Nummer noch aus den Neunzigern. Der Tilmann klingt da original so wie der Rio Reiser.

Todesstille in der Arena
Lebenslänglich in deiner Hand
So muss sich Spartacus gefühlt haben
Als er vor dem Kaiser stand

Der Mandel ließ das Lied und die nachfolgenden laufen, während er sich einen Beefeater-Gin mit Tonicwasser mischte. Gin und Tonic. Sein einziger Longdrink. Sonst nur Bier. Und wenn Gin, dann nur Beefeater. Aber Leute ab vierzig sind bei Vorlieben immer ein bisschen absonderlich. Weinkenner, Biogemüseanbauer, Gasgriller, Designermöbelbesteller, Golfspieler; je älter die Leute werden, desto mehr raffinieren sie ihren Geschmack und nerven andere Leute damit. Der Mandel war bei drei Dingen sehr eigen, und zwar schon eine ganze Weile vor vierzig, zugegeben. Das betraf seinen Beefeater, seine Armbanduhren und seine Frisur. Die Armbanduhr musste immer eine eklatant teure Marke sein, sollte aber nicht aufdringlich teuer ausschauen. Für den Mandel fing eine akzeptable Uhr bei siebenhundertfünfzig an und hörte bei dreitausend auf. Und weil der Mandel so höllisch auf seine Uhren aufpasste, ging auch nie eine kaputt. Trotzdem kaufte er sich jedes zweite Jahr eine neue, egal, ob er das Geld dazu hatte oder nicht. Und was die Frisur betrifft, da will ich mich eigentlich gar nicht lange darüber auslassen. Ich sag nur: alle vier Wochen zum Friseur und drei Wochen vorher Termin machen. An den Seiten kurz, vorne ein bisschen länger, eine Haarkur, eine Kopfhautmassage und eine Fönage, und selbst das Haarwachs lässt er sich von der Antje auftragen.

Mit dem Beefeater-Tonic in der Hand und dem Tilmann im Lautsprecher stellte sich der Mandel ans Fenster und schaute vom fünften Stock aus auf den Chamissoplatz. So lange, bis das Mobiltelefon klingelte. Es war der Urbaniak.

»Max, Karsten hier. Na?«

»Gut. Und selbst?«

»Auch gut. Was machst du grade, Max?«

»Feierabend. Und du?«

»Ich sitz hier gerade mit Leo, und wir sprechen über deine große Reportage. *The Life And Times Of Leo Tilmann*. Finden wir geil, oder, Leo?«

Aus dem Hintergrund hörte der Mandel ein »Yeah« und nahm einen tiefen Schluck von dem Beefeater-Tonic.

»Schön«, sagte der Mandel.

»Hast du Bock, gleich mal vorbeizukommen? Der Leo und ich, wir sitzen im Poschardt. Komm doch rum.«

Der Urbaniak lallte schon leicht. Und lispelte.

»Sehr schön«, sagte der Mandel. »Ich komm vorbei.«

»Freun uns«, sagte der Urbaniak.

Poschardt, dachte der Mandel. Poschardt. Poschardt. Der Mandel war bisher nur zum Mittagstisch im Poschardt gewesen. Und mittags ist auch für Otto Normalverbraucher Betrieb. Später abends dann eher Schauspieler, Regisseure, Politiker, selten Musikjournalisten. Und wohl ganz selten private Ermittler. Der Mandel hatte einen Heidenrespekt vor der High Society, selbst wenn er sich beruflich schon oft in ihren Außenbezirken bewegt hatte. Ich weiß, dass der Mandel aufgeregt war, weil er abends ins Poschardt durfte. Das war ein

Durchbruch, den er mit seinem vorherigen Beruf bisher nicht geschafft hatte.

Der Mandel trank den Beefeater-Tonic aus und ging in sein Schlafzimmer. Ein großes Bett, weil der Mandel nie richtig schlafen konnte, wenn er Damenbesuch hatte und man sich so an ihn heranschlang. Eigene Seite, eigener Platz, eigene Bettdecke war da seine Devise. Außer dem Bett war da noch ein Plasma-Fernseher. Ein Untier von einem Fernseher, nicht weil der Mandel so ein Cineast ist, sondern weil er Fußball schaut, und neuerdings alles auf High Definition, oder wie man sagt. Dann ein ewig langes Schallplattenregal. Und der Holzschrank, das alte, schwere Ungetüm vom Mandel seiner Oma.

Dem Ungetüm entnahm der Mandel einen grauen Anzug. Er zog sich um und ging ins Bad, kämmte sich die Haare. Eigentlich sah er an diesem Abend sogar ein bisschen nach Cary Grant in *Der unsichtbare Dritte* aus, weil graue Haare zum grauen Anzug. Der Mandel ist in Wirklichkeit – von der Haarfarbe mal abgesehen – natürlich kein Cary Grant. Dafür ist er zu klein, und Cary Grant war ja eins siebenundachtzig, soweit ich weiß. Und das Wohlstandsbäuchlein würde mich als Juror bei einem Cary-Grant-Lookalike-Wettbewerb auch stören. Vergessen wir einfach den Cary Grant. Aber sonst tadelloser Mann, der Mandel. Ausstrahlung ist ja auch so ein Wort, aber stimmt schon irgendwie. Der Mandel gewinnt enorm durch seine Besonnenheit, die manchmal wie Gleichgültigkeit wirkt. Da versuchen die Frauen oft hindurchzubrechen. Und sogar die Künstler, die der Mandel interviewt hat, das ist das Erstaunliche.

Kurz darauf also saß der Mandel wieder in seinem Audi A4 auf dem Weg zum Gendarmenmarkt. Er fand einen Parkplatz in der Nähe einer Parkuhr, schmiss aber kein Kleingeld ein, weil er keins bei sich hatte. Der Mandel hasste Kleingeld. Was er aber noch mehr hasste, war das Gefühl, jemand etwas schuldig zu bleiben, wie zum Beispiel der Parkuhr. Wie ich ihn kenne, würde ihn das noch den ganzen Abend lang beschäftigen, vor allem wegen dem etwaigen Bußgeld. Ein bisschen geizig ist der Mandel schon auch.

Der Mandel ging an dem langen Tresen zu seiner Linken vorbei, nach hinten durch. Dann bog er rechts ab, und ganz im Eck saßen der Tilmann, der Urbaniak und zwei junge Frauen. Mit ihnen am Tisch eine äußerst ausgelassene Stimmung. Den Mandel fröstelte es kurz, bevor er den Tisch erreichte, warum, wusste er auch nicht genau. Der Tilmann trug eine Jeansjacke mit Aufnähern, ähnlich wie der Mandel mit vierzehn. Aufnäher von den UK Subs, Cockney Rejects und den Buzzcocks. Nicht besonders kleidsam und ab Mitte fünfundzwanzig vollkommen inhaltsleer, meine Meinung. Unter der Jeansjacke vom Tilmann: schwarzes Hemd, oberste drei Knöpfe offen. Brusthaar rasiert, sagt der Mandel, der seins ja selbst rasiert. Er muss es wissen. Dann der Urbaniak, genauso schmierig wie am Nachmittag, und die beiden jungen Frauen. Die eine dunkle Haare, hochgesteckt wie Audrey Hepburn, ziemlich dunkle Augen, elegante Strickjacke. Die andere blond, Fransen im Gesicht, T-Shirt auf Punk gemacht. Beide hübsch laut Mandel. Ich hätte mir die Weiber sicher noch genauer angeschaut, aber der Mandel kann so was völlig ausblenden, wenn er sich mit etwas anderem beschäftigt. Da beneide ich ihn.

Großes Hallo natürlich, als der Mandel an den Tisch kam. Der Tilmann schien besonders erfreut, den Mandel zu sehen, und der Mandel wunderte sich, dass er so einen Status beim Tilmann hatte, weil der begrüßte ihn wie einen ganz alten Bekannten. Mit Umarmung und auf den Rücken klopfen. Gut, der Tilmann war schon immer ein herzlicher Begrüßer gewesen, aber der Mandel fand seine Begrüßung dieses Mal besonders herzlich.

»*Hell yeah*, Mäx! Schön, dich mal wiederzusehen, Alter«, sagte der Tilmann, während er dem Mandel mit der flachen Hand fast zwanzig Sekunden am Stück auf den Rücken haute.

»Ich freu mich auch«, sagte der Mandel und klopfte vorsichtig auf den Rücken vom Tilmann.

»Darf ich vorstellen, Max Mandel, der beste Schreiber in der Stadt«, sagte der Tilmann zu den jungen Frauen, die den Mandel wie auf Kommando anlächelten.

Der Mandel setzte sich zu den Ausgelassenen, und so schnell konnte er sich gar nicht zurücklehnen, so schnell war die dunkelhaarige Kellnerin mit der strahlend weißen Bluse und dem strahlend weißen Gebiss da. Der Mandel bestellte einen Beefeater-Tonic, und der Tilmann sagte: »Beefeater, yeah. Für mich auch.«

Der Tilmann erklärte dem Mandel unter noch etlichen mehr Yeahs, dass er die Reportage nach Kräften unterstützen werde und dass sein Freund – Name vergessen – beim *Stern* sicher auch was drehen könne, damit sie dort veröffentlicht wird. Die Mädchen am Tisch lachten laut, aber offensichtlich über etwas anderes.

»Ich zeig dir alles, Max«, sagte der Tilmann. »Die ganzen schmutzigen Details. Alles, was du willst. Die hässlichen Fans, den schlechten Stoff, das widerwärtige Catering. Und die fetten Weiber. Ah, die fetten Weiber. Ich schwör dir, danach willst du nie wieder Rockstar werden. Is doch so, Örbn, oder?«, schubste der Tilmann den Urbaniak an, aber so eine Tonne wie den Urbaniak konnte man natürlich nicht bewegen, wenn man so ein Hemd wie der Tilmann war. Weil der Tilmann ist auch nur eins siebzig groß, genau wie der Mandel. Viel schmächtiger natürlich. Und halblange Haare, dunkelbraun – gefärbt, kann sein, aber weiß man nicht. Und Vollbart neuerdings.

Der Mandel gab sich nach außen der Ausgelassenheit hin, aber nach innen dachte er an seinen Audi A4, der ohne Parkgebühr am Gendarmenmarkt stand. Heute Nachmittag war er noch stolz auf seine tadellose Vorstellung im Büro vom Urbaniak gewesen, aber jetzt fühlte er sich schon nicht mehr ganz wohl in seiner Haut. Weil einen Schmierlappen wie den Urbaniak anlügen ist eine Sache, aber eine vertrauensselige Haut wie den Tilmann, das ist eine ganz andere.

Der Tilmann verabschiedete sich auf die Toilette, und die dunkelhaarige Frau stand kurz nach ihm auf. Der Urbaniak rückte jetzt näher zum Mandel.

»Merkst ja, wie sehr der Leo da Bock drauf hat. Der mag dich, und der wird dir alles zeigen. Aber eins ist klar, Max. Egal, was der Mann dir sagt und was auch immer du fotografierst, ich will das vorher sehen, bevor's veröffentlicht wird.«

Hoppla, Zensur – das ging dem Mandel natürlich sofort gegen den Journalistenstrich, auch wenn er offiziell keiner mehr war. Deswegen reagierte er ungewohnt empfindlich:

»Moment mal, Karsten. Das ist doch keine Angelegenheit der Plattenfirma. Ich schreib ja keine Kritik über das neue Album, sondern eine Reportage über die Person Leo Tilmann. Sei mir nicht bös, aber da hat maximal das Management ein Wörtchen mitzureden.«

»Ganz genau, Max. Deshalb sag ich's ja. Leos alter Manager, der Danny – kennst ihn vielleicht –, liegt seit zwei Wochen wegen so einer Nierenkolik in der Klinik. Der ist total *off*, und ich manage den Leo in der Zwischenzeit. Du, ich versteh völlig deine Bedenken, also echt, ich hör dich, aber ich zensier dir ja nichts weg, da musst du keine Angst haben. Das kam jetzt vielleicht dumm rüber. Mir ist nur wichtig, dass da ein paar

Informationen über die Pläne vom Leo noch geheim bleiben. Da geht's um ein paar juristisch ganz heikle Angelegenheiten. Aber das kannst du ja nicht wissen. Ultrasorry, wenn ich dir jetzt da auf den Schlips getreten hab.«

»Passt schon«, sagte der Mandel, und wenn ich dabei gewesen wäre, ich hätte ihm gleich angemerkt, dass er diesen Ansturm vom Urbaniak als unangenehm empfunden hatte. Aber der Mandel natürlich Meister im gute bis keine Miene machen, und deshalb weiterhin kontrollierte Ausgelassenheit, bis auch der Tilmann wieder an den Tisch kam, mit der Dunkelhaarigen im Arm. Die Blondine störte das nicht. Die telefonierte schon seit einer Viertelstunde mit irgendwem.

»Gehen wir noch wohin?«, fragte der Tilmann in die Runde. Der Urbaniak sagte: »Ach nee« und fragte die telefonierende Blondine, ob er sie jetzt nach Hause fahren könne, offensichtlich war da schon etwas vorverhandelt worden. Sie telefonierte aber einfach weiter.

»Kommst du noch mit? Die Johanna und ich gehen noch ins Sägewerk, und vielleicht kommt ja die Nina auch mit«, fragte der Tilmann den Mandel.

»Nina!«, schrie der Tilmann nach links, von sich aus gesehen. Besagte Nina hörte fast umgehend auf zu telefonieren, als ihr Name durchs Poschardt gebrüllt wurde.

»Kommst du noch mit ins Sägewerk, oder was? Der Hannes legt auf. Max kommt auch mit.«

Der Tilmann legte den Arm um den Mandel und rubbelte durch dessen Frisur, etwas, das beim Mandel eigentlich unter Todesstrafe stand.

»Die Nina will heim. Ich nehm sie mit. Liegt auf meinem Weg«, sagte der Urbaniak.

»Nee, ich komm noch auf einen Sprung mit«, sagte Nina.

Die Heimfahr-Masche vom Urbaniak war damit endgültig

torpediert, weil er ja bereits angekündigt hatte, heimfahren zu wollen. Jetzt hätte ihn nur noch eine Einladung vom Tilmann retten können.

»Gut, dann zahl ich mal den Shit hier, und wir sehen uns morgen, Karsten«, sagte der Tilmann zum Urbaniak.

Fünf

Ich war mit dem Mandel um zehn zum Frühstücken im Lindenhof verabredet. Das war das andere Lokal am Nordufer. Genauso rustikal und langweilig wie der Deichgraf, aber mit mehr Stammpublikum und ohne Grünkohlwochen. Das Bauernfrühstück war hier besser als im Deichgraf. Ich saß mindestens eine Stunde, frühstückte und las die Zeitung leer, bis der Mandel endlich kam. Ganz klar übermüdet, aber man sah, dass er dennoch mindestens eine halbe Stunde im Bad gebraucht hatte. Klasse Seitenscheitel, Haarwachs, Deodorant, *Acqua Di Gio*, frisch rasiert.

»Sorry, Sigi. Ich hab gestern noch den Tilmann getroffen. Im Poschardt. Aber dafür bin ich jetzt drin.«

»Im Poschardt?«, fragte ich.

»Im Dunstkreis«, sagte der Mandel.

»Vom Poschardt?«

»Vom Tilmann.«

»Da schau her«, sagte ich.

»Ja, ja«, sagte der Mandel, als rechnete er fest mit einem Lob.

Ich wartete auf eine genauere Ausführung, aber der Mandel dachte gar nicht daran. Er winkte die Bedienung mit dem hängenden Auge und dem gelben Gebiss heran und bestellte sich ein Rührei mit Käse und eine große Orangensaftschorle.

»Na und?«, fragte ich.

»Was und?«, fragte der Mandel.

»Wie war's mit dem Tilmann?«

»Ganz gut.«

»Sind wir maulfaul heute, Herr Mandel?«

»War gut. Wir waren noch im Sägewerk.«

»Im Sägewerk?«

»Genau da.«

»Ja und?«

»Was meinst du *ja und*?«

»Wie war's da? Weiber?«

»Hmm, weiß nicht, wir waren ja mit zwei Frauen da.«

»Aha. Jetzt wird's interessant.«

»Der Tilmann hat tatsächlich mit der einen herumgeknutscht, aber da hätte ich ja schlecht Fotos machen können.«

»Oha. Der kommt ja schnell zur Sache. Und du? Was war mit der zweiten Frau?«

»Nichts.«

»Wie sah sie denn aus?«

»Ganz gut.«

»Und, habt ihr euch gut verstanden?«

»Geht so.«

Der Mandel war immer übertrieben diskret, wenn er über Liebschaften oder überhaupt über Frauen sprach, aber das war jetzt selbst für seine Verhältnisse die reinste Geheimniskrämerei. Man hätte ja meinen können, gegen ihn selbst wird ermittelt.

»Vielleicht bist du nach deinem Rührei in Stimmung für Details«, sagte ich zu dem Mandel. Und: »Hast du mit dem Tilmann über die Malleck geredet?«

»Nein, überhaupt nicht«, sagte der Mandel. Sein Rührei kam, und er aß schweigend, während ich mich nicht entscheiden konnte, welchen Artikel ich doppelt lesen wollte.

»Wie gehen wir weiter vor?«, fragte ich den Mandel nach einer Weile.

»Ich treff jetzt dann den Tilmann am alten Flughafen. Die proben da für die Tour. Ich hör mir das mal an, mach ein paar Fotos.«

»Aber abends ist die Einführungsveranstaltung von der IHK, das weißt du, oder?«

»Ja, da müsstest du mich entschuldigen, weil wir nach dem Proben essen gehen.«

»Du weißt schon, was der Kurs kostet, oder?«

»Ja, weiß ich. Aber jetzt bin ich eben schon mal drin.«

»Wo drin?«

»Im Dunstkreis. Mensch, Sigi, begriffsstutzig?«

»Sag mal, müssten wir nicht auch einen Bericht über unsere Ermittlungen schreiben? Wer macht denn das eigentlich von uns?«, fragte ich den Mandel, aber der schüttelte nur abfällig den Kopf.

»Mein ja nur«, sagte ich.

Das Telefon vom Mandel summte. Der Mandel besaß seit zwei Wochen ein teures Telefon mit vielen modernen Funktionen. Wer weiß, was für verrückte Klingeltöne er neuerdings zur Verfügung hatte. Dennoch benutzte er nur die Vibration. Das Telefon summte weiter.

»Stopp«, sagte der Mandel, und das Telefon hörte auf zu summen.

»Was war das denn?«, fragte ich.

»Voice Control«, sagte der Mandel, als wäre es das Selbstverständlichste auf der Welt.

Nach dem Frühstück im Lindenhof kam der Mandel zwar noch mit ins Büro, aber verschwand nach einer Stunde wieder. Ich spielte eine Zweite-Weltkrieg-Fliegersimulation und winkte dem Hausmeister, der aufreizend langsam an unserer

Fensterfront vorüberschritt. Irgendwann hatte ich keine Lust mehr zu spielen – weil ich vergessen hatte abzuspeichern, und die Mission wäre nochmals samt dem Ungemach der ersten Flakreihen von vorne losgegangen – und suchte den Zettel, auf dem ich die Mobilnummer von der Malleck notiert hatte. Ich tippte sie in mein Telefon. Dann hörte ich im Internet zu Recherchezwecken die DEMO-Alben *Wahnfrieden*, *Kellerkinder* und *Ewigkeit* durch, die ich mir heruntergeladen hatte. Illegal, weil ich zahl ja nicht für eine Platte vom Tilmann. Ich hörte von jedem Song ungefähr dreißig Sekunden, länger hielt ich es nicht aus. Später rief ich dann die Malleck auf der Mobilnummer an und verabredete mich mit ihr zum Kaffee. Ich hätte noch ein paar Fragen, sagte ich.

»Nein, die Frage ist überhaupt nicht zu privat«, sagte die Malleck und strich sich diese angeblich hausgemachte Nougatcreme auf ihr Croissant. Ihre langen Finger, meine Güte. Die Malleck trug einen roten Rollkragenpullover und einen grauen Rock. Schwarze Strumpfhose, schlimmes Wort, schöner Gegenstand.

»Ich hatte eine einzige Affäre während meiner Beziehung mit Leo. Wir haben darüber geredet, ich habe sie beendet, und wir haben uns zusammengerauft.«

»Aha«, sagte ich und rührte in meinem Kaffee, obwohl es da längst nichts mehr zu rühren gab.

»Glaubst du wirklich, der Leo hat eine feste Affäre? Oder hurt er nur rum, wie es in seinem Gewerbe üblich ist?«

»Hör mal, Sigi, vielleicht war das ein Fehler, ihn so mies vor euch gemacht zu haben. Vielleicht ist das Ganze überhaupt ein Fehler. Besorgt mir die Fotos, und dann erwähnen wir das nie wieder.«

Das passiert mir oft, dass ich salopp sein will, und dann wird jemand sauer. Dem Mandel passiert das nie. Alle denken, der

Mandel würde nie etwas Gemeines sagen, und wenn er es doch tut, es nicht so meinen.

»Tut mir leid«, sagte ich.

Die Malleck sagte nichts und sah aus dem Fenster auf die Friedrichstraße. Ein starker Wind ging draußen, und das sah man den Leuten an. Alles war in Bewegung, Frisuren wehten durch die Gegend. Die Malleck blickte auf ihr angebissenes Croissant mit der angeblich hausgemachten Nougatcreme. Ich legte meine Hand auf ihre und sagte:

»Reden wir von etwas anderem.«

»Kommt der Max eigentlich nicht?«, fragte die Malleck und zog ihre Hand weg. Die Leute am Nebentisch schauten uns zu.

In der Zwischenzeit fuhr der Mandel zum alten Flughafen. Der war für mich immer wieder ein Erlebnis wegen der Historie. Und auch weil er schon mal in einem *Indiana Jones*-Film vorgekommen ist. *Letzter Kreuzzug*, wenn ich mich nicht täusche. Der Mandel interessierte sich nicht für Geschichte, und Architektur war ihm grade noch so geläufig, dass er eine gotische Kirche von einer nichtgotischen unterscheiden konnte.

Der Mandel bog also schon im Grundsatz unbeeindruckt von der Flughafenstraße ab und fuhr immer noch unbeeindruckt auf den Schlagbaum zu, der das alte Flughafengelände begrenzte. Die Schranke war offen, der Mandel rollte an dem leeren Wachhäuschen vorbei und nach links, wo sich eine kleine Straße entlang der kolossalen Außenmauern wand. Er parkte rückwärts ein. Dann rief er den Tilmann an, und zwei Minuten später kam der aus einem der Kellereingänge heraus und nahm den Mandel über schmale Treppen mit nach unten. Sie gelangten an eine meterdicke Bunkertür, die der Tilmann aufschließen musste, obwohl er gerade aus ihr gekommen war.

»Da darfst du auf keinen Fall den Schlüssel verlieren. Die werden nicht mehr nachgemacht«, erklärte der Tilmann.

Mich hätte das Szenario mit der Bunkertür ja jetzt schon wieder immens interessiert, aber der Mandel fragte noch nicht einmal nach, warum ein Bunker, was war da vorher drin und so Sachen, die man eben fragt im Angesicht einer historischen Örtlichkeit.

Es folgte ein endloser Gang mit niedriger Decke, an der ein bizarres Gewirr aus Rohren entlanglief. Nach einer Weile gelangten sie endlich ans Ende des Ganges, und der Tilmann öffnete eine Tür und sagte:

»Achtung, die Lüftung ist schon wieder im Arsch.«

Aus dem Proberaum heraus überritt den Mandel eine Attacke aus Männerschweiß, Rasierwasser und Moder. Es war ein großer Proberaum, mindestens fünfundvierzig Quadratmeter, und schon auf den ersten Blick konnte man sehen, dass jeder Musiker sich auf seinen Quadratmetern eine eigene kleine Siedlung errichtet hatte. Kai Bartels, der Bassist mit seinem Drei-Meter-Bassverstärker-Turm und vier Bässen in einem kreisförmigen Ständer. Lars Kretschmann mit einem Wall aus Lautsprechern und einem Regal mit mindestens zehn verschiedenen Gitarren darin.

Aber am stärksten befestigt: Fort Schredder. Der Schredder hieß eigentlich Martin Schröder, aber da war der Spitzname schon passender, wenn man ehrlich ist. Der Schredder, glaub ich, hält den Rekord für die meisten zerfetzten Trommelfelle bei einem Konzert. Und ich meine die auf dem Schlagzeug, will aber auch die im menschlichen Ohr nicht ganz ausschließen. Rekord auf jeden Fall. Das Schlagzeug vom Schredder war eine Trutzburg aus Becken und Kesseln, eine genauere Beschreibung ginge jetzt in den Fachbereich. Hätte man nicht gewusst, dass es der Schredder war, der sich hinter diesem Wehr aus Schlaggeräten verbarg, man hätte es nicht mit Sicherheit sagen können. Alles, was man sah, waren fliegende Unterarme mit dicken Holzstöcken dran.

Als der Mandel mit dem Tilmann in den Proberaum kam, hörten dessen Mitmusiker nicht auf zu spielen. Im Gegenteil. Der Kretschmann improvisierte an einem kreischenden Gitarrensolo herum, während der Schredder immer wieder von links nach rechts über die Kessel ging, nicht immer im passenden Moment, muss man sagen. Nur der Kai Bartels schien ungerührt einem inneren Rhythmus zu folgen, abgeschottet von den solistischen Wutanfällen seiner Kollegen.

Der Tilmann ging zu dem Platz im Raum, der noch für seinen Mikroständer übrig blieb, und brüllte in das Mikrofon.

»Ihr Penner!«

Der Kai Bartels schaute ihn fragend an und hörte auf zu spielen. Der Kretschmann zog noch so lange an einer Saite, bis der Mandel dachte, sie reißt, dann hörte auch er auf und trat auf einen Fußschalter am Boden. Nur der Schredder drehte weiterhin seine Runden.

»Schredder!«, schrie der Tilmann ins Mikrofon, und es dauerte noch ein paar Sekunden, aber dann war auch der Schredder fertig. Ein teigiges, aber rotes Gesicht tauchte über den Zinnen von Burg Schredder auf und sagte: »Mensch, der Max.«

Weil der Schredder und der Mandel natürlich schon zusammen an irgendeiner Bar gestanden hatten. Und weil der Schredder ja im Prinzip ein saunetter Kerl ist. Selbst mit seinen mittlerweile recht schütteren blonden Haaren sah er noch aus wie ein Lausbub in Übergröße.

»Hört mal, ihr Penner«, sagte der Tilmann. »Das ist Max Mandel, den kennt ihr ja, und der schreibt eine Reportage über uns. Für'n *Stern*. Eine ausführliche Reportage. Wie wir wirklich sind. Wie wir immer noch den Punk im Blut haben. *The*

Life And Times Of DEMO. Deshalb guckt er uns beim Proben zu. Geht doch klar, oder?«

Der Kai Bartels, ein freundlich wirkender Mann mit grauen langen Haaren und einem grauen Bart, legte seinen Bass ab und gab dem Mandel die Hand.

»Fühl dich wie zu Hause, Max«, sagte der Kai Bartels.

»Merci, Kai«, sagte der Mandel.

Der Kretschmann hob kurz die Hand zum Gruß, verstellte dann irgendwas an seinem Verstärker.

Der Mandel hatte schon so einige Proberäume in seinem Leben gesehen, aber noch nie so einen peniblen. Lediglich der wenige Platz, den der Tilmann einnahm, war in Unordnung. Mehrere halbvolle Aschenbecher standen neben ihm auf dem Boden. Der Tilmann nahm von irgendwoher eine Flasche Bier, öffnete sie mit einem Feuerzeug und zwang sie dem Mandel in die Hand.

»Wir proben für den Geheimgig im Kunstpalast. Erster Auftritt seit drei Jahren. Wir haben die neuen Songs ja im Studio geschrieben. Müssen uns die selbst erst beibringen. Wir sind voll raus aus der ganzen Live-Scheiße«, lachte der Tilmann und prostete dem Mandel mit einer eigenen Bierflasche zu.

»Wir spielen ›Petroleum‹«, sagte der Tilmann zu den anderen.

»Das spielen wir nicht live«, sagte der Kai Bartels.

»Das ist doch noch gar nicht entschieden«, sagte der Tilmann patzig.

Der Schredder zählte ein und fing an zu spielen. Ohrenbetäubend.

»Schredder!«, brüllte der Tilmann ins Mikrofon, und der Schredder hörte auf.

»Jetzt«, sagte der Tilmann ins Mikro und nickte dem Schredder zu. Der zählte noch mal bis vier, und dann spielten alle gleichzeitig. Anzunehmen, dass das so gehörte. Der Mandel setzte sich auf den Tisch neben das Mischpult bei der Eingangstür und nahm einen Schluck aus der Bierflasche. Es war ein holländisches Bier. Dann holte er aus seiner Umhängetasche den Fotoapparat heraus und schoss ein paar Fotos. Er stand auf und ging näher auf die einzelnen Bandmitglieder zu, damit er detaillierte Aufnahmen machen konnte. Der Tilmann knöpfte sein schwarzes Hemd auf. Es war tatsächlich ziemlich warm jetzt mit der lauten Musik, der Mandel zog seinen zu jugendlichen schwarzen Mantel aus. Der Schredder spielte auch oben ohne, soweit man das von da unten beurteilen konnte, und der Kretschmann trug ein schwarzes Unterhemd, das seinen Bierbauch betonte. Nur der Kai Bartels musizierte in einer Wolljacke und mit einem schwarzen Schal um den Hals.

Der Tilmann war unkonzentriert, vergaß den Text, wirkte gelangweilt, sobald ein Instrumentalteil folgte. Wenn er den Fotoapparat vom Mandel auf sich gerichtet sah, verfiel er in ein paar Posen, aber von Herzen kam das nicht. Der Schredder haute hinter seiner Burg alles kaputt, als bekäme er im Anschluss ein neues Schlagzeug geliefert. In den Ohren vom Mandel klang das alles nicht besonders homogen. Als normaler Mensch hätte man es vielleicht nicht bemerkt, aber der Mandel war ein Fuchs, wenn eine Band nicht homogen war. Immer ein beliebter Kritikpunkt bei den Konzertberichten vom Mandel früher. Andere Musikjournalisten sagten auch »tight«, der Mandel nannte es homogen.

Später saß der Mandel mit der Band in einem Café am Chamissoplatz, gleich da, wo er auch wohnte, weil das war ja alles wiederum in der Nähe vom alten Flughafen.

»Du hast mit dem Leo die Band gegründet, oder?«, fragte der Mandel den Kai Bartels.

»Ja. '85«, sagte der Kai Bartels.

»Bullshit. ’84«, sagte der Tilmann.

Der Kai Bartels seufzte und kraulte seinen grauen Bart. Der Kretschmann lümmelte in seinem Stuhl und schien an etwas anderes zu denken. Der Schredder schaute gut gelaunt in die Runde, als würde er auf die Pointe warten.

»Erzähl mal«, sagte der Mandel.

»Ach, das hast du doch sicher schon tausendmal gehört«, sagte der Kai Bartels. Es war freundlich gemeint.

»Jetzt erzähl’s, du Langweiler«, sagte der Tilmann.

Der Mandel schaute den Kai Bartels mit seinem Interviewblick aufmerksam an. Das konnte der Mandel sehr gut, das muss man ihm lassen. Da wirken seine Augen ganz sanft und väterlich, und man kann gar nicht anders, als ihm urplötzlich alles zu erzählen. Dem Mandel haben die Musiker tatsächlich immer aus der Hand gefressen. Nicht nur, weil er genug vom Fach verstand, sondern auch wegen dem väterlichen Blick. Der Interviewblick, so nenn ich ihn. Dieser *Erzähl einfach, es wird dir guttun*-Blick. Auch am Bartels ging der Interviewblick nicht spurlos vorüber.

»Na gut. Draußen auf dem Land. Da war ja nichts. In Everswinkel, meine Güte, am Rand der Welt. Der Name sagt ja schon alles. Selbst ein Kaff wie Gütersloh ist eine Ewigkeit, wenn du nur ein Moped hast. Und dann die Leute. Die eigenen Eltern waren ja schon wieder okay, aber die Älteren, wer weiß, wie viele Altnazis da noch unbehelligt durch die Gegend schlichen. Und nur die Partys in dem alten Bauernhof an der Everswinkeler Straße konnten einen von dem Elend erlösen. Und der Suff natürlich. Weil mit sechzehn, wenn du noch kein Auto hast, das ist die Hölle, du kannst nirgendwohin. Noch nicht einmal ins Kino. Auf dieser einen Party, da war Leo auch. Und Leo natürlich damals schon immer auf hundertachtzig. Von der Freien Waldorfschule kam der. Glaubt man nicht, aber so eine gibt's bei uns. Und Leo, immer am Machen. Wir sind auf der Party mit einer Band aufgetreten. Deep-Purple-Coverversionen, Whitesnake, »Still Of The Night« und so weiter. Teilweise auch Hendrix. Ich hab Gitarre gespielt, und Leo, besoffen wie ein Pferd, rennt mitten im Auftritt auf die Bühne und reißt Uli, unseren Sänger, zu Boden. Der Uli stößt sich so den Kopf auf dem Boden, dass er blutet. Für die Leute kein Problem, weil Uli mochten sie eh nicht mit seinem Oberschülergetue, aber Leo war damals schon genau die Hackfresse, die du kennen musstest.«

Der Tilmann lachte unkontrolliert. Offensichtlich ließ er sich die Erinnerung noch einmal auf der Zunge zergehen.

»Und Leo lässt den Uli am Boden liegen und nimmt sich das Mikro. Rotzt irgendwas rein, Gesang konnte man das nicht nennen. Die Leute sind begeistert. Dann fragt er uns übers Mikro – mitten im Song –, ob wir ›God Save The Queen‹ spielen können. Klar können wir, die drei Akkorde …«

»Ja, ja, heute sind sie nicht mehr so spontan, die alten Herren«, sagte der Tilmann.

»Da war dann Riesenbegeisterung bei den Leuten auf der Bierparty. Und in den ersten Wochen haben wir Leo und Uli noch zu zweit singen lassen, aber zwei Sänger ist natürlich Unfug.«

»Und der Uli war eine Riesenpfeife. Den hat seine Schwester immer zur Schule fahren müssen, weil er dreimal durch die Motorradführerscheinprüfung gefallen ist. Aber einen auf Jim Morrison machen mit seiner albernen Wildlederjacke. Heute ist er Biolehrer«, sagte der Tilmann, als wäre das der schäbigste Beruf der Welt.

»Besser als Fahrlehrer«, sagte der Mandel, weil der Mandel ein Fahrschultrauma hatte. Aber das tut jetzt hier nichts zur Sache. Noch nicht.

Als die Band und der Mandel das Café verließen, war es gelb draußen. Kein Mensch wusste, warum, aber es war gelb und ziemlich windig. Ich hab so was mal in München vor ein paar Jahren erlebt, da war irgendwo Tausende Kilometer entfernt ein Sandsturm gewesen, vielleicht in Afrika. Der Sand war durch den Sturm in höchste Sphären aufgestiegen und vom Klima über den Ozean bis nach München getragen worden. Wir sind in der Früh nach einem Riesenrausch aufgestanden, weil wir zum Flughafen mussten, und wir dachten, jetzt sind wir endgültig hängengeblieben auf dem Schnaps. Das war's mit der Optik, ab jetzt haben wir einen Gelbstich. Aber es war der Sandsturm in Afrika, das stand schon am selben Tag in der Zeitung.

Aber mit Sandsturm war es vielleicht eher nicht zu erklären, weil es gleich darauf anfing zu hageln. Und zwar wie bei einem Weltuntergang. Wie ein endloser Trommelwirbel vom Schredder, als das Körnerinferno auf den Chamissoplatz niederging. Der Kai Bartels und der Kretschmann flüchteten in ihre Autos, die sie vor dem Café geparkt hatten. Der Schredder, der Tilmann und der Mandel suchten in einem Hauseingang Schutz. Der Hagel hämmerte auf die Autodächer, sieben Minuten lang, dann war der Spuk vorbei, und es war totenstill. Es wehte immer noch der warme Wind vom Nachmittag, und der Himmel riss langsam wieder auf, das Gelbe wich dem Dunkelblau des Abends. Die Straße war voller Eiskörner. Aber sonst, als wär nix gewesen.

»Das ist ein gutes Zeichen«, sagte der Tilmann, aber der Mandel wusste nicht, was er damit meinte.

Sechs

Am Abend saßen der Tilmann und der Mandel bei einem Italiener im Süden der Stadt. Der Mandel zerteilte eine gegrillte Aubergine mit der Gabel auf seinem Teller, während der Tilmann sich mit der Hand von dem Antipasti-Teller in der Mitte des Tisches bediente.

»Wie läuft's denn privat so?«, fragte der Mandel.

Der Tilmann hörte vielleicht grade nicht hin und winkte den Kellner herbei. Er bestellte eine neue Flasche Wein.

Der Mandel fragte vorerst nicht noch einmal nach dem Privatleben. Wenn der Mandel eine der klassischen Journalisten-Tugenden nicht beherrschte und auch nicht beherrschen wollte, dann war es das penetrante Nachfragen. Wenn jemand nichts sagen wollte, dann wollte er halt nichts sagen, dachte sich der Mandel. Wenn man es aber trotzdem unbedingt wissen will, fragt man halt später nochmal nach, und wenn er dann immer noch nichts sagt, dann eben Pech gehabt. Weil Penetranz lief unter uncool beim Mandel. Er mochte keine penetranten Menschen, die versetzten ihn in unnötige Aufregung, und da war es nur logisch, dass er auch selbst nicht penetrant war. Wie sich diese Verweigerungshaltung gegenüber Penetranz jetzt in einem Ermittlerberuf auswirkte, das würde sich zeigen. Nun aber wartete der Mandel über eine halbe Stunde, bis er seine Frage nach dem Privaten noch einmal stellte. Und zwar diesmal nicht so ins Blaue hinein, sondern als Konter auf eine Ausfragerei vom Tilmann. Der Tilmann hatte nämlich ganz entgegen seiner Gewohnheiten Interesse an der Vita seines Gegenübers bekundet und dem Mandel regelrecht ein Loch in den Bauch gefragt. Woher kommst du genau? Warum bist du in diese Stadt gezogen? Warum bist du Journalist geworden? Warum bist du noch nicht verheiratet in deinem Alter, weil ihr aus dem Süden, ihr heiratet doch alle mit spätestens vierunddreißig? Und da hatte der Mandel natürlich zuschlagen beziehungsweise zufragen müssen beim Thema Heirat. Und dann aber auch direkt, und fast ein bisschen penetrant.

»Wie läuft's denn in deiner Ehe? Ich frag nur, weil gestern im Sägewerk ...«

Hätte ich so was gefragt, ich hätte mir vermutlich eine gefangen, oder der Tilmann wäre wortlos aus dem Italiener hinausspaziert, aber aus dem Mund vom Mandel eine ganz normale Frage von der Tonalität her. So wie: Glaubst du, dass es am Wochenende nochmal hagelt?

Und genauso eine normale Antwort bekam der Mandel.

»Ach, eigentlich alles Friede, Freude, Eierkuchen. Die Veroni macht ihr Ding, und ich mach meins. Das läuft schon.«

»Hmm«, machte der Mandel und überlegte kurz.

»Kinder?«, fragte der Mandel dann.

»Haben wir's jetzt nicht so eilig«, sagte der Tilmann und lächelte schmal.

»Ah ja«, sagte der Mandel.

»Il conto, per favore«, sagte der Tilmann, aber zum Kellner.

»Max, my friend. Ich muss jetzt ein paar Tage weg, aber am Samstag, wie du weißt, ist das Geheimkonzert im kleinen Saal vom Kunstpalast. Ruf mich nachmittags an, dann hol ich dich hinten rein. Kannst dir alles anschauen hinter den Kulissen. Und ich bring dir auch was mit.«

Der Tilmann zwinkerte dem Mandel zu, was selbst der Mandel etwas befremdlich fand. Der Kellner brachte die Rechnung mit, und der Tilmann zahlte bar. Hundertfünfzig Euro legte er in das Ledermäppchen, und der Mandel fragte sich, wie teuer der Wein gewesen sein musste bei so einer horrenden Gesamtsumme, weil die Antipasti für zwei Personen und zweimal Nudeln und zweimal die Nachspeise, das konnte ja so teuer nicht gewesen sein.

»Wo fährst du denn hin?«, fragte der Mandel.

»Ach, nur kurz an die Ostsee. Mal durchatmen«, sagte der Tilmann, und der Mandel fragte leider nicht: »Allein?«, weil das hätte mich jetzt interessiert wegen unserem Fall.

Am nächsten Morgen saß der Mandel schon wieder beim Urbaniak im Büro, weil der hatte ihn früh angerufen. Ohne vorher ans Nordufer zu kommen oder mich wenigstens am Telefon zu fragen, wie denn die Einführungsveranstaltung gewesen war, war der Mandel zum Urbaniak gefahren.

»Ich hab eine Bitte an dich, Max, aber was ich dir jetzt sag, ist *strictly business*. Das muss unbedingt unter uns bleiben.«

»Schieß los«, sagte der Mandel.

»Der Leo wird nach dieser Tour bei DEMO aussteigen und ein Soloalbum herausbringen.«

Der Urbaniak machte eine Kunstpause, die vermutlich der nachhaltigen Beeindruckung vom Mandel dienen sollte.

»Ah«, machte der Mandel.

»Das ist die absolute *bombshell*, wenn das vorzeitig rauskommt, Max. Und es zieht auch erheblichen rechtlichen Ärger mit dem Rest der Band nach sich. Kai Bartels ist ohnehin nicht so gut auf Leo zu sprechen.«

»Aha, warum?«

»Weil die beiden schon seit Jahren wegen dem Songwriting streiten. Dem Leo ist die Musik von Kai viel zu altbacken, und Kai findet die Texte vom Leo völlig überdreht. Aber das Soloalbum vom Leo wird das beste Album, das DEMO nie gemacht haben. *Fucking good stuff*, Max. Als Produzent haben wir uns O'Bailey gekauft, der wegen uns ein Aerosmith-Album nach hinten verschiebt. Musik kommt unter anderem von Fabian Meier, und eine Menge Gastauftritte verhandeln wir demnächst. Da sind ganz große Leute dabei, und ich hab Leo schon ein paar todsichere Hits auf den Leib schneidern lassen. Er muss nur noch die Texte dazu schreiben.«

»Die darf er noch selber schreiben«, entfuhr es dem Mandel, und der Sarkasmus tat ihm augenblicklich leid, weil unprofessionell.

Der Urbaniak sagte danach nichts mehr, wahrscheinlich aber, weil er dachte, seine *bombshell* müsste beim Mandel erstmal richtig einschlagen. Er schaute den Mandel prüfend an. Der Mandel sagte auch eine Weile nichts, wodurch ihm der Baulärm von draußen, wo jemand ein Hotel am Ufer baute, viel lauter als vorher vorkam. Für andere wäre so ein ratloses Geschweige vielleicht eine unangenehme Angelegenheit gewesen, der Mandel hingegen schien solche Momente zu genießen. Der Urbaniak zog in der Nase den Rotz hoch und sagte immer noch nichts.

»Was war denn jetzt deine Bitte an mich?«, fragte der Mandel, weil er nicht wollte, dass der Urbaniak noch mehr Dinge mit seinem Rotz anstellte.

»Das wird so fett, das Album, das können wir nicht in den Sand setzen. Der Leo ist im Moment leider Gottes ein bisschen *on the edge*. Ständig unterwegs, von einem Club zum anderen, von einer *line* zur nächsten. Ich weiß gar nicht, wie ich den bändigen soll.«

Du bist nur neidisch, dachte der Mandel, aber nach seinem Fauxpas von eben hatte er sich wieder vollkommen im Griff.

»Hier ist das Ding, Max. Leo hat sich von uns bereits einen dicken Vorschuss abgeholt, von dem er die Vorproduktion bezahlen muss. Er hat das verlangt, er will sich um alles selbst kümmern, weil Danny ja seit Wochen so krank ist mit dieser Nierenkolik. Jetzt kann Leo aber überhaupt nicht mit Geld umgehen, und von mir lässt er sich absolut nichts sagen. *Niente*. Du, Max, hörst du mich? Ich hab Schiss, dass der das ganze Geld für sein Privatvergnügen verpulvert. Dass wir das Album nicht machen. Dass wir am Ende mit O'Bailey vor einer leeren Festplatte sitzen. Nix Vorproduktion. Nix Homerecording. Nix Studioaufenthalt. Nix Hitplatte. Dass er uns am Ende ein paar schlechte selbst geschriebene Lieder hinwirft, statt die Songs aufzunehmen, die ich ihm gegeben habe.«

»Aber selbst wenn er das Geld verprasst, dann hat er doch sicher noch ein paar Mark auf der Bank«, sagte der Mandel.

»Ach woher. Nichts hat der. *Nada*. Der hat grade nichts außer diesem Vorschuss.« Der Urbaniak fuchtelte jetzt aufgeregt mit der rechten Hand, während er sich mit der linken durch die Schmalzlocken kämmte. Der Mandel notierte sich innerlich, dem Urbaniak gleich nicht die Hand zum Abschied zu geben.

»Was ist denn mit dem Geld von der Veronika?«, wollte der Mandel wissen.

»Nichts ist. Gar nichts. *Niente*. Die Malleck spuckt keinen Cent mehr aus, die hat seine Touren schon lange dicke. Wundert mich überhaupt, dass die das Spielchen immer noch mitmacht, so wie Leo sich aufführt. Du hast's ja mitbekommen neulich im Sägewerk, nehme ich an.«

»Naah, war nicht so schlimm«, sagte der Mandel.

»Und die Tantiemen? Der Leo muss doch Tantiemen bekommen wie nix?«

»Aber auch da muss er erst mal die nächste Ausschüttung abwarten. So was geht ja nicht monatlich.«

»Aha«, sagte der Mandel.

»Hör mal, Max, ich zahl dir fünftausend cash, wenn du ein Auge auf Leo wirfst und mich auf dem Laufenden hältst, was die Aufnahmen betrifft. Das kannst du doch, oder?«

Spätestens jetzt war der Mandel hellhörig geworden. Wusste der Urbaniak von seiner neuen Tätigkeit als Ermittler, oder war das, weil er sich wegen der Reportage eh in der Nähe vom Tilmann aufhielt? Der Mandel entschloss sich, lieber nicht nachzufragen. Von wegen schlafende Hunde.

»Ich muss mir das überlegen, Karsten. Gibst du mir einen Tag Bedenkzeit?«

»*Sure*, hau rein, is Tango«, sagte der Urbaniak und schaute schicksalsschwanger aus dem Fenster, so als hätte er was von außerordentlicher Bedeutung gesehen. Dann klingelte das Telefon, und Urbaniak drückte einen Knopf für die Freisprechanlage.

»Ja, schick ihn hoch, Franziska. Ich bin gleich *ready*.«

Der Mandel war schon aufgestanden und sagte: »Ich ruf dich an«, während er dem Urbaniak die Hand hinhielt. Dann fiel ihm wieder seine innere Notiz ein, und er ärgerte sich, weil er konnte die Hand ja jetzt schlecht wieder zurückziehen.

Sieben

Am Samstag war der Mandel schon nachmittags beim Kunstpalast, genauer gesagt am Hintereingang, wo ein wahres Baustelleninferno wütete. Ein Konzert aus Kränen in einer Arena aus Baugruben im märkischen Schlamm. Ich frage mich ja, was in dieser Stadt die ganze Zeit gebaut wird und wozu, und woher das Geld dafür kommt. Weil angeblich hat keiner welches, man muss ja nur mal die Schlaglöcher anschauen. Wer baut diese ganzen neuen Gebäude, und wer wohnt oder arbeitet nachher darin? Woher kommt das ganze Geld? Wer sind die Leute mit dem Geld? Das ganze Geld, das man nie zu Gesicht bekommt und nie selbst verdient? Die zahllosen Baustellen dieser Stadt sind ein Beweis dafür. Dem Mandel war das alles egal. Der Mandel ging ganz in seiner neuen Aufgabe auf, da interessierten ihn keine Bauvorhaben oder der Ursprung von dem ganzen Geld. Ich hatte ihn ja nochmals gefragt, warum er nicht schon im Sägewerk den Tilmann mit Hilfe seines neuen Telefons beim Posieren mit der Brünetten fotografiert hatte, aber der Mandel bestand darauf, sich erst das Vertrauen vom Tilmann zu sichern.

»Aber die Fotos oder Videos musst du doch dann trotzdem heimlich machen«, hatte ich ihm noch gestern gesagt.

»Ja, aber da hab ich eine ganz andere Ausgangsposition«, hatte der Mandel entgegnet.

Was hätte ich darauf auch erwidern sollen, es waren ja erst ein paar Tage vergangen, in denen wir offiziell *ermittelten*. Beziehungsweise der Mandel ermittelte. Wenigstens war ich zu dem Konzert am Abend eingeladen worden, wenn auch ohne Backstage-Zugang. Im Gegensatz zum Mandel hatte ich mich die letzten zwei Tage mit dem Material von dem IHK-Kurs beschäftigt, aber so richtig wollte der Funke auch bei mir nicht überspringen. Das Fachchinesisch und Behördendeutsch erleichterten einem den Zugang zum neuen Gewerbe nicht unbedingt.

Zudem waren mit der Post *Der kleine Abhörratgeber* und *Observation: Praxisleitfaden für private und behördliche Ermittlungen (broschiert)* angekommen, die einen ähnlichen Beamtenjambus anschlugen. Wobei ich mich bei ersterem Buch geärgert habe, es überhaupt bestellt zu haben. Es war von '97, und jemand aus dem Mittelalter muss mir natürlich nichts über Computer und Internet-Recherche erzählen.

Irgendwann hatte ich dann auch keine Lust mehr gehabt, und überhaupt dachte ich, der Ermittlerberuf ist entweder ein Instinktberuf, oder er ist gar nichts für mich, weil mit Akribie hab ich nichts am Hut. Außerdem musste ich dauernd an die Malleck denken und konnte mich unmöglich jetzt auf den »Zertifikatslehrgang Fachkraft Detektiv« konzentrieren. Die Malleck, das hübsche, hübsche Ding. Letztlich war das Produktivste in den vergangenen zwei Tagen dann auch gewesen, dass ich die Malleck angerufen und mich mit ihr vor dem Konzert auf eine Zigarette verabredet hatte. Um ihr die neuesten Ermittlungsergebnisse vorzulegen. Der Mandel bat mich ausdrücklich, ihr nicht das mit der Dunkelhaarigen im Sägewerk zu erzählen. Immerhin konnte ich mit der Neuigkeit auftrumpfen, dass der Urbaniak uns beauftragt hatte, den Tilmann im Auge zu behalten. Wegen dem Geld von dem Vorschuss und dem Stand der Dinge bei der Vorproduktion von dem Soloalbum. Das konnte man der Malleck ja erzählen, vielleicht wusste sie auch gar nichts von dem Soloalbum und dem Vorschuss, und dann würde ich Eindruck schinden mit dem topaktuellen Stand der Ermittlungen. Der Mandel hatte mich zwar ermahnt, auch das erst mal für mich zu behalten, aber ich musste der Malleck doch was bieten. Fakten. Ich überlegte, welchen Anzug ich anziehen sollte.

Indessen stand der Mandel schon längst an der Rückseite vom Kunstpalast und wartete auf den Tilmann. Ungefähr zwanzig Minuten später als verabredet und auch erst nach dreißigmal Durchklingeln kam der Tilmann raus und holte den Mandel rein. Durch eine Aula mit einem langen Garderobentresen, der jetzt noch unbesetzt war, zu einem Aufzug, hinauf in einen großen weißen Raum mit einer kleinen Theke im Eck und etlichen modernistischen Sitzgelegenheiten. Im Raum daneben befand sich der Saal, wo DEMO später spielen würden, und man hörte schon, wie jemand am Klang der Fußtrommel herumexperimentierte.

»Das ist die Peggy, unsere Tourmanagerin«, sagte der Tilmann und zog den Mandel an der Schulter in Richtung einer Frau, die aussah wie Nena – wie sie eigentlich aussehen müsste in ihrem Alter. Faltiges Gesicht, Lederminirock, blauschwarz gefärbte Mötley-Crüe-Frisur auf dem Kopf und Fingernägel von hier bis nach Spandau, und ich habe ja erwähnt, wie mich lange Fingernägel belasten.

»Wir kennen uns doch, gell, Maxi?«, sagte die Peggy und gab dem Max rechts und links einen Kuss auf die Wange. Der Mandel konnte sich an keine Peggy erinnern, und wenn er etwas hasste, dann wenn man ihn Maxi nannte. Besonders wichtig war auch dem Tilmann die Bekanntschaft zwischen dem Mandel und der Peggy nicht, denn er nahm den Mandel bei der Hand wie einen kleinen Bruder und zog ihn hinter sich her aus der Aula. Der Mandel folgte dem Tilmann in den Saal und hinter die Bühne. Er ging einen Gang entlang und am Ende durch eine Tür, eine Art Umkleideraum, wo ein Buffet aufgebaut war. Schinkensemmeln, Tomatensalat und Mousse au Chocolat.

»Kannst du nicht fressen, das Zeug«, sagte der Tilmann.

»Ach so?«, sagte der Mandel.

»Unser Koch ist in Urlaub, und jetzt haben wir das Hauscatering. Kriegst du nicht runter, diesen Fraß.«

Der Tilmann holte aus der Innentasche seiner Lederjacke einen durchsichtigen Plastikbeutel mit Kokain hervor und portionierte das Zeugs auf einem kleinen Stehtisch in der Mitte des Raums.

»Hau rein, Max, sonst langweilst du dich bei dem Konzert zu Tode.«

»Wie meinst du das jetzt?«, fragte der Mandel.

»Die Band, der Kai, die haben aus ein paar der älteren Sachen so Mammutversionen gemacht. Mit Improvisation im Mittelteil und sogar Percussion. Und dann noch die neuen Lieder, da sind ja auch so ein paar Rohrkrepierer dabei. Kannst du dir stellenweise nicht anhören.«

Man merkte, dass der Tilmann aufgekratzt war, die Sätze flossen regelrecht ineinander, schnell und unausgeglichen in der Sprachmelodie. Das war wohl nicht sein erster Abstecher in die Umkleidekabine. Der Tilmann hackte mit der Karte von seiner Krankenkasse das Pulver auseinander und drückte dem Mandel dann einen zusammengerollten Fünfziger in die Hand.

»Bitte sehr! Lass dir schmecken«, lachte der Tilmann.

Der Mandel nahm eine Prise Kokain zu sich und musste niesen.

»Gesundheit!«, wünschte der Tilmann und redete weiter über das Konzert und wie er den Musikermanieren seiner Kollegen entschlossen entgegentreten würde. Und wie er im Zugabenteil die alten, rebellischen DEMO wieder heraufbeschwören würde, welche Songs er wieder ausgegraben hatte und dass sie das erste Mal seit Jahren »Totengräber« spielen würden.

»Wir haben in den letzten Jahren diesen Zwang verloren, der uns ausgemacht hat, Max. Den Zwang, die Umstände zu verändern. Sich gegen die Umstände zu wehren. Das war der Druck, den wir früher hatten. Das steckt in den alten Songs drinnen. Und ich fühle das jetzt wieder. So, als wäre ich wieder fünfundzwanzig. Es brennt wieder, Max.«

»Ja, sehr schön«, sagte der Mandel. »Das klingt doch gut.«

»Und ich hab noch viel mehr vor. Was ich dir jetzt sage, muss unbedingt unter uns bleiben. Um jeden Preis, sonst steinigen die anderen mich. Kann ich mich auf dich verlassen, Max?«

»Auf jeden Fall«, sagte der Mandel und musste noch einmal niesen.

»Ich mach ein Soloalbum. *Fuck yeah*, ich mach ein Soloalbum. Ich erfinde den neuen Leo Tilmann. Der alte ist tot. Tot, sag ich dir. Nur noch diese Tour, und dann ist Schluss mit DEMO und dem alten Leo Tilmann. Schluss mit diesem Schwachsinn. Mit den Schulfreunden im Bus durch die Gegend fahren und im Proberaum neue Songs ausprobieren, so, als wären wir immer noch in Everswinkel, das pack ich nicht mehr. Ich hab diese Bandscheiße satt. Max, ich sag dir, wir machen da ein Riesending draus. Das wird die Rückkehr zu meinen politischen Wurzeln. Ich hab ein paar Texte auf Tasche, da werden sich einige Leute ganz schön auf den Schlips getreten fühlen. Ich bin der deutsche Bob Dylan, Alter. Deutschland braucht wieder Protestmusik. Ich muss das nur noch mit dem Urbaniak absprechen, aber mit deiner Story lassen wir die Bombe platzen.«

»Welche Bombe meinst du?«, schniefte der Mandel, dem das Kokain nicht bekommen war.

»Na, das Soloalbum. Die Texte. Den Skandal.«

Das mag jetzt nur meine Meinung sein, aber schon damals, und im Nachhinein erst recht, fand ich das Tamtam um sein Soloalbum völlig übertrieben, ja hysterisch. Mein Gott, dann nahm er nach fünfzehn Jahren halt mal alleine ein Album auf. In spätestens drei Jahren würde sowieso wieder die große DEMO-Reunion passieren. Welche Band löst sich denn heutzutage noch ernsthaft auf Dauer auf?

»Max, geht's dir gut?«, fragte der Tilmann den Mandel besorgt, weil dem Mandel die Augen tränten.

»Alles gut«, sagte der Mandel und musste noch einmal laut niesen.

»Dann gehen wir mal wieder hoch, ich muss gleich zum Soundcheck«, sagte der Tilmann.

»Moment. Da muss ich jetzt mal nachhaken«, sagte der Mandel unter Tränen, weil ihm die Frage schon lange auf den Nägeln brannte, er aber nie den passenden Moment in Interviews gefunden hatte.

»Warum macht eine Band wie ihr eigentlich noch Soundcheck? Ihr habt die teuersten Roadies des Landes und die beste Technik, und dann stellt ihr euch immer noch Stunden vorher auf die Bühne und macht Soundcheck. Wär es nicht viel entspannter, ihr treibt euch ein wenig in der Stadt rum, trinkt ein Bier zusammen, tut, was ihr wollt, und kommt dann pünktlich zum Konzertbeginn mit Paukenschlag auf die Bühne? Dann müsstet ihr auch nicht schon immer nachmittags vor Ort sein. Und es wäre doch auch spannender, den Konzertsaal das erste Mal zu sehen, wenn er schon proppenvoll ist, oder?«

»Genau meine Rede, Max, meine Rede. Das predige ich doch seit Jahren. Aber die Berufsmusiker in meiner tollen Band bestehen drauf. Müssen sich eingewöhnen. Warmspielen, akklimatisieren, blablabla. Ein Haufen Bullshit ist das. Aber was willst du machen.«

»Ein Soloalbum«, sagte der Mandel.

»Der war gut«, schrie der Tilmann und haute dem Mandel ziemlich hart auf die Schulter. Der Mandel musste gleich noch mal niesen.

Vermutlich zur gleichen Zeit schritt ich mit der Malleck durch den Park, ein Café war ihr dieses Mal zu öffentlich. Sie trug ein weißes, enges T-Shirt und eine blaue, hautenge, aber vermutlich dehnbare Jeans, die in ihren Stiefeln steckte, wie man das jetzt so hatte. Ihr Haar hatte sie irgendwie kunstvoll geflochten, es erinnerte mich an Gwyneth Paltrows Frisur in einem Kostümfilm – Name vergessen. Schade, dass sie eine dieser großen Sonnenbrillen trug, so musste ich auf das Augenfreibad verzichten. Und ja, schlimm, wie hingerissen ich von dieser Frau war.

Wir liefen durch eine Allee, die Bäume waren ziemlich schnell grün geworden in den letzten Tagen, aber die Äste hingen weit in die Allee hinein, so, als wären sie noch müde von dem langen Winter. Im Gehen erzählte ich ihr gegen den Willen vom Mandel erst von der Brünetten aus dem Sägewerk und dann noch brühwarm die Geschichte mit dem Soloalbum und dem Urbaniak.

»Ach, das ist doch zum Kotzen. Da seid ihr einen Abend mit dem Leo unterwegs, und schon hat er die erste Schlampe im Schlepptau. Das ist doch peinlich.«

»Ich war ja gar nicht dabei, ich weiß ja nicht, ob da mehr war als nur Poussieren. Tut mir leid«, ruderte ich zurück.

»Ach, klar war da mehr, ich kenn doch meinen Mann.«

Die Malleck schaute danach eine Weile beim Gehen stur auf den Boden, bevor sie wieder mit dem Reden anfing. Das mit dem Soloalbum wisse sie sowieso, und von den Geschäften zwischen dem Urbaniak und dem Leo wolle sie eigentlich gar nichts mehr hören.

»Das weiß doch jeder, dass der Leo nicht mit Geld umgehen kann. Ganz sicher hat der seinen Vorschuss schon verkokst oder sonst was damit gemacht. Er hat sich auch grade ein paar Tausend Euro von mir geliehen. Ich verdiene das erste Mal wirklich viel Geld in meinem Leben mit der Deininger-Produktion, da tun mir ein paar Tausend nicht weh. Ich hab auch heute Morgen nochmal mit dem Leo geredet, also versucht zu reden. Ob er nicht aufhören will mit der Dauerbedröhnung und seinen Weibergeschichten. Ob es ohnehin nicht sinnvoller wäre, getrennte Wege zu gehen. Mir ist ja auch nicht so ganz wohl bei der Vorstellung, ihn mit einer Observation zu hintergehen. Aber keine Sorge, ihr behaltet euren Auftrag. Weil der Leo will auch nicht wahrhaben, dass das nicht ewig so weitergehen kann. Der nimmt einen dann in den Arm und sagt, dass es längst keine anderen mehr gibt, dass er mich liebt und braucht, wie er das noch nie in seinem Leben getan hat, und in dem Moment musst du das glauben. Jeder glaubt dem Leo doch seine Herzlichkeit, das ist ja das Problem. Weil er im Prinzip auch ein herzlicher Mensch ist. Der Mann ist ja durchdrungen von Liebe, dass es fast schon unheimlich ist. Aber vor allem von der Liebe zu sich selbst. Habt ihr ein Foto von ihm und der Brünetten aus dem Sägewerk?«

»Nein, leider nicht, der Max wollte sich nicht gleich am ersten Abend aus der Deckung wagen.«

»Hmm. Vielleicht besser.«

»Hast du eine Zigarette?«, fragte die Malleck, und ich gab ihr eine. »Ich bin eigentlich Nichtraucher«, sagte sie, und Tränen liefen unter ihrer großen Sonnenbrille hervor. »Ich weiß doch auch gar nicht mehr, was ich da tue. Ich hätte euch überhaupt nicht beauftragen sollen. Aber es ist so demütigend: Da geht der Max nur einmal mit dem Leo aus, und schon hat der die erste Nutte dabei. Es ist so demütigend. Ich weiß nicht, ob ich überhaupt noch mehr wissen will.«

Beim letzten Satz lief sie weg. Ich war zunächst so verdutzt, dass ich ihr nicht folgte. Stand nur da und atmete ihr Parfüm ein, das in der Luft hängengeblieben war, wo sie eben noch stand.

Du musst dich zusammenreißen, Sigi. Du kannst dich doch nicht so dermaßen in diese Frau hineinsteigern. Das gibt nur wieder Ärger, wie immer, wenn du dich so in eine hineinsteigerst. Ich ging den Weg weiter, der Malleck hinterher, an der Abzweigung links, und da saß sie dann auf einer Parkbank, die Füße angezogen, rauchend, trotzig wie ein Schulmädchen.

»Äh, soll ich gehen?«, fragte ich. »Wir können ja ein andermal reden.«

»Nein, setz dich. Ich bin einfach nur überdreht. Der ganze Druck mit dem Film. Und Leo. Und überhaupt ist das eine komische Zeit. Es passiert so viel und so schnell. Manchmal hat man das Gefühl, man kommt nicht mehr hinterher.«

»Versteh ich«, sagte ich und dachte an den Wust an Unterlagen von der IHK, den ich noch durchlesen musste. Und an den Mandel, der sich da schön aus der Affäre zog bei der Ermittlerausbildung, und dass es deshalb nur gerecht war, dass ich jetzt hier neben der schutzbedürftigen Malleck auf der Parkbank saß und er backstage mit den Altrockern seine Zeit verschwendete.

Die Malleck nahm ihre Sonnenbrille ab und schaute sich um. Drehte den Kopf nach links und nach rechts. Es war weit und breit niemand zu sehen. Dann küsste sie mich auf den

Mund. Ich wusste nicht, was ich sagen sollte, und sagte: »Uh.« Dann küsste sie mich noch mal mit Zunge. Es fühlte sich an, als wäre ihre Zunge ganz kurz. Von einem alles verschlingenden, leidenschaftlichen Kuss konnte keine Rede sein, es war eher ein Züngeln. Aber Herrgott, es war die Malleck, und ich war im Himmel. Ich legte eine Hand knapp unter ihren Busen, und wir schmusten weiter. Zwei, drei Minuten. Dann bewegte ich die Hand ein wenig nach oben, und die Malleck nahm sie weg und stand auf.

»O je«, sagte die Malleck.

»O je?«, fragte ich.

»Ich muss sofort weg. Hab total die Zeit vergessen. Wir sehen uns heute Abend. Aber sei bitte nicht anhänglich«, sagte die Malleck und ging.

Ich blieb auf der Parkbank sitzen und fragte mich, wo das alles hinführen sollte.

Acht

Um neun lungerte ich mit zahlreichen Journalisten und ein paar hysterischen Fans, die Tickets gewonnen hatten, in dem loungeartigen Bereich im Kunstpalast herum. Von der Malleck keine Spur, vom Mandel genauso wenig. Ich bestellte mir ein Glas Wodka auf Eis und eine kleine Flasche Wasser dazu. Ich beobachtete die Leute und grüßte hin und wieder jemand aus der Ferne. Schon merkwürdig, dass ich in keine Gespräche verwickelt wurde, immerhin kannte ich gut die Hälfte der anwesenden Journalisten. Ich war aber auch noch nie ein großer beruflicher Unterhalter, wenn ich ehrlich bin. Der Mandel tat sich da deutlich leichter mit den Kollegen, immer wenn der Mandel irgendwo war, herrschte ein großes Hallo. Komisch, weil der Mandel mit seiner stoischen Art eigentlich nicht der Typ für ein großes Hallo war. Aber er zog das große Hallo magisch an.

»Servus«, sagte der Mandel und stellte sich neben mich an die Theke.

»Na, hast du deinen Schützling aus den Augen verloren?«, fragte ich den Mandel.

»Der zieht sich um. Es geht gleich los.«

»Und? Hast du was herausgefunden?«, wollte ich wissen.

»Nein«, sagte der Mandel, und nach einer halben Minute dann: »Und du?«

»Ich? Nein. Was hätte ich denn herausfinden sollen? Und wie, vor allem?«

»Na, übers Netz«, meinte der Mandel.

Und da war's wieder. Übers Netz. Schon klar, Mandel. Alle denken immer, wenn man als Online-Redakteur gearbeitet hat, kann man alles: sich in den CIA-Computer einwählen, eine Festplattenrettung durchführen oder das Internet erfinden. Ich kann gar nicht zählen, wie oft ich von irgendwelchen Deppen im Verlag angerufen worden bin, die mich gefragt haben, ob ich ihren Browser, ihr E-Mail-Programm oder am besten den ganzen Rechner reparieren könnte.

»Na, du bist doch der Onliner. Du kennst dich doch mit Computern aus«, hieß es dann.

»Ich kann noch nicht einmal meinen Computer selbst einschalten. Ich bin eine reine Fachkraft«, habe ich dann immer bockig gesagt.

Und auch der Mandel war anfangs so einer von der steinzeitlichen Sorte gewesen. Er hat mich mal ernsthaft gefragt, ob ich ihm nicht eine MP3-Datei runterladen könnte, das ihm eine Plattenfirma auf einen Server gestellt hatte. Dabei hätte er nur auf einen Link klicken und ein Passwort eingeben müssen. Nur wenn er sich für ein Gagdet interessierte, etwas ganz Spezielles, dann war er an vorderster technischer Front anzutreffen. Das Internet fiel nicht in diese Kategorie.

»Im Netz ist nichts«, sagte ich. »Außer vielleicht, dass der Anwalt von der Malleck erfolgreich so einen Neonazi verteidigt hatte, weil der bei einer Demo einen Linken ziemlich übel zugerichtet hat.«

»Der Anwalt von der Malleck verteidigt Nazis?«, der Mandel schien empört, eine seltene Anwandlung.

»Mehr weiß ich auch nicht. Unschöne Sache, und eigentlich geht es uns auch nichts an.«

»So was geht einen immer was an«, sagte der Mandel, und ausgerechnet der Mandel, der letzten Sonntag vergessen hatte, zum Bürgerentscheid wegen der Parkraumbewirtschaftungszonen zu gehen, weil er geglaubt hatte, es wäre noch Samstag. Die Freiberuflichkeit tat seinem Zeitgefühl keinen Gefallen.

»Wie war dein Treffen mit der Malleck?«, fragte der Mandel.

»Ganz okay. Ich hab ihr das vom Sägewerk erzählt. Sonst hätte ich ja gar nichts Neues gehabt«, rechtfertigte ich mich schon mal im Voraus.

»Dass du jetzt nicht gescheiter bist, Sigi. Was musst du dich denn überhaupt mit ihr treffen?«

»Ich wollte sie nur auf dem Laufenden halten. Ihr zeigen, dass wir am Ball bleiben.«

»Am Ball«, wiederholte der Mandel abfällig.

»Wo ist eigentlich die Malleck?«

»Woher soll ich denn das wissen?«, sagte ich, als im Saal nebenan das Licht ausging.

»Es geht los. Gehen wir rein«, sagte der Mandel.

Das Konzert hatte noch nicht einmal angefangen, und ich war schon genervt, weil Intro. Intros finde ich gut bei Heavy-Metal-Bands, die einen Okkultfimmel haben, aber ansonsten ist das meist nichts anderes als ein Zeichen für schlechtes Pathos und ein Vorzeichen für schlechte Musik. Und bei DEMO dann auch ganz übel: das Andante aus der *Kleinen Nachtmusik* vom Mozart. Und wie vorherzusehen: danach das totale Punkbrett, um alle zu schockieren. Albern und total Neunziger, wenn nicht sogar Achtziger.

DEMO spielten »Arschgeigen«, eine ganz alte Nummer und zu Recht in Vergessenheit geraten.

Warum bist du noch hier?
Hast dich nicht schon längst verpisst?

Weil selbst im Streichquartett der Verlierer
Keiner die Arschgeige vermisst!

Lyrisches Frühwerk vom Tilmann und ganz sicher seine Idee, mit der Nummer anzufangen. Ein Statement vermutlich. Ich bekam die Kotze bei so viel scheinheiliger Pseudorebellion. Der Mandel wippte mit, es war kaum zu glauben.

»Die alten DEMO-Sachen sind gar nicht so schlecht«, schrie er mir ins Ohr, und ich schüttelte nur den Kopf.

Nach dem Song sagte der Tilmann zum Publikum via Mikrofon:

»Hallo, ihr Punkrocker. Yeah.«

Danach folgten zwei, drei Standards wie »Rockomotive«, »Franz der Teufel« und »Isabella« und darauf die neue Single »Afrika«, die aber nicht die Begeisterung der anderen Lieder wiederherstellte. Danach gab es zwei weitere Stücke vom neuen Album, die ich nicht kannte, und ich holte mir noch einen Wodka und dem Mandel ein Bier, weil es keinen Beefeater gab.

Dann wurde es noch schlimmer. In der Mitte von »Neunerbahn« ging der Tilmann von der Bühne, und es entstand eine Art Jam-Session, alleine das Wort schon. Selbst der Mandel hatte jetzt das Interesse verloren und war mit einem Kollegen von *Spiegel Online* an die Bar gegangen. Ich lief in der Lounge herum und suchte die Malleck, nach der ich freilich schon die ganze Zeit Ausschau gehalten hatte. Als ich an der Bar vorbeikam, hielt mich der Mandel fest.

»Komm wieder mit rein. Jetzt passiert gleich was.«

Er lachte, und der Kollege von *Spiegel Online* lachte gleich mit. Offensichtlich war er eingeweiht. Dann gingen sie rein und ich hinterher. Der Tilmann war gerade wieder auf die Bühne gekommen und justierte sein Mikrofon. Seine Mitmusiker, der Kai Bartels, der Kretschmann und der Schredder, sahen erschöpft, aber zufrieden aus nach ihrem Hippiegewichse.

»Damit ihr mir hier nicht wegpennt, hab ich jetzt einen Gastsänger, den ihr alle kennt«, sagte der Tilmann ins Mikrofon.

»Max, komm rauf zu uns!«

Unter lautem Jubel stieg ausgerechnet Max Mandel, Intimfeind aller Karaoke-Abende, auf die Bühne.

»Der Max singt jetzt seinen Lieblings-DEMO-Song von früher, als der Max noch ein kleiner Studenten-Punker war.«

Der Mandel lächelte unsicher, aber er freute sich, das konnte ich sehen. Studenten-Punker, der Mandel, da lach ich. Der Mandel war immer schon ein Schnösel gewesen. Auch an der Uni. Er selbst hätte natürlich eher »Dandy« gesagt als Schnösel.

»Sag doch das Lied gleich selbst an, Mäx«, sagte der Tilmann, und das Publikum, das zu großen Teilen aus Musikjournalisten bestand, schien sich das erste Mal an dem Abend wirklich zu amüsieren. Ich fragte mich, ob auch die hysterischen Ticketgewinner wussten, wer der ältere Mann mit dem akkuraten Seitenscheitel und dem jugendlichen schwarzen Mantel auf der Bühne war. In dem Scheinwerferlicht konnte nun wirklich jeder sehen, dass der Mantel dem Mandel an der Hüfte zu eng war.

»Kennt ihr alle. Der Song heißt ›Sommerrebell‹«, sagte der Mandel ins Mikro, aber so beiläufig, dass man ihn kaum verstand. Zudem zählte der Schredder während der Ansage schon ein. Die Strophe sang dann der Tilmann, und der Mandel stand wippend daneben. Ganz peinliche Angelegenheit. Der Tilmann hielt ihm bei Schlüsselpassagen das Mikro vor den Mund, und der Mandel kannte tatsächlich den Text. Da taten sich ja Abgründe auf. Und dann kam der Refrain, und der

Mandel übernahm jetzt das Mikrofon und stampfte mit dem Fuß auf wie ein betrunkener Stier.

Rebell, Rebell, schrei so laut du kannst
Sommer sind zum Träumen da
Sommer sind zum Brennen da
Schrei die Stille in Grund und Boden
Sommerrebell, Sommerrebell

Und dann sah ich auch die Malleck. Nur wenige Reihen vor mir stand sie mit einem Typen mit kurzrasierten Haaren und Polohemd. Sie sprang, sie jubelte, sie war völlig außer sich. Sie sang mit und warf dem Mandel Luftküsse zu. Ich fühlte mich jetzt endgültig fehl am Platz. Der Mandel trat unter dem Gejohle der Musikjournalisten vom Mikro zurück. Die hysterischen Fans schauten ein bisschen befremdet, aber klatschten höflich.

»Give it up for Max Mandel«, schrie der Tilmann ins Mikrofon. Und »Gute Nacht!« hinterher.

Die Band wanderte hinter die Bühne ab, während der Mandel unbeholfen wieder ins Publikum kletterte, wo er von der Malleck stürmisch in Empfang genommen wurde. Als sie ihm um den Hals fiel, ging ich zu ihnen.

»Hi, Sigi«, sagte die Malleck noch aus der Umarmung mit dem Mandel heraus.

»Hallo«, sagte ich. »War's das schon?«

»Nein«, sagten der Mandel und die Malleck gleichzeitig.

»Die haben sich noch ein hammer Zugabenprogramm ausgedacht. Der Leo nimmt nur kurz sein Asthmaspray, und dann kommen sie wieder. Kennst du eigentlich den Holger?«, fragte die Malleck und nahm den großen kahlen Mann mit dem teuren Polohemd bei der Schulter, drehte ihn in meine Richtung.

»Holger, das ist der Sigi Singer, der Partner vom Max. Sigi, das ist der Holger, mein Anwalt.«

»Na?«, sagte der Holger Edelstein und schüttelte meine Hand. Wenn jemand schon »Na?« sagte.

»Und das ist der große Max Mandel, Musikjournalist, Freund der Stars und neuerdings Punkrocksänger«, lachte die Malleck und drehte den Holger Edelstein noch ein paar Grad weiter in Richtung Mandel.

»Geiler Auftritt«, sagte der Holger Edelstein, und »geil« ist auch so ein Scheißwort, dachte ich.

»Ich hol dir schnell deinen Drink, Roni«, sagte der Holger Edelstein zur Malleck und ließ uns mit ihr allein.

Jetzt wusste keiner von uns so recht, was er mit der Malleck reden sollte, weil Stimmung zwar ausgelassen, aber Anlass ja nach wie vor unschön, weil Spionage. Sogar Industriespionage, wenn man den Auftrag vom Urbaniak miteinrechnete. Wo war der eigentlich? Die Malleck sah übrigens schon wieder anders aus als heute Nachmittag. Eine kurze schwarze Hose und türkise Leggins darunter. Hohe Schuhe mit Korkabsatz. Aber ihr Geruch war noch derselbe wie im Park. Der Geruch, der ohnehin seit Stunden durch meine Sinne irrlichterte. Die Situation mit den ganzen Leuten hier war mir unangenehm. Ich wollte mich lieber mit der Malleck allein unterhalten. Die hysterischen Fans von der Ticketverlosung schrien und pfiffen, als ginge es um ihr Leben. Das Saallicht war noch nicht wieder an, und alles schaute auf die Bühne. Die Malleck sagte dem Mandel etwas ins Ohr. Ich schaute auf die Uhr, seit fast zehn Minuten war die Bühne jetzt leer, aber das Licht blieb aus. Ich blickte zum seitlichen Bühnenaufgang. Dort schaute ein Techniker ebenfalls auf die Uhr. Es dauerte noch weitere fünf Minuten, dann kam der Edelstein mit unseren Getränken zurück.

»Sorry. Hab mich an der Bar verquatscht«, sagte er und gab der Malleck ein Glas mit einer roten Flüssigkeit. Dem Mandel und mir drückte er eine Flasche Bier in die Hand. Es war ein holländisches Bier.

»Ist der Leo wieder aufgetaucht?«, fragte der Edelstein.

Die Malleck schüttelte den Kopf. Der Mandel schaute ernst drein, als wäre er der Tourmanager oder so was in der Art.

»Wo kann er denn sein?«, fragte der Edelstein.

»Keine Ahnung. Ich versteh das auch nicht«, sagte die Malleck und sah jetzt auch aus, als wäre ihr gerade etwas sehr Unangenehmes zugestoßen.

Erst kam der Kai Bartels auf die Bühne, dann der Rest.

»Liebe Fans«, sagte der Bartels. »Der Leo ist leider nicht auffindbar, und falls er das jetzt hört, wird er dringend gebeten auf die Bühne zu kommen, weil ich sonst heute Abend ›Totengräber‹ singen muss, und das willst du doch nicht, Leo, oder?«

Die Band ging wieder zu ihren Instrumenten, aber immer noch kein Tilmann. Der Kai Bartels schaute besorgt zum Bühnenaufgang, dann besprach er sich mit dem Kretschmann und ging zum Schredder hinters Schlagzeug. Eine allgemeine Verunsicherung lag in der Luft. Der Kai Bartels trat an das Mikrofon ganz vorne, wo bis vor kurzem noch der Tilmann gestanden hatte.

»Na gut. Soll ich das mal probieren?«, fragte der Bartels die Leute, und die Leute hielten das offensichtlich für eine gute Idee. Und wenn man ehrlich ist, dann musste man danach auch zugeben, dass der Bartels rein von der Technik und den Tönen her viel besser singen konnte als der Tilmann. Dafür aber völlig emotionslos. In Gedanken nannte ich ihn Kai »No Soul« Bartels, in Anlehnung an diese Szene in *Amazon Women on the Moon*. Die Begeisterung der Anwesenden hielt sich in Grenzen, als der Bartels sang.

Du bist ein Totengräber
Ich bin ein Leichenheber
Du packst sie ein, ich pack sie aus

Häufst sie in deinem Keller
Doch heut Nacht bin ich schneller
Ich schrei die Wahrheit laut hinaus

Irgendwann war trotz ausuferndem Gitarrensolo vom Kretschmann auch der »Totengräber« zu Ende, und noch immer keine Spur vom Tilmann. Die Malleck war ein wenig blass im Gesicht, und der Mandel kratzte sich am Kopf.

»Ich schau mal backstage«, sagte die Malleck.

»Soll ich mitkommen?«, fragte der Anwalt Edelstein, aber die Malleck war schon losgelaufen, und jetzt schauten wir ihr alle drei konsterniert hinterher.

»Äh, der Leo ist wohl längst in unserer Stammkneipe, und dahin gehen wir jetzt auch. Gute Nacht, meine Lieben«, versuchte sich der Kai Bartels erneut als Ansager, aber das Publikum hatte überwiegend das Interesse verloren und zog sich langsam aus dem Konzertsaal zurück. Der Bartels schaute sich nach seinen Kollegen um und legte dann seinen Fender-Jazzbass ab. Der Schredder haute nochmals so unglaublich laut und verrückt auf seiner Burg herum, dass sich das zurückziehende Publikum erschrocken umdrehte. Die hysterischen Ticketgewinner blieben als Einzige vor der Bühne versammelt und starteten einen »Leo, Leo«-Sprechchor, aber das Saallicht ging gnadenlos an. Der Mandel und ich, wir standen dem Anwalt gegenüber, und keiner sagte etwas. Stattdessen musterte man sich in dem grellen Licht, das völlig andere Menschen aus den Leuten machte. Der Anwalt Edelstein sah ziemlich faltig aus. Der war locker fünfzig.

»Tja, dann gehen wir auch«, schlug ich irgendwann vor.

»Ich muss ja noch auf die Roni warten«, sagte der Edelstein.

»Ja, lass uns noch kurz warten. Ist doch kein Stress«, sagte der Mandel, und jetzt stand ich wieder wie der Stresser da.

»Ich geh mal an die frische Luft«, sagte ich, winkte kurz und stieg das runde Treppenhaus hinunter in den Innenhof, wo schon eine Menge Leute standen und rauchten. Ich sah, wie ein schwitzender Urbaniak an mir vorbei zum Eingang stürmte.

Der Mandel oben sah den Urbaniak mit risiegen Schweißflecken unter den Achseln seines marinefarbenen Hemds an den Bühnenrand stürzen, wo er immer noch mit dem Edelstein auf die Malleck wartete.

»So eine Scheiße. Hallo Holger, hallo Max. Ich hab's nicht mehr rechtzeitig geschafft. Heavy Verkehr in der Stadt. Und das am Samstag. Warum ist denn hier schon Feierabend? Eigentlich müssten wir doch mitten im Zugabenteil sein. Haben die früher angefangen?«

»Der Leo ist weg«, sagte der Edelstein.

»Wie, weg?«, fragte der Urbaniak.

»Er ist zur Zugabe nicht auf die Bühne gekommen.«

»Nein, oder? Das kann nicht sein. Der Typ treibt mich noch in den Wahnsinn«, sagte der Urbaniak und fügte dann aber beschwichtigend hinzu:

»Weil er halt so *motherfuckin' crazy* ist. Unberechenbar. Und das macht ihn ja auch aus. Und die Pressejungs haben wenigstens was zu schreiben.«

Er lachte gezwungen, und bei »Pressejungs« war ein kurzes Lispelfeuerwerk abgeschossen worden. Der Edelstein putzte sich verstohlen die Wange ab.

Die Malleck kam wieder und sah immer noch blass aus.

»Hast du ihn gefunden?«, fragte der Anwalt Edelstein.

Die Malleck schüttelte den Kopf.

»Die anderen wissen auch nicht, wo er sein könnte. Er muss wohl zum Hinterausgang raus sein. Ans Telefon geht er jedenfalls nicht. Holger, ich will nach Hause. Hallo Karsten.«

Die Malleck und der Anwalt Edelstein verabschiedeten sich und gingen über den Innenhof, wo ich schon die zweite Zigarette rauchte, raus auf die Straße zu den Taxis. Der Holger hielt dabei seinen Arm schützend vor die Malleck, so als wären wir auf dem Flughafen in Los Angeles und er müsste einen Angriff der Paparazzi abwehren. Hündisch, wie der Edelstein sich gegenüber der Malleck benahm. Ich hätte der Malleck gerne noch einen schönen Abend gewünscht, aber sie sah mich nicht unter all den rauchenden Leuten.

Dem Mandel oben ließ das mit dem Verschwinden vom Tilmann keine Ruhe. Und das eine, das muss man dem Mandel lassen: Obwohl er ein Stoiker war, der jede Form von Sturm, Drang und Penetranz ablehnte, besaß er einen unwiderlegbaren Instinkt dafür, wann er die Dinge selbst in die Hand nehmen musste. Jeder andere hat in der Situation automatisch eine egoistische Eskapade vom Tilmann angenommen, wäre ja auch nicht die erste in der Bandgeschichte gewesen, aber der Mandel nicht. Der Mandel erinnerte sich nämlich an die Details, die ihm der Tilmann vor dem Konzert erzählt hatte. Von den Songs des Zugabenteils, wie der Tilmann die Texte modernisiert hatte, dass die Band zehn Jahre nach Erscheinen das erste Mal wieder »Totengräber« spielen würde, und überhaupt hatte er sich am meisten auf den Zugabenteil gefreut. Das deutete nicht darauf hin, dass dem Tilmann spontan die Lust an dem Konzert vergangen war. Und so folgte der Mandel seinem Instinkt hinter die Bühne. Die wenigen Leute, die noch im Saal verblieben waren, sahen, wie der Mandel auf die Bühne stieg, zum zweiten Mal an dem Abend. Er blieb vor dem Schlagzeug stehen und sah sich um. Links, rechts. In seinem schwarzen Mantel muss er ein bisschen ausgesehen haben wie ein Cowboy, der sich in der Mittagshitze auf der Hauptstraße einer Goldgräberstadt umblickt, wo die letzten Leute gerade die Flucht in ihre Häuser antreten, bevor die Schießerei anfängt. Der Mandel beobachtete die Roadies, die schnell und mechanisch das Werkzeug der Band wegschafften. Er verließ die Bühne rechts über den schmalen Aufgang und stand dann hinter dem riesigen Molton-Vorhang. Dahinter war noch eine Menge Platz, die Bühne stand nicht am hinteren Ende des Saals. Rechts zweigte ein kleiner Gang ab, den der Mandel heute schon einmal mit dem Tilmann entlanggelaufen war. Nach ein paar Metern den Gang hinunter gelangte er zu zwei Türen auf der rechten Seite. Die eine war die zum Klo, und auf der anderen stand mit Edding auf einem weißen Zettel DEMO. Dort war er früher am Abend mit dem Tilmann zur Drogeneinnahme gewesen. Der Mandel klopfte und öffnete gleichzeitig die Tür, ohne ein *Herein* abzuwarten. Jemand saß mit nacktem, rotem Oberkörper und einem Handtuch über dem Kopf auf einem Stuhl, in der einen Hand eine Wasserflasche, in der anderen eine Schüssel mit Mousse au Chocolat. Auf der Brust hatte das Handtuch Schredder eintätowiert. In altdeutscher Schrift auf wabbeliger Haut.

»Hey«, sagte der Schredder.

»Selber hey«, sagte der Mandel und lächelte. »Habt ihr den Leo schon gefunden?«

»Ach, der Leo. Dem ist wahrscheinlich nur sein Waschpulver zu Kopf gestiegen. Macht ihn ja von Jahr zu Jahr verrückter«, sagte der Schredder und lächelte dabei schief, aber gutmütig. Dem Schredder fehlte ein Vorderzahn, und dann das rote Gesicht, das schiefe Lächeln und die merkwürdige Tätowierung. Ein putziger Freak, dachte der Mandel. Auf dem

Stehtisch, wo der Tilmann vor ein paar Stunden noch das Kokain zerteilt hatte, stand ein Asthmaspray. Das sah der Mandel sofort, weil er das von den Interviews mit Alice Cooper her kannte. Schwerer Asthma-Patient, der Alice Cooper.

»Wo sind denn die anderen?«, fragte der Mandel

»Kretsch ist schon auf dem Weg nach Hause, und Kai läuft hier irgendwo rum.«

»Keine Ahnung, wo der Leo sein könnte?«, fragte der Mandel.

»Keinen Schimmer. Im Royal? Im Poschardt? Na, irgendwo wird er sich's schon gutgehen lassen«, sagte der Schredder.

»Bist du nicht besorgt?«

»Na ja, er ist halt ne Flitzpiepe. Wird sich schon wieder einkriegen. Kai ist nur stinksauer.«

Der Schredder sah nicht so aus, als beunruhigte ihn das.

»Was brauchst du denn vom Leo? Kann ich dir helfen?«

»Nein, schon gut, ich hätte nur was von ihm wissen wollen. Für die Reportage.«

»Das war ein gutes Konzert«, sagte der Schredder. »Du warst echt gut.«

»Äh, danke. Du, ich muss jetzt los. Bis später«, sagte der Mandel und winkte dem Schredder nochmal, bevor er die Tür wieder zuzog. Er ging den Gang weiter, bis er ins Treppenhaus gelangte, wo gerade zwei der Roadies ein paar dieser Transportkoffer mit Aluminiumbeschlägen, im Fachjargon »Flightcases« genannt, in den Aufzug hievten. Der Mandel schaute den Roadies zu, wie sie mit dem Aufzug nach unten fuhren. Er holte sein Telefon aus der Manteltasche und starrte eine Weile darauf. Zwei weitere Roadies kamen und rollten ein noch größeres Flightcase. Beim Mandel blieben sie stehen und warteten auf den Aufzug. Einer lange Haare, einer keine.

Der Mandel wartete. Der Aufzug kam nur langsam. Auch

wenn sie den Kunstpalast von vorne bis hinten renoviert hatten, der Lastenaufzug war der alte. Vielleicht sogar noch von vor dem Krieg. Ein schwerfälliges, vergittertes Ungetüm mit einer Art Stange als Bedienelement. Und einem alten Schloss. Also erst Schlüssel rum, dann Stange runter und dann ächzte man langsam nach oben oder unten, je nachdem, wohin man wollte. Während die Roadies die Kiste jetzt in den Aufzug rollten, wählte der Mandel die Telefonnummer vom Tilmann. Er wartete auf das Freizeichen, und die Roadies zogen die Gittertür zu und drückten die Stange runter. Als sich der alte Aufzug bärbeißig in Bewegung setzte, hörte der Mandel grade das Freizeichen auf seinem Telefon. Aber er hörte noch etwas anderes. Den Klingelton vom Tilmann, den er noch gut von dem Abendessen beim Italiener im Ohr hatte, da hatte es alle drei Minuten geklingelt. Es war »Mer stonn zo dir, FC Kölle«, weil der Tilmann offensichtlich Köln-Fan war. Nur ein paar Sekunden hörte der Mandel den Refrain, dann waren De Höhner wieder verstummt. Doch das Freizeichen blieb.

Natürlich brauchte der Mandel nur eine Schrecksekunde, um zu verstehen, was das bedeutete. Danach rannte er so schnell er konnte, die Treppen hinunter zum Hinterausgang, wo die beiden Roadies gerade die Kiste aus dem Aufzug rollten. Auf der Gebäuderückseite wartete ein Lkw.

»Halt, stopp!«, rief er den Roadies zu.

»Was will *er* denn?«, motzte der mit den keinen Haaren.

»Mach das Ding auf«, sagte der Mandel und hielt sein Telefon in die Luft. Die Blicke der Roadies folgten dem Handy vom Mandel willenlos in die Luft. Es dauerte einen Moment, aber jetzt mussten auch die Roadies kapiert haben, woher die Musik stammte.

Mer schwöre dir he op Treu un op Iehr:
Mer stonn zo dir FC Kölle!
Un mer jon met dir, wenn et sin muss, durch et Füer,
Halde immer nur zo dir, FC Kölle!

»Hat wohl jemand sein Telefon drin vergessen. Is das Bassdrum-Case vom Schredder«, sagte der Roadie mit den langen Haaren.

»Nicht unser Problem«, sagte der ohne Haare, aber der andere entriegelte schon die sogenannten Butterfly-Verschlüsse. Er hob den Deckel ab, und noch bevor der andere Roadie und der Mandel etwas sehen konnten, trat er zurück und sagte:

»Fotzendreck.«

De Höhner sangen jetzt laut das FC-Köln-Lied. Der Mandel schaute in die Kiste, und da brauchte man kein Kriminaler sein, um auf einen Blick zu sehen, dass eine Sauerei passiert war. Eine braune Wolldecke lag obenauf, links oben war sie leicht umgeschlagen, und es schaute ein rot-weißer Turnschuh heraus. Der Mandel zog die Decke weg. Ich kann jetzt auch nur seine Beschreibung wiedergeben, aber es muss gar nicht so unappetitlich ausgesehen haben, wie es sich gleich anhören wird. Eher extraordinär, also irgendwie außerhalb der üblichen Wahrnehmung, sagt der Mandel.

In der Kiste lag der Tilmann zusammengeklappt wie in einer Yoga-Stellung. Als hätte man ihn einfach verbogen, damit er in die Bassdrum-Kiste passte. Das Gesicht vom Tilmann war blutverschmiert, die Haare blutnass, und da befand sich ein ziemliches Loch über dem Auge, aus dem Blut austrat und was weiß ich was noch. Der halbe Tilmann trug immer noch sein schwarzes Bühnenhemd mit den westernmäßig bestickten Brusttaschen. Seine Augen waren weit aufgerissen und schauten den Mandel vorwurfsvoll an. Schräg über den Oberkörper vom Tilmann hatte man seinen Unterkörper geworfen. Der Mandel kapierte sofort: Jemand hatte den Tilmann in der Mitte auseinandergetrennt und portionsgerecht zum Abtransport fertig gemacht. Die Beine in der Jeans mit dem Westerngürtel mit der protzigen Schnalle und den Basketballschuhen lagen auf dem Brustkorb vom Tilmann, wie einen Liegestuhl hatte man ihn zusammengeklappt und verstaut, badend im eigenen Blut. Das Telefon mit der FC-Köln-Hymne hatte aufgehört zu klingeln, und beim Mandel am Telefon ging der Anrufbeantworter ran.

»Yeah, Freunde, hier is Leo, aber leider nicht persönlich. Nachricht nach dem Ton.«

Und natürlich klang das für den Mandel wie »Nachricht nach dem Tod«.

Neun

Der Mandel hatte erst die Polizei und dann mich angerufen. Ich war schon auf dem Weg nach Hause, als sein Anruf mich erreichte. Als ich zum Hintereingang vom Kunstpalast kam, unterhielt sich ein Uniformierter mit dem Mandel. Der Kai Bartels stand daneben und schaute auf den Boden. Besagte Kiste lag immer noch am Hinterausgang vom Kunstpalast, genau da, wo der Mandel sie hatte öffnen lassen. Ein Krankenwagen fuhr vor, und zwei Sanitäter sprangen heraus. Der Polizist, der gerade noch mit dem Mandel geredet hatte, zeigte auf die Kiste mit dem Tilmann drinnen. Ich schaute zu, wie die Sanis auf die Kiste zuliefen.

»Der Tilmann ist hin? Hab ich dich da richtig verstanden?«, fragte ich den Mandel.

Der Mandel sagte nichts.

»Was ist denn in der Kiste?«

»Der Tilmann«, antwortete der Mandel und starrte auf die Sanitäter bei der Kiste.

»Halbiert«, fügte er hinzu.

»Echt jetzt?«, fragte ich nach.

Der Kai Bartels schaute mich an wie einen Außerirdischen.

»Gibt's doch nicht. Und was jetzt?«, sagte ich zum Mandel.

»Jetzt bringen sie ihn erst einmal in die Pathologie. Zur Leichenschau.«

»Und was machen die ganzen Bullen? Sind ja eine ganze Menge hier.«

»Befragen alle Mitarbeiter, lassen sich alle Adressen geben. Fragen rum und bestellen alle nacheinander für die nächsten Tage aufs Revier.«

»Dich auch?«, fragte ich den Mandel.

»Dich auch, Sigi. Jeden. Die Band, die Malleck, die Journalisten, die Roadies, die Zuschauer, jeden.«

Während der Mandel das sagte, entfernte sich der Kai Bartels wortlos von uns.

»Und wie geht's dem?«, fragte ich und nickte in Richtung des sich davonschleichenden Kai Bartels.

»Woher soll ich das wissen?«, sagte der Mandel.

»Und wie geht's dir?«

»Mir geht's gut. Ich bin ja nicht tot«, sagte der Mandel.

Ich beobachtete aus der Entfernung, wie die Sanitäter den zweimal halben Tilmann in eine Folie wickelten, genau erkennen konnte ich es nicht.

»Und was machen *wir* jetzt?«

»Ich geh heim«, sagte der Mandel.

»Das war's dann mit unserem Fall.«

»Sieht so aus.«

»Rauchen wir noch eine, bevor wir gehen?«

»Von mir aus«, sagte der Mandel.

»Sie haben den Herrn Tilmann gefunden?«, fragte ein langer Mann mit dichtem grauen, Haar und einer für die Uhrzeit unheimlich gut gebundenen Krawatte.

»Ja«, sagte der Mandel.

»Winter, achte Mordkommission. Wir unterhalten uns noch ausführlicher morgen früh bei Ihrem Termin, aber kurz die Frage: Woher wussten Sie, dass sich das Opfer in der Kiste befindet?«

»Mandel, angenehm. Das hatte ich Ihrem Kollegen schon erzählt. Ich habe den Herrn Tilmann angerufen, und der Klingelton von seinem Telefon kam aus der Kiste.«

»Was wollten Sie denn überhaupt hinter der Bühne?«

»Ich bin Journalist und habe mit dem Herrn Tilmann zusammengearbeitet«, sagte der Mandel und schaute hinauf zum Mordkommissar Winter und ihm fest in die Augen.

»Aha. Sie kommen morgen um zehn in die Keithstraße 30, dann sprechen wir uns da im Detail.« Das klang nach einer Drohung.

»Jawohl. Und einen schönen Abend noch, Herr Winter«, sagte der Mandel, aber der Mordkommissar Winter schritt grußlos davon. Der Mandel konnte es nicht ausstehen, wenn Leute nicht grüßten. Mindestmaß an Höflichkeit, sagt er.

Am nächsten Morgen ging es drunter und drüber in der Stadt. Alle waren wie aufgescheucht, im Fernsehen lief eine Sondersendung nach der anderen, und Hubschrauber waren in der Luft, obwohl ich mir nicht sicher war, ob das an dem Mord lag. Mütter mit Kinderwagen hetzten über die Bürgersteige, Autos hupten wie verrückt, und der Verkehr war zähflüssig. Das Wetter war nervös, es regnete morgens, und eine unerwartete Sonne trocknete alles bis Mittag. Dann regnete es wieder. Die Stadt war in Aufruhr wie an einem Werktag, obwohl Sonntag war.

Alle wurden verhört. Der Mandel wurde verhört, ich wurde verhört. Der Mandel hatte dem Mordkommissar Winter nichts von unserem ursprünglichen Auftrag erzählt, und genau darum hätte ihn die Malleck auch gebeten, da bin ich mir sicher. Der Mandel erzählte von seiner Reportage und dem Konzert und wie er den Tilmann gefunden hatte. Der Winter hörte ihm wortlos zu und musterte ihn eindringlich. Ich selbst machte meine Aussage bei einem anderen Beamten. Ich hatte auch nicht so viel zu erzählen wie der Mandel, und es schien, als schenkte man meiner Aussage kaum Beachtung. Den großen Kommissar Winter bekam ich an dem Tag gar nicht zu Gesicht. Als ich vor dem alten Funktionalgebäude in der Keithstraße auf den Mandel wartete und ein erneuter Regenguss auf mich niederging, fühlte ich mich seltsam erfrischt. Der Frühling war in vollem Gange, das war nicht mehr der eiskalte Regen von letzter Woche.

»Das Wetter wird besser«, sagte ich zum Mandel.

»Nächste Woche soll's schneien«, sagte der Mandel.

Die Zeitungen waren voll mit Schlagzeilen über die Ermordung vom Tilmann. Aber keine Zeitung und auch sonst niemand erzählte uns, ob die Polizei jemanden verdächtigte und ob am Tatort noch weitere Spuren gefunden wurden. DNA, Fingerabdrücke, Stofffasern, was es da eben so gab. Braucht niemand zu glauben, dass man als Privatdetektiv plötzlich mehr weiß als das, was in der Zeitung steht.

ROCKSTAR ZERSTÜCKELT

Der letzte Auftritt des DEMO-Sängers

Leo Tilmann, der 41-jährige Sänger der bekannten Rockband DEMO, wurde am Samstag gegen null Uhr tot in einer Transportkiste im Berliner Kunstpalast aufgefunden. Die Band hatte dort einen Auftritt vor Journalisten und ausgewählten Fans gegeben. Nach ersten Erkenntnissen wurde das Opfer erschlagen und nach Eintritt des Todes zerstückelt. Aus Kreisen der Mordkommission gingen noch keine Informationen bezüglich Tatverdächtiger ein. Es gilt jedoch als sicher, dass sowohl die Band als auch die bei dem Konzert anwesende Ehefrau des Toten – die bekannte Schauspielerin Veronika Malleck – zur Stunde verhört werden.

Zusammen mit seiner Band DEMO verkaufte Leo Tilmann bis heute etwa 20 Millionen Tonträger. Tilmann und DEMO veröffentlichen nächsten Freitag ihr 13. Album *Lauthals und Halbstärke*.

Das war schon hochinteressant, dass in wenigen Tagen das neue Album von DEMO erschien, das war mir gar nicht bewusst gewesen. Das klang nach dem besten Promotion-Stunt der Musikgeschichte. Und dann noch die Malleck als trauernde Witwe, statt als geprellte Ehefrau. Auf eine gewisse Art und Weise war das für alle ein Happy End. Außer für den Tilmann. Und natürlich den Mandel und mich. Wir hatten keinen Auftrag mehr, weder von der Malleck noch vom Urbaniak, und saßen blöd in unserem Ermittlungsbüro am Nordufer herum. Und warteten auf die Lieferung der Mini-Peilsender. Und sind wir mal ehrlich: Welcher Auftrag hätte besser zu uns passen können als dieser? Wer sollte uns denn sonst engagieren? Spätestens jetzt bereuten wir unsere Geschäftsidee. Und die Bestellung der Mini-Peilsender. Und die Anmeldung zu dem sündhaft teuren Kurs von der Industrie- und Handelskammer. Und überhaupt.

Der Mandel und ich, wir saßen am Sonntagabend im Deichgraf und teilten uns einen Teller Grünkohlauflauf. Es waren immer noch Grünkohlwochen, und die Kreationen vom Koch des Deichgraf wurden immer fantasievoller. Sogar ein Grünkohlfrühstück war neuerdings im Angebot. Und dabei war es Mitte März, die Grünkohlsaison war längst vorbei. Das hätte uns eigentlich zu denken geben sollen. Ich kratzte lustlos auf dem Teller herum, und keiner sagte etwas. Ich fing dann doch an, weil im Gegensatz zum Mandel war mir so eine Stille unangenehm.

»Und jetzt?«

»Wie jetzt?«

»Na, was jetzt?«

»Wie was jetzt?

»Na, was jetzt dann?«

»Wann?«

»Na jetzt.«

»Was soll denn jetzt sein beziehungsweise dann«, fragte der Mandel, der ewig so weitermachen konnte.

»Na, wie geht's denn jetzt dann weiter?«

»Mit was denn?«, fragte der Mandel, und langsam wurde ich sauer.

»Jetzt frag halt noch blöder. Mit uns. Mit der Detektei. Mit dem Mord. Mit der Malleck.«

»Woher soll ich denn das alles wissen?«

»Eine Meinung wirst du ja wohl dazu haben.«

»Was ist denn deine Meinung?«

»Ich hab zuerst gefragt.«

»Ich hab keine Meinung«, sagte der Mandel und kratzte mit seinem Messer zwischen den Grünkohlauflaufresten auf dem Teller herum, ein furchtbares Geräusch.

»Mensch, wach auf, Mandel! Da ist vor deinen Augen ein Mord passiert, und du stehst zudem vor dem finanziellen Nichts! Irgendeine Meinung wirst du doch wohl haben«, herrschte ich ihn an.

Der Mandel schaute auf den Teller und hörte auf zu kratzen. Irgendwie tat er mir leid. Vielleicht hatte ihn der Tod vom Tilmann ja mehr mitgenommen, als ich dachte.

»Sorry, Mandel, ich bin auch ein bisschen durch den Wind.«

»Ich frag mich nur, wer so was macht? Ich meine, den muss

ja jemand zerhackt haben und vorher auch noch umgebracht. Umbringen ist ja die eine Sache, aber dann musst du auch noch jemand zerhacken. Wer macht denn so was?«

»Vielleicht irgendein verrückter Fan.«

»Ich weiß nicht«, sagte der Mandel. »Vielleicht sollten wir das Büro ein paar Tage zumachen.«

»Ja, vielleicht. Oder gleich ganz«, sagte ich.

Am Montagmorgen saß ich im Büro, und ein Kurier von der Post brachte die Peilsender vorbei. Drei Stück à dreihundert Euro. Das wäre auch billiger gegangen, ich hatte entsprechende Angebote bei Amazon gesehen. Für hundert Euro bekommt man schon was Vernünftiges, das hatte ich dem Mandel auch gesagt. Aber nein, der Herr kauft ja prinzipiell nur Bücher und CDs bei Amazon. Alles andere muss man beim Fachhändler bestellen, sagt er. Und dann muss es ja selbstverständlich teure Markenware sein, völlig egal, wie der Verbraucher bewertet. Ich las auf der Rückseite der Verpackung:

> *Der Finder Pro ist der kleine Bruder des Finder L6. Er besticht durch einfache Bedienung und die ebenso ausgefeilte und hochempfindliche Elektronik. Wenn auch manche Sonderfunktionen wie der Bewegungsmelder fehlen, ist es dennoch möglich, das Gerät für die Personensuche oder Tierrettung einzusetzen.*

Tierrettung, alles klar. Die Mini-Peilsender kamen in den Aluminiumschrank. Ich hatte kein Interesse daran, sie auszuprobieren oder auch nur auszupacken. Stattdessen bemühte ich die Suchmaschinen zur Causa Holger Edelstein. Ich muss dazusagen: Es gab meinerseits nicht den geringsten Impuls, mich in irgendeiner Form an der Mordaufklärung zu beteiligen. Außer dem Ärger, dass unsere Zigtausend Euro von der Malleck weg waren und die Malleck jetzt wegen dem Trauerfall außerhalb meiner Reichweite, betraf es mich ja nicht, wer den Tilmann in zwei Teile gemäht hatte. Aber dieser Edelstein und seine »Kulturfreunde des Nordens« gingen mir nicht aus dem Kopf. Weil er schließlich ja der Hausfreund und Anwalt der Malleck war. Schon kurios, wenn man bedenkt, dass die Malleck gar nichts mit Rechtsextremen zu tun hatte und sogar mit einem Mann verheiratet war, der sich stets als antifaschistischer Künstler verstanden hatte. Und dann der bizarre Zufall, dass die Malleck gerade als Eva Braun vor der Kamera stand. Ich fand, das rechtfertigte meine Neugier, auch wenn ich wirklich keinen Mordfall untersuchen wollte. Sondern eher das Privatleben der Malleck. Schließlich war ich ein Privatdetektiv.

Der Zusammenhang zwischen dem Edelstein und den Rechtsekzemen – mein Lieblingswortspiel – ging im Detail so: Vor drei Jahren gab es in der Stadt eine Mai-Demonstration, bei der eine Gruppe linker Demonstranten einen Aufmarsch der Rechten verhindern hatte wollen und ein rechter Demonstrant, in dem Artikel nur Torsten G. genannt, einen Stein geworfen hatte, der den linken Demonstranten Johann F. so ungünstig am Kopf traf, dass der tot umgefallen war. Jetzt hat der Anwalt Edelstein offensichtlich Torsten G. verteidigt, aber es ging nicht aus dem Bericht hervor, ob es nur eine Pflichtverteidigung gewesen ist. Auf jeden Fall hat der Edelstein herausgefunden, dass der linke Demonstrant im Moment des Steineintreffens vor Schreck einen Herzinfarkt erlitten und deshalb nicht, wie zunächst angenommen, wegen der Kopfverletzung das Zeitliche gesegnet hatte. Damit war Torsten G. in Sachen Totschlag aus dem Schneider, und dann fand der Edelstein sogar noch einen Zeugen, der aussagte, dass auch ein Linker vorher etwas auf die Rechten geworfen hatte. Dass es sich dabei nur um eine Plastikflasche gehandelt hatte, tat wohl nichts zur Sache, weil der Wurf als solcher offensichtlich eine Affekthandlung von Torsten G. provoziert habe. Für mich klang das alles ziemlich hanebüchen, aber ich bin ja auch kein Anwalt.

So ein Mord ist eine ziemliche Grausamkeit, und obwohl er die Malleck wie eine Geisha behandelt hatte, hab ich ihm keine Ermordung gewünscht, dem Tilmann, geschweige denn eine Zerstückelung. Aber gleichzeitig war mit dem Mord endlich diese Ödnis vorbei. Das war ein Erwachen. Aus diesen Monaten, ja Jahren, in denen nichts passiert war. In denen der Mandel die immer gleichen alten Witzfiguren interviewt hat und ich die immer gleichen Musiknews ins Netz schrieb. Immer und immer wieder. Die einen haben eine neue Platte aufgenommen, und die anderen sagen, sie werden nie wieder eine aufnehmen, während wiederum andere nach fünfzehn Jahren jetzt doch wieder neue Platten aufnehmen. Dann sind die einen schon beim Soundcheck so betrunken, dass die Tour abgebrochen und ein halbes Jahr später nachgeholt wird, weil der Veranstalter dem Label Druck macht, das Label dem Management und das Management der Band. Die anderen machen noch schnell eine Abschiedstour, spielen aber nur Lieder der ungeliebten letzten Platte, wegen der sie sich eigentlich aufgelöst haben. Wieder andere gehen nochmal auf große Welttournee, aber trinken mittlerweile nur noch Erkältungstee auf der Bühne. Dann kommen die Open Airs im Sommer, dann wieder die ganzen Neuerscheinungen im Herbst, dann ist Weihnachten, und es gibt nur noch Greatest-Hits-Alben von Bands, die gerade mal drei Platten aufgenommen haben. Im Frühjahr trennen sich die einen, und die anderen vereinigen sich wieder, und die ganz anderen nehmen eine Platte mit einem Sinfonie-Orchester auf, und dann kommen die Open

Airs im Sommer, und irgendwann ist wieder Weihnachten und Greatest-Hits-Zeit. Und ich im Büro und der Mandel mit dem Goethe-Institut in Shanghai und mit der Plattenfirma in London und mit der Pressepraktikantin im Kino.

Gott, war ich froh, dass das alles vorbei war. Glücklich war ich, dass ich nicht mehr den ganzen Tag gezwungen war, Musik zu hören und darüber zu schreiben. Unter uns – und ich weiß, dass das keine populäre Meinung ist –, ich fand populäre Musik von Tag zu Tag obsoleter, und über sie zu schreiben war zusehends zur Qual geworden. So dass der Beruf sich immer mehr zur Agonie entwickelt hatte. Am Ende habe ich mich für meinen Beruf fast geschämt. Ich wollte nicht mehr dahin zurück.

Scheiß aufs Geld, Sigi, dachte ich. Hab keine Angst. Angst macht nur spießig. Man muss sich das mal vor Augen führen: Wir hatten das Absurde in die Tat umgesetzt und ein Detektivbüro eröffnet. Das muss man sich mal auf der Zunge zergehen lassen. Aber das war ja bei weitem nicht alles: Die Malleck hat mit mir geschmust, und den Tilmann haben sie zersägt. Und dazwischen hat es zehn Minuten lang gehagelt wie beim Jüngsten Gericht. Blut, Sex, Unwetter – und wir mittendrin. Endlich, endlich, endlich. Ein Leben jenseits von Musiknews und Redaktionssystemen, jenseits von hysterischen Ex-Freundinnen und der Erhöhung der Mietnebenkosten. Ein Sturm der Ereignisse. Und jetzt erst recht, dachte ich. Jetzt rufst du die Malleck erst recht an. Vielleicht nicht direkt am Tag nach der Abschlachtung ihres Ehemannes, aber bald. Nur nicht lockerlassen, jetzt wo alles so schön im Fluss war. Im reißenden Fluss.

Gegen vierzehn Uhr kam der Mandel ins Büro.

»Die Peilsender sind da«, sagte ich.

»Wo?«, fragte der Mandel.

»Im Schrank«, sagte ich.

Der Mandel ging zum Schrank und holte die noch verpackten Peilsender heraus. Er hockte sich an seine Seite unseres Doppelschreibtisches und setzte den mitgelieferten Akku in eins der Geräte ein.

»Ich hab übrigens vergessen, dir zu sagen, dass bei dem Kurs von der IHK Anwesenheitspflicht ist. Dreimal nicht da, und du wirst nicht zur Sachprüfung zugelassen«, sagte ich.

Der Mandel schaute von seinen Peilsendern auf.

»Da gibt es eine Prüfung?«

»Klar gibt es da eine Prüfung. Ist nicht wie damals in deinem Politologiestudium, alles nur Sitzscheine.«

»Das waren keine Sitzscheine«, sagte der Mandel bierernst.

»Außerdem sind wir blöd, wir hätten uns die Umschulung eventuell vom Arbeitsamt bezahlen lassen können.«

»Schön blöd«, sagte der Mandel, als wäre das nur mein Versäumnis, und schaltete einen der Sender ein. Es fiepte.

»Kommst du zum ersten Kurs mit, oder? Am Mittwochabend«, wollte ich wissen.

»Diesen Mittwoch? Das ist doch nur einmal im Monat, und den ersten hab ich verpasst.«

Aber so leicht kam mir der Mandel nicht davon.

»Letzten Mittwoch war nur die Einführungsveranstaltung. Ab dieser Woche fängt das Kursprogramm an. Es ist wichtig, dass du mitkommst. Mir wär's wichtig.«

»Ja, ja«, sagte der Mandel. Einer der Sender erzeugte eine Rückkopplung mit einem unserer Telefone.

»Hast du dir eigentlich mal die Agenda angeschaut von dem Kurs?«, fragte ich.

»Mensch, Sigi, wann denn? Ich war ja unterwegs mit dem Leo.«

Wie er Leo sagte. Das klang fast liebevoll.

»Okay, ich les dir mal ein bisschen was aus dem Inhaltsverzeichnis vor. Klingt gar nicht so uninteressant: ›Rechtskunde für Sicherheitsdienstleister, demokratische Grundordnung und staatliches Rechtssystem, Grundlagen des Zivilrechts, Grundlagen des Strafrechts mit ausgewählten Straftatbeständen, Gewerberecht, Datenschutz, Waffenrecht, Unfallverhütungsvorschriften, Kriminalistik und Kriminologie, Psychologie, Umgang mit Menschen‹ ... das ist doch interessant, oder? Dann dein Fachgebiet: ›Technikeinsatz im Detektivgewerbe‹ ... und meine Lieblingsdisziplin: ›Erkennen von Angriffen mit und Verhalten bei Auffinden von unkonventionellen Spreng- und Brandvorrichtungen‹. Nicht zu vergessen: ›Grundlagen der Observationsarbeit und Einsatz als Doorman‹ und ...«

»Ist gut, Sigi. Ich komm ja mit«, sagte der Mandel und nahm den Akku wieder aus dem Peilsender.

»Ich bin gespannt, wie sie einem das praktische Wissen vermitteln wollen. Vielleicht dürfen wir ein Schnupperpraktikum als Kaufhausdetektiv machen. Das wär der Hammer, oder?«, sagte ich und fand das alles sehr komisch.

»Hm. Warum nicht?«, sagte der Mandel, und ich war mir gar nicht sicher, ob er mir zugehört hatte.

»Weißt du was, Sigi, ich nehm die Sender mit nach Hause und lerne ein bisschen damit umzugehen. Ich komm dann morgen wieder ins Büro.«

Der Mandel kam nicht am nächsten Tag und auch nicht am übernächsten. Ich saß alleine im Büro herum, spielte das Zweite-Weltkrieg-Spiel und blätterte in den Unterlagen aus der Einführungsveranstaltung. Es gab tatsächlich so etwas wie eine Leseliste zur Vorbereitung, aber da ich das jetzt erst sah, war es viel zu spät, die Bücher noch rechtzeitig zu bestellen, geschweige denn zu lesen. Zwischenzeitlich wurde der teure neue Rechner geliefert, und ich brachte Stunden damit zu, bis die ganze notwendige Software installiert war. Der Mandel hatte unbedingt auf dem neuesten Photoshop bestanden. Und zwar samt der teuren Lizenz, weil man bei der Raubkopie keinen Kundendienst hat, sagte er. Auf meine Frage nach dem »Warum überhaupt Photoshop?« hat er etwas davon gefaselt, damit gefälschte Fotografien besser entlarven zu können, was heutzutage unerlässlich sei bei der ungebremsten Bildbearbeiterei.

Gegen Mittag rief ich den Mandel an, ob er denn jetzt mit zu dem Kurs käme, aber er ging nicht ans Telefon. Ich rief die Malleck an, aber sie ging auch nicht ans Telefon, wobei ich sie auch nicht zu dem Kurs mitgenommen hätte. Am Abend kam der Mandel aber dann doch zu dem Vortrag an der Sicherheitsakademie. Tief, tief im Osten der Stadt, ich war eine Ewigkeit in der S-Bahn gesessen und der Mandel sicher eine Ewigkeit in seinem Audi A4. Trotzdem schien er bester Dinge zu sein.

»Wir sind wieder im Geschäft«, sagte er leise zu mir und erntete einen harschen Blick vom Ronny Novack, dem Dozenten. In der Raucherpause im Innenhof erzählte mir der Mandel dann Folgendes:

Gestern war der Mandel noch auf seinem Balkon gesessen und hatte sich einen Beefeater-Tonic nach dem anderen gegönnt. Weil – und das hat er dann doch zugegeben – ihn das schon ein bisschen mitgenommen hatte mit dem Tilmann seiner Zerstückelung. Irgendwann so gegen zweiundzwanzig Uhr, als der Mandel sich schon am Geländer festhalten musste, weil Stuhl hatte er keinen auf dem Balkon, klingelte es an der Haustür. Der Mandel wohnte ja in diesem neumodisch restaurierten Altbau, wo jemand ganz Schlaues an der Haustür eine Videokamera installiert hat, und so konnte er über einen kleinen Schwarz-Weiß-Monitor beobachten, wie der Urbaniak sich nervös durch die Fettlocken strich, während er sagte: »Ich bin's, der Karsten.« Und das »S« von Karsten deutlich gelispelt, das hörte man selbst durch die Gegensprechanlage. Und dann kam er hoch, und obwohl beim Mandel im Haus alles so neumodisch ist, war im Altbau scheinbar kein Platz mehr für einen Fahrstuhl gewesen, und als der Urbaniak oben ankam, lief ihm der Schweiß von der Stirn, und er roch nach altem Rost. Sag ich jetzt. Der Mandel hat das nicht so *en detail* geschildert.

»Setz dich doch, Karsten«, bot der Mandel dem Urbaniak einen Stuhl im Wohnzimmer an. An dem länglichen weißen Tisch, der eher wie ein Konferenztisch als ein Esstisch aussah. Der Urbaniak setzte sich auf einen von den Pseudo-Art-Déco-Stühlen, und beide ächzten. Also der Stuhl und der Urbaniak. Der Mandel holte seinem Gast ein Bier aus der Küche, er selbst hatte ja noch seinen Beefeater-Tonic.

»Grässlich, oder?«, sagte der Urbaniak.

»Furchtbar«, sagte der Mandel.

»Wer macht denn so was?«, sagte der Urbaniak.

»Keine Ahnung«, sagte der Mandel.

Dann schwiegen sie eine Minute lang, was beiden ganz angenehm war. Dem Urbaniak, weil er immer noch völlig außer Atem von den Stockwerken war, und dem Mandel, weil er tranquilophil war. Dann sagte der Urbaniak:

»Du hast in der kurzen Zeit vermutlich nichts über die Vorproduktion von Leos Soloalbum rausfinden können, oder?«

Der Mandel schüttelte den Kopf.

»Hier ist das Ding, Max: Vertraglich ist für das Album ja alles unter Dach und Fach. Leo hat den Vorschuss bekommen, das Studio ist gebucht, und die Tour wird vorbereitet. Und es wäre schade, wenn ausgerechnet das letzte musikalische Vermächtnis vom Leo jetzt nicht mehr das Licht des Tages erblickt. Oder, Max? Say something.«

»Ja, wär schade drum«, sagte der Mandel.

»Und deshalb brauche ich Demos vom Leo. Und wenn es das dreckigste Homerecording ist, selbst wenn er es in seiner Küche aufgenommen hat, Hauptsache, da ist ein Song und seine Stimme. Alles andere machen wir am Computer. Bis jetzt hab ich keine einzige Textzeile oder auch nur eine Sekunde Ton vom Leo, aber der Mann hat angeblich das letzte Jahr dreißig Songs geschrieben. Selbst wenn er nicht die Songs verwendet hat, die ich ihm habe schreiben lassen, brauchen wir Material von ihm. Irgendwo muss es was geben. Die Band hat nichts, die weiß ja noch nicht einmal von dem Soloalbum, und jetzt ist auch nicht gerade der günstigste Zeitpunkt, denen zu erzählen, dass der Leo seinen Absprung vorbereitet hat. Die stellt man lieber vor vollendete Tatsachen, sprich einen konkreten Release, denn wenn die Geld wittern, machen die freiwillig als Gäste auf dem Album mit. *Leo Tilmann featuring DEMO* nennt sich das dann.«

An der Stelle lachte der Urbaniak befreit auf, als hätte er gerade gemerkt, dass so ein Mord an seinem Hauptkünstler gar nicht der Weltuntergang ist. Dann fing er sich wieder.

»Aber ich brauche diese Aufnahmen. Irgendwelche Aufnahmen. Hauptsache mit der Stimme vom Leo drauf.«

»Hat die Veronika denn nichts? Oder der Danny? Hatte der Leo nicht ein eigenes Studio daheim?«, fragte der Mandel.

»Der Danny ist nicht ansprechbar wegen seiner Nierenkolik, und die Malleck kann ich natürlich jetzt nicht fragen, ob ich nach dem Tod ihres Mannes sein Studio durchsuchen kann. Und ich bin mir sicher, wenn die was findet, dann veröffentlicht die das auf eigene Faust.«

»Kommt ihr nicht gut aus, du und die Veronika?«

»Na ja, sagen wir mal, bei uns im Haus nennen wir sie Yoko Ono. Aber ihr, du und der Singer, euch mag sie doch. Ich weiß, dass sie euch beauftragt hat. Ich weiß, dass ihr den Leo hättet observieren sollen. Ich weiß, dass die Reportage nur ein Vorwand war. Ich weiß das alles und hab aber nichts den Bullen erzählt, das hätte die Dinge nur verkompliziert, und wir sind doch alte Buddys, du und ich. Hilf mir, Max, das lohnt sich *big time* für euch.«

»Hmm«, machte der Mandel, weil ihm das gar nicht recht war, dass scheinbar jeder von dem Ermittlungsbüro wusste.

»Die Malleck kann doch die Demos gar nicht selbst rausbringen. Der Leo hat doch den Vertrag mit dir und der Plattenfirma«, analysierte der Mandel.

»Schon, aber nach dem Tod vom Leo ist sie ja die Rechtsvertreterin und kann alles blockieren, und dann müsste ich beweisen, dass die Aufnahmen im Zuge des von uns geplanten Soloalbums entstanden sind. Wenn das Zeug aber ohnehin in meinem Besitz ist, stehe ich nicht in der Beweispflicht, wenn die Malleck einen auf Schwarze Witwe macht. Ich behaupte einfach, der Leo hätte mir als seinem A&R die Aufnahmen bereits vor seinem Tod zukommen lassen.«

Der Mandel nickte einsichtig.

»Was ist denn der Finderlohn für ein paar brauchbare Songs?«

»Zehntausend *bucks* bei mindestens acht Songs. Bei allem drunter müssen wir verhandeln. Das ist doch ein brauchbares Geschäft, oder?«

»Klingt so«, sagte der Mandel.

»Hast du für mich auch so einen Gin Tonic?«

»War leider der Letzte«, sagte der Mandel.

Die Raucherpause war vorbei, und wir mussten in den kleinen sterilen Unterrichtsraum zurück, wo Dozent Ronny Novack bereits zum nächsten Tagesordnungspunkt übergesächselt war und uns strafend anschaute, als wir zu spät in die Klasse kamen.

»Wenn wir uns dann alle eingefunden haben, zeig ich Ihnen in der nächsten Stunde, wie man einen Mini-Peilsender an einem Personenkraftwagen anbringt.«

Der Mandel schaute den Dozenten Ronny Novack verträumt an.

Zehn

Am nächsten Tag stand in der Zeitung, dass der Tilmann in der Backstage-Küche vom Kunstpalast zerhackt worden war. Mit einer Feueraxt. Das hatte wohl angeblich nur fünf Minuten gedauert und deutete vielleicht auf einen geübten Axtanwender hin, meine Meinung. In der Zeitung war auch ein Foto der blutverschmierten Küche. Da würde mich mal interessieren, wie so ein Foto in die Zeitung gerät. Das musste ja von Samstag sein, vor oder während der Spurensicherung, konnte ergo nur von der Polizei sein. Darf die Polizei ihre Fotos einfach so an die Presse geben, oder verdient sich da jemand was extra? Ich fragte mich außerdem, woher eine Feueraxt kommt, wenn man sie grade braucht, quasi *Deus Axt Machina*. Wenn man übrigens »Leiche zerhackt« im Internet eingibt, kommt man auf eine ganze Menge deutscher Zerstückelungsfälle. Von Augsburg bis Chemnitz, überall wird zerstückelt. Scheint eine gängige Entsorgungsmethode zu sein. Für mich war die Mordlust eine fremde Welt, obwohl gerade der Normalbürger empfänglich für so was ist, wenn man den Mordstatistiken glaubt. Ich habe jedenfalls noch nie daran gedacht, jemand umzubringen. Außer bei der Maria vielleicht. Das ist die Ex-Freundin, falls jemand fragt.

Bevor ich aus der U-Bahn ausstieg, ließ ich die Zeitung auf dem Sitz liegen, schließlich will man ja in der Öffentlichkeit nicht unbedingt mit der *Bildzeitung* in der Hand gesehen werden. Wenn man sie in der U-Bahn liest, kann man immer noch sagen, sie hätte eh schon auf dem Sitz gelegen.

Ich ging den halben Kilometer bis zur Privatwohnung vom Edelstein und drückte unten den Knopf auf der goldenen Klingeltafel.

»Ja?«, fragte die Gegensprechanlage. Sie war weiblich.

»Der Sigi Singer«, sagte ich.

»Komm hoch«, sagte die Gegensprechanlage.

Um die Wohnung vom Tilmann und der Malleck waren natürlich seit Tagen Reporter und Fotografen postiert, also residierte die Malleck zurzeit bei ihrem guten Freund und Anwalt Holger Edelstein. Ich fuhr mit dem Aufzug ganz nach oben, und die Tür ging direkt in der Dachgeschosswohnung vom Anwalt Edelstein auf. Die Aufzugtür gab den Blick auf eine Designerküche in Superchrom frei. Die Malleck trat von der Seite in mein Sichtfeld und gab Küsschen links, Küsschen rechts. Sie trug ein blaues Sommerkleid, ein bisschen zu luftig für Ende März, auch wenn der Tag sonnig war. Und verweint sah sie auch nicht aus. Andererseits Schauspieler halt, da steckt man nicht drin.

»Lass uns auf die Dachterrasse gehen. Es ist grade so schönes Wetter«, sagte die Malleck, und ich folgte ihr über eine kleine Holztreppe aufs Dach. Oben natürlich Edelrundblick. Wir setzten uns in zwei schmale Korbstühle.

»Tut mit leid wegen dem Auftrag, Sigi. Ich zahl euch natürlich eine Aufwandsentschädigung.«

»Quatsch, lass es. Ich wollte mein Beileid ausdrücken. Es tut mir wirklich aufrichtig leid, was passiert ist.«

Die Malleck lächelte bitter.

»So haben sich meine Eheprobleme also von selbst erledigt.«

Unangenehmer Moment, weil die Frau war ja tatsächlich

ein drängendes Problem losgeworden, aber auf eine ziemlich übertriebene Weise. Da hatte es jemand ein bisschen zu gut mit der Malleck gemeint.

Ich schaute auf den Fuß von der Malleck, der in einer dieser neumodischen Sandalen mit den vielen Verschnürungen steckte. Die Fußnägel waren lackiert. Überhaupt ein sehr schöner Fuß.

»Und ich wollte dir sagen, dass das neulich im Park nicht einfach so passiert ist, weil ich hysterisch war. Ich finde dich schon eine ganze Weile attraktiv, aber du wirkst immer so abweisend, so unruhig neben dem Mandel, das hat mich verunsichert. In dem Park war endlich eine Ruhe zwischen uns.«

Jetzt das nötige Taktgefühl aufzubringen war eine Herausforderung.

»Ich bin nicht *deshalb* hier«, sagte ich.

Aber die Malleck redete weiter, als hätte sie mir überhaupt nicht zugehört.

»Aber ich bin jetzt eine trauernde Witwe. Und ich brauche keinen Liebhaber im Moment, ich darf gar keinen haben, verstehst du, Sigi? Und das passt ja auch nicht wirklich zusammen mit uns, oder? Das kannst du doch nicht ernsthaft denken, dass eine wie ich dir guttut? Mit den ganzen Terminen und den superwichtigen Leuten aus meiner Branche. Da kotzt du doch, oder, Sigi? Da muss jemand wie du doch kotzen.«

Sie legte ihre Hand auf mein Knie.

»Nee, lass mal, Sigi. Wir gehen schon noch mal ins Bett, wir beide. Jetzt ist nur ein schlechter Zeitpunkt.«

Jetzt machte sie es mir wirklich schwer mit dem Taktgefühl. Ich strich ihr onkelhaft über die Frisur.

»Komm, wir rauchen eine«, sagte sie, die Nichtraucherin.

Die Malleck nahm eine Zigarette aus meiner Schachtel, ich gab ihr Feuer und wir rauchten so vor uns hin auf der Dachterrasse vom Edelstein. Dann probierte ich es nochmal mit meinem Anliegen, obwohl ich mir nicht mehr sicher war, ob vielleicht nicht doch die Malleck mein tatsächliches Anliegen grade schon angesprochen hatte.

»Der Urbaniak hat uns beauftragt, die Demos von Leos Soloalbum zu finden. Quasi um jeden Preis. Der hat Angst, dass du sie hast und sie nicht rausrückst.«

»Das fette Schwein. Das dachte ich mir schon. Und damit ist er zu euch gekommen?«

»Zum Mandel ist er damit.«

»Und ist Max drauf eingegangen?«

»Erst mal schon. Aber wer weiß, wie ernst es ihm damit ist.« Ich zuckte mit den Schultern.

»Und jetzt willst du wissen, ob ich was weiß. Oder vielleicht die Demos direkt dabeihabe, in der Handtasche. Du willst doch nicht etwa Geld dafür, dass du mich vor dem schmierigen Urbaniak warnst, oder? Sigi, willst du mich ausspielen?«

Ich lachte.

»Nein, ich bin wirklich nur wegen Sex mit dir hier. Im Ernst: Ich sage dir das alles als Freund. Damit du weißt, was auf dich zukommt vom Urbaniak. Oder soll ich sagen: zuwalzt.«

»Weiß der Max, dass du mir das alles erzählst?«

»Tut er. Ich versprech dir: Wenn du die Demos vom Leo besitzt oder auftreiben kannst, erfährt der Urbaniak nichts davon, wenn du das nicht willst. Dann halten wir ihn hin.«

»Hmm«, machte die Malleck. »Und was bringt euch das?«

»Dann können wir aufhören zu suchen und dem Urbaniak zumindest die Spesen in Rechnung stellen. Und der Urbaniak macht aus der Musik vom Leo keinen Europop wie damals nach dem Tod von Freddie Mercury.«

»Was hat der Urbaniak denn bei Freddie Mercury gemacht?« Jetzt war die Malleck verblüfft.

»Gar nichts. Aber dem Mercury hat die Plattenfirma doch nach seinem Tod auch ein Diskopop-Album untergejubelt.«

»Aber der war ja von Natur aus poppiger«, warf die Malleck ein.

»Auch wieder wahr«, gab ich zu.

»Ist nur schade, dass ich nicht die geringste Ahnung davon habe, was der Leo so in seinem Studio getrieben hat«, sagte die Malleck.

»Aber das Studio ist doch bei euch im Haus?«

»Aber es hat mich nicht interessiert. Und es ist auch kein richtiges Studio. Es ist nur ein kleines Zimmer mit einer Gesangskabine, in die genau ein einzelner Mensch passt.«

»Hast du schon nach den Aufnahmen gesucht?«

»Tut mir leid, aber ich hab gerade andere Dinge im Kopf ... Aber wenn wir verhindern wollen, dass der Urbaniak sich daran bereichert, könnt ihr ja mal nachschauen. Ich geb dir den Schlüssel. Ich selbst kann da grade nicht hin.«

»Verstehe«, sagte ich und wollte aufstehen.

»Gib mir einen Kuss«, verlangte die Malleck.

Wie vermutet, war das Haus der Tilmanns von herumlungernden Fotografen belagert. Der Mandel und ich waren ja keine gänzlich Unbeteiligten in dem Spektakel, also hatten wir uns im Baumarkt zwei Blaumänner geholt und liefen als Handwerker verkleidet und mit Baseballmützen an den Fotografen vorbei durch die Haustür. Das Apartment der Tilmanns lag in einem Mietshaus im alten Westen der Stadt, und die Malleck und der Tilmann hatten den gesamten vierten Stock gekauft und ausbauen lassen, natürlich inklusive Dachterrasse. In den anderen Etagen wohnten aber auch noch normale Leute, und deshalb erweckten wir als Handwerker kein Aufsehen.

Als ich die Wohnungstür vom Tilmann aufschloss und das

Licht anmachte – alle Gardinen waren zugezogen –, empfing uns ein kolossaler Raum mit drei Couchgarnituren, zwei Fernsehern und zwei großen, länglichen Tischen, einer davon mit einer Sitzbank, der andere mit denselben Stühlen wie beim Mandel zu Hause. Diesen Art-Déco-Stühlen. Und natürlich eine offene Küche – was sonst –, allerdings nicht so großspurig wie die vom Edelstein.

»Nicht schlecht«, sagte der Mandel. »Schöne Stühle.«

Die Wohnung war sorgfältig aufgeräumt und geputzt wie ein Ballsaal vor dem großen Tanz. Oder danach. Das grelle Neonlicht und die geschlossenen Gardinen verstärkten den Eindruck eines öffentlichen Raums, und man konnte sich kaum vorstellen, dass hier ein Ehepaar einen gemeinsamen Feierabend verbrachte.

»Das Studio kommt am Ende des Gangs. Da jetzt gleich links«, sagte ich zum Mandel.

»Viele Möglichkeiten gibt's ja auch nicht mehr«, sagte der Mandel, der sich ungern von mir etwas erklären ließ.

Das Studio vom Tilmann bestand aus einem kleinen Raum mit einem großen Schreibtisch, auf dem ein Mischpult stand, ein Mikrofon und ein geschlossenes Notebook. Drum herum lagen Notizzettel und Stifte. Auf dem Boden schlängelten und verhakten sich Kabel quer durch das ganze Zimmer. Links neben dem Schreibtisch zwei Verstärker, rechts ein paar akustische und elektrische Gitarren. Unter dem Schreibtisch gab es einen Rollcontainer und neben der Eingangstür einen Schrank. Durch eine kleine Holztür ging es in eine Gesangskabine samt Sichtfenster, die ungefähr zwei Quadratmeter groß war. In ihr stand lediglich ein verwaister Notenständer. Im Studio gab es keine Aschenbecher, aber es roch dennoch nach altem Rauch. Vermutlich war das Einzige, was die Putzfrau hier erledigte, die alten Zigaretten wegzuschmeißen. Sonst schien sie hier nicht zu verkehren. Der Mandel klaubte einen der Notizzettel vom Schreibtisch auf. »Sommer Summarum« stand darauf. Der Mandel lächelte sanft, ich schüttelte nur den Kopf. Man soll ja nicht schlecht von den Toten reden, aber der Wortspielwahn vom Tilmann wurde auch *post mortem* nicht zur Kunstform. Musiker, was war das überhaupt für ein Beruf? Es gab eigentlich nur wenig blödere Berufe. Zum Beispiel über Musik zu schreiben. Im Büro, den ganzen Tag.

»Da steht der Laptop vom Leo«, sagte der Mandel ehrfürchtig.

»Wenn der Leo irgendwas aufgenommen hat, dann ist das auf diesem Rechner.«

»Kann schon sein«, sagte ich.

»Damit finden wir die Songs«, sagte der Mandel.

»Und dann? Wem geben wir sie? Wir schenken sie doch nicht der Malleck. Wovon sollen wir denn unseren Lebensunterhalt bestreiten?«

»Das sehen wir dann schon.«

Während der Mandel anfing, in dem Schrank herumzuwühlen, schaltete ich das Notebook vom Tilmann ein. Es wollte ein Passwort, das hatte ich nicht. Ich rief die Malleck an, bekam aber nur die Mailbox. Ich nahm den Laptop und packte ihn in die Sporttasche, die ich sicherheitshalber dabeihatte.

»Was machst du denn da?«, fragte der Mandel.

»Ich nehm den Computer mit ins Büro. Vielleicht find ich das Passwort heraus.«

»Ist das mit der Veronika abgesprochen?«, fragte der Mandel.

»Klar. Findest du was in dem Schrank?«

»Live-Aufnahmen auf CD. Steht zumindest drauf.«

»Nimm die auch mal mit. Und vergiss nicht den Rollcontainer«, ordnete ich an.

In dem Rollcontainer befanden sich alle möglichen Verträge mit der GEMA, mit Global Records, Telefonrechnungen, Bewirtungsbelege, alles durcheinander. Aber keine Ton- oder Datenträger. Ich weiß ja nicht, wie bewandert der Tilmann in neuen Medien war, aber im Prinzip kann man ja heutzutage die wildesten Dinge online verstecken. Datenträger überflüssig. Im Prinzip sogar der Computer.

»Der Computer ist das Wichtigste«, sagte der Mandel, der sich mittlerweile auf den Schreibtischstuhl vom Tilmann gesetzt hatte.

»Ich rauch noch eine«, sagte er.

»Hier ist kein Aschenbecher«, sagte ich, aber da brannte die Zigarette vom Mandel schon. Er aschte in eine halbleere Cola-Flasche, die er in dem Schrank gefunden hatte.

»Irgendwie ist das doch Unsinn mit diesem Mord«, sagte der Mandel und blies Rauch durch die Nase.

»Ich meine, würdest du einen wie den Tilmann umbringen?«

»Ich schon«, sagte ich.

»Was ich sagen will, wer bringt denn schon einen Prominenten um? Noch dazu auf dessen eigenem Konzert. Was man sich für einen Ärger damit einhandelt. Das muss sich schon gründlich rentieren.«

»Hmm«, machte ich.

»Es ist ja nicht unser Bier, aber interessieren würde es mich ja schon, wer so was macht. Und dann noch so theatralisch nach dem Auftritt und mit der Axt. Und dann die Leiche in der Instrumentenkiste abtransportieren. Das ist doch völlig abwegig.«

Der Mandel klang geradezu aufgebracht für seine Verhältnisse.

»Na ja, so dumm war die Idee doch gar nicht. Angenommen, das mit dem Abtransport hätte funktioniert, dann wäre der Tilmann erst mal eine Weile vermisst gewesen und irgendwo im Lager des PA-Verleihs aufgetaucht, fernab von Tatort und Täter.«

»Aber was ist mit dem Blutbad in der Küche, das wir auf dem Foto in der Zeitung gesehen haben? Da kann sich doch jeder denken, dass der Leo nicht nur Zigaretten holen gegangen ist, wenn er die Flecken überall sieht. Und außerdem wäre die Kiste nicht ins Lager gegangen, sondern in den Proberaum, weil da ja eigentlich die Bassdrum vom Schredder hätte drin sein sollen. Das sieht doch eher so aus, als wollte das jemand der Band in die Schuhe schieben. Und auch das ist Schwachsinn. Welche Band ist so blöd und bringt ihren eigenen Sänger auf dem eigenen Konzert um und transportiert ihn dann mit den eigenen Roadies in der eigenen Kiste ab? Das ergibt alles hinten und vorne keinen Sinn.«

»Nicht so richtig. Aber vielleicht hat der Tilmann einfach nicht wie vorgesehen am Stück in die Kiste gepasst. Kann ja auch einer von den Roadies informiert gewesen sein, und die Kiste triebe jetzt längst die Havel hinunter. Und wer sagt dir außerdem, dass es nicht doch einer von der Band war? Vielleicht ist jemand der Geduldsfaden mit dem Tilmann gerissen. Ich finde das durchaus nachvollziehbar. Aber wen schert's. Wir finden jetzt diese dämlichen Demos, und dann sind wir fein raus. Vielleicht verkaufen wir die Hälfte an die Malleck und die andere an den Urbaniak. Als Praktizierende der schwarzen Künste darf man nicht zu moralgebunden sein, wenn ich das Konzept richtig verstanden habe«, sagte ich.

»Das nächste Mal komm ich übrigens mit, wenn du dich mit der Malleck triffst«, sagte der Mandel, und er klang todernst.

Elf

Der Wunsch vom Mandel erübrigte sich zunächst, weil die Malleck sich am nächsten Tag mit uns traf. In unserem Büro. Das war zwar nicht mehr derselbe Paukenschlag, nicht mehr der kraftvolle Wetterumschwung wie beim ersten Mal, als sie uns am Nordufer einen Besuch abstattete, aber reichte noch, um uns eine Stunde vorher in helle Aufregung zu versetzen. Und den Mandel in einen Aufräumwahn. In einem Büro, wo eigentlich nichts mehr herumlag, noch nicht einmal mehr ein Kugelschreiber, setzte sich die Malleck auf meinen Stuhl, den der Mandel ihr anbot. Sie trug einen schwarzen, kürzeren Rock und eine schwarze Bluse. Die große Sonnenbrille hatte sie schon abgenommen, aber eine graue Baskenmütze behielt sie auf. Trotzdem sah man, dass sie nicht mehr blond, sondern brünett war.

»Was ist denn mit deinen Haaren?«, fragte ich.

Die Malleck sah nicht mich, sondern den Mandel an und sagte: »Wegen der Eva Braun.«

Der Mandel sah sie fragend an.

»Der Film, Mandel. Der Eva-Braun-Film«, sagte ich vorwurfsvoll wegen der Begriffsstutzigkeit.

»Ah«, machte der Mandel. »Der Eva-Braun-Film.«

»Seid ihr schon weitergekommen mit dem Rechner vom Leo?«, fragte die Malleck.

»Nein, leider nicht, es fehlt immer noch das Passwort. Wir wollten dir ja die Gelegenheit geben, ein paar Sachen einzugeben und zu schauen, ob es passt. Das Passwort«, schob der Mandel erklärend hinterher.

»Wenn nicht, holen wir den Sascha, das ist ein sehr talentierter Hacker aus dem Umland«, sagte ich.

»Er ist eigentlich Programmierer«, stellte der Mandel richtig, und die Malleck lächelte sanft.

»Habt ihr sonst was gefunden im Studio?«, fragte sie.

»Nur altes Zeug, viele Live-Mitschnitte, Demos von schon veröffentlichten Songs. Nichts Neues«, sagte der Mandel.

»Vielleicht gibt es nichts Neues«, sagte die Malleck.

»Wer weiß«, sagte der Mandel.

Die Passwörter von der Malleck nutzten alle nichts. Sie hat sie uns ja nicht verraten, aber ein paar schnappte ich auf, weil ich von der Tastatur ablesen konnte. Mein Favorit war »Schniefhase75«. Wir mussten den Rechner wohl doch dem Sascha zum Hacken geben, was wir natürlich dem Urbaniak auf die Spesenrechnung setzen würden. Weil der Sascha auch nicht billig war. Die Malleck war nach dem kurzen Aufenthalt bei uns im Büro wieder nach Hause gefahren. Weniger denn je merkte man ihr an, dass da etwas mit mir im Busch war. Als würde sie besonderen Wert darauf legen, dass der Mandel nichts davon ahnte. Vielleicht, damit er auch weiter Wachs in ihren Händen blieb. Wie ich, wie der Edelstein, wie der Deininger, wie ganz Deutschland.

»Ich trau diesem Edelstein nicht über den Weg. Der verfolgt doch eine ganz eigene Agenda«, sagte ich zum Mandel.

Ich weiß nicht, ob der Mandel geantwortet hätte, denn jetzt vibrierte sein Mobiltelefon, und er ging ran. Er selbst, ganz ohne Voice Control. Mit diversen »Aha's« und »Ach so's« bestritt er das Gespräch und beendete es mit einem resignierten

»Na gut, dann hol ich dich ab«. Ein namenloser Schrecken verharrte für ein paar Sekunden auf seinem Gesicht.

»Was ist los? Wer war's denn?«, fragte ich.

»Der Dieter. Der ist jetzt gleich in der Stadt.«

»Ui«, sagte ich.

Dazu muss man wissen, dass der Bruder vom Mandel im Grunde kein schlechter Mensch war. Aber Fahrlehrer. Und wie Fahrlehrer eben so sind, wollte er jedes Mal, wenn er in der Stadt war, Weiber aufreißen gehen und eine Weiße mit Schuss trinken und noch einen Futschi oder fünf hinterher. Und man kann sich ja denken, dass der Nightlife-Geschmack vom Dieter Mandel nicht unbedingt dem vom Maximilian Mandel entsprach. Vom Musikgeschmack will ich gar nicht erst reden. Es schlugen zwei Herzen in der Brust vom Mandel: Zum einen schämte er sich immer ein bisschen für seinen zwei Jahre älteren Bruder, und das nicht nur, weil der Fahrlehrer von Beruf war und der Mandel ein Fahrschultrauma hatte. Der Dieter ist ganz sicher nicht blöd oder ein ausgemachter Prolet, aber eine einzige Geschmacksverirrung in allem, was er tut. Und seine Verirrungen sind treffsicher. Das fängt bei seiner Vorliebe für seichten Frauenpop an, geht über sein Faible für braune Wildlederschuhe und endet bei regelrechten Inneneinrichtungs-Apokalypsen. Jeder, der schon mal beim Dieter war, wird das bestätigen können. Und egal, was man den Dieter gefragt hat, was ist dein Lieblingsfilm oder wer ist dein Lieblingsautor, die Antwort war immer *dem Frager* unangenehm und nie dem Dieter. Aber in dem völlig verqueren Stilbewusstsein lag natürlich auch ein gewisser Sympathiewert vom Dieter. Zum anderen hatte er, der Mandel, seinen Bruder natürlich auch furchtbar lieb. Die beiden hatten ja früh ihre Mutter verloren, und mit dem alten Mandelvater war noch nie gut Kirschen essen gewesen.

Der Dieter Mandel war – wie gesagt – Fahrlehrer von Beruf, und wenn man auf dem Dorf die einzige Fahrschule im Umkreis von zwanzig Kilometern besitzt, dann ist man am Drücker, dann hat man das Monopol, dann kann man jederzeit auch mal ein paar Tage in die große Stadt fahren, weil ohne den Fahrlehrer lernt keiner Autofahren. Der Dieter war ein großer Stadtfan, seit er den Mandel vor sechs Jahren das erste Mal im hohen Norden besucht hatte. Anlässlich des Pokalendspiels war das gewesen. Mittlerweile reiste er dreimal im Jahr an, nahezu unangekündigt, nahm stets dasselbe Hotelzimmer in der Nähe vom Alexanderplatz und bestand auf unserer Anwesenheit an mindestens einem Abend. Und zwar auf unsere hochprozentige Anwesenheit. Was er tagsüber ohne uns unternahm, weiß man nicht so recht. Museumstyp war er keiner, höchstens mal 3-D-Kino. Ich vermutete ja, dass der Dieter insgeheim die Nutten von der Oranienburger für sein Unterhaltungsprogramm anheuerte, aber darüber konnte man mit dem Mandel nicht reden. Sein Sexualleben war tabu und das von seinem Bruder noch tausendmal tabuer. Lange Rede, kurzer Sinn: Heute war also unverhofft und wieder mal »die lange Nacht des Fahrlehrers«, wie der Mandel das mittlerweile nannte.

Der Abend mit dem Dieter fing beim Touristeninder an, wie immer. Der Dieter trug ein Hemd, das man mit viel Wohlwollen als Hawaiihemd hätte durchgehen lassen können. Mit sehr viel Wohlwollen. Eine arg hellblaue Jeans dazu und ziemlich teure braune Lederschuhe mit einer albernen Bestickung an den Seiten. Mit den Schuhen war der Dieter wie der Mandel mit den Uhren.

»Und? Was ist bei euch so los in der Rock'n'Roll-Szene?«, fragte der Dieter.

»Wir haben ja praktisch die Branche ...«, fing ich an, aber der Mandel unterbrach mich.

»Wir haben uns jetzt endlich selbstständig gemacht mit einem eigenen …«

»Detektivbüro«, sagte ich, und der Mandel seufzte, weil er sicher nur »Büro« hatte sagen wollen.

»Detektivbüro? Das versteh ich nicht. Den Witz hab ich nicht kapiert, glaube ich. Ist das ein Scherz unter Reportern?«

Der Dieter verwendete den Begriff Reporter statt Journalist.

Der Mandel sagte: »Merci, Sigi. Vielen Dank.«

»Klärt mich bitteschön mal jemand auf?«, bat der Dieter.

Und der Mandel erzählte in einem widerwilligen Unterton unsere Geschäftsidee.

»Ja, leck mich am Abend. Dann seid ihr jetzt Schnüffler. Gibt's doch nicht.«

Der Dieter schlug vor Begeisterung auf den Tisch, mit so einer Energie, dass er sein Chicken Tikka fast vom Teller katapultiert hätte. »Schnüffler« ist natürlich eine großartige Vokabel, wie sie nur der Dieter kann.

»Aber das Beste kommt ja noch«, sagte ich.

Keine weitere Gabel von dem Chicken Tikka konnte der Dieter anrühren, bevor ich nicht aufgehört hatte zu erzählen, von der Malleck, unserem Auftrag und der Zerstückelung vom Leo Tilmann.

»Ihr seid ja zwei verrückte Hunde«, sagte der Dieter.

»Und jetzt seid ihr dauernd mit der Vroni Malleck unterwegs? Mensch, das ist ja so eine Zuckerschnecke. Mit der würd ich auch gern zusammenarbeiten.«

Der Dieter betonte das »zusammenarbeiten« und zwinkerte dabei seinem Bruder zu. Dann lehnte er sich zurück und zupfte an seinem Kinnbart, den er erst letztes Jahr seinem Schnauzbart hinzugefügt hatte. Man merkte, dass er stolz war. Auf den Bruder, nicht den Bart. Aber vielleicht auf beides.

»Und sag einmal, Max, bist du jetzt nicht auch ein Hauptverdächtiger, wo du doch die Leiche gefunden hast? Das ist doch immer so im *Tatort*, dass der Leichenfinder keineswegs aus dem Schneider ist.«

»Ach komm, Dietz, so ein Schmarrn«, sagte der Mandel entrüstet.

»Er hat ein Alibi«, erklärte ich dem Dieter.

»Ach so, dann«, sagte der Dieter fast ein wenig enttäuscht.

»Und jetzt?«, fragte ich.

»Jetzt trinken wir einen Schnaps«, sagte der Dieter.

»Wisst ihr was? Heute gehen wir mal dahin, wo *ihr* sonst immer hingeht. Da, wo die jungen Schauspielerinnen hingehen. Oder die Popstars. Vielleicht treffen wir ja irgendwen«, sagte der Dieter eine halbe Stunde später in seinem Lieblings-Irish-Pub.

Der Mandel musterte den Dieter von oben bis unten, und es war klar, dass er sich in Gedanken fragte, wie er mit dem Dieter und dessen buntem Hemd an einem Türsteher vorbeikommen sollte.

»Ich weiß nicht«, sagte der Mandel. »Wollen wir nicht deine übliche Tour machen? War doch immer ganz lustig.«

Sagte ausgerechnet der Mandel, der die quartalsfällige Kneipentour von seinem Bruder jedes Mal mit Hautausschlag antizipierte.

»Nein, nein, heute sagt ihr, wo der Bär tanzt.«

Der Dieter haute dem Mandel mit der Hand auf die Brust, dass es den Mandel fast einen halben Meter von der Theke wegwehte.

»Ist doch toll, wenn der Dieter so experimentierfreudig ist. Dann gehen wir mit ihm ins Sägewerk«, schlug ich vor, weil ich wusste, dass der Mandel da den Türsteher kannte und das

Hemd vom Dieter so kein allzu großes Problem verursachen würde. Außerdem stellte ich mir das sehr lustig vor: der Dieter Mandel in Partylaune unter den ganzen prätentiösen Arschlöchern im Sägewerk.

Dem Dieter gefiel es erstaunlicherweise außerordentlich gut im Sägewerk. Er sprang mit einer Piña Colada in der Hand wie ein Verrückter auf der Tanzfläche herum, und man sah ihn alsbald irgendwelchen dünnen Mädchen mit merkwürdigen Stirnbändern etwas ins Ohr flüstern, was in den meisten Fällen eine sofortige räumliche Distanz zwischen dem Dieter und der Frau zur Folge hatte. Der andere Mandel trank inzwischen eine Cola und saß mit dem Rücken zur Tanzfläche an der Bar, während ich neben ihm stand und mich bei einem Whiskey Sour königlich darüber amüsierte, wie der Dieter Mandel das Sägewerk aufmischte.

»Gibt's doch nicht«, sagte der Mandel.

»Was gibt's nicht?«, fragte ich.

»Da hinten. Der Urbaniak«, sagte der Mandel und deutete auf den Eingang. Das Sägewerk war eigentlich ein alter Ballsaal, und der Eingang bestand aus einer großen Doppeltür. Durch ebendiese kam, sich nach allen Seiten umsehend der Urbaniak herein. Er trug einen grauen Anzug und Turnschuhe. Irgendetwas an seinem Anzug reflektierte. Er sah aus wie ein Showmaster. Hinter ihm folgte der Holger Edelstein in Jeans und weißem Oberhemd.

»Gibt's doch nicht«, sagte der Mandel nochmals.

»Ich dachte, das wären zwei ganz unterschiedliche Lager. Die Malleck und ihr Anwalt gegen den Urbaniak und die Plattenfirma. Aber offensichtlich doch wieder alles eine Mischpoke. Wie immer in dieser Stadt«, sagte ich.

»Das würde mich ja brennend interessieren, was die reden«, sagte der Mandel.

»Vielleicht setzt der Urbaniak nicht nur auf uns, mit den verlorenen Demos vom Tilmann.«

»Ihr Pfeifen, was ist denn mit euch los? Stimmung!«, schrie der Dieter, als er an uns vorbeitanzte.

Der Mandel ließ sich nicht aus der Ruhe bringen und beobachtete ganz genau, wie der Edelstein und der Urbaniak sich in den Couchbereich setzten und sich durchaus vertraut benahmen. Der Edelstein lachte über irgendwas, der Urbaniak lachte mit und knuffte dem Edelstein in die Seite.

»Was gibt's denn da zu sehen? Eine Schauspielerin, oder was ist los?«, lallte der Dieter, immer noch im Tanzschritt, mit seiner Piña Colada in der Hand.

»Nichts. Kennst du nicht«, sagte der Mandel.

»Mein Bruder ist so ein Lahmarsch. Der versteht überhaupt keinen Spaß. Der war als Kind schon so bierernst«, schrie der Dieter mir ins Ohr.

Später, nachdem wir den Dieter in sein Hotel gebracht hatten, saßen der Mandel und ich noch draußen auf den Stufen vorm Dom und rauchten eine Zigarette miteinander.

»Die haben uns nicht gesehen, oder?«, sagte ich.

»Nein, die waren so mit sich beschäftigt. Die haben die Welt um sich herum vergessen«, sagte der Mandel.

»Das ist doch merkwürdig, dass die sich so gut verstehen, oder?«

»Irgendwie hab ich langsam das Gefühl, dass hier jeder jeden bescheißt«, sagte der Mandel.

»Der einzig Ehrliche ist dein Bruder«, sagte ich.

Drei Tage später hockte ich mit Sascha, dem talentierten Hacker aus dem Umland, und dem Mandel in unserem Büro vor dem Laptop vom Tilmann.

»Absolut lächerlich. Das war der einfachste Passwort-Hack

aller Zeiten. Ich musste nur per Regedit ins BIOS und das Admin-Passwort löschen, sofort war das Ding offen wie Polen«, sagte der Sascha.

»Wenn's so einfach war, hättest du ja nicht so viel Geld verlangen müssen«, sagte der Mandel.

»Na, na, na, ich musste doch erst einmal herausfinden, dass es so einfach ist«, sagte der Sascha.

Der Dieter kam mit einer Tasse Kaffee aus der Küche.

»Geht's endlich los?«

»Der Sascha wollte sich grade verabschieden«, sagte der Mandel.

»Kann ich nicht noch einen bauen?«, fragte der Sascha.

»Nein. Keine Zeit«, sagte der Mandel.

»Als ihr noch fest angestellt wart, war die Stimmung besser«, sagte der Sascha und packte sein Zeug zusammen.

Der Sascha hatte früher beim *Express* immer die Festplatten-Rettungen getätigt, vor allem beim Mandel, weil der nie etwas gelöscht hat auf seinem Rechner. Keine einzige Mail, kein Musikstück und kein Dokument. Alle halbe Jahre gab es deshalb beim Mandel den vollkommenen Systemabsturz. Der Mandel und die Computer, die Geschichte eines lebenslangen Misstrauens. Gegenseitig.

Der Sascha schloss die Ladentür hinter sich.

»Jetzt bin ich aber gespannt«, sagte der Dieter.

Weil der Mandel sich mit Computern nicht so gut auskannte, übernahm ich die Durchsuchung vom Tilmann-Rechner. Ich ließ den Suchalgorithmus erst einmal alle Audio-Dateien aufzeigen, und wir hörten kurz durch, was nicht akkurat benannt war. Der Mandel als DEMO-Connaisseur musste dann sagen, ob das Stück neu beziehungsweise überhaupt vom Tilmann war. Am Ende blieben ein paar Stücke übrig, die noch schlechter waren als das, was man von DEMO gewohnt war.

Die Produktion war mumpfig, die Band spielte schlecht zusammen, und der Gesang vom Tilmann war unter aller Sau. Selbst der tote Rio Reiser hätte das besser runtergesungen. Der Mandel vermutete unveröffentlichte B-Seiten aus den letzten Jahren, was sie strenggenommen ja dann zu C-Seiten machte.

Dem Dieter war längst langweilig geworden, und er spielte mit den Mini-Peilsendern und blätterte sich durch die Unterlagen der Sicherheitsakademie. Gelegentliche Zwischenfragen wie »Hattet ihr schon das Seminar zur Sprengstoff-Erkennung?« ignorierte der Mandel.

»Den Schrott können wir zumindest dem Urbaniak als Zwischenergebnis präsentieren.«

»Und wenn er fragt, woher wir das haben?«, fragte ich.

»Aus dem Studio vom Leo, sagen wir dann. Ist ja unsere Sache, wie wir da reingekommen sind.«

»Ich hoffe, das fliegt uns nicht alles um die Ohren. Wenn sich der Urbaniak und der Edelstein austauschen, sind am Ende noch wir die Dummen.«

»Gehen wir jetzt was essen?«, fragte der Dieter. »Ich hätte Lust auf ein Bier«.

»Ich muss weg«, sagte ich. »Aber der Max geht sicher gerne in den Deichgraf mit dir.«

Ich war nämlich mit Maria verabredet. Sie hatte ausdrücklich darum gebeten, weil sie nochmal alles besprechen wollte. Auf dem Weg zu ihr tat mir alles weh. Die Sache war schon lange nicht mehr seelisch, das war längst in körperliche Beschwerden übergegangen. Hautprobleme, Haarausfall, Zahnschmerzen, wenn nur eine SMS von ihr eintraf. Als ich bei der Maria zu Hause in der Küche stand und mir ihre Endzeitstimmung anhörte, während sie ihre langen Beine beim Reden nervös auf und ab bewegte und ich nicht aufhören konnte, auf das neongrüne Nylon zu starren, hatte ich mehr und mehr das

Gefühl, meinen Gleichgewichtssinn zu verlieren. Ich erzählte ihr von den Anbahnungen mit der Malleck. Danach brach natürlich die Hölle los.

Zwölf

Der Mandel hatte einen seltsamen Traum, und das weiß ich, weil er ihn mir im Nachhinein erzählt hat.

Im Traum ist der Mandel sein Bruder und sitzt in einer großen Halle auf einem Stuhl neben Hunderten von anderen Fahrlehrern. Er weiß, dass er nur noch fünf Minuten hat, um den Test vor ihm zu vervollständigen, doch er kann sich nicht konzentrieren. Weit weg am Kopfende der Halle steht sein alter Mathelehrer, der Herr Rupprecht, und hält seinen Arm samt Armbanduhr in die Luft. Der Herr Rupprecht steht so weit entfernt, dass man ihn schon nicht mehr genau erkennen kann. Schön, denkt der Mandel als sein eigener Bruder, wenn ich schon nicht alle Fragen beantworten kann, dann muss ich wenigstens meinen Namen auf das Blatt schreiben, sonst zählt der Test ja nicht. Doch der Mandel hat keine Schreibunterlage vor sich, das Blatt mit dem Test liegt auf seinen Knien. Er will seinen Namen in die entsprechende Zeile setzen, doch der Kugelschreiber in seiner Hand sticht durch das Blatt und reißt ein Loch in den Test, der jetzt unbrauchbar ist. Der Mandel schaut auf seine Uhr, und es ist seine Uhr, obwohl er sein Bruder ist. Die Uhrzeit verschwimmt vor seinen Augen. Das ist doch unfair, dass alles von diesem beschissenen Test abhängt, denkt er. Ein schriller Ton, und die anderen Fahrlehrer legen ihre Stifte weg, stehen mit den Tests in ihrer Hand auf und bewegen sich langsam und gleichförmig an das Kopfende der Halle, wo der Herr Rupprecht die Prüfungsbögen einsammelt. Der Mandel will aufstehen, aber er kann nicht. Er sieht sich um und ist plötzlich in einem Hotelzimmer. Alleine liegt er in einem Bett. Die Gardinen sind noch geschlossen, aber der Mandel weiß, dass da draußen das Meer hinter den Gardinen dämmert. Es muss wahnsinnig früh sein, und er fragt sich, ob es um die Uhrzeit überhaupt schon Frühstück gibt. Er ist jetzt auch wieder er selbst, nicht mehr sein Bruder. Er hat schlimme Kopfschmerzen. Er schließt das Zimmer hinter sich ab und geht die Treppe hinunter. Im Frühstücksraum wartet schon der Tilmann auf ihn. Der Speisesaal ist leer, die Gardinen sind geschlossen, aber dahinter ist das Meer. Der Tilmann ist der Einzige neben dem Mandel in dem Speisesaal. Der Mandel setzt sich zum Tilmann, genau an den Tisch in der Mitte des leeren Speisesaals.

»Yeah, Mäx. Das ist nicht so gut gelaufen bisher. Jetzt musst du die Platte für mich einsingen. Ich bin ja im Urlaub«, sagt der Tilmann.

»Verrückt«, sagte ich, als mir der Mandel das im Büro erzählte.

»Ich weiß«, sagte der Mandel, und mich beschlich ein ungutes Gefühl, weil der Traum vom Mandel mir signalisierte, dass sich da etwas zusammenbraute. Man kann so einen Traum nicht einfach abtun. Man muss so einen Traum übersetzen wie einen lateinischen Text. Die Grammatik ist schwierig, aber Übungssache. Ich las aus dem Traum, dass sich da etwas zusammenbraute. Das stand da für mich ganz klar drin.

Den Mandel hielt es nie lange im Büro. Eigentlich war er heute gegen elf reingekommen, dann waren wir im Lindenhof zum Frühstücken, dann hatte er mir seinen Traum erzählt, und jetzt sagte er, er müsse kurz weg zu seinem Steuerberater und ließ mich alleine im Büro sitzen. Konkret hatte ich jetzt auch nichts weiter vor, weil ich heute Morgen das letzte Level von der Weltkriegssimulation geschafft hatte. Und so rief ich die Malleck an, sprach ihr auf die Mailbox, dass ich sie dringend sehen müsse wegen den Aufnahmen vom Tilmann. Fünf Minuten später rief sie mich zurück, ich könne kurz bei ihr am Set in Babelsberg vorbeikommen, wenn es so dringend sei. Dummerweise hatte ich kein Auto, der Mandel war ja auch weg, also telefonierte ich mit dem Dieter, ob er mir sein Fahrschulauto leihen könnte, das er auch privat nutzte und mit dem er hergekommen war. Eine Viertelstunde später stand er am Nordufer und warf mir den Schlüssel zu. Das Fahrschulauto war ein Audi A8, und er war gelb. Mattgelb. Ich musste zweimal hinschauen, weil ich es nicht glauben konnte. Früher hatte er wenigstens einen Metallic gefahren.

»Wie lang brauchst du ihn denn, Sigi?«

»Stunde, anderthalb.«

»Wegen eurem Fall?«

»Genau.«

»Meinst, ich könnte mitfahren? Ich hab ja so eine Ermittlung bisher nur im Fernsehen gesehen.«

»Ah, blöd, aber das ist ein sehr vertraulicher Termin mit einem Informanten aus der Schallplattenbranche, da kann ich dich nicht mitnehmen. Das tut mir wirklich leid.«

»Na klar, Sigi, versteh ich. Kann ich euch sonst irgendwie behilflich sein? Ich hab noch drei Tage Urlaub, also ich muss noch nicht heim.«

Der Dieter schaute mich zutraulich an und kratzte sich an seinem relativ neuen Kinnbart.

»Eher nicht, glaub ich. Außer, du kennst dich mit Computern aus. Also Internet und so.«

»Logisch! Eins a kenn ich mich aus. Ich hab die Website von der Fahrschule Mandel selber gemacht. ›Mit uns fahren

Sie zum Himmel‹. Auch der Spruch ist von mir. Man kann sich sogar übers Netz zur Fahrstunde anmelden. Und ich bin ja auch viel im Internet unterwegs. Internet-Dating, kennst du das? Weil das glaubst du nicht, wie viel williges Weibsvolk ab vierzig da unterwegs ist. Vor allem bei euch hier in der Stadt. Deshalb bin ich ja unter anderem so gerne hier. Morgen zum Beispiel treff ich diese Physiotherapeutin, die hat in ihrem Profil geschrieben, dass sie am liebsten …«

»Ach so, du bist ein Internetprofi«, unterbrach ich. »Weil dann hätte ich wirklich was für dich.«

»Mensch super, Sigi. Aber das mit der Physiotherapeutin muss der Max nicht unbedingt wissen, wir verstehen uns, Sigi, oder?«

»Nein, nein. Gut, dann geb ich dir jetzt den Schlüssel fürs Büro. Da drin steht noch der Laptop vom Tilmann. Verbind dich einfach mit dem WLAN bei uns im Büro, das heißt ›Singmandel‹, und das Passwort ist ›sickofitall‹. Alles zusammengeschrieben.«

»Wie heißt das Passwort?«, fragte der Dieter.

»Ich schick's dir gleich als SMS. Der Tilmann hat seine Mails übrigens alle online gespeichert. Findest du über den Mail-Button in seiner Task-Leiste. Lies die Mails einfach ein bisschen quer und schau, was du über unveröffentlichte Lieder findest, die er geschrieben oder aufgenommen hat. Und ob er sie jemand geschickt hat.«

»Wegen dem Soloalbum, richtig?«

»Haargenau.«

»Und wenn ich was ganz Privates finde? Mach ich mich da nicht strafbar?«

»Iwo«, sagte ich. »Als Privatdetektiv macht man sich nicht strafbar.«

»Stimmt, freilich, jetzt wo du's sagst«, freute sich der Dieter.

Ich weiß nicht genau, wann der Mandel den Peilsender am Auto vom Edelstein angebracht hat, aber ich nehme an, es war in der Zeit, als ich dumm bei der Malleck am Set herumstand. Der Mandel wusste genau, wo der Edelstein sein Büro hatte, so viel Internetverstand besaß selbst er, dass er das mit Hilfe einer Suchmaschine herausfinden konnte. Der Mandel ist also in den vornehmeren Süden der Stadt gefahren, der Straßenname ist mir gerade entfallen, und hat auf der Straße vor dem Haus geparkt, wo der Anwalt Edelstein sein Büro hatte. Der Mandel hat das Fenster aufgemacht und sich eine Zigarette angezündet und überlegt. Dann hat er einen der Mini-Peilsender aus dem Handschuhfach geholt und überprüft, ob er sendet und ob die SIM-Karte richtig sitzt. Der Mandel hatte den Sender natürlich längst mit seinem Handy verheiratet, so dass er ihm per GPS genau anzeigte, wo er sich gerade befand: auf einer Karte auf dem Telefon vom Mandel. Ich bin ja immer wieder erstaunt, wie der Mandel so indifferent und schusselig mit Computern sein kann und sich dann aber in so etwas hineinfuchst wie die Anbindung der Peilsender an sein neues Handy oder auch die Programmierung seines Decoders wegen der Festplattenaufzeichnung von der Fußball-Bundesliga.

Jetzt wusste der Mandel nur nicht, wo das Auto vom Edelstein war und wie es überhaupt aussah. Ich war gespannt, wie er das Problem lösen würde, war aber nicht überrascht, dass er es letztlich gelöst hat, weil der Mandel mag einem noch so phlegmatisch vorkommen, im Beruf war er immer hochkonzentriert. Im Innern vom Mandel brannte ein Feuer des Ehrgeizes und des sich immer wieder aufs Neue beweisen müssens, das glaubt man nicht, wenn man ihn nur so vom Hallo-Sagen kennt. Wenn der Mandel eine Aufgabe hat, dann kann er fanatisch werden. Ich hab oft genug erlebt, wie er kurz vor Redaktionsschluss plötzlich mit niemandem mehr geredet hat und in Rekordzeit vier Seiten Interview redigieren konnte. Und die Aufgabe vom Mandel war heute, auf Teufel komm raus diesen Peilsender einzusetzen. Ich hab ja nachher gesagt, dass man über dreihundert Euro zum Fenster hinausschmeißt, wenn man den Peilsender einfach auf Nimmerwiedersehen dem Edelstein unterjubelt und dass es billiger gewesen wäre, ein bisschen mit dem eigenen Auto hinterherzufahren, aber der Mandel hat nur noch seine Aufgabe im Kopf gehabt.

Der Mandel klingelte also unten an der Haustür bei Edelstein und Partner. Es wurde ihm nach wenigen Sekunden geöffnet, und der Mandel nahm den Aufzug in den fünften Stock. Kanzlei im Dachgeschoss, falls sich jemand gefragt hat. Der bessere Mensch wohnt eben immer ganz oben.

»Max Mandel. Ich würd gern kurz mit dem Herrn Edelstein sprechen«, sagte der Mandel zu der Sekretärin, die im Flur an einem weißen Designerschreibtisch saß. Sie trug ein dunkelgraues Jackett und hatte lange braune Haare. Dunkle Augen, ziemlich dunkle Augen, daran hat der Mandel dann auch sofort erkannt, dass das die Brünette aus dem Poschardt war, mit der der Tilmann im Sägewerk vor allen Leuten herumgeknutscht hatte. Der Mandel beschloss, einen auf Gesichtergedächtnisverlust zu machen, und auch die Sekretärin ließ sich nichts anmerken. Die Tür zum Büro vom Edelstein stand offen, der Mandel hörte ein Klavierkonzert aus dem Raum kommen. Die Sekretärin lächelte den Mandel an, aber ihre Augen waren völlig ausdruckslos.

»In welcher Angelegenheit darf ich Sie melden, Herr Mandel?«

»In der Angelegenheit Malleck«, sagte der Mandel und fragte sich, ob der Edelstein nicht eh alles mithörte, weil seine Bürotür ja sperrangelweit offen stand.

»Holger, ein Max Mandel in der Angelegenheit Malleck«,

sagte die Sekretärin ins Telefon. Die sind ja albern, dachte der Mandel.

»Er hat ein paar Minuten Zeit für Sie«, strahlte die Assistentin – so sagt man ja heute statt Sekretärin – den Mandel an, als ob er gerade im Lotto gewonnen hätte. Schwer zu sagen, ob sie ihn wiedererkannte.

»Das ist ja eine Überraschung«, sagte der Edelstein zum Mandel, als der in sein Büro hineinspazierte, als wäre nichts. Er war am Kopf noch rasierter als beim letzten Mal, aber vollstes Verständnis, denn der Mann war fast kahl, und die Manfred-Krug-Frisur galt momentan nicht als modern. Im Hintergrund lief immer noch das Klavierkonzert. Ich hätte jetzt Geld auf einen Walzer von Chopin gewettet, so was hören solche Leute wie der Edelstein bei der Arbeit. Zur Entspannung, sagen sie dann. Aber die Klassik ist nicht das Fachgebiet vom Mandel.

»Was kann ich dir antun, Max?«, fragte der Edelstein.

»Ach, nur eine Kleinigkeit«, sagte der Mandel.

»Die Roni hat mir schon erzählt, dass ihr die Aufnahmen vom Tilmann sucht.«

Ja, ja, dachte der Mandel, und gestern Nacht hast du's dann gleich brühwarm dem Urbaniak gepetzt.

»Genau. Und ich hatte mich gefragt, ob du als Anwalt vom Leo nicht eine Idee hast oder weißt, ob er überhaupt schon etwas für das Soloalbum aufgenommen hat.«

»Ich hab nicht viel für den Leo gemacht in letzter Zeit, und mit seiner Musik habe ich sowieso nichts am Hut. Da haben sich alleine Karsten und Danny drum gekümmert. Aber wie du vielleicht weißt, liegt Danny im Krankenhaus wegen dieser Nierensache.«

Der Mandel nickte.

»Und angenommen, Leo hätte mir jetzt wirklich geheime Demos für sein Soloalbum anvertraut, dürfte ich dir auch nichts dazu sagen. Das Anwalt-Mandanten-Ding, weißt du doch.«

Aha, dachte der Mandel. So geheim kann das doch alles nicht sein mit dem Soloalbum, wie immer alle tun, wenn der Edelstein das durch sein Büro posaunt, wo jederzeit die Assistentin durch die offene Tür mithören kann.

»Schon klar«, sagte der Mandel. »Wer ist denn der engste Vertraute vom Leo gewesen außer der Veronika?«

»Hm. Danny. Oder der Schredder. Oder Karsten.«

Der ganz sicher nicht, dachte der Mandel.

»Tut mir leid, dass ich nicht weiterhelfen kann«, sagte der Edelstein. »Ich hoffe, du hast den Weg jetzt nicht umsonst gemacht.«

»Iwo, ich bin eh grade auf dem Weg nach Hause, das ist kein großer Umweg. Aber eins noch, wo's mir grade einfällt, Holger«, sagte der Mandel so beiläufig wie in einem *Columbo*.

»Dir gegenüber hat der Leo nicht zufällig mal politische Songs erwähnt? Irgendeinen Skandal, den er mit der Platte aufdecken wollte?«

»Nein. Überhaupt nicht«, entgegnete der Edelstein ein bisschen zu schnell, fand der Mandel.

»Wie kommst du darauf?«

»Wir haben ein paar Hinweise auf dem Rechner vom Leo gefunden.

»Ihr habt den Rechner?«

»Aber ich halt dich und die Veroni eh auf dem Laufenden. Muss jetzt wirklich los«, sagte der Mandel und reichte dem Edelstein die Hand.

Ich bin mir sicher, dass sich der Edelstein überhaupt nicht mehr genau ausgekannt hat, für wen der Mandel eigentlich arbeitet und was er wusste und was nicht. Andererseits wusste der Mandel vermutlich selbst nicht mehr so genau, für wen er warum arbeitete.

Der Mandel verließ das Haus und ging über die Straße zu seinem Auto. Er fuhr ein paar Meter die Straße hinunter. Dann hielt er an und zündete sich in aller Gemütsruhe noch eine Zigarette an. Selig gelächelt hat er vermutlich, als der Edelstein-Anwalt in seinem schwarzen 7er-BMW aus der Tiefgarage gefahren kam. Der Mandel hatte sich das genau so vorgestellt. Denn wäre der silberne 7er-BMW mit dem Kennzeichen B-HE 85 unten in der Tiefgarage nicht der Wagen vom Edelstein gewesen, hätte er den Sender, den er per Magnethalterung unter der vorderen Stoßstange angebracht hatte, einfach wieder entfernt. Die Tiefgarage war durch eine kleine Stahltür an der Seite des Hauses begehbar, und dann hatte da der 7er-BMW geparkt und auf dem Platz daneben ein Schild mit der Aufschrift *Besucher Edelstein und Partner*. Schaute man sich dann noch das Kennzeichen von dem BMW an, brauchte man nicht mehr sonderlich viel Kombinationsgabe. Es war nur noch der kleine rhetorische Nadelstich mit dem Laptop nötig gewesen, um den Edelstein wie auf Kommando losfahren zu lassen und ihm bei einer Zigarette genüsslich hinterherzuschauen, während der Mini-Peilsender seine Arbeit verrichtete und seine Daten an das Handy vom Mandel übermittelte.

Das Fahrschulauto vom Dieter hatte viel zu viele PS für meinen Geschmack. Wenn *mir* das Auto schon zu aggressiv war, dann muss das für einen Fahrschulanfänger eine regelrechte Bedrohung dargestellt haben. Andererseits konnte ich den Dieter auch verstehen: Wenn du dein Auto schon zu hundert Prozent von der Steuer absetzen kannst, dann kaufst du dir natürlich ungern einen zehn Jahre alten VW Polo. Aber eigentlich auch keinen neuen gelben Audi A8. In matt.

Auf der Fahrt nach Babelsberg hörte ich zunächst U2, weil der Dieter das zuletzt in seinem Achtfach-CD-Wechsler gehört hatte. Aber natürlich zermürbend auf Dauer wegen der Daueremotion, also lieber Radio Drei, wo ein Essay über die Fragilität des Künstlerdaseins lief. Warum der Tod vom Tilmann endlich die richtigen Fragen in der Kulturwirtschaft aufwarf. Es ging um das Cui bono, wem nützt eigentlich so ein Todesfall am meisten – natürlich der Industrie –, und liegt darin nicht das Grundübel der gesamtdeutschen Rockmusik, nämlich die ausschließlich marktwirtschaftliche Herangehensweise, die Zurücksetzung der Inspiration ins dritte bis vierte Glied? Ich wechselte den Sender, weil ich Wortbeiträge über Kultur nicht leiden konnte. Nachrichten hätten mich interessiert. Außenpolitik. Irgendwas mit Krieg. Auf dem anderen Kanal kam irgendetwas ganz Abscheuliches wie Hootie & the Blowfish. Radio aus, augenblicklich. Keine Musik mehr im Auto, beschloss ich im Grundsatz. Noch nicht einmal im Sommer. Dieses hirnlose Herumgefahre bei offenem Fenster mit lauter Musik, das schien sowieso einer anderen Zeit anzugehören. Einer Zeit, der ich nicht hinterhertrauerte.

Ich kannte das Filmgelände in Babelsberg ein bisschen, weil Maria da mal gearbeitet hatte. Als Praktikantin für eine tägliche Seifenoper im Fernsehen. Damals, als sie gerade aus Chemnitz in die Stadt gezogen war mit Anfang zwanzig. Ich hatte sie regelmäßig vor dem Haupteingang abgeholt, und danach waren wir noch Pizza essen, bevor wir uns ungefähr bewusstlos gebumst haben.

Ich fuhr nicht bis ganz aufs Gelände, sondern parkte vor dem großen Tor – irgendwie war da eine Ehrfurcht vor der Filmbranche in mir. Ich ging zu Fuß weiter und rief die Malleck an. Die dirigierte mich am Telefon zur Marlene-Dietrich-Halle. Sie hatte den Sicherheitsmann am Eingang informiert.

Nachdem ich meinen Namen sagte, wurde ich ohne Umschweife in die Halle gelassen. Die Halle war nicht besonders hoch, aber unglaublich lang. Ich konnte mich kaum umschauen vor lauter Länge. Zu meiner Rechten hatte jemand eine zertrümmerte Stadt aufgebaut. Bombenkrater, zerschossene Fassaden, bergeweise Schutt. Vielleicht Teil des Eva-Braun-Films.

Es kam mir vor, als wäre ich schon eine Viertelstunde unterwegs, als dann endlich die Malleck auf mich zukam. Sie war auf jünger geschminkt und trug eine unangenehm bauschige Frisur. Ich fand nicht, dass sie damit aussah wie Eva Braun, eher wie meine Mutter Anfang der Achtziger, aber ich hatte Eva Braun auch grade nicht im Kopf. Hinter ihr hatte jemand eine Art Wohnzimmer mit sehr niedriger Decke aufgebaut. Das sah nicht ungemütlich aus.

»Hallo Sigi! Bussi«, sagte die Malleck und gab mir einen Kuss links und einen rechts auf die Wange. Die Leute am Set sahen uns zu, und ich fühlte mich selbst wie ein Schauspieler.

»Was dreht ihr grade?«, fragte ich.

»Ach, Führerbunker. Vergiftungsszene.«

»Und wo ist der Führer?«, wollte ich wissen.

»Auf dem Klo«, sagte die Malleck.

»Verstehe«, sagte ich.

»Was gibt es denn so Dringendes?«, fragte die Malleck.

»Dass du überhaupt schon wieder arbeitest?«

»Ach ja. Auch wenn das hart klingt, aber dass der Leo tot ist, interessiert hier keinen. Klar gibt es Beileid, und du wirst andauernd in den Arm genommen, aber letztlich ist das Studio hier gebucht, und jeder Dreh, bei dem ich nicht erscheine, bringt mir eine Konventionalstrafe ein, die höher ist als meine Gage. Das war eh schon nett von dem Deininger, dass er mir eine halbe Woche frei gegeben hat. In der Zeit haben sie jetzt die Szenen mit der jungen Eva vorgezogen.«

»Aha. Du spielst gar nicht die ganze Eva?«, fragte ich.

»Die ganz junge Eva mit zehn. Die kann ich ja nicht spielen.«

»Ach so, klar.«

»Was ist denn jetzt, Sigi? Ich hab nur ein paar Minuten.«

»Gut, dann mach ich's kurz. Ich war mit dem Mandel neulich im Sägewerk, und rate mal, wen ich da gesehen habe.«

»Ich dachte, du willst es kurz machen. Können wir das Raten weglassen?«

»Deinen Freund und Anwalt Holger Edelstein und den Urbaniak in trauter Zweisamkeit.«

»Ja, ja, ich weiß, das sind alte Kumpels. Deshalb bist du nicht hier, oder?«

»Na ja, wo du und der Urbaniak doch in der Causa Soloalbum ausdrückliche Gegner seid, wundert mich das schon mit dem Geklüngel. Ich weiß ja nicht, wie viel du dem Edelstein erzählst, aber unser Wissensvorsprung mit dem Rechner vom Leo ist dahin, wenn der Urbaniak davon erfährt.«

»Habt ihr denn schon was auf dem Rechner gefunden?«, fragte die Malleck.

»Ich habe grade einen Spezialisten dransitzen. Während wir hier sprechen, zerlegt der das Ding in einzelne Nullen und Einsen«, sagte ich und dachte an den Dieter im Büro.

»Ach, Unsinn, der Holger erzählt dem Urbaniak nix. Der weiß, wem seine Loyalität gehört. Du, Sigi, sei mir nicht bös, aber ich muss dringend wieder drehen. Ich ruf dich an, ja? Ciao, ciao, Bussi.«

Sie gab mir einen kleinen Kuss auf den Hals und schwebte davon. Die Leute am Set sahen mich an, und ich zuckte mit den Schultern. Ich ging wieder zum Ausgang und wollte gerade gehen, als der Security-Mann mich zurückhielt.

»Jetzt nicht. Es gibt Stunk draußen«, sagte er.

»Was ist denn los?«, fragte ich.

»Ein paar Rechte haben sich vor der Halle versammelt.«

»Ein paar Rechte? Was für Rechte?«, fragte ich, aber der Sicherheitsmensch hatte sich wieder einem Kollegen zugewandt. Ich ging zurück, suchte die Malleck. Sie stand bei Ralf Deininger, dem Mogul, ein paar Meter weiter.

»Hallo, ich bin der Sigi,«, sagte ich und streckte dem Deininger die Hand hin.

»Deininger, angenehm«, erwiderte er und gab mir nicht die Hand. Er trug einen Parka mit Pelzkragen und hatte die Hände voll mit Zetteln.

»Was ist denn los?«, wollte ich wissen. Die Malleck sah den Deininger an, als wäre das alles seine Schuld.

»Ach, nichts ist los«, sagte der Deininger, und seine Stimme klang so süddeutsch jovial, als würde er dich jeden Moment auf eine Halbe im Biergarten einladen wollen. Seine Augen blieben ausdruckslos, aber das ist oft so bei Leuten mit dunkelbraunen Augen.

»Ein paar so Heinis wichsen sich einen drauf ab, dass wir einen Film über die Braut des Führers drehen und sind jetzt ganz wild auf die Veroni.«

Die Malleck verdrehte die Augen.

»Aber ihr stellt die Eva Braun ja nicht als Frau von Welt dar, oder? Die Alte war doch strunzblöd«, sagte ich.

»Na ja, das muss man schon ein bisschen differenzierter sehen«, sagte der Deininger und sah die Malleck dabei eindringlich an. Die zuckte gelangweilt mit den Schultern.

»Sigi, geh doch einfach zum Seitenausgang hinaus«, sagte die Malleck, »der Pierre zeigt dir den Weg.«

»Pierre!«, schrie die Malleck, und ein dünner junger Mann mit Unmengen von Gel in den Haaren und einem T-Shirt mit V-Ausschnitt kam angetrabt.

»Pierre, sei ein Schatzi und zeig dem Sigi, wie er zum Seitenausgang kommt.«

Pierre tat, wie ihm geheißen, und führte mich in einen anderen Teil dieser unverschämt langen Halle.

»Die Halle ist für Fritz Langs *Metropolis* gebaut worden«, klärte mich Pierre auf.

»Aha«, sagte ich.

»Und hier in der Großen Nord bauen sie grade das Adlon von vor dem Zweiten Weltkrieg nach. Also nur die Außenfassade.« Pierre deutete auf ein Gerüst.

»Aha«, sagte ich und war froh, als die Studiotour ein Ende hatte und ich die Halle verlassen konnte. Ich stand jetzt draußen, ziemlich weit weg vom Haupteingang. Ich beobachtete aus der Entfernung eine Zusammenrottung von Menschen, die eine Art Kette um den Eingang gebildet hatten. Ich näherte mich der Ansammlung und schaute mir die Leute aus der Menschenkette genauer an. Es waren ausschließlich Männer, davon manche ohne Haare und mit Anoraks, aber die meisten eher mit Baseballcaps, Polohemden, Jeans und Turnschuhen. Einer sogar weißes Hemd und schwarze Krawatte. Diese Leute trugen ein Banner, auf dem stand: *Eva Braun – Deutschland bleibt dir treu*.

Das war ja hochgradig grotesk, was der Hitlerkult hierzulande immer noch für Blüten trieb. In der eigenen Weltsicht erschienen einem solche Leute ja immer ganz und gar unmöglich. So unmöglich, dass schon gar nicht mehr existent. Was geht in den Köpfen von Leuten vor, die eine Pro-Eva-Braun-Demo abhalten? Wollten die Leute dem Deininger über die Schulter schauen, ob er auch historisch akkurat arbeitet, oder war die Malleck für sie die Reinkarnation von ihrem Evchen? Waren sie so von ihrem eigenen Kult berauscht, dass sie nicht mehr zwischen einer historischen Figur und einer Schauspielerin unterscheiden konnten? Das war eine einzige Absonderlichkeit. In der Zwischenzeit hatten sich genug Polizisten eingefunden, um ihrerseits einen Schutzgürtel um den Haupteingang der Halle zu bilden. Aber Gewalt lag heute keine in der Luft, das hätte ich sofort gemerkt. Unangenehm war mir die Situation trotzdem, ich kam mir vor wie einer dieser Autobahnstarrer auf den Brücken über der A9. Über die Rückseite der Marlene-Dietrich-Halle ging ich zurück zum Fahrschulauto. Als ich einstieg, kam eine SMS von Maria. *Die Malleck ist eine Fotze. Ich bin so enttäuscht*, lautete der Text. Als hätte sie das gerochen, dass ich gerade in Babelsberg war. Ich setzte mich in das gelbe Auto vom Dieter und stellte die U2-CD auf laut, so als müsste ich jemand das Wort abschneiden.

Wieder im Büro angekommen, empfingen mich die Mandelbrüder mit erwartungsvollen Gesichtern.

»Mensch, Sigi, wir haben tolle Neuigkeiten«, sagte der Dieter.

»Aha?«, sagte ich. Bei tollen Neuigkeiten erwartete ich immer, dass jemand schwanger war.

»Stell dir vor, der Max, der Verrückte, hat einen Peilsender am Wagen von dem Anwalt angebracht, und wir können jetzt im Internet sehen, wo er sich herumtreibt.«

»Einen Peilsender angebracht?«, wiederholte ich ungläubig.

»Und der Dieter hat einen entscheidenden Hinweis zu den verschollenen Songs auf dem Laptop vom Leo entdeckt«, sagte der Mandel, und der Dieter strahlte über das ganze Fahrlehrergesicht.

»Einen entscheidenden Hinweis?«, fragte ich nach und wunderte mich, warum Shakira im Büro lief.

»Warum läuft eigentlich Shakira in unserem Büro?«, fragte ich.

»Wegen meiner erfolgreichen Recherche lässt mich der Max heute im Büro auflegen.«

»Auflegen?«

»Der Dieter hat tatsächlich im E-Mail-Account vom Tilmann eine Spur zu den verlorenen Songs gefunden. Aber erzähl's dem Sigi doch gleich selbst, Dietz.«

Das ließ sich der Dieter nicht zweimal sagen.

»Der Tilmann sammelt ja alle seine E-Mails online, nicht nur die, die er geschickt bekommt, auch die, die er selber verschickt. Aber komischerweise fehlen da einige. Entweder er hat sie gelöscht oder von einer anderen Adresse aus geschickt.«

»Woher weißt du, dass Mails fehlen?«, fragte ich nach.

»Weil es im Posteingang Mails gibt, die sich auf Mails beziehen, die er geschickt hat, aber nicht im Postausgang zu finden sind«, erklärte der Dieter.

»Aha«, sagte ich.

»An den eingegangenen Mails kann man sehen, dass die Adresse, mit der der Tilmann die Mails abgeschickt hat, info@ tillerman.de lautet. Die Website tillerman.de gibt es aber nicht, offensichtlich hat er sich unter dieser Domain nur einen E-Mail-Account eingerichtet. Und leider kommt man da ohne FTP-Zugangsdaten nicht rein.«

»Ich hab's auch nicht auf Anhieb verstanden«, sagte der Mandel.

»Doch, doch, ich hab's schon verstanden«, log ich.

»Der Dieter hat im Posteingang eine wichtige Mail gefunden, die man nur vollständig versteht, wenn man auch die erste Mail der Korrespondenz kennt, worauf die Antwort sich bezieht. Und genau die haben wir nicht, weil die bei einer anderen Adresse liegt«, sagte der Mandel.

»Ich hab's ja verstanden. Aber von welcher Mail ist denn jetzt die Rede?«

»Eine geheimnisvolle Person namens Ozeana hat dem Tilmann geschrieben«, sagte der Dieter.

»Adriana«, korrigierte der Mandel.

»Und was stand in der Mail von dieser ominösen Adriana, und kann man von ihrer E-Mail-Adresse nicht auf die reale Person schließen? Die hat sich doch sicher irgendwo registriert«, sagte ich.

»Das ist das nächste Problem. Es gibt auch anonyme E-Mail-Adressen. Das nennt man Wegwerf-E-Mail. Man schreibt einfach jedes Mal von einer neuen Adresse aus. Das hat vermutlich auch diese Adriana gemacht, sich aber jedes Mal im Absender Adriana genannt, damit der Tilmann gleich weiß, wer ihm da schreibt«, dozierte der Dieter.

»Oha«, sagte ich.

»Und diese Adriana hat zuletzt das hier geschrieben. Zehn Tage vor dem Mord am Tilmann. Warte, ich les mal vor«, sagte der Mandel: »›Leobär, ich weiß nicht, ob ich da die Richtige bin. Klar bin ich stolz auf dich, und klar muss jemand seinen Mund aufmachen, aber ich hab Angst, dass der Schuss nach hinten losgehen könnte. Ich will nicht, dass die dich dann im Visier haben oder dir sogar auf den Leib rücken. Aber es ist eh schon zu spät, du Dickkopf, oder? Dann tu, was du nicht lassen kannst, und schick mir die restlichen Songs. Und noch schöner wäre es, wir treffen uns bald am Meer. Ich denk an dich, L.‹«

»L-Punkt? Ich dachte, die Frau heißt Adriana«, sagte ich.

»So heißt nur der Absender«, sagte der Dieter.

»Das macht's nicht einfacher. Dieter, sei mir nicht böse, aber kannst du die Musik leiser machen?«

»Das ist doch manisch mit deiner Musikphobie«, sagte der Mandel, als ob er gerne Shakira hörte. Der Dieter drehte den Lautstärkeknopf der alten Stereoanlage ohne Murren auf null.

»Hip-Hop. Manchmal höre ich Hip-Hop. Das ist für mich die einzige Musikrichtung mit Hintergrund und Fachkompetenz. Neben Heavy Metal«, sagte ich.

»Die klassischen Komponisten haben aber auch einiges auf dem Kasten gehabt. Mozart zum Beispiel. Oder Wagner«, sagte der Dieter.

»Und was ist jetzt mit deinem Peilsender?«, fragte ich den Mandel. Der Dieter rieb sich die Hände, als wäre er der Erfinder des Mini-Peilsenders.

»Der Edelstein ist kurz nach meinem Besuch zum Urbaniak gefahren. Hat der Sender mir angezeigt«, sagte der Mandel.

»Na und?«, fragte ich.

»Ich hab nur erwähnt, dass wir den Laptop gefunden haben, und offensichtlich ist er nervös geworden, sonst wäre er nicht sofort danach losgefahren«, sagte der Mandel.

»Die Pferde hat er scheugemacht«, sagte der Dieter und schaute anerkennend seinen Bruder an.

»Na gut, aber seit dem Sägewerk wissen wir ja auch, dass der Dicke und der Anwalt so miteinander sind«, sagte ich und kreuzte Zeige- und Mittelfinger.

»Ja, ja. Aber das ist auch gar nicht der Clou. Viel interessanter ist ja, wo er danach hin ist. Ich hab die Koordinaten, die der Peilsender ausgegeben hat, nachvollzogen: Der Edelstein ist zu einer Adresse nach Köpenick gefahren, die unter anderem ein Büro der Kulturfreunde des Nordens e. V. beherbergt.«

»Das ist doch dieser Faschoverein, der so auf die Malleck steht«, sagte ich.

»Und deren erster Vorstand ist wiederum ein gewisser Peter Neumann, seines Zeichens Ex-Vorstand der Nationalen.«

»Das wird ja immer grotesker. Ich war nämlich grade am Set von Eva Braun, und da hat sich eine spontane Kundgebung von Eva-Braun-Fans zugetragen. Verwirrte Leute mit seltsamen Spruchbändern zur Stärkung der Moral von Veronika Malleck als Eva Braun. Könnten auch die Kulturfreunde gewesen sein. Ich habe gelesen, dass denen eine wahrheitsgetreue Darstellung von unserem Evchen sehr am Herzen liegt.«

»Du warst bei der Malleck am Set? Wieso?«, fragte der Mandel.

»Sie hatte mich eingeladen, mir das mal anzusehen«, log ich.

»Ach ja? Und wie war's?«

»Na ja, ging so. Es war ja diese Kundgebung. Wie geht's jetzt weiter?«, fragte ich.

»Der Sascha soll den zweiten E-Mail-Account vom Leo hacken, dann finden wir heraus, wer diese Ozeana ist«, sagte der Mandel.

»Adriana«, korrigierte der Dieter.

Dreizehn

Der Mandel fuhr am Donnerstag auf den Südwestkirchhof. Der Friedhof war ein riesiges, bewaldetes Areal, und es war nicht besonders schwer, sich darin zu verirren. Ohne Geländeplan ließ sich noch nicht mal ein bestimmtes Grab finden. Der Speer hatte seinerzeit eine Menge Leichen hier raus verlegen lassen, weil sie seiner Nord-Süd-Achse im Weg lagen. So kamen zu dem eh schon undurchsichtigen und verwachsenen Sumpfgelände noch eine Unmenge Gräber dazu, und wer sich heutzutage auf dem Südwestkirchhof auskannte, der musste viel Zeit hier verbracht haben. So wie der Mandel. Warum der Mandel sich auf Friedhöfen herumtreibt, das ist ein Thema für demnächst.

Dieses Mal ist er wegen dem Tilmann dahin gefahren. Der hatte nämlich schon zu Lebzeiten ein Naturbegräbnis bestellt, also einfach seine Asche unter einem Baum verscharren und gut is. Ohne Ansprache, ohne Blasmusik. Die Malleck hatte veranlasst, dass der Baum wenigstens eine Plakette mit seinem Namen erhielt und sie und die Bandkollegen eine kleine Andacht hielten, während die Asche vergraben wurde. Ich wusste noch nicht einmal von der Beerdigung und die Presse auch nicht. Sonst wäre ich natürlich mitgekommen. Woher es der Mandel wusste, hat er mir auch später nicht gesagt.

Weil er sich so gut auf dem Südwestkirchhof auskannte,

wusste der Mandel sofort, wo man sich auf die Lauer legen musste, damit einen die Trauergemeinde nicht sehen konnte. Diese Baumbeerdigungen gelten ja in unserer Bestattungskultur noch als neumodisch, und deshalb war der Südwestkirchhof auch nur einer von zwei im gesamten Einzugsgebiet, wo man sich nahezu unbemerkt unter einem Baum tot niederlassen konnte. So etwas war nicht besonders teuer, kostete um die sechshundertfünfzig Euro, erfreute sich aber besonders in gutbürgerlichen Kreisen immer größerer Beliebtheit, so dass man davon ausgehen konnte, dass die Bestattungsindustrie demnächst eine Preiserhöhung vornehmen würde. Es war wie mit den Wohnungen in der Stadt: Konträr jeglichen Einkommensspiegels wurde hier alles immer teurer. Das Leben genau wie der Tod.

Der Mandel hatte ein Fernglas dabei, das er mal vom ADAC als Geschenk für eine Kundenanwerbung bekommen hatte. Der Kunde war ich gewesen, als ich noch meinen alten Toyota fuhr. Der Jahresbeitrag zahlte sich total aus, so oft, wie mir die Batterie damals verreckt ist. Mit dem ADAC-Fernglas legte sich der Mandel unweit der norwegischen Holzkirche, die das Epizentrum des riesigen Friedhofs bildete, hinter einen Grabstein. Die kleine Trauergemeinde hatte sich schon versammelt, und für den Mandel war jetzt maßgebend, wer sich da alles blicken ließ.

Das eigentliche Begräbnis war offenbar schon vorüber, und jetzt standen in einem kleinen Halbkreis folgende Personen um eine etwas magere Birke herum: die Veronika Malleck, schwarze Bluse, schwarzer Rock, dunkle Haare wegen des Films und Baskenmütze, links neben ihr der Kai Bartels und der Schredder, rechts davon der Holger Edelstein, der einen Arm um die Malleck gelegt hatte. Alle Männer in schwarzen Anzügen. Der Kai Bartels und der Schredder verdeckten allerdings noch jemanden, und der Mandel robbte ein paar Zentimeter seitwärts, um einen besseren Blickwinkel zu bekommen. Und da schau einer an: Ein Mann im Rollstuhl saß vor dem Schredder, den Kopf gesenkt. Er hatte graues, längeres Haar, oben schon eine Platte und trug eine Hornbrille. Der Mandel war in der Entourage vom Tilmann genug bewandert, um den Danny zu identifizieren, der angeblich im Krankenhaus lag wegen der schweren Nierenkolik. Nierenkolik, ich hab das ja mal nachgeschlagen, weil ich es auch nur vom Hörensagen kannte. Man hat einen Stein im Harnleiter oder so ähnlich und dann eine Entzündung. Wenn man jetzt nicht rechtzeitig eine Zertrümmerung dieses Steins vornimmt, kann das an die Nieren gehen, also sprichwörtlich, und am Ende ist man dann ein Fall für die Matratzengruft und kann ganz sicher keine Band mehr managen, wenn man vor jedem Toilettenbesuch Todesangst hat. Woher das kommt, man weiß es nicht genau. Ein Freund von mir aus Österreich hat sich mal den Hoden verknotet, also von innen. Weiß auch kein Mensch, wie so was passiert, aber ich hol ihn ab zu einer Party, und er kriecht schmerzverkrümmt in seinem Wohnzimmer umher. Ich hab ihn zum Arzt gefahren, die haben ihn sofort operiert, aber er wollte mir lange nicht erzählen, was los mit ihm gewesen war. Ist ja auch unangenehm zuzugeben, dass man einen Knoten im Hoden hat.

Aber jetzt bin ich abgeschweift, weil es mich beschäftigt, dass man im Leben jederzeit unvorbereitet von medizinischen Bosheiten überfallen werden kann. Im Alltag verstecken sich heimtückisch Krankheit und Tod. Man kann von Glück reden, wenn man es, so wie ich, heil in seine Dreißiger schafft.

Das war natürlich für den Mandel interessant, dass der Danny auf der Beerdigung war, weil jetzt konnte man nicht mehr sagen, ach, der Danny, der liegt im Krankenhaus, mit dem brauchst du gar nicht zu reden. Solange der Mann aus dem Haus konnte, war er wohl auch ansprechbar, und es war naiv von uns gewesen, uns vom Urbaniak so abspeisen zu lassen, von wegen der Danny schon halbtot. Der Danny rieb sich immer wieder mit der Hand über seinen halbkahlen Kopf, während die anderen stillstanden. Dem Mandel fiel zudem auf, dass zirka fünfzig Meter links von der Gruppe eine Frau mit Sonnenbrille stand, die das Szenario ähnlich wie der Mandel aus sicherer Entfernung beobachtete, zumindest hatte sie sich die letzten zwei Minuten nicht von der Stelle gerührt. Sie war eher schmal und trug ein schwarzes Hemd und eine schwarze Hose. Der Mandel hatte sie vorher schon gesehen, aber für eine Friedhofspassantin gehalten. Erst jetzt fiel ihm auf, dass sie nicht passierte, sondern zuschaute. In die Beerdigungsgesellschaft kam jetzt Bewegung. Wenn es eine Andacht gegeben hatte, dann war sie jetzt vorbei. Die Frau mit Sonnenbrille drehte sich weg und ging in die andere Richtung. Der Mandel beschloss, ihr zu folgen, aber es kam ihm etwas dazwischen.

»Schickes Fernglas«, sagte der Mordkommissar Winter hinter dem Mandel, und der Mandel hätte fast seine Zunge verschluckt, die er während des Observierens im Mund herumgerollt hatte.

»Ah, Herr Winter. Das ist ja ein Zufall«, sagte der Mandel, und er war gar nicht absichtlich salopp. Es war mehr die Verlegenheit des Ertappten.

»Ein verrückter Zufall, Herr Mandel, da gebe ich Ihnen Recht. Aber ich hab Sie unterbrochen, Sie wollten mir doch sicher gerade erzählen, was Sie und Ihr Fernglas hier machen«, sagte der Winter.

»Ich beobachte die Trauergemeinschaft vom Leo Tilmann, weil ich auf der Suche nach Hinweisen bin.«

»Was für Hinweise?«

»Ich bin vom Herrn Urbaniak, von der Firma Global Records, beauftragt, nach bestimmten Musikstücken aus dem Nachlass zu suchen, und ich habe gehofft, aus der Konstellation bei der Beerdigung einige Rückschlüsse zu ziehen.«

»Rückschlüsse aus der Konstellation wollen Sie ziehen. Ich kann auch einen Rückschluss ziehen, Herr Mandel. Und zwar den, dass Sie gar nicht mehr als Journalist arbeiten, sondern als privater Ermittler. Weiß der Geier, was Sie dafür qualifiziert, aber in dem Zusammenhang würde ich gerne nochmal mit Ihnen über den Mord reden und was Sie genau am Tatort zu suchen hatten.«

»Die Gründe für meine Anwesenheit bei dem Konzert haben sich nicht geändert. Und hatten nichts mit meiner Tätigkeit als Ermittler zu tun.«

Der Mandel schaute in Richtung Baumbeerdigung, aber die Trauergemeinde war schon auf dem Weg in Richtung Ausgang und die Passantin in Schwarz überhaupt nicht mehr zu sehen. Den Mandel ärgerte das.

»Ich sag Ihnen was, Herr Mandel. Sie sitzen morgen früh an meinem Schreibtisch und erzählen mir das alles ganz genau bei einem widerwärtigen Kaffee aus unserem Automaten. Meine neue Espressomaschine ist für Sie tabu.«

»Okay, keine Espressomaschine«, sagte der Mandel, aber er hätte wissen sollen, dass nur einer hier die Sprüche machte. Dass in dem Dialog nur einer der Comic Controller war, wie das in der Dramentheorie heißt. Der Winter, nach außen hin völlig kontrolliert, geschniegelt in Anzug und Krawatte, tadellose Frisur, packte den Mandel jetzt am Kragen seines schwarzen Mantels.

»Wenn Sie mich verarschen, Mandel, lass ich Sie wegen Beleidigung der Trauergesellschaft durch Observation anzeigen. Paragraph 185, Strafgesetzbuch.«

»Das gilt aber nur, wenn die Observierten von ihrer Observierung wissen und mich anzeigen.«

»Nichts leichter als das«, sagte der Winter und legte zwei Finger an die Lippen, als würde er jeden Moment lospfeifen.

»Stopp, ich verstehe ja Ihren Standpunkt, Herr Winter.«

»Dann sehen wir uns morgen in meinem Büro.«

»Ist ja gut«, sagte der Mandel beleidigt und schüttelte sich aus dem Griff vom Winter heraus.

»Was machen *Sie* eigentlich hier?«, fragte der Mandel.

»Hauen Sie bloß ab«, sagte der Winter.

Der Mandel erzählte mir erst am nächsten Tag von seinem Friedhofsbesuch und dem erneuten Termin in der Keithstraße, wo er gerade herkam. Der Winter hatte aus dem Mandel die ganze Angelegenheit mit den verschwundenen Songs gequetscht, und das war ja für den Winter hervorragend, weil mit dem ominösen Soloalbum ergab sich ja nochmals eine ganz andere Motivpalette. Die hätte sich womöglich noch erweitert, hätte der Mandel auch unseren ursprünglichen Auftrag und die Eheprobleme der Malleck erwähnt. Aber hat er nicht, weil er die Malleck nicht bloßstellen wollte.

»Sag mal, Dieter, wolltest du nicht vor zwei Tagen schon wieder daheim sein?«, sagte der Mandel zum Dieter, als fiele ihm eben erst auf, dass der Dieter immer noch in der Stadt war und schon wieder bei uns im Büro saß.

»Ach, ich hab die Fahrschule einfach noch eine Woche länger dichtgemacht. Die läuft mir ja nicht weg.«

»Und was sagen deine Fahrschüler?«, fragte der Mandel.

»Nix, was sollen sie auch sagen, ich bin ja nicht da«, lachte der Dieter.

»Und? Was machen wir jetzt wegen dem Fall?«, fragte er dann.

»Wir?«, wiederholte der Mandel.

»Ich schlage vor, wir reden mal mit dem Danny«, sagte ich, weil ich vermeiden wollte, dass wir jetzt über die Anwesenheit vom Dieter diskutierten.

»Kennt ihr eigentlich den Song?«, fragte der Dieter und klickte in das Notebook vom Tilmann. Eine Akustikgitarre fing an, und der Tilmann sang:

Adriana, über die Feuerleiter
Komm ich zu dir hoch mit Feuereifer
Du bist die Teufelsbraut, ich bin der Teufelsgeiger
Doch keiner darf uns sehen

Adriana, ich habe ein Geheimnis
Und du, du hast gleich zwei
Werfen wir sie zusammen
Und nehmen sie mit ins Grab

Dann die ganze Band und ein komplett deplatziertes Klavier.

Adriana, all die Jahre
Die ganzen Tränen und die Wut
Wenn ich hier fertig bin, ich schwöre
Mach ich alles wieder gut

»Den kenn ich gar nicht«, sagte der Mandel. »Wie heißt der? Und wo hast du den gefunden?«

»Der liegt in dem Ordner ›Demos *Lauthals*‹«, sagte der Dieter.

»Der ist aber nicht auf *Lauthals.*«

»Ach so«, sagte der Dieter, als wäre das seine Schuld.

»Aber leider auch nicht neu. Das ist die gleiche Produktion

wie bei den Songs vom *Lauthals*-Album. Und das ist hundertprozentig der Schredder, der da so reinholzt«, sagte der Mandel.

»Aber super, dass er einen Song an Adriana, unsere geheimnisvolle Unbekannte, schreibt, oder?«, sagte der Dieter mit vielsagendem Mystery-Blick.

»Bringt uns kein Stück weiter. Ich fahr jetzt zum Danny«, sagte der Mandel.

»Ich komm mit«, sagte der Dieter.

Nachdem der Mandel und sein Bruder in die Klinik zum Danny Friedemann gefahren waren, rief ich den Sascha an und bat ihn, noch mal vorbeizukommen. Jetzt war der Sascha aber noch in irgendeiner Firma und löschte auf Geheiß des Chefs einem Mitarbeiter die gesamten MP3s von der Festplatte und stand erst später zu meiner Verfügung. So setzte ich mich an den Computer vom Tilmann und durchsuchte ihn erneut. Aber diesmal nicht nach Musik. Im Überordner *Fotos* fand ich einen mit der Bezeichnung »Alt« und darin offenbar eingescannte Bilder aus dem Berufs- und Privatleben vom Tilmann in den Achtzigern und Neunzigern: der Tilmann mit der Band im Proberaum, vermutlich noch in Everswinkel, der Tilmann mit der Band auf irgendwelchen Provinz-Open-Airs, der Tilmann besoffen in irgendeiner Bar. Der Schredder nackt hinter seinem Schlagzeug liegend, der Schredder schlafend auf einem Sofa, der Schredder mit langen Haaren auf einem Schlagzeug herumhauend, das damals noch aus nur vier Teilen bestand, nicht wie heute aus dreißig. Der Schredder und der Tilmann, die beide ein kleines Mädchen in die Höhe heben. Auf dem nächsten Bild dann wieder der Schredder mit dem Mädchen auf dem Arm und daneben Anna Münster, seine Ex-Frau. Die kannte man aus diversen Beziehungsfilmen im Öffentlich-Rechtlichen. Das Mädchen war dann vermutlich die gemeinsame Tochter. Auf dem nächsten Bild wieder das kleine Mädchen, der Tilmann und der Schredder. Überhaupt oft der Schredder, der Bartels und der Kretschmann so gut wie nie. Dann natürlich der Tilmann selbst mit zig verschiedenen Weibern mit furchtbaren Frisuren, wie es sie in den Neunzigern gab. Dauerwellen, so weit das Auge reichte. Rote Hennafarben, blaue Strähnen, pinke Kurzhaarfrisuren, diverse schlecht gekleidete Winona-Ryder-Epigonen – mein Gott, ja, wir wollten alle eine Freundin wie Winona damals – und immer wieder wasserstoffverunstaltete Rockblondinen mit hautengen Hosen, das zeitlose Classic Groupie. Auf den nächsten drei Fotos dann die Ex-Frau vom Schredder alleine. Eine hagere, aber nicht unattraktive Brünette, die der Aristokratie entsprungen schien, im Vergleich zu den ganzen Fingernägelbiestern und Haarlackfurien von den Fotos vorher. Ich klickte mich noch durch ein paar zeitgemäßere Aufnahmen und hätte fast den Ordner »V« übersehen. Darin befanden sich diverse Bilder von der Malleck, offenbar kurz nachdem der Tilmann sie kennengelernt hatte. Ich erinnerte mich an die Frisur von der Malleck im Video zu »Ewiges Leben«, und das war genau die Frisur. Es waren keine anrüchigen Fotos, noch nicht mal nackt war die Malleck, aber sie waren eindeutig mit den Augen der Liebe geschossen. Du lernst jemand kennen, bist verliebt wie ein Wahnsinniger, und die ersten Stunden und Tage kannst du dein Glück kaum fassen, dass so eine unglaubliche Person jetzt mit dir das Bett teilt, mit dir frühstückt, Fernsehen schaut und mit dir abends an der Bar noch einen Schnaps trinkt, bevor ihr zum Sex nach Hause geht. Dass die Person sich in deiner Wohnung, deinem Leben niedergelassen hat. Das willst du festhalten, das musst du festhalten, weil du nicht weißt, wie lange das gutgeht. Als Frischverliebter ist die Verlustangst ja noch enorm. Und dann nimmst du die Kamera, und weil du verrückt vor Begeisterung bist, entstehen Fotos von ihr auf deinem Bett, in deiner Küche, auf deiner Straße, die wie Postkarten aussehen, so perfekt. Wie man sie nie wieder hinbekommen wird, egal, wie viele Jahre die andere Person bei dir bleibt. Genauso, wie man nie wieder diesen sexuellen Enthusiasmus vom Anfang hat. Bei dem man gar nicht mehr aufhören kann, sich gegenseitig kaputtzuficken.

Und diese Fotos, Augen der Liebe, keine Frage. Die Malleck in einer Jeans, barfuß, im BH, mit dem Pfefferstreuer in der Hand. In der Küche. Die Malleck von hinten, vor der offenen Kühlschranktür. Und mein Favorit: die Malleck in Unterwäsche und einem schwarzen Rollkragenpullover die Hand vors Gesicht haltend auf dem zerwühlten Bett. Wie eine französische Schauspielerin in den siebziger Jahren. Auch nicht schlecht: die Malleck und der Tilmann als Spiegelung in einem Schaufenster, sich selbst fotografierend, Arm in Arm. Schwarz-Weiß wie auf einer Postkarte aus Paris. Dann ein paar Nahaufnahmen von der Malleck: ungeschminkt lachend. Alles aus dem Weg strahlend mit diesem Lachen. Die Augen der Liebe mit den Augen der Liebe fotografiert. Das nahm mich schon ein wenig mit, geb ich zu. Egal, was aus dem Tilmann und der Malleck im Laufe der Jahre geworden war, das ist mal eine Einheit gewesen. Und jetzt alles in Trümmern. Die schiere Wucht der Zeit, die alles umgeworfen hat, gegen die sich niemand wehren kann. Noch nicht einmal so ein Postkartenpaar wie die Malleck und der Tilmann. Das Gefühl, das auf den Fotos wie eine Andeutung von Ewigkeit wirkt, hat vermutlich nur ein Jahr gedauert. Aber gerade diese Schwere, das Gewicht einer tragischen Liebe, das begeisterte mich. Weil es erst durch den Zerfall und letztlich die gegenseitige Zerstörung zu so einer Dramatik und Bedeutung, zu so einem

Gewicht gekommen ist. Seien wir ehrlich: Wären die beiden heute noch am Leben und glücklich verheiratet, diese Fotos würden uns langweilen, hätten keine Bedeutung. Erst dieses fundamentale Scheitern einer Beziehung, diese Komplettüberholung der Biografien, machte sie interessant.

Vierzehn

Die Mandels parkten direkt am monströsen Bettenturm. Für den Mandel war er genauso ein Wahrzeichen der Stadt wie der Fernsehturm. Gut, das ist vielleicht übertrieben, aber der Mandel war schon einmal in der Klinik gelegen, und da hat sich der Turm bei ihm eingeprägt. Obwohl der Anlass auch kein schöner war, wie so oft, wenn man Zeit in einem Krankenhaus verbringt. Der Mandel hatte damals einen kleinen Zusammenbruch erlitten, das darf man ja eigentlich nicht erzählen, weil für den Mandel ist so etwas ein Eingeständnis, dass er die Dinge nicht immer im Griff hatte.

Es war ungefähr ein Jahr nachdem ich mit dem Mandel in die Stadt gekommen war. Wir sind ja fast gleichzeitig umgezogen. Ich war gerade mit Germanistik fertig, der Mandel hat natürlich schon längst gearbeitet, weil Studienabbrecher. Er war aber auch schon während des Studiums bei der Tageszeitung in der Oberpfalz tätig gewesen. Und dann ist er hierher gekommen, weil sie ihn beim *Rock'n'Roll Express* genommen hatten, jetzt weiß ich es wieder. Ich hatte das erste Staatsexamen so leidlich bestanden und bin einfach so mit, ohne eine Idee, ohne einen Arbeitgeber, weil ich den Mandel von der Uni kannte und er mich überredet hatte, mit ihm wegzuziehen, er würde mir schon helfen mit der Berufstätigkeit. Das war wahrscheinlich anfangs nur so dahingesagt, aber am Ende war ich durch ihn tatsächlich beim *Express* sein Kollege geworden. Sein Online-Kollege. Ohne den Mandel wäre ich vielleicht bei den Prominenten-News auf der Startseite eines E-Mail-Providers gelandet. Also nicht als Prominenter, als Redakteur.

Den Mandel hatte ich damals beim Studieren über einen gemeinsamen Bekannten kennengelernt. Wir hatten uns an der Theke vom Ginsberg in eine Diskussion über die besten Lead-Gitarristen im Metal der Achtziger verstrickt. Damals hegte ich noch großes Interesse an Musik und spielte selbst Gitarre in einer Indie-Band, die aber nicht der Rede wert war. Der Mandel und ich hatten uns eigentlich relativ früh darauf geeinigt, in eine andere Bar zu gehen und nach Weibern Ausschau zu halten. Weil im Ginsberg nahm man ein Guinness und einen Paddy und vielleicht noch einen, wenn der Typ mit der Gitarre erträglich war, aber sobald angetrunken genug, wechselte man in die Acht oder probierte sein Glück im Gloria. Der Mandel kannte den Türsteher vom Gloria, das traf sich gut, weil im Gloria waren mit Abstand die schärfsten Weiber der ganzen Oberpfalz, und ich war schon ein paarmal an der Tür gescheitert, geb ich ehrlich zu.

Und trotzdem haben wir das Ginsberg nicht mehr verlassen an dem Abend. Nicht, dass wir nicht betrunken und spitz gewesen wären, aber wir berauschten uns irgendwie aneinander, das kann man im Nachhinein schwer beschreiben. Für mich war der Mandel eine Art Idol, weil er zwar studierte, aber schon damals im überregionalen Musikressort der *Mittelbayerischen* tonangebend war, jetzt weiß ich wieder, was für eine Tageszeitung es war. Ich kannte damals ja keine anderen Journalisten. Der Mandel war der Einzige, der eine ganz eindeutige Meinung zu Musik hatte. Der genauso geschmäcklerisch wie ich war und in denselben Geschmäckern ausgebildet. Er war mir mehr als nur ebenbürtig, ich konnte von ihm lernen, auch weil er vier Jahre älter ist und deshalb in meinen Augen noch die halben Siebziger miterlebt haben musste. Und die Siebziger waren früher mein musikalisches Lieblingsjahrzehnt gewesen, muss man wissen.

Wir waren uns nicht nur an dem einen Abend einig, dass die klassischen Heavy-Metal-Gitarristen der Achtziger ein Segen für die Musikgeschichte gewesen sind, wir stimmten auch im Hardcore überein. Wir redeten darüber, wie kurios es war, dass Chris Poland sowohl bei Megadeth als auch bei den Circle Jerks gespielt hat. Außerdem war der Mandel der einzige Mensch auf der Welt, mit dem ich mich über die Produktionsmanierismen von Martin Birch bei den ersten sechs Iron-Maiden-Platten unterhalten konnte, weil dem Mandel Produktionen genauso wichtig waren wie mir.

Dazu kam, dass ich an der Uni aus der Ferne beobachtet hatte, wie locker und beliebt der Mandel bei den Schönheiten unserer Cafeteria war. Ich versprach mir eine Menge neuer Bekanntschaften von meiner Freundschaft zum Mandel. Ich war kein unbeschriebenes Blatt bei uns in der Cafeteria, aber irgendwie saß der Mandel immer mit genau den Weibern an einem Tisch, die sich vollkommen meinem Einzugsbereich entzogen. Ich denke da vor allem an diese rothaarige Juristin, Name vergessen. Aber mit der hatten wir am Ende beide nichts. Leider.

Aber der Mandel profitierte auch von mir. Weil er einen loyalen und ernsthaft interessierten Eleven in mir sah, weil er sich gerne als Mentor betrachtete. Und weil ich ihn ergänzte, weil erst im Kontrast zu mir seine Souveränität und Gelassenheit voll zur Geltung kamen. Ich redete meistens viel und riss einen Witz nach dem anderen, während der Mandel immer nur den nötigen Spruch zur richtigen Zeit von sich gab. Ich war derjenige, der bei Konzerten in München ganz vorne stand, während der Mandel sich das in aller Ruhe von der Bar aus anschaute, und ich sprang nachts betrunken in die Donau, nicht der Mandel. Der stand oben auf der Steinernen Brücke und zeigte mir einen Vogel, als ich unten wieder auftauchte. Ich war der Spinner und der Mandel der coole Hund. In diesem Verbund waren wir gesellschaftlich erfolgreicher als alleine, und sobald wir einmal eingespielt waren, half uns das enorm bei den Frauen weiter.

Allerdings dauerte es noch eine ganze Weile nach besagtem Abend im Ginsberg, bis der Mandel und ich uns regelmäßig trafen. Was natürlich am Mandel lag und dass er nie zurückrief. Ich glaube, der Mandel hat mich als Typ immer schon gut gefunden. Ich mit den langen Haaren und er mit seinem elitären Gehabe. Er immer schon der gestriegelte Dandy, ich der Jeans-Rebell.

Drei Jahre später haben wir die Oberpfalz zusammen verlassen und sind hier in eine gemeinsame Wohnung gezogen. Ich weiß noch, dass der Mandel damals so begeistert von der Stadt gewesen ist. Dieses dauernde Aufbauen und wieder Einreißen von Konventionen – das hat er immer wieder betont –, das habe ihn so frisch und aufmerksam gemacht, da sei ihm aufgefallen, wie abgestumpft er schon geworden war in der alten Heimat. Ich stand zu dieser Zeit genau wie er unter Strom, dauernd draußen, immer in der Nacht und immer ein Bier in der Hand, aber der Mandel war noch eine Spur härter unterwegs. Der ließ sich nach der traumatischen Oberpfalz so in diese Stadt hineinfallen, der Mann kannte keine Wochentage mehr. Es waren auch seine ersten Monate als hauptberuflicher Musikjournalist, und er war auf jedem Konzert, auf jeder Veranstaltung und in jeder Diskothek. Der Mandel war im Gegensatz zu mir auch der elektronischen Musik immer viel aufgeschlossener gegenübergestanden. Vielleicht auch taktisch bedingt, weil in den elektronischen Kreisen einfach mehr Drogen und hübsche Frauen im Umlauf waren. So stoisch und konsequent man den Mandel heute aus dem Alltag kennt, so stoisch hat er sich damals die Pillen eingepflastert und dazu seinen Gin Tonic. Damals hat ihm noch der handelsübliche Gordon's gereicht, da musste es noch kein Beefeater sein. Aber diese maßlose Kombination aus Pillen und Gordon's, die hat dem Mandel nicht gutgetan. Der Mandel ist ja im Prinzip eine empfindsame Seele und nicht so robust, wie er gerne tut. Und die Pillen und der Gin, die ganzen Konzerte und die vielen Leute, die ganze Musik und der Trubel, die haben den Mandel irgendwann fast verrückt werden lassen. Er redet heute noch ungern darüber, aber er war an den Sonntagnachmittagen zu Hause im Bett gelegen, in seinem seit Monaten spärlich eingerichteten Zimmer, und hat sich nicht vom Fleck gerührt. Er lag dann einfach nur auf seiner Matratze in seinem kahlen Zimmer und hoffte, dass die Paranoia weggeht. Mir hat er nie etwas gesagt, ich dachte, er schläft oder ist überhaupt nicht zu Hause.

Der Mandel war jetzt nie der Mörderaufreißer gewesen, aber wenn du so viel unterwegs bist auf Konzerten und Veranstaltungen, da geht schon immer was. Aber er hat es bis heute nicht geschafft, sich auf jemand dauerhaft einzulassen. Von der Gugu mal abgesehen, aber das kann man ja auch nicht Beziehung im klassischen Sinne nennen, dieses Theater. Und das hat ihn zusätzlich geschwächt, diese Eskapaden mit den merkwürdigen Weibern, die man am Ende mehr kurios als erotisch nennen musste. Ich denke da nur an Lorna, die blutige Bestie, wie ich sie nannte. Weil sie nur gekommen ist, wenn sie dem Mandel den Rücken blutig kratzen konnte. Aber egal. Eines Tages hat der Mandel eingesehen, dass die Sonntagsdepressionen kein Dauerzustand sein konnten, und ist in die Klinik gegangen. Er war vor der Notaufnahme gestanden und hat zu der Frau am Empfang gesagt, er brauche einfach eine Weile seine Ruhe. Die haben ihn dann nach einer Untersuchung eine Woche im psychiatrischen Flügel aufbewahrt, und danach hat der Mandel sich tatsächlich eingebremst mit den Pillen und den Depressionen. Nur die vielen Konzerte und der Gin, die blieben. Aber immerhin ist er vom Gordon's auf Beefeater umgestiegen.

»Du wartest im Auto«, sagte der Mandel zum Dieter.

»Ich lauf ein bisschen rum«, sagte der Dieter.

Der Mandel ging über die Raucherterrasse zur Anmeldung, fragte nach Danny Friedemann und bekam eine Zimmernummer im neunten Stock in der Neurologie. Das hätte den Mandel eigentlich wundern sollen, weil Nierenkolik und Neurologie, das gehört eigentlich nicht zusammen, aber an medizinischen Fachbegriffen war der Mandel so interessiert wie ich an Ergebnissen der Zweiten Bundesliga. Zum einen Ohr rein, zum anderen wieder raus.

Im Treppenhaus und in den Gängen war es sehr ruhig an diesem Tag. Dieses allgegenwärtige, stille Weiß in einem Krankenhaus, diese Zwangsruhe ist für viele beklemmend. Nicht für den Mandel. Ich glaube, er war ganz in seinem Element, als er durch die weißen Gänge vom neunten Stock wandelte. Er klopfte schließlich an einer Tür und öffnete sie dann, ohne eine Antwort abzuwarten. Der Mandel stand jetzt in einem Zweibettzimmer vor einem alten Mann, der kaum zu atmen schien und an diverse Schläuche angeschlossen war. Der Mandel schaute den Mann an, und der Mann schaute den Mandel an. Und lächelte.

»Alter Ganove«, röchelte der unbekannte Mann und lächelte weiter. Merkwürdig, dass ein Erfolgsmanager wie der

Danny sich das Zimmer mit einem Halbtoten teilt, dachte der Mandel.

Die beiden Betten waren durch einen dieser fahrbaren Vorhänge getrennt, und der Mandel ging die paar Schritte in die andere Hälfte des Raums hinüber. Es roch nach Schnaps. In dem anderen Bett lag der Danny, Kopfhörer auf, in der Hand eine Zeitung. Die Hand mit der Zeitung wackelte, als würde sie dem Rhythmus der Musik im Kopfhörer folgen, und der Mandel dachte, er könnte so unmöglich Zeitung lesen. Der Mund vom Danny öffnete und schloss sich, ohne dass er zunächst etwas sagte. Doch dann sah er den Mandel und setzte ungelenk den Kopfhörer ab.

»Mandel. Das hat ja gedauert«, sagte der Danny und bewegte dabei den Mund mehr, als er sollte.

»Servus, Danny«, sagte der Mandel.

»Pah«, sagte der Danny.

»Bitte?«

»Mandel, du kannst dem Urbaniak ausrichten, dass ihm der Leo ein richtiges Kuckucksei ins Nest gelegt hat.«

»Bitte was ins Nest?«, fragte der Mandel.

»Bist du der Bluthund vom Urbaniak oder nicht? Oder am Ende der von der Malleck, der Schlampe? Der Leo hat gesagt: Der Mandel ist ein Guter. Aber der Leo war ein gutmütiger Idiot«, lachte der Danny, nicht süffisant, eher hysterisch im Ansatz. Aber vielleicht hat das nur so ausgesehen, wegen der unkoordinierten Mundbewegungen.

»Mein Gott, was für ein naiver Mensch«, sagte der Danny und lachte noch mehr. Der Kopf wackelte, und die langen weißen Haare an der Seite wippten mit. Der Danny bekam sich überhaupt nicht mehr ein.

»Mein Gott, der Leo. Immer schon der totale soziale Tollpatsch. Ein Hofnarr. Hahahahaha!«

Der Lachanfall vom Danny verwandelte sich in einen grässlichen Hustenanfall. Dann war er plötzlich still. Überhaupt war es mit einem Mal sehr ruhig in dem Zimmer. Nur die Flüssigkeit, die in den Zimmergenossen vom Danny über die Schläuche hineinfloss, war noch zu hören.

»Mandel, mir geht's so wie Woody Guthrie«, sagte der Danny aus der Stille heraus.

Der Mandel hatte keine Ahnung, was der Danny meinte.

»Woody Guthrie?«

»HD, Mandel. Das steht nicht für High Definition, sondern für die Huntington-Krankheit. Ich werd zum Spasti. Merkst du's schon?«

Die Stimme vom Danny klang, als spräche er durch eine Küchenrolle hindurch. Der Vergleich kam vom Mandel, nicht von mir.

»Ich dachte, du hast eine Nierenkolik«, sagte der Mandel.

Was Besseres fiel dem Mandel nicht ein. Das Elend anderer Leute, nicht seine Spezialdisziplin.

»Ja, ja«, sagte der Danny. »Das haben die sich schön ausgedacht. Will man ja nicht sagen, dass der Manager ein depressiver Spasti geworden ist. Dass die Gehirnzellen sich Stück für Stück in den Feierabend verabschieden. Aber Nierenkolik gab's auch eine. Letztes Jahr. Das waren noch Zeiten.«

»Das tut mir leid«, sagte der Mandel.

»Papperlapapp«, sagte der Danny. »Du sagst mir jetzt bitte schön, für wen du arbeitest, Mandel, weil einen Halbtoten lügt man nicht an. Dass du die Aufnahmen vom Leo suchst, das weiß ich. Alle suchen die.«

»Wer denn noch?«, fragte der Mandel.

»Die Hyänen. Alle. Sogar die Polizei.«

»Welche Hyänen?«

»Was willst du, Mandel? Ich hab nicht ewig Zeit.«

Die Stimme klang jetzt ziemlich schwach nach dem ganzen Gelächter. Der Mund klappte auch nach dem Satzende noch auf und zu.

»Stimmt, ich suche die Aufnahmen. Aber in meinem eigenen Interesse. Und ich geb zu, eigentlich hat mich der Urbaniak beauftragt, aber das regle ich schon.«

»Und die Malleck, die alte Fotze?«

Der Mandel zögerte, bevor er antwortete.

»Die hat damit nichts zu tun.«

»Bevor du sie der Malleck gibst, verbrenn sie lieber. Die falsche Schlange hat doch nur ihre eigene Karriere im Kopf. Gib sie dem Bartels, dem kannst du trauen«, hustete der Danny. »Das ist der Einzige, dem du trauen kannst.«

»Das heißt, du hast auch keine Ahnung, wo sie sind? Oder ob es sie überhaupt gibt?«

»Mandel, du August. Natürlich gibt es die. Ich hab sie doch gehört. Der Leo hat sie mir neulich noch vorgespielt. Und wie es die gibt. Nur glaube ich nicht, dass sie jemand hören will. Am wenigsten der Urbaniak, der intrigante Fettwanst.«

»Warum?«, fragte der Mandel.

»Weil es ein Haufen Scheißdreck ist. Ein Folk-Album. Texte gegen Gott und die Welt. Das ist ja kein schlechter Grundgedanke, aber aus der Feder vom Leo der reinste Scheißdreck. Hast du dir mal die Texte vom Leo genauer angehört? Dafür, dass er angeblich so ein Punker ist, sind seine Texte aber dem Grönemeyer deutlich näher als Slime. Und wenn der Leo politisch wird, dann wird's peinlich. Mit so einer Platte hätte er sich zu Lebzeiten keinen Gefallen getan. Schmeiß die Dinger weg, wenn du sie hast. Wirf sie in den Fluss, verbrenn sie und vergrab sie auf dem Südwestkirchhof neben dem Leo. Damit tust du ihm den größten Gefallen.«

»Worum geht's denn auf dem Album?«, fragte der Mandel.

»Das tut gar nichts zur Sache. Es ist sinnlos, sich darüber aufzuregen, Mandel. Die Platte kommt eh nie raus. Und jetzt geh heim, Mandel. Geh zu deiner Freundin, lass dir einen blasen und schreib einen Artikel über irgendeine neue Platte von einer Band mit engen Hosen aus England. Ach halt, du bist ja jetzt Privatdetektiv. Dann mach eine Autoverfolgungsjagd, oder was man da so tut. Mach, was du immer machst, aber bring nicht noch mehr Schande über die Band und den Leo.«

»Du weißt also nicht, wo der Leo die Songs hat.«

»Nein, verdammt nochmal. Und wenn ich es wüsste, gäbe es längst keine Songs für ein Soloalbum mehr. Und jetzt hau ab, Mandel, ich will schlafen.«

»Okay«, sagte der Mandel. »Und tut mir leid wegen dem Huntington.«

Niemand ist unbeholfener als der Mandel in Situationen mit Krankheit und menschlichem Elend. Der Mandel hatte sich schon umgedreht, aber dann fiel ihm offensichtlich noch etwas ein.

»Ach, eins fällt mir noch ein, Danny. Kennst du eine Adriana?«

Der Danny hatte die Augen geschlossen und machte sie jetzt wieder auf. Sein Handgelenk tat merkwürdige Dinge mit seiner Schläfe.

»Adriana? Was willste denn jetzt noch, Mandel? Soll ich dich verkuppeln? Wenn ich alle Weiber vom Leo im Kopf hätte, dann wär ich Schachweltmeister geworden. Bald hab ich vergessen, wie ich selber heiße, und dann soll ich mir irgendwelche Weiber merken? Ach, geh doch heim, Mandel, und lass mich in aller Ruhe zappeln wie ein Bekloppter.«

»Sorry«, sagte der Mandel und wollte gehen.

»Mandel«, sagte der Danny, und der Mandel drehte sich nochmal um.

»Hast du gewusst, dass der Bob Dylan den Guthrie damals im Krankenhaus besucht hat, als es dem schon ganz dreckig ging wegen dem Huntington?«

Der Mandel schüttelte den Kopf, obwohl er die Geschichte kannte.

»Danach hat der Dylan beschlossen, eigene Songs zu schreiben. Songs, die was bewegen. Aber subtil, nicht so wie der Leo.«

Noch in der Empfangshalle vom Krankenhaus rief der Mandel den Kai Bartels an und verabredete sich mit ihm für morgen zum Abendessen. Als der Mandel zurück zu seinem Auto kam, saß der Dieter bei offenem Fenster auf dem Beifahrersitz und rauchte einen Joint.

»Bist du noch bei Sinnen, Dietz?«, fragte der Mandel.

»Warum? Hier scheißt sich doch keiner was, hab ich gedacht.«

»Wir stehen vor dem größten Krankenhaus der Stadt, mitten im Regierungsbezirk, du Knallkopf.«

»Ist ja gut«, sagte der Dieter und löschte die Glut mit Spucke, Daumen und Zeigefinger.

»Du Anarchist«, sagte der Mandel und fuhr los.

Ich weiß nicht, wo der Mandel und sein Bruder danach hingefahren sind, aber ich weiß, dass in der Nacht etwas passiert ist, was den Mandel von der Beobachterrolle, die er bisher in seinem Leben meistens eingenommen hatte, mitten in ein Chaos hineinstürzte, das sich zusehends seiner Kontrolle entzog. Ich würde sogar so weit gehen, dass in dieser Nacht ein Sinneswandel im Mandel begonnen hat. Vielleicht ist an dem Abend etwas eingerissen, was den Mandel so hat werden lassen, wie er heute ist. Und rückblickend sind mir auch die Unterschiede aufgefallen. Natürlich war er von der Gewaltanwendung fürchterlich erschrocken, aber letztlich hat das einen Akklimatisierungsprozess ausgelöst, eher eine Art Verrohung, kann man sagen. Was dem Mandel an diesem Abend noch passierte, ist nichts Gutes gewesen, aber im Grunde war ich froh, dass sich die Ereignisse endlich überschlugen, weil wenn am Ende dieser Episode unserer Biografie eins stehen musste, dann die vollkommene Umwälzung der Verhältnisse. Ich kann ja nicht für den Mandel sprechen, aber ich wollte keinen Zentimeter mehr zurück in mein altes Leben. Dafür nahm ich auch die paar Verwüstungen in Kauf.

Der Mandel und sein Bruder waren an diesem Abend so gegen eins aus einer Bar zurückgekommen, und der Mandel war fix und fertig von dem langen Tag. Vor der Einfahrt zur Tiefgarage hielt er an und sagte: »Scheiße.«

»Was ist denn?«, fragte der Dieter.

»Ach, ich hab den Schlüssel für die Tiefgarage oben in der Wohnung.«

»Ach, egal, stell den Wagen halt auf die Straße«, schlug der Dieter vor.

»Nein«, sagte der Mandel.

»Wieso nicht?«, fragte der Dieter.

»Komm, scheiß drauf«, sagte er dann und fuhr rückwärts aus der Einfahrt raus und parkte gegenüber rückwärts-seitwärts in eine Parklücke ein. Der Mandel war ein alter Meister im Rückwärts-seitwärts-Einparken, das muss man ihm lassen.

Ein paar Stunden später lag der Mandel in seinem Bett und sah sich auf seinem überdimensionalen Fernseher Wiederholungen der Spiele aus dem englischen Liga-Cup an. Der Dieter schlief indessen auf der Wohnzimmercouch. Ungefähr um drei Uhr dröhnte ein ziemlicher Lärm von der Straße unten in das Schlafzimmer vom Mandel. Aston Villa hatte gerade das 1:0 gegen Manchester United erzielt. In einem Spiel, das sie noch 1 : 2 verlieren sollten. Die Sirenen durchbrachen ruckartig den erlösenden Dämmerzustand beim Mandel, den er nirgendwo so gut erreichen konnte wie bei der Wiederholung von Fußballspielen spätnachts. Als der Mandel das Fenster öffnete, kam auch der Dieter ins Schlafzimmer, in seiner Unterhose und einem Beyoncé-T-Shirt.

»Was ist denn da unten los?«, fragte der Dieter.

Der Mandel starrte zum Fenster hinaus und sagte nichts. Das Feuerwehrauto projizierte sein blaues, rotierendes Licht an die hohe Decke vom Schlafzimmer und erzeugte Muster wie ein Bildschirmschoner. Der Mandel starrte einfach nur auf die Straße.

»Jetzt rück halt«, sagte der Dieter und drängte seinen Bruder zur Seite.

»Leck mich am Arsch, das gibt's doch nicht«, sagte er, als er den Audi A4 von seinem Bruder unten auf dem Chamissoplatz ausbrennen sah.

Die Sonne ging schon auf, als die Polizei mit dem Mandel und dem Audi fertig war. Der Dieter und der Mandel standen schweigend um das herum, was vom Mandel seinem Audi A4 noch übrig geblieben war. Das Vorderteil, so ab dem Fahrersitz ungefähr. Alles dahinter eine einzige Schmorkugel.

»Das ist gar nicht so kompliziert mit der Versicherung. Die ersetzen dir den Schaden. Du darfst dir da nur nichts weismachen lassen von wegen Teilschaden oder höherer Gewalt. Das ist ein Totalschaden, und da können die gar nicht anders als zahlen«, sagte der Dieter und legte eine Hand auf die Schulter vom Mandel.

»Nicht jetzt«, sagte der Mandel.

»Du, ich kann mich auch um die Versicherungssache kümmern. Ich kenn mich da aus. Mein alter Audi hat damals …«

»Nicht jetzt«, sagte der Mandel.

»Alles klar. Lass mich das nur machen«, sagte der Dieter.

»Das ist ja eine Schweinerei«, sagte ich zum Mandel am nächsten Tag im Büro. »Und jetzt?«

»Wie, und jetzt?«

»Na, was machst du jetzt? Zahlt das die Haftpflicht?«

»Glaub schon. Der Dieter kümmert sich.«

»Ist er ganz kaputt?«

»Ja«, sagte der Mandel.

»Fährt auch nicht mehr?«, fragte ich.

»Natürlich nicht.«

»Wer macht denn so was? Was sagt die Polizei?«, fragte ich.

»Die Polizei sagt, wenn du deinen Wagen nicht sofort von der Straße schaffst, musst du eine Geldstrafe zahlen. Die Polizei wartet so lange, bis du persönlich den Abtransport veranlasst. Die Polizei will, dass du das auf eigene Kosten erledigst.«

»Echt? Und ermittelt wird überhaupt nicht?«

»Doch, doch. Die Spurensicherung war da.«

»Und?«

»Brandsatz unter dem Benzintank. Irgendein Brandbeschleuniger und eine Stofflunte. Dreißig Sekunden später steht das Aluminium in Flammen.«

»Was für ein Aluminium?«, fragte ich.

»Der Audi«, sagte der Mandel.

Die Tür zum Nordufer ging auf, und der Dieter kam herein.

»Ich hab deine Zigaretten, Max. Und ich hab auch kurz mit dem Typen von der Versicherung gesprochen.«

»Nicht jetzt«, sagte der Mandel.

»Okay, okay«, sagte der Dieter.

»Was machst du denn da mit deinen Haaren?«, fragte ich den Mandel.

»Nichts«, sagte der Mandel und zupfte an seinen Haaren. Eine Nervosität wie das Haarezupfen war ein beunruhigendes Novum in der Bewegungspalette vom Mandel.

»Was ist denn mit dem Server vom Tilmann? Hast du die Mails gefunden?«, fragte mich der Mandel.

»Nein, noch nicht. Der Sascha ist dran. Kann aber gut sein, dass der Tilmann die Mails gelöscht hat. Mich wundert ja eh, was der alles auf dem Computer konnte. Er scheint mir jetzt nicht der technisch versierte Typ gewesen zu sein.«

Zusammen mit dem Dieter gingen wir dann in den Deichgraf, wo es Grühnkohlrouladen im Mittagsangebot gab. Der Mandel sagte kein Wort beim Essen.

»Da haben wir in ein ganz schönes Wespennest hineingestochen«, sagte ich zum Mandel, als ich ihn im Fahrschulauto vom Dieter nach Hause fuhr.

Der Mandel sagte nichts, zündete sich eine Zigarette an und zupfte an seinen Haaren herum.

»Und ganz ehrlich, so viel kann uns der Urbaniak oder die Malleck doch gar nicht zahlen, dass sich so ein Anschlag auf Leib und Leben rentieren würde.«

»Es war ja nur das Auto«, sagte der Mandel. Das war das Letzte, was er während der Autofahrt sagte.

In dieser Nacht träumte ich etwas Merkwürdiges:

Ich komme mit meinem alten roten Toyota und Maria am Fuße einer kleinen Ortschaft an, die an einem Hang liegt. Ringsherum Auen, Felder und am Ende der Sichtweite eine mächtige Baumlinie, die alles gen Süden abriegelt. Das alte Auto schafft nicht mehr den Berg zur Kirche hinauf, deshalb müssen wir unten aussteigen. Wir haben eine Menge Gepäck dabei, und Maria ist jetzt nicht mehr Maria, sondern der Mandel. Der Mandel blutet über dem Auge und wischt sich mit dem Handrücken über die Wunde, so dass er das Blut über die ganze Stirn verteilt. Ich trage einen Koffer, aber keinen von denen, die man rollen kann, und der Mandel schultert einen großen Rucksack. Wir gehen auf dem Bürgersteig in Richtung Ortsmitte eine ganz unangenehme Steigung hinauf zur Dorfkirche, die man bis weit ins Land hinaus sehen kann. Wir kommen allerdings überhaupt nicht voran. Der Mandel trägt jetzt keinen Rucksack mehr, sondern die Schlagzeugkiste vom Schredder. Der Tilmann sitzt aufrecht und blutüberströmt in der Kiste und winkt mir vom Mandel seinem Rücken aus zu.

»Der Leo muss da hoch«, sagt der Mandel, aber der Leo kippt auf die Straße, wo er liegen bleibt, immer noch winkend und mich anschauend, wie ein Kleinkind, wenn es sich wo festgeschaut hat.

»Wir müssen den Leo aufheben«, sagt der Mandel und bückt sich, die Schlagzeugkiste auf den Rücken geschnallt wie vorher den Rucksack.

»Nein, wir müssen jetzt ausweichen«, sage ich, kann aber keinen Schritt mehr gehen. Von oben, von der Dorfkirche herunter, kommt ein brennender Audi geschossen, aber ich bin gelähmt …

Ich langte neben mich, um mich zu vergewissern. Ich erwischte mit den Fingern den nackten Rücken von der Malleck und war erleichtert.

Fünfzehn

An dem Abend, an dem ich die Malleck noch getroffen hatte, saß der Mandel in einem griechischen Restaurant und wartete auf den Kai Bartels. Der Mandel war gerne beim Griechen, weil man ohne Erwartungshaltung zum Griechen geht. Weil das Essen einen nicht auf die Probe stellt mit außergewöhnlichen Kreationen und unerwarteten kulinarischen Schlenkern. Es gibt jeden Tag dasselbe, und zwar das ganze Jahr lang. Auch das Personal ändert sich nicht, weil Familienbetrieb. Zumindest nicht, seit der Mandel am Chamissoplatz wohnt. Kann sein, dass der Mandel schon damals eine Art Stammgast war und den einen oder anderen Ouzo aufs Haus hingestellt bekam, aber darum ging es dem Mandel überhaupt nicht. Er wollte seine Ruhe haben. Das Essen sollte ihn nicht beschäftigen, das Personal nicht mit Vorschlägen behelligen und die Umgebung ihn nicht ablenken. Es war ein Zen-Moment für den Mandel, einfach in der Ecke vor dem Aquarium zu sitzen und Löcher in die Luft zu starren, bis sein Gyros-Teller mit Salat kam. Die völlige Entleerung des Daseins, verknüpft mit einem Abendessen, darum ging es dem Mandel, deshalb war er auch meistens alleine zum Griechen. Umso überraschender, dass er in seine Zen-Zone einen beruflichen Kontakt wie den Kai Bartels hineinbestellte.

»Sorry, ich bin zu spät«, sagte der Kai Bartels und setzte sich zum Mandel an den Tisch und verdeckte ihm die Sicht auf das Aquarium.

»Ach«, sagte der Mandel. »Zwei Minuten.«

»Wie geht's?«, fragte der Kai Bartels.

»Gut geht's«, sagte der Mandel.

»Und dir?«

»Auch gut, bis auf das mit dem Leo. Viel zu tun«, sagte der Kai Bartels.

»Aber sag, wie kann ich dir helfen, Max?«

Und der Mandel erzählte von dem Soloalbum und der bevorstehenden Auflösung von DEMO, wäre nicht der Tilmann quasi in letzter Minute noch ums Leben gekommen. Der Mandel erzählte so gut wie alles, weil die Räder auch schon zu sehr in Bewegung waren. Jetzt kam es ihm darauf an, wie der Kai Bartels reagierte. Der ließ den Bericht mit einer geradezu unheimlichen Gelassenheit über sich ergehen. Dann nahm er einen Schluck von seiner Spezi und eins von den gefüllten Weinblättern, die der Mandel quasi als Zugreif-Snack auf den Tisch hatte stellen lassen.

»Ich erzähl dir jetzt mal eine Geschichte über Leo. Und dann siehst du, warum selbst die Trennung der Band und ein Folk-Soloalbum mich nicht überraschen können. Ich weiß nicht, ob du Irina kennst. Das ist die jetzige Frau vom Schredder. Irina Martynow, so hieß sie früher. Jetzt Irina Schröder. Wir saßen damals gerade mit der Produktionsfirma zusammen, um das Videokonzept für ›Ewiges Leben‹ zu besprechen, und Leo wollte unbedingt eine Bonnie & Clyde-Handlung und natürlich selbst die Hauptrolle spielen. Das war auch nicht das Problem, wir waren es ja gewohnt, ihm den Platz an der Scheinwerfersonne zu überlassen. Allerdings benötigten wir für unseren kleinen Film noir – du kennst das Video ja – auch eine weibliche Darstellerin. Leo hat natürlich sofort irgendwas von einer bekannten deutschen Schauspielerin an seiner Seite gefaselt, aber der Schredder hat gesagt, lass uns doch mal Irina ausprobieren. Irina war zu der Zeit erst kurz mit dem Schredder verlobt, und sie war sein Ein und Alles. Die beiden hatten sich auf der Einweihungsparty von Dannys neuem Büro kennengelernt, als der seine Firma kurzzeitig auf Schauspielmanagement erweitern wollte. Der Schredder hat sich auf Anhieb verliebt, aber Irina hat sich geziert, ihn zu treffen. Der Danny hat sie förmlich zwingen müssen. Irgendwann hat sie nachgegeben. Jeder von uns wusste zwei Dinge: erstens, wie sehr der Schredder in Irina vernarrt war, und zweitens, dass Irina den Job gebrauchen konnte, denn besonders gut war sie nicht im Geschäft als Schauspielerin. Und so schlug ich, ganz im Sinne vom Schredder, Irina für die weibliche Hauptrolle vor. Irina war eine schöne Frau, da bestand kein Zweifel – sie hätte sehr gut in das Video gepasst, aber Leo wollte eben eine Prominente, am besten so jemand wie diese Rothaarige aus der Comedysendung, wie heißt sie noch mal?«

»Keine Ahnung«, sagte der Mandel.

»Egal, du weißt schon. So eine wollte er, weil Xavier Naidoo das damals auch hatte. Irina hatte bisher nur in ein paar Werbespots mitgespielt, aber er hätte dem Schredder damit wirklich den Gefallen seines Lebens getan. Und man muss wissen, dass Leo und der Schredder wirklich die besten Freunde sind beziehungsweise waren. Leo hat bei mir wegen Irina ein wenig herumgenörgelt, aber schließlich hat er eingesehen, dass er dem Schredder diesen Gefallen schuldig ist, nachdem der bei allen Disputen innerhalb der Band immer auf seiner Seite gewesen ist. Soweit schien alles seiner Wege zu gehen, bis der Urbaniak urplötzlich der Produktionsfirma den Job wegnahm und ihn Dennis Horvath und seinen Leuten gab. Wir protestierten, weil wir die Produktionsfirma gut kannten und bisher alle unsere Videos mit ihr gedreht hatten, aber gegen den Urbaniak und die Plattenfirma kamen wir nicht an, und letztlich fühlten wir uns dann auch geschmeichelt, dass ein angesehener Regisseur unser Video übernehmen wollte. Das Skript wurde leicht überarbeitet, es blieb aber im Grunde bei dieser Gangster-Romanze. Jetzt hatte Horvath angeblich auf Anhieb die Idee gehabt, die weibliche Rolle mit Veronika Malleck zu besetzen, weil sie damals so etwas wic seine Muse war. Wir waren alle dagegen, wegen Irina und dem Schredder. Sogar Danny war auf unserer Seite, obwohl selbst er einen großen PR-Effekt im Auftreten der Malleck prognostiziert hatte. Die Malleck war eben damals in dem Film von Horvath groß herausgekommen – mir fällt jetzt gerade der Name nicht ein, aber du weißt, welchen ich meine – und hatte sich durch eine Nacktszene zum Liebling der *Bildzeitung* gemacht. Wahrscheinlich kannten sie in den Wochen damals noch mehr Leute als heute, wegen der Nacktszene, weißt ja, welche ich meine, oder?«

Der Mandel nickte.

»Und es war auch für uns eine Verlockung, weil die Malleck sogar noch bekannter als die eine Rothaarige gewesen wäre. Aber wie gesagt, das konnten wir dem Schredder nicht antun. Man merkte, wie Leo haderte, weil er vermutlich schon gerne die Bettszenen mit der Malleck gespielt hätte, aber er hielt letztlich zu uns, vielmehr zum Schredder. Horvath sagte, das sollen wir mit dem Urbaniak klären, weil der bezahle das Ganze ja schließlich, und so kam es zum Krisengespräch im Büro von Global, bei dem der Urbaniak mit der Faust in der Tasche nachgegeben hat, obwohl er uns gesagt hat, wir verpassen da eine Riesenchance mit der Malleck. Leo hatte sich bei dem Gespräch zurückgehalten. Satte drei Drehtage in Texas, also an Originalschauplätzen, waren für das Video anberaumt. Damals pulverte man ja noch ein Vermögen für diese Musikvideos zum Fenster raus. Die ganze Band flog nach Amerika, aber Irina fehlte auf dem Flug. Der Schredder sagte uns, sie käme nach, sie würde noch in einem anderen Job stecken. Am ersten Tag drehten wir ohnehin nur die Szenen mit der Band. Du erinnerst dich vielleicht, wir haben auf irgendeinem Highway gespielt, den sie extra für uns geschlossen haben. Pervers, was da früher für ein Aufwand betrieben wurde. Was das alles gekostet hat. Heute gibt kein Mensch mehr so viel Geld für Musikvideos aus. Laufen ja auch nirgends mehr. Wo war ich? Am nächsten Morgen stand die Malleck wie selbstverständlich mit ihrer eigenen Visagistin vor uns und hat gesagt, es sei ihr eine große Ehre, in dem Video mitzuspielen. Sie hat uns alle umarmt und Leo ganz besonders. Es war offensichtlich, dass die beiden sich an dem Tag nicht zum ersten Mal trafen. Ich wollte Leo zur Rede stellen, aber der Schredder sagte, wir sollen ihn in Ruhe lassen. Es wäre seine Entscheidung gewesen, Veronika Malleck Irina vorzuziehen. Für die Band. Die sei wichtiger als seine privaten Interessen. Das hat der Schredder so zu mir gesagt. Am Abend ging ich zu Leo und sagte, dass ihm das sowohl der Schredder als auch die Band nicht so schnell verzeihen würden, auch wenn der Schredder jetzt so tat, als sei alles okay. Der Leo hat nur gelacht und gesagt: ›Ach komm, Kai, jetzt haben wir die Malleck in unserem Video. Das ist doch das Geilste.‹«

Draußen hatte es angefangen, wie verrückt zu regnen. Das Regenwasser rann durch die leicht abschüssige Straße am Griechen vorbei. Der Mandel konnte Regen nicht ausstehen, er wäre am liebsten über Nacht auf seinem Platz beim Griechen sitzen geblieben, nur damit er nicht raus in den Regen musste. Die Bedienung räumte die Teller weg, und der Mandel bat um die Rechnung.

»Noch einen Ouzo auf Haus?«, fragte die griechische Bedienung mit den blondierten Haaren, die ich auch kannte.

Der Mandel sah den Kai Bartels an, aber der winkte ab.

»Nein, danke, Agni. Nächstes Mal wieder«, sagte der Mandel.

»Du weißt also auch nicht, wo die Aufnahmen sein könnten?«, fragte der Mandel und schaute dabei aus dem Fenster durch den Regen hindurch.

»Nein, leider nicht. Leo und ich haben uns schon lange nicht mehr musikalisch ausgetauscht. Ich mach die Musik und er die Texte, dafür braucht man noch nicht einmal im selben Raum zu sein. Geht alles per E-Mail«, sagte der Bartels.

»Schade«, sagte der Mandel.

Die Agni kam mit der Rechnung. Der Mandel holte sein Portemonnaie aus der Hosentasche, aber der Kai Bartels hatte schon einen Geldschein in der Hand.

»Ich mach schon«, sagte er.

»Merci«, sagte der Mandel, der sich nie gegen eine Einladung wehrte.

Mittlerweile war der Regen zu einem gemeingefährlichen Niederschlag geworden, und als sich der Mandel und der Bartels draußen vor dem Griechen die Hand gaben, waren sie schon fast nass bis auf die Haut. Der Mandel ging zu Fuß nach Hause. Als er bei der Haustür ankam, fing es an zu hageln.

Jetzt hat sich der eine oder andere vielleicht ungeduldig die Parabel vom Bartels angehört und sich gedacht: Die viel wichtigere Geschichte ist doch, wie kam die Malleck ins Bett vom Singer? Aber das spielt im Gesamtzusammenhang keine große Rolle, deshalb werde ich das nicht hier breittreten. Außerdem war die Malleck nicht in meinem Bett, sondern ich in ihrem. Losgegangen war es mit einer SMS gestern, nachdem ich den Mandel nach Hause gefahren hab. *Willst du noch kurz vorbeikommen*, hat sie geschrieben. Ohne Fragezeichen klang das sowieso mehr wie eine Aufforderung, und wer bin ich, dass ich da noch umständlich Fragen stelle. Ich bin mit der U-Bahn hin und dann wortloses Geficke, keine Begründung, noch nicht einmal eine richtige Begrüßung. Wortlos und wüst. Und natürlich war das seltsam im Ehebett der Malleck. Wo auch der Tilmann schon. Aber es war ja ohnehin schwer surreal und ging viel zu schnell vorüber. Danach war ich verliebt. Und ich spreche jetzt nicht vorschnell von Verliebtsein, wirklich nicht. Ich habe schon viel Kontakt zu Frauen gehabt, und ein Großteil davon war körperlich, aber nur selten merkte ich dieses Brennen von innen nach außen, das ich bei der Malleck spürte. In manchen Momenten war es wie Sodbrennen. Von dem Brennen bekam ich merkwürdigerweise einen manischen Hunger auf Eiscreme, egal, welche Jahreszeit, egal, welche Sorte. Das letzte Mal hatte ich das bei der Maria, in der Anfangszeit, und das war fünf Jahre her. Natürlich musste ich im schlimmsten Fall annehmen, dass die Malleck nur die Zeit totschlug und mich als Tatwaffe missbrauchte, und natürlich rührte meine völlige Entgeisterung auch daher, dass sie Veronika Malleck, die gefeierte Schauspielerin war, aber wenn die Gemütshitze einmal so ausbricht wie in der Nacht, dann ist es egal, was die Frau beruflich macht und ob sie dich missbraucht.

Den Mandel traf ich am Sonntagmorgen im Büro. Er spielte Solitär auf dem neuen Rechner. Der Dieter saß auf meinem Stuhl und bediente den Laptop vom Tilmann.

»Habt ihr jetzt schon die Mails vom Tilmann an diese Adriana gefunden?«, wollte ich wissen.

»Nein, das ist aussichtslos«, sagte der Mandel. »Der Sascha war gerade nochmal da. Es gibt keine Mails auf dem Server.«

»Das ist ja schade«, sagte ich.

»Warum schreibt ihr nicht einfach dieser Adriana und bittet sie um ein Gespräch?«, fragte der Dieter.

»Hmm, weil ... na, weil sie sie sich nicht zurückmelden wird.« Aber ich ahnte, dass das kein vernünftiges Argument war.

»Und weil sie immer diese wechselnden E-Mail-Adressen benutzt«, fiel mir dann noch ein.

»Aber sie muss die Mails auch empfangen, sonst könnte sie dem Tilmann nicht antworten. Schreiben wir ihr doch einfach an die letzte von ihr benutzte Adresse«, sagte der Dieter.

»Da hat er Recht«, sagte der Mandel, als wäre das eine Seltenheit, dass sein Bruder Recht hat.

»Da ist die letzte Mail von der Adriana«, sagte der Dieter und reichte seinem Bruder das Notebook.

»Hier, ich hab dich schon als Leo Tilmann eingeloggt«, sagte er.

»Was schreibst du denn jetzt?«, fragte ich, während der Mandel schon angefangen hatte zu tippen.

Liebe L.,
mein Name ist Max Mandel, ich bin Journalist und von Leo Tilmanns Frau Veronika Malleck beauftragt, alle Aufnahmen aus seinem Nachlass sicherzustellen und zu evaluieren, bevor die Plattenfirma ihren Profit daraus schlägt. Deinen Kontakt habe ich aus dem mir von Frau Malleck anvertrauten Computer von Leo Tilmann ermittelt. Ich bitte dringend um ein Gespräch oder eine Korrespondenz per E-Mail. Deine Anonymität würden wir selbstverständlich wahren.
Mit den besten Grüßen,
Max Mandel

»Evaluieren. Schön gesagt«, sagte ich zum Mandel.

Es kommt auch heute nicht oft vor, dass der Mandel und ich uns längere Zeit am Stück gemeinsam in unserem Büro am Nordufer aufhalten. Ich bin gerne hier, manchmal auch den ganzen Tag, weil es mir zu Hause zu ruhig ist. Ich telefoniere durch die Gegend, ich schaue Filme auf dem Computer und schreibe E-Mails. Selbst am Wochenende bin ich oft am Nordufer. Manchmal gehe ich vor die Tür, schaue auf das gegenüberliegende Ufer und rauche eine Zigarette. Man kann die Uhr danach stellen, bis der Hausmeister kommt und sich aus der Nähe anschaut, ob ich die Zigarette auf dem Bürgersteig oder in dem kleinen Vorgarten ausmache.

Nachdem er die E-Mail an Adriana abgeschickt hatte, saß der Mandel mit mir im Büro, mehrere Stunden lang. Der Dieter war mittlerweile gegangen, um seine Sachen aus dem Hotel zu holen und endgültig zum Mandel zu ziehen. Er hatte beschlossen, noch eine Woche in der Stadt dranzuhängen. Der Mandel war so mit seinen Angelegenheiten beschäftigt gewesen, dass er vergessen hatte zu widersprechen. Es war angenehm, den Mandel um mich zu haben, ein Gespräch war nicht notwendig. Er stellte sich mit mir ans Nordufer und rauchte. Der Hausmeister war natürlich freundlich, wenn der Mandel dabei war.

»Na, Herr Hauptkommissar, wen hamse heute schon hops jenommen?«

»Heute Vormittag zwei Hausmeister«, sagte der Mandel, und der Hausmeister lachte hektisch.

»Janz wie Ihr Onkel. Denselben Humor hamse«, sagte der Hausmeister.

Es war fast ein bisschen wie früher beim *Express*, nur ohne die ganzen Idioten. Der Mandel und ich beim Rauchen. Der Mandel und ich gegenüber im Büro. Und das Wetter war wieder gut. Die Regengüsse des Vorabends hatten kaum Spuren hinterlassen. Es war ein sonniger Tag Anfang April mit leichtem Ostwind, der ein kleines Sommerversprechen mit sich herumwehte. Es roch schon ein bisschen nach der Hitze, die uns ab Juni überfallen würde. Und ein wenig nach Salzwasser, bildete ich mir ein. Kein Hauch von Winter mehr in der Luft. Und wenn ich ehrlich bin, hatte ich auch noch das Parfüm von der Malleck in der Nase.

Während wir zwischen den immer grüner werdenden Bäumen am Nordufer standen, auf die Industrietürme auf der anderen Uferseite starrten und wortlos rauchten, parkte ein 7er-BMW ziemlich agil in eine Parklücke vor unserem Büro ein. Der Mandel wusste natürlich genau, was das für ein 7er-BMW war. Sein Blick wanderte zur Stoßstange, obwohl man von oben natürlich nicht sehen konnte, ob der Peilsender noch unten dran war. Die Frage wurde aber zügig beantwortet, als der Edelstein statt der Hand zur Begrüßung die Hand mit dem Peilsender ausstreckte.

»Eurer?«, fragte der Edelstein.

»Zeig mal her«, sagte der Mandel und nahm den Sender entgegen.

»Glaub schon«, sagte der Mandel, und ich dachte, jetzt spinnt er. Der Mandel schaltete den Sender ein und schien beruhigt, weil der Akku doch nicht leer war. Ich bin mir nicht sicher, warum der Mandel sofort zugegeben hat, dass es unser Sender war, vielleicht weil er ihn zurückwollte. Vielleicht verfolgte er auch eine gewisse Strategie mit dem Edelstein, das konnte man beim Mandel nicht wissen. Und wie kam der Edelstein eigentlich darauf, dass der Peilsender uns gehörte?

»Wär ja blöd, wenn ich in die Waschanlage gefahren wäre, und das Ding geht kaputt«, sagte der Edelstein, und er sah wenig amüsiert aus, der Schnösel, der kahlköpfige.

»Der ist wasserfest«, sagte der Mandel.

Der Edelstein schaute den Mandel auffordernd an, und der Mandel seufzte und wies ihm den Weg in unser Büro. Und so setzte sich der Edelstein in unserem Büro auf meinen Stuhl und schaute erwartungsvoll. Der Mandel sagte erst einmal gar nichts, ließ die allgemeine Angespanntheit einfach so im Raum stehen.

»Was wollt ihr von mir? Ihr wisst, dass so eine Observation einen Beleidigungstatbestand darstellen kann«, sagte der Edelstein.

»Ist uns klar.« Der Mandel unterdrückte ein Gähnen.

»Es geht uns nur um die Aufnahmen vom Leo.«

»Weiß ich«, sagte der Edelstein. »Aber denkst du, ich hab die? Was soll ich denn damit?«

»Vielleicht zeigt sich ja der Karsten erkenntlich«, sagte der Mandel.

»Denk mal scharf nach, Max Mandel. Ich stell mich doch nicht zwischen die Fronten von der Roni und Karsten. Da kannst du doch nur verlieren. Mich geht der musikalische Nachlass vom Leo nichts an.«

Wenn man jetzt selbst genauso dreist wieder zurücklog, dann war das fast wie in einem Improvisationstheater. Der eine gibt ein Stichwort, und der andere denkt sich daraufhin die nächste Lüge aus. Die einzige Vorgabe ist, dass keiner die Wahrheit sagt.

»Was hast du eigentlich mit den Kulturfreunden des Nordens zu schaffen?«, fragte der Mandel.

Ich dachte, mich trifft der Schlag. Warum legte denn der Mandel jetzt alle Karten auf den Tisch? Hatten wir uns nicht grade alle zusammen stumm darauf geeinigt, uns weiter anzulügen?

»Mit Verlaub, Max, aber das geht euch einen Scheißdreck an.«

Die plötzliche Ungehaltenheit vom Edelstein schien den Mandel nicht zu beunruhigen.

»Ich kann ja noch mal kurz zusammenfassen, wieso wir dir nicht über den Weg trauen«, sagte ich.

»Bitte nicht, Sigi«, sagte der Mandel.

»Wer bist du eigentlich? Du hängst doch eh nur am Rockzipfel vom Mandel, oder?«, sagte der Edelstein zu mir.

»Singer. Angenehm«, sagte ich kühl, obwohl mich das mit dem Rockzipfel maßlos aufregte.

»Und du denkst wohl, du kannst der Roni unter den Rock kriechen, nur weil sie den Mandel gut kennt. Du opportunistischer Schwanzlutscher«, machte der Edelstein weiter.

Das musste ich mir vom Edelstein nicht gefallen lassen. Ich ging einen Schritt auf ihn zu. Zu Drohzwecken. Der Mandel schaute erst mich verstört an, dann den Edelstein.

»Den Schwanzlutscher nimmst du zurück, oder ich polier mit deiner Glatze unser Schaufenster.«

Im Nachhinein bin ich mit dem Spruch nicht so zufrieden. Das hätte man pointierter und aggressiver zugleich ausdrücken können. Der Edelstein schubste mich über den Schreibtisch, so dass ich hintenüber auf den Boden fiel und dabei den Laptop vom Tilmann vom Tisch fegte. Der Mandel war sofort hochgeschnellt, damit ich nicht auf seinem Schoß landete. Ich stand wieder auf. Der Laptop hatte einen Riesensprung, den konnte ich schon beim Aufstehen sehen. Meine linke Schulter war vermutlich gebrochen. Der Edelstein hatte schon die Türklinke in der Hand, als wolle er sich von seinen Entgleisungen ad hoc abwenden.

»Ihr hört noch von mir«, sagte er und richtete sich den Kragen von seinem Hemd.

»Und deinem Anwalt«, sagte der Mandel. Ausgerechnet jetzt war ihm nach einem Witz. Der Edelstein schloss die Tür hinter sich. Ich frage mich heute noch, warum ich mir das habe gefallen lassen, aber nachdem der Anwalt Edelstein mich über den Schreibtisch bugsiert hatte, war ich vermutlich zu perplex von dem unerwarteten Gewaltausbruch gewesen. Zudem war mir körperliche Gewalt zu der Zeit noch nicht so vertraut, als dass ich mich in dem Metier spontan und entscheidungsfreudig bewegt hätte.

Während wir den BMW vom Edelstein davonfahren hörten, zündete sich der Mandel eine Zigarette an und sah ganz zufrieden aus.

»Was grinst du denn so blöd?«, fragte ich und massierte meine linke Schulter.

»Es geht los«, sagte der Mandel.

»Gar nichts geht los. Der Laptop ist kaputt«, sagte ich. »Das ist eine Katastrophe.«

»Ach woher«, sagte der Mandel.

Ich schrieb der Malleck eine SMS. Simple Frage: *Wie geht's dir?* In dem Moment, als ich sie abgeschickt hatte, ärgerte ich mich über mich selbst, denn ab jetzt wartete ich auf eine Antwort. Ich hatte mich mit einem Handgriff noch abhängiger gemacht, und Frauen merken so was. Mach dich rar, mach dich interessant. Aufdringlichkeit war der zielsichere Weg ins Vergessen. Der Mandel fuhr bald nach dem Edelstein-Zwischenfall nach Hause und ließ mich gedemütigt im Büro vor dem kaputten Laptop vom Tilmann zurück. Ich setzte den Kopfhörer auf und zog mich aus dieser Welt zurück.

Fünfzehneinhalb

Hip-Hop, Hardcore und Heavy Metal sind im Grunde genommen die einzigen Musikrichtungen, die mein Nervenkostüm nicht überbeanspruchten, die ich sowohl nebenbei als auch aufmerksam hören kann. Und das war auch ein großer Unterschied zu früher. Wenn es mir vor fünf Jahren schlechtgegangen ist, dann habe ich die Red House Painters, Neil Young oder zur Not noch Yo La Tengo gehört. Mit dem Resultat, dass mich eine alles hinwegreißende Melancholie ergriffen hat und die Gewissheit, dass die Welt wirklich eine Mördergrube ist. Weil das ist nämlich alles, was diese sogenannten Indiebands mit dir machen: Sie versichern dir, dass alles auch genauso wehtut, wie du es dir einbildest. Und noch schlimmer: Wenn es dir dann wieder bessergeht, dann haben diese Interpreten deinen Schmerz und dein Unglück fest in ihren Songs abgespeichert. Für immer. Und für immer musst du dann die Dinge durchleiden, die du schon längst nicht mehr durchleidest, wenn du wieder den betreffenden Song hörst. Wer sich so etwas freiwillig antut, ist entweder jung oder ein Masochist.

Und so habe ich mich im Privaten schon vor ein paar Jahren völlig von dem sogenannten Indiepop abgewendet. Und auch vom Folk. Und mich den Musikrichtungen meiner Jugend zugewendet. Vor allem dem Heavy Metal. Der war ja quasi von Anbeginn der Zeit da.

Heavy Metal war die erste Musikrichtung, die ich mir selbst ausgesucht hatte und nach deren Stilrichtlinien ich mich gekleidet habe. Und seit ich ihn wieder regelmäßig höre, bin ich ein ausgeglichenerer Mensch, fragen Sie den Mandel. Nach dem Debakel mit dem Edelstein war ein völliger Rückzug aus der Realität angebracht, einer Realität, in der kahlköpfige Anwälte mich zu Boden warfen, Rockstars zerhackt und Autos angezündet wurden und bekannte Schauspielerinnen wortlos mit mir schliefen. Und je brachialer der Heavy Metal, desto leichter fiel der Rückzug. So blieb mir eigentlich nur der Griff zu Slayer.

Für den Rückzug erschien mir die *Hell Awaits* am geeignetsten. In letzter Zeit war ich zwar dazu übergegangen, eher die Alben von Slayer zu hören, die ich während meiner weinerlichen Red-House-Painters-Zeit verpasst hatte, aber noch waren die Riffs von »Christ Illusion« und »God Hates Us All« nicht so verankert, dass ich mich mit jener schlafwandlerischen Sicherheit in den Songs bewegte, die mir diese schöne schwere Ruhe verschaffte. Die *Hell Awaits* war die zweite LP der Band und mir seit meinem vierzehnten Lebensjahr geläufig. Sie war ein warmes Wohnhaus des Thrash Metal, das mich immer wie einen alten Bekannten empfing. Die *Hell Awaits* war allerdings noch deutlich vor meinem vierzehnten Lebensjahr erschienen, nämlich '85. Es war das Nachfolgealbum zum Debüt *Show No Mercy*, das für die kleine Plattenfirma Metal Blade damals der bestverkaufte Tonträger gewesen war. Die *Show No Mercy* war eine leicht zu begreifende Black-Metal-Platte gewesen, eingängig, rockig und oberflächlich satanistisch. Die *Slippery When Wet* des Thrash Metal, wenn man so will. Die Band hat noch mehr kopiert als komponiert, aber eine gewisse Kompromisslosigkeit war ihr auch da schon anzumerken. Mit der *Hell Awaits* war dann aber schlagartig Schluss mit lustig. Selbst Fans der sperrigeren Passagen auf der *Show No Mercy* standen plötzlich vor einem bitterernsten und brutalen Stück progressiver Metalmusik ohne einen Funken Rücksicht auf bierselige Feierabendmetaller und Mitgrölrefrains. Wie kompromisslos und böse dieses Album war, konnte man schon auf dem Cover sehen. Brachte mich der Geißbock mit dem Schwert auf der *No Mercy* noch eher zum Schmunzeln, so drang das Dante-artige Inferno auf der *Hell* fast augenblicklich in meine Alpträume ein. Ich war ja auch erst vierzehn. In einem nie enden wollenden Niederschlag aus Blut und Feuer vertrieben sich ein paar recht unappetitlich aussehende Beelzebuben mit der Aufspießung halbverwester, aber offensichtlich noch lebendiger Sterblicher die Zeit. Das Intro der Platte war aber der eigentliche Schocker. Ich muss dazusagen, dass ich selbst mit vierzehn die Gerüchte um versteckte Teufelsbotschaften auf Metalplatten als Unsinn abgetan hatte und es bedauerte, dass nicht mehr dahintersteckte als eine Provokation. Ich war noch nicht lange Metalfan damals, und die *Hell* war die erste Platte, die ich eigenhändig rückwärts drehte, natürlich in fürchterlicher Angst, ich könnte sie zerkratzen. Heute mit MP3s geht das ja gar nicht mehr wirklich mit dem Rückwärtsabspielen. Ich hatte das Licht ausgemacht und lediglich eine Taschenlampe über meinem Technics-Plattenspieler befestigt. Ich trug mein schwarzes Slayer-Longsleeve, und die Zimmertür war abgeschlossen. Dann setzte ich den Plattenarm während des Intros auf und drehte mit dem Finger langsam das schwarze Vinyl verkehrt herum. Als sich aus dem ohnehin schon bedrohlichen Intro zum Titelsong dann plötzlich eine dämonische Botschaft schälte, fühlte ich mich, als hätte ich tatsächlich das Tor zur Hölle aufgestoßen. Vorwärts abgespielt klang es, als ob ein Geisterchor aus tiefen Stimmen »Sign Your Heart« flüstert, was ich schon furchteinflößend genug fand, auch wenn ich es nicht ganz verstand. Rückwärts abgespielt sagten die Stimmen eindeutig »Join Us«. Ich hatte für einen Augenblick das Gefühl, einer satanistischen Weltverschwörung auf die Schliche gekommen zu sein, und hätte mich am liebsten unter dem Bett verkrochen. Der Rest des Songs war auch nicht grade erbauend, er wirkte wie ein mörderischer Wutanfall auf mich. Ich habe mich damals auch vor der Band an sich geängstigt: Tom Araya, der wolfsartige Sänger und Bassist, Kerry King mit seinem rostigen Riesennietenarmband, Jeff Hanneman, das blonde Fallbeil des Heavy Metal mit seinen SS-Runen, und der fast eingeboren trommelnde Dave Lombardo als der einzig einigermaßen menschlich Wirkende.

Der Grusel ist natürlich nach ein paar Jahren von der Platte abgefallen, aber geblieben ist der Respekt vor der Gemeinheit ihrer Kompositionen und wie fertig mit dieser Platte eigentlich schon das gesamte Konzept der Band war, das über die nächsten neun Studioalben stabil bleiben würde. Und wie sehr diese Platte auch den eigentlichen Klassiker *Reign In Blood* vorwegnahm, den ich aufgrund meiner intensiven Studie der *Hell Awaits* natürlich als nicht ganz so revolutionär einstufte, wie das viele Musikkritiker taten. Mein Lieblingslied auf der *Hell* war neben »Hell Awaits« immer »Necrophiliac« gewesen, wegen dem Midtempo und dem Hauch einer Melodie bei meiner Lieblingstextzeile »Down to the fiery pits of hell«. Auch ansonsten ein guter Text, wenn man von dem eher ekligen Grundthema Nekrophilie absieht. Eat this, Tilmann.

Mortuaries, dead of night
My body starts to rise
In my mind the horror lives
To feel death deep inside

Mit »Crypts Of Eternity« legt Tom Araya übrigens fast noch mal den identischen Refrain drauf, was das Einzige ist, was mich an der *Hell* stört. Zweimal habe ich an diesem frühen Abend die *Hell Awaits* im Büro durchgehört, bevor ich das Licht gelöscht habe und zur U-Bahn gegangen bin. Zu Hause habe ich versucht, auf der Gitarre »Necrophiliac« nachzuspielen, aber es ist einfach zu schnell für mich.

Sechzehn

Das Schöne, wenn du Freiberufler bist, ist, dass du dich nicht an die konventionelle Zeiteinteilung der anderen halten musst. Der Mandel war ja schon immer ein Freigeist in Sachen Arbeitszeiten gewesen, aber ich saß jeden Tag meine acht Stunden im Büro ab und hab mich geärgert, dass vor der Arbeit der Elektromarkt noch zu war und nach der Arbeit dann die Drogerie. Mit der neu gewonnenen Freiheit eines flexiblen Tagesablaufs konnte ich aber auch noch nicht umgehen. Ich hatte immer das Gefühl, um spätestens zehn am Nordufer sein zu müssen. Der Mandel hingegen war da, wie gesagt, immer schon etwas laissez-faire gewesen, aber seit der Freiberuflichkeit kam und ging er endgültig zu den vogelwildesten Zeiten. Ich komm nur gerade drauf, weil es ein Montagnachmittag war, an dem wir einfach so aus der Stadt raus an den Scharmützelsee gefahren sind, genauer gesagt nach Diensdorf-Radlow. Und ich noch gedacht habe, schönes Wetter, wir fahren an den See, und das an einem Montagnachmittag, wo die ersten an der neuen Arbeitswoche verzweifeln und ihre Selbstmordversuche für das Wochenende planen.

Der Mandel steuerte den gelben A8 von seinem Bruder über die Landstraße und hörte schon das zweite alte Bob-Dylan-Album hintereinander. Die *Blood On The Tracks* zuerst und jetzt die *Slow Train Coming*. Nichts gegen Bob Dylan als Typ, aber nach einer Platte nervt mich das Genöle. Der Mandel hingegen schien ganz in die Musik versunken. Ich drehte das Autoradio leiser.

»Sigi, ich hör das grade.«

»Und ich kann so nicht denken.«

»Was musst du denn jetzt auch denken?«

»Was in dem Edelstein vorgeht.«

»Was soll denn in dem vorgehen?«

»Dass er uns auf sein Segelboot einlädt.«

»Keine Ahnung, vielleicht will er nicht im Mittelpunkt unserer Ermittlungen stehen und sich irgendwie aus der Affäre ziehen. Mit einer Geste.«

»Aber dass er dann ausgerechnet auch mich einlädt, wo er sich doch denken kann, dass ich ihm am liebsten seine Schnöselfresse in den Scharmützelsee halten will, bis die Sonne untergeht.«

»Er hat ja auch nur mich eingeladen«, sagte der Mandel, ohne eine Miene zu verziehen.

»Wie bitte?«, fragte ich nach.

»Aber wir sind doch ein Team«, sagte der Mandel und lächelte verträumt. Dann drehte er den Bob Dylan wieder auf laut.

Diensdorf-Radlow ist eine dieser typischen Ortschaften, die über eine höchst pittoreske Lage am Wasser verfügen, das aber vollkommen unverdient. Mit unverdient meine ich: Das sind Ortschaften ohne einen Funken Kultur. Man könnte ja meinen, dass so eine Seelage den Geist und die Sinne beflügelt, dass die Leute veranstalten und kreieren, weil sie die schöne Gegend so inspiriert. Oder zumindest ein vernünftiges Restaurant eröffnen, ein akzeptables Frühstückscafé oder eine gute Bar. Stattdessen: ein spießiger kleiner Hafen, den ein Investor aus der Stadt dann »Yacht-Akademie« nennt. Mit ein paar privaten Segelbooten und ein paar dieser lahmen Motorboote, für die man keinen Führerschein braucht, weil sie langsamer fahren, als der Mandel joggt. Das war das Einzige, was diese Ortschaften als Seeorte auszeichnete. Für mich war ein Seeort so etwas wie Torri del Benaco am Gardasee oder von mir aus noch Walchensee am Walchensee mit seinen alten Bauernhäusern. Das waren die Seeorte, die ich mit meinen Eltern jedes Jahr bereist habe. Ortschaften mit einem Flair. Ehrlich gesagt habe ich mich ein bisschen erschrocken, als ich das erste Mal hier oben in einer Seeortschaft war, wie wenig positiv so eine schöne Angelegenheit wie ein See das Ortsbild beeinflussen kann. Dennoch zieht es immer mehr von diesen wehleidigen Großstädtern, die ab fünfunddreißig plötzlich das Bedürfnis nach Natur verspüren, an die Seen. Die wirklich Geldigen natürlich nicht, die kaufen sich lieber ein Haus am Gardasee, aber so ein paar Ärzte, Juristen und zweitklassige Schauspieler verschlägt es in Orte wie Diensdorf-Radlow. Dort renovieren sie dann verweste Datschen von verstorbenen SED-Funktionären, von denen sich manche zwar ein Rustikalwohnzimmer mit Bärenfell und Kachelofen geleistet, aber dafür statt eines Badezimmers nur ein einziges Scheißhaus eingebaut haben. Keine Dusche, keine Badewanne, das muss man sich vorstellen.

Kann sein, dass ich laut gedacht hatte, denn der Mandel sagte plötzlich: »Lass sie doch machen. Bevor das hier alles verrottet.«

»Das soll ruhig verrotten mitsamt seinem Regime-Mief«, sagte ich und war mir in dem Moment selbst ein bisschen unsympathisch.

Der Mandel hatte sein neues Telefon zu einem Navigationsgerät umfunktioniert und schien sich auf jede neue Ansage der weiblichen Stimme zu freuen.

»Bitte wenden«, sagte die Stimme, und der Mandel wendete.

»In zweihundert Metern bitte wenden«, sagte die Stimme, nachdem der Mandel gewendet hatte.

»So ein Schrott«, sagte ich.

»Das wird schon so stimmen«, sagte der Mandel und wendete erneut.

Die Yacht-Akademie war natürlich nur ein kleiner weißer Flachbau mit einem Shop für sündhaft teure Poloshirts und Windjacken und einer kleinen Rezeption für den Bootsverleih. Neben der Rezeption befand sich eine Art Wartecouch. Von der stand der Edelstein auf, als wir eintraten, und reichte dem Mandel freundschaftlich die Hand. Mich sah er von oben bis unten an und sagte dann: »Hallo.«

»Ist kein Problem, dass der Sigi mit dabei ist, oder?«, fragte der Mandel.

»Jetzt ist er ja schon da«, sagte der Edelstein.

»Ha«, machte ich, warum, weiß ich gar nicht mehr genau.

Wir folgten dem Edelstein zu einem anliegenden Segelboot. Rumpf aus rötlichem Holz, Deck weiß gestrichen. Nicht besonders angeberhaft, muss ich zugeben, aber immerhin ein Segelboot. *Veronique* stand in einer weißen Schreibschrift drauf, was ich sehr bedenklich fand, nicht nur wegen der Schreibschrift. Backbord wartete ein untersetzter Mann mit Halbglatze, der aussah wie Gregor Gysi ohne Brille. Er trug eine weißrote Krawatte unter seiner Windjacke.

»Guten Tag, die Herren. Es gibt schönere Tage zum Segeln«, sagte der Gysi-artige Mann und lachte uns freundlich zu.

»Darf ich vorstellen, Max Mandel und sein Partner«, sagte der Edelstein.

»Peter Neumann«, sagte der Gysi und hielt dem Mandel die Hand hin.

»Aha«, sagte der Mandel und steckte die Hände in die Hosentaschen.

»Fahren wir erst mal ein bisschen raus«, sagte der Edelstein, und mit dem Segeln versuchte er es erst gar nicht, sondern machte gleich den Motor an.

Es war ein trüber Tag, ich hatte das Gefühl, es müsste jeden Moment anfangen zu hageln.

Der Edelstein drückte jedem von uns eine Flasche holländisches Bier in die Hand und steuerte dann das Boot auf dem See herum. Der Mandel, ich und der Neumann saßen im Halbkreis hinter dem Edelstein auf einer Holzbank.

»Wohin fahren wir denn?«, fragte der Mandel.

»Ich dachte, wir fahren mal rüber nach Bad Saarow. Da können wir im Café Dorsch was essen. Den gebackenen Schafskäse kann ich empfehlen. Chutney-Senf-Dressing auf Feldsalat. Hat was«, sagte der Edelstein.

»Es ist gut, dass wir uns mal unterhalten können«, sagte der Neumann, und ich musterte ihn. Ich hatte nämlich noch nie einen echten Rechtsextremen getroffen. Noch nicht einmal einen Rechten. Vielleicht mal aus der Entfernung gesehen. Auf der anderen Straßenseite. Und im Fernsehen. Aber noch nie so nah. Ich fragte mich, ob Leute wie der Neumann vielleicht depressiv waren. Klinisch depressiv. Dass einen das Leben oder die schwere Kindheit so in die Knie gezwungen hat, dass man zum Revisionisten und Extremisten wird. Das war doch die einzig plausible Erklärung, warum er so lange bei den Nationalen gewesen war und jetzt der Vorsitzende der Kulturfreunde des Nordens, eines »Vereins zur Pflege historisch deutscher Werte«, was immer damit auch gemeint war. Obwohl er gar nicht deprimiert aussah, muss ich zugeben.

»Ja, trifft sich gut«, sagte der Mandel.

»Die beiden ermitteln im Auftrag der Plattenfirma wegen

den Aufnahmen«, sagte der Skipper Edelstein, der sich kurz von seinem Steuerrad zu uns umgedreht hatte. Fehlte noch, dass er sich eine Kapitänsmütze aufsetzte.

»Sehr schön«, sagte der Neumann.

Jeden Tag läuft mindestens eine Dokumentation über den Zweiten Weltkrieg im Fernsehen, dachte ich. Man kann also gar nicht in den Fernseher schauen die Woche über, ohne mit dem Holocaust aneinanderzugeraten. Das muss doch einem wie dem Neumann zu denken geben, wenn man das im Nachhinein sieht.

»Wir haben uns gefragt, ob Sie oder Ihr Verein etwas mit dem Verschwinden von Aufnahmen des ermordeten Leo Tilmann zu tun haben«, sagte der Mandel.

»Wie kommen Sie darauf?«, fragte der Neumann sanft.

»Die Verrückten haben mir einen Peilsender ans Auto geklebt«, sagte der Edelstein vom Steuerrad aus und lachte.

»Sie sind ja bestens ausgerüstet«, lobte der Neumann.

»Danke«, sagte der Mandel.

»Vielleicht entstand durch das geplante Album von Herrn Tilmann ja ein Interessenkonflikt mit Ihnen.«

»Ach, wissen Sie, Herr Mandel, wenn der Herr Tilmann auf seiner Platte den Meinungen des Vereins oder gar meinen widersprochen hätte, dann wäre das doch kein Grund, auf illegale Weise irgendwelche Aufnahmen verschwinden zu lassen. Wir sind ein freies Land. Über uns schreibt und sagt doch sowieso jeder, was er will. Wie weh kann uns ein weiterer Künstler wie Herr Tilmann tun, der sich durch ein sogenanntes antifaschistisches Statement Aufmerksamkeit auf unsere Kosten verschaffen will?«

Was für Bücher lasen solche Leute wie der Neumann? Die komplette Weltliteratur ist doch von humanistischem Gedankengut durchzogen, da finden sich Leute wie der Neumann doch gar nicht wieder. Und er wird ja nicht den ganzen Tag deutsche Sagen lesen können. War das nicht eine Beleidigung für den Intellekt, wenn man nur diese schlecht geschriebenen Verschwörungsbücher lesen konnte, oder interpretierte man einfach den gängigen Kanon an humanistischer Prosa nach eigenem Gutdünken? Vielleicht war das eine Art geistiger Hochleistungssport, die Augen vor der Wahrheit zu verschließen.

»Ich glaube auch nicht, dass es sich lohnt, wegen irgendwelcher Aufnahmen so einen Terz zu veranstalten«, sagte der Mandel.

»Geschweige denn, jemanden umzubringen«, fügte er hinzu.

»Dann sind wir ja einer Meinung. Ich kann Ihnen leider nicht weiterhelfen, Herr Mandel. Wir besitzen keine Aufnahmen und sind auch nicht auf der Suche nach welchen. Das künstlerische Schaffen von Herrn Tilmann und seiner Band ist uns ziemlich egal, wenn ich das mal so frei sagen darf.«

»Na dann«, sagte der Mandel.

»Dann kann ich also davon ausgehen, dass Sie von mir jetzt alle notwendigen Informationen für Ihren Fall erhalten haben?«, fragte der Neumann.

»Na ja«, sagte der Mandel.

»Dann zum Wohle«, sagte der Neumann und hielt dem Mandel seine Bierflasche hin.

Was hören solche Leute wie der Neumann eigentlich für Musik? Wagner wär zu einfach. Aber Klassik kann schon sein. Jazz geht ja nicht wegen den Vorbehalten gegen Schwarze. Und man glaubt nicht, wie viele Leute auch heutzutage noch Schlager hören. Was da CDs über den Ladentisch gehen, da träumen Bands wie die Killers davon, in Deutschland so viele Platten wie Andrea Berg und Andy Borg zu verkaufen.

Was auch gut zum Neumann passen könnte, ist diese Mittelalterfolk-Welle, die sowohl bei Gothic-Leuten als auch bei den Rechten gut ankommt. Ein bisschen Blut und Boden war da auf jeden Fall mit drin. Überhaupt bezeichnend, dass sich solche Leute für das Mittelalter begeisterten.

Der Mandel nahm einen Schluck von dem holländischen Bier.

»Wegen mir könnten wir auch wieder zurückfahren«, sagte der Mandel zum Edelstein.

»Kein Bier mehr?«, fragte der Edelstein.

»Nein«, sagte der Mandel.

»Keinen gebackenen Schafskäse?«

»Nein«, sagte der Mandel, obwohl ich Hunger gehabt und mir gerne noch genauer den Neumann angeschaut hätte.

Nachdem der Neumann sich überfreundlich von uns verabschiedet hatte, stand der Edelstein mit mir und dem Mandel vor der Yacht-Akademie und strich sich nervös über seine frisch rasierten Schläfen. Neben dem Edelstein sah der Mandel wie ein unartiges Kind aus. Wegen dem Unterschied in der Körpergröße.

»Was sollte denn das Theater?«, fragte der Mandel, und ich wunderte mich, dass er so einen Ton anschlug dem Edelstein gegenüber. Der Neumann schien ihn wütend gemacht zu haben.

»Mensch, Mandel, kapierst du das nicht? Ich wollte dich aus der Schusslinie nehmen. Der Neumann verfolgt eine eigene Agenda mit den Aufnahmen vom Leo, und es könnte unangenehm werden, wenn er denkt, ihr kommt ihm dazwischen.«

»Was für eine Agenda?«, fragte der Mandel.

»Inwiefern unangenehm?«, fragte ich.

»Was meinst du denn, was passiert, wenn du dich mit solchen Leuten anlegst?«, sagte der Edelstein zum Mandel.

»Dein Auto brennt«, beantwortete ich die Frage vom Edelstein, obwohl die vermutlich nur rhetorisch gemeint war.

»Den Leo hast du aber offensichtlich nicht rechtzeitig aus der Schusslinie genommen«, sagte der Mandel.

»Ich habe keine Ahnung, wer den Leo umgebracht hat. Und ich kann mir auch nicht vorstellen, dass der Neumann dahintersteckt.«

»Was hast du denn mit dem Neumann zu schaffen, Herr Edelschwein?«, fragte ich.

»Ich arbeite nur für den Leo, du Affe«, sagte der Edelstein.

»Das sieht aber nicht danach aus«, sagte ich.

»Glaub, was du willst«, sagte der Edelstein.

»Das ist schon eine berechtigte Frage vom Sigi. Was tust du für den Neumann, und weiß der Neumann, dass du für den Leo arbeitest, also gearbeitet hast?«, fragte der Mandel.

»Natürlich nicht. Der denkt, ich arbeite für ihn.«

»Aber was arbeitest du für den Neumann?«, fragte der Mandel nochmal und machte eine Ausnahme in seinem üblichen Verzicht auf Penetranz.

»Ich berate ihn in der einen oder anderen Rechtsfrage und habe ihn über das Album vom Leo auf dem Laufenden gehalten. Natürlich nur zum Schein.«

»Kann man sagen, du bist ein Doppelagent?«, fragte ich den Edelstein und fand das Wort »Doppelagent« noch abwegiger als das Wort »Privatdetektiv«.

»Ich arbeite ausschließlich für den Leo«, sagte der Edelstein gereizt.

»Und wollte der auf seinem Soloalbum speziell die Kulturfreunde bloßstellen?«, fragte der Mandel.

»Das kann ich nicht sagen«, sagte der Edelstein.

»Warum nicht?«, fragte der Mandel.

»Weil es euch nichts angeht. Der Neumann hat die Aufnahmen nicht. Das wüsste ich. Mehr braucht ihr nicht zu wissen.«

»Warum triffst du dich noch mit dem Neumann, jetzt wo der Leo tot ist?«, fragte ich.

»Weil es verdächtig wäre, sich sofort nach dem Tod vom Leo zurückzuziehen.«

»Du bist ein dubioser Typ«, sagte ich zum Edelstein.

»Und du kannst mich mal«, sagte der Edelstein zu mir.

»Was läuft denn zwischen dir und der Malleck?«, fragte der Mandel, als wir zusammen auf einer Bank am Ufer saßen. Der Edelstein war wieder auf sein Boot zurückgegangen und fuhr jetzt wahrscheinlich alleine zu seinem überbackenen Schafskäse.

»Ach, eigentlich nichts«, sagte ich. Irgendwo in der Entfernung hörte ich Musik. Es klang wie einer dieser ruhigen Songs von Black Sabbath. Nach Mittelalter. Oder irgendwas von Wishbone Ash. Aber es war sicher nicht Black Sabbath, es war vermutlich irgendeine Esoterik-CD aus einem Teeladen, die zu uns herüberwehte, an dem frühen Abend am Scharmützelsee. Es war nicht mehr ganz so bedeckt, aber der Wind war stärker. Ein unerwartetes Stück Abendsonne mühte sich durch die Wolken, was ein schwefelgelbes Licht auf dem Wasser verursachte. Es war niemand in der Nähe.

»Was ist denn *eigentlich nichts*?«, fragte der Mandel und setzte sein Interviewgesicht auf.

Ich summte die Mittelaltermelodie mit.

»Ich habe dich etwas gefragt«, sagte der Mandel wie ein Mathelehrer.

»Wir haben uns geküsst. In einem Park.«

»Wann?«

»Am Tag von dem Konzert im Kunstpalast.«

»Und danach war nichts mehr?«

»Kaffee trinken.«

»Lügst du mich an, Sigi?«, fragte der Mandel in einem Ton, als hätte ich gerade die dritte binomische Formel falsch aufgesagt.

»Warum?«

»Aha!«

»Aha?«

»Du hast *warum* gesagt.«

»Wie bitte?«

»Wer *warum* auf die Frage sagt, ob er lügt, ist immer schuld.«

»Woran denn schuld?«

»An dem, weswegen er lügt.«

»Versteh ich nicht«, sagte ich, weil ich es nicht verstand.

»Ich habe dich gefragt, ob du lügst, und du hast gefragt, *warum,* statt zu sagen: *nein.* Da ist es doch klar, dass du lügst. Zudem wäre der Edelstein nicht so schlecht auf dich zu sprechen, wenn du die Malleck nur mal kurz geküsst hättest«, sagte der Mandel.

Ich versuchte angestrengt, diese Musik wieder zu hören, aber sie war weg. Kein Black Sabbath und kein Mittelalter mehr. Nur noch Gegenwart und die Gegenwart vom Mandel.

»Wir haben auch miteinander geschlafen. Aber nur kurz«, sagte ich, und mir war ein bisschen schwindelig. Da hat das angefangen mit dem Schwindel, meines Wissens nach.

»Nur kurz?«

»Mir ist ein bisschen schwindelig«, sagte ich.

»Hättest ja mal was sagen können.«

»Mir ist erst seit ein paar Sekunden schwindelig.«

»Ich meinte wegen der Malleck.«

Ich fühlte mich nicht wohl in meiner Haut. Es war mein gutes Recht, mein Verhältnis zur Malleck nicht vor dem Mandel offenzulegen, solange es keine definierte Struktur hatte, aber ich fühlte mich dennoch ertappt und schuldig. In mir trieb eine Angst hoch, dass der Mandel mir das nachtragen würde. Dass es unser Verhältnis aufs Schwerste belasten könnte. Und unseren neuen Beruf. Ich hatte mit einem Mal das Gefühl, jetzt geht alles den Bach hinunter. Die ganzen Veränderungen, der frische Wind, das war alles nur ein Vorbote vom Niedergang gewesen. Der Mandel würde mich in einem nie vermuteten Anfall von Jähzorn und Eifersucht im Scharmützelsee ertränken, die Malleck würde den Edelstein heiraten und der Urbaniak die Stimme vom Tilmann auf eine Platte samplen, die er so nie geschrieben hat, ähnlich wie bei Freddie Mercury und Tupac Shakur. Jetzt mal übertrieben gesagt.

»Du siehst gar nicht gut aus, Sigi«, sagte der Mandel.

»Doch, doch, geht schon. Bin nur ein bisschen durch den Wind. Aber geht schon.«

»Gut, weil ich geh jetzt nämlich auch.«

»Wie, du gehst?« Der Mandel war schon aufgestanden.

»Ich geh jetzt. Beziehungsweise ich fahr jetzt.«

»Wohin?«

Ich wollte auch aufstehen, aber ich konnte gar nicht wegen dem Schwindel.

»In die Stadt zurück.«

»Und ich? Wie komm ich nach Hause?«

»Ruf doch die Malleck an. Vielleicht holt sie dich ab.«

»Das ist nicht dein Ernst. Jetzt bleib da, du Spinner.«

»Ciao, Sigi.«

Der Mandel ging in Richtung Yacht-Akademie, wo der gelbe Fahrschul-Audi parkte. Ich konnte nicht aufstehen. Der Mandel war nicht mehr in Sichtweite, als ich es endlich schaffte. Mir war immer noch schwindelig, aber ich tat ein paar Schritte in Richtung Ufer, wo ich mir eine Handvoll Wasser ins Gesicht schütten wollte, um wieder zu Sinnen zu kommen. Zum Wasser hin war es ziemlich abschüssig. Meine Beine gaben nach, ich fiel hin und rollte in Richtung See. Dann war ich weg.

Die Malleck und ich liegen in diesem Kaiserbad unterhalb der Strandpromenade. Es ist immer wieder erstaunlich, wie schön die Strände hier sind, obwohl wir noch in Deutschland sind. Weißer Sand wie im exotischsten Palmenstaat, kilometerweise. Landseitig allerdings nur der Verfall. Ich liege mit der Malleck an einem weißen, leeren Strand, und im Hintergrund der Verfall. Leerstehende, an der eigenen Vergangenheit erstickte, halb in die Promenade hineinfaulende alte Villen. Der Verfall frisst die Idylle auf, er rückt immer näher. Direkt hinter uns steht eins dieser Gemäuer, und mich fröstelt, wenn ich mich danach umdrehe. Ich liege mit der Malleck am Strand, und wir sind verkeilt und küssen uns. Die Malleck trägt einen Badeanzug in den Farben der amerikanischen Flagge. Ich drehe mich immer wieder um, und die finstere Villa rückt immer näher. Bald steht sie direkt hinter uns. Wenn ich den Arm nach ihr ausstrecke, kann ich die eiskalte Hausmauer berühren. Der Himmel ist gelb, und es riecht nach Glut und Rauch, wie an einem Grillabend. Es wird schnell dunkel. Das Gemäuer stößt schon an meinen Hinterkopf. Die Malleck flüstert in mein Ohr.

»Ich liebe dich. Aber nur, bis es dunkel ist. Keine Sekunde länger.«

Es wird rasend schnell dunkel. Ich sehe kaum mehr die Hand vor Augen. Die Malleck rankt sich um mich wie eine Schlingpflanze, man hat das Gefühl, sie wird immer länger. Dann steckt sie mir ihre Zunge ins Ohr, und ich merke, wie es hineintropft. Immer mehr Wasser, immer schneller. Immer überfüllter wird mein Ohr mit dem Speichel von der Malleck.

Ich höre nichts mehr vor lauter Wasser in den Ohren. Der Geruch von Rauch und Glut wird schärfer. Die Malleck hat sich um mich herumgesponnen wie eine Schlingpflanze, und das Wasser fließt von meinen Ohren in meinen Kopf, in mein Hirn, in meinen Mund und vorne wieder heraus. Es ist jetzt dunkel, nur noch ein gelbes Licht ganz weit weg, irgendwo da vorne. Ich muss zu dem gelben Licht. Zu dem gelben Licht, und zwar schnell, bevor hier alles lichterloh brennt oder ich an der Malleck ersaufe. Quasi höchste Eisenbahn. Wo ist mein Portemonnaie? Hab ich das in der Dunkelheit am Strand verloren? Ich dreh durch, wenn ich jetzt alle Karten sperren muss.

Als ich aufwachte, war es fast dunkel. Ich lag am Uferstreifen vom Scharmützelsee, ein bisschen unterhalb der Stelle, wo ich umgeknickt war. Von hier aus konnte ich die Parkbank über mir sehen, auf der ich mit dem Mandel gerade noch gesessen war. Aber wie lange her war *gerade noch*?

Der Mandel. Der war nicht ernsthaft ohne mich in die Stadt zurückgefahren, oder? Das konnte er nicht bringen. Nicht wegen der Sache mit der Malleck. Die Malleck. Die Malleck. War sie auch da gewesen? Nein, kann nicht sein. Das hatte ich mir eingebildet. Ich blieb noch eine Weile liegen und schaute in den sich immer schneller verdunkelnden Himmel. Oben auf der Anhöhe die Parkbank aus Holz. Es fühlte sich an, als hätte jemand mit mir Schluss gemacht. Mein Portemonnaie fiel mir wieder ein. Ich tastete am Hintern meiner nassen Hose herum, aber da war nichts. Ich stand auf, kein Schwindel mehr. Grotesk, so ein Schwindelanfall aus dem Nichts. Ein regelrechter Kollaps. Ich suchte das Gras ab, aber ich konnte kaum noch etwas erkennen, weil es schon so dunkel war. Ich war nass bis auf die Knochen. Mein Telefon war noch in der vorderen Hosentasche. Es war nass und aus. Vielleicht war es auch kaputt.

Aber wo war mein Portemonnaie? Bin ich in den See gefallen, oder warum ist alles nass? Wo ist das scheiß Portemonnaie? Die ganzen Karten, die man sperren und nachbestellen muss. Hoffentlich funktioniert das Telefon noch. Ich konnte es nicht einschalten. Ich ging die Anhöhe nach oben zu der Holzbank und setzte mich erst mal hin. Der Mandel hatte mich hier zurückgelassen. Ohne Geld und Ausweise. In der Dunkelheit von Diensdorf-Radlow.

Der Taxifahrer, den ich nach einer Viertelstunde Umherirren in dem Ort auftrieb, war nicht willens, bis in die Stadt zu fahren, auch nicht für viel Geld. Ich war ihm zu nass, und das war ihm zu weit. Und ich hätte ihn ja noch nicht einmal gleich bezahlen können. In dem Aushang am kleinen Regionalbahnhof stand, dass der letzte Bus um 19:16 Uhr nach Fürstenwalde rausging, aber das half mir wenig, weil es schon 19:56 Uhr war.

In der Pension Odin war noch ein Doppelzimmer frei, für sagenhafte hundertzehn Euro mit Frühstück. Ich unterschrieb dem Mann mit der gelben Frisur – vermutlich ein Färbeunfall – und dem grauen Schnauzbart eine Einzugsermächtigung für unser Betriebskonto, dessen Kontonummer und Bankleitzahl ich auswendig wusste. Der Mann sagte, es sei gefährlich, nach Dunkelheit in dem See zu baden. Es gäbe auch keine offizielle Badestelle. Ich solle das nächste Mal vorsichtig sein. Es sind schon Leute im Scharmützelsee ertrunken. Wenn ich wollte, könne ich einen Bademantel haben. Gegen fünfzehn Euro Leihgebühr, sagte der Mann mit den gelben Haaren. Ich fragte, ob ich telefonieren dürfe. Ich durfte und rief bei der Auskunft an und fragte nach der Nummer, unter der man Scheckkarten sperren lassen konnte. Ich ließ mich gleich weiterverbinden. Das Telefon stand hinter der Rezeption und der Mann während des Telefonats die ganze Zeit neben mir. Am Ende schrieb er acht Euro und dreiundvierzig Cent in sein

Rechnungsbuch. Ich hatte genug von diesem Tag, ließ mir den Bademantel geben und ging auf mein Zimmer, das direkt unter dem Dach lag. Über einem ziemlich tiefliegenden Holzbett, das in der Länge gerade mal für meine eins fünfundsiebzig ausreichte, hing ein gemaltes Bild von einem Haus auf einer Anhöhe. Es sah ein bisschen aus wie das Haus in *Psycho*, nein, es sah aus wie das Haus auf dem Cover von der *Them* von King Diamond. Das Haus, in dem dieser kleine Junge seine vom Teufel besessene Großmutter empfängt, die gerade aus dem Irrenhaus kommt. Die *Them* war nur der erste Teil von der Geschichte um das Haus gewesen. Die Nachfolgeplatte ist die *Conspiracy,* mit dem Gesicht vom King vorne drauf. Ich hatte damals die *Conspiracy* als LP, die *Them* besaß ich lediglich auf überspielter Kassette, und zwar noch nicht einmal in Chrom, sondern nur in Ferro-Qualität. Jetzt, wo ich das Bild von dem Haus sah, erinnerte ich mich wieder genau an die *Them,* die *Conspiracy* und überhaupt an King Diamond. Auf dem Cover-Foto von der *Conspiracy* trug der King nämlich ein neues Make-up, das war mir damals sofort beim Kauf im Stereo Wunderland aufgefallen. Überhaupt wusste ich früher anhand des Make-ups haargenau, ob es sich um ein Foto aus der *Abigail*-Zeit (das war das erste Konzeptalbum), der *Them*-Phase oder von der *Conspiracy* handelte. Oder sogar noch von Mercyful Fate, der ersten Band vom King. Ich will jetzt nicht ins Detail gehen, aber in der *Abigail*-Phase war diese okkulte Gesichtsbemalung deutlich symmetrischer und das umgedrehte Kreuz auf der Stirn der Blickfang. Bei *Conspiracy* floss das Schwarz immer mehr ins Weiß, das Chaos breitete sich wie eine Kreatur auf dem Gesicht vom King aus. Das passte zu der ausufernden Fantasie von dem Mann. Jetzt im Nachhinein gehört King Diamond ja zu den Heavy-Metal-Sängern, die einem eher peinlich sind. Wenn ich zurückdenke an die

Falsettstimme und die hanebüchenen Konzeptalben mit Storylines, die selbst Edgar Allen Poe das Fürchten gelehrt hätten. Ich hatte bis dahin mindestens zwanzig Jahre nicht mehr an King Diamond gedacht, das war ein unerwartetes Wiedersehen. Der King war übrigens einer der wenigen ernsthaft bekennenden Satanisten gewesen. Aber er war auch Däne, und die da oben haben den ganzen Okkultismus im Metal immer schon ein bisschen ehrgeiziger betrieben als der Rest. Im Geiste hab ich es genau vor mir: »Welcome Home«, das erste Lied von der *Them* nach dem Hörspiel-Intro.

»Grandma, welcome home. You have been gone for far too long«, kreischte der King, und ich erinnere mich, dass wir das damals schon albern fanden. Immer wenn meine Oma zu Besuch kam, sang ich mit der Falsettstimme vom King: »Grandma, welcome home«, sobald es an der Haustür klingelte. Riesengag. Vermutlich hätte mich an dem Abend nichts besser aufheitern, nichts mehr ablenken können, als das Bild an der Wand, das wie das Cover von der *Them* aussah. Wenn der King nicht gewesen wäre in dieser Nacht, ich hätte vor Enttäuschung nicht einschlafen können.

Am nächsten Tag funktionierte mein Telefon wieder. Vielleicht hatte sich die Elektronik über Nacht gesundgetrocknet, vielleicht hatte es auch geholfen, dass ich das Telefon am Morgen einmal kräftig gegen den Bettkasten gehauen habe. Erstaunlich, wie verlässlich das klappt: ungehalten auf etwas Kaputtes draufhauen, bis es wieder geht. So habe ich schon Fernseher und Diktiergeräte repariert, denn diese Art von Alchemie wurde in meiner Familie über die Generationen weitergegeben. Ich rief den Mandel an und fragte ihn, ob er mir online ein Bahnticket buchen und es an die Pension Odin faxen könne. Ich erwartete große Probleme, erstens wegen dem Ärger mit der Malleck, zweitens der Mandel und etwas online buchen. Kein Problem, sagte der Mandel. Sei praktisch schon unterwegs. Oha, dachte ich.

Nach einem Frühstück mit ganz miesen Croissants im trostlosen Speisesaal der Pension Odin neben einem Rentnerpaar aus Erlangen fuhr ich mit dem Bus nach Fürstenwalde, und eine Stunde später saß ich im Zug in die Stadt. Die paar Mark für den Bus lieh mir der Mann mit den gelben Haaren und setzte sie auf die Rechnung.

Wenn man sich vergegenwärtigt, wie schlecht man finanziell ohne seine ganzen Scheckkarten dasteht, wird man wahnsinnig. Und wenn man, so wie ich, auch noch seinen Führerschein und seinen Personalausweis im Portemonnaie trägt, dann bleibt am Ende überhaupt keine Identität mehr übrig. Dann glaubt dir im Zweifelsfall nur noch deine eigene Mutter, dass du du bist. Gottseidank hatte ich irgendwo zu Hause noch einen Reisepass, der abgelaufen war. Mit dem ging ich zur Bank und hob etwas Geld ab. Auf dem Bürgeramt gab es auch keine Probleme, außer dass ich bei der Beantragung eines neuen Ausweises und Führerscheins schon wieder bezahlen musste. Ich fragte den Dr. Fritsch am Telefon, wann ich vorbeikommen konnte wegen dem Schwindel. Denn ein plötzlicher und unerklärlicher Schwindel, da habe ich einen Heidenrespekt, weil man nie weiß, wo das hinführt. Der Hausarzt Dr. Fritsch hat dann später diagnostiziert: Kreislauf. Definitiv nur der Kreislauf. Maximal ein otogener Schwindel, weil Gleichgewichtsorgane beschädigt. Das ist aber eine HNO-Sache, wegen den Cortischen Organen. Ob es auch Hörstörungen gäbe, ob ich viel Lärm ausgesetzt sei, zum Beispiel beruflich. Neurogen würde er jetzt mal nicht tippen. Wenn ich allerdings einen Tumor ausschließen wolle, dann müsste ich zur Radiologie. Aber da macht er keine Überweisung, weil das wäre ja pure Spekulation, außer ich wolle das. Nein, nein, es war hundertprozentig nur der Kreislauf. Einfach mal beobachten. Und wenn, dann höchstens der otogene Schwindel. Ich sag das jetzt, damit keiner beunruhigt ist.

Siebzehn

Jemand hatte den Edelstein-Anwalt in den Scharmützelsee geworfen. Jetzt war er tot. Die Malleck saß mit roter Nase, aber immer noch evabraunen Haaren bei uns im Büro und erzählte uns das in einer Art und Weise, dass man selbst noch beinahe um den Edelstein getrauert hätte. Aufgelöst war das richtige Wort. Sie saß auf demselben Stuhl, auf dem sie vor knapp vier Wochen gesessen hatte, aber ihre Beine waren nicht übereinandergeschlagen, sondern standen nebeneinander, so dass man ihr aus einer günstigen Perspektive unter den schwarzen Rock hätte schauen können. Der Mandel saß auf dem Schreibtisch, genau der Malleck gegenüber, und hielt ihre Hand, was ich merkwürdig fand. Draußen an der Ladenfront sah ich den Hausmeister entgeistert ins Büro stieren. Vielleicht hatte er die Malleck kommen sehen und hatte schon ein Handyfoto für die *Bildzeitung* gemacht und fünfzig Euro Leserpaparazzi-Prämie kassiert.

»Heute Morgen haben sie ihn aus dem See gezogen. Seine Frau hat mich angerufen«, sagte die Malleck, und ich gab dem Hausmeister per Handzeichen zu verstehen, gefälligst woanders Stasi zu spielen. Mein Handzeichen war der Mittelfinger.

»Wir waren da auch schon mal segeln«, schluchzte die Malleck.

»Der Edelstein war verheiratet?«, fragte ich entsetzt, und der Mandel warf mir einen bitterbösen Blick zu.

»Der hat übrigens für den Neumann gearbeitet«, setzte ich hinzu, und im Nachhinein sehe ich ein, dass ich mich respektlos gegenüber dem Todesfall vom Edelstein verhalten habe. Aber im Nachhinein ist es auch egal.

»*Mit* dem Neumann«, korrigierte mich der Mandel.

Die Malleck setzte ihre Ahnungslosigkeit mimisch gut um.

»Wer ist der Neumann?«, fragte die Malleck.

»So ein rechter Politiker«, sagte ich.

»Eigentlich hat er für den Leo gearbeitet. Quasi undercover«, klärte der Mandel auf.

»Wie bitte? Undercover?«, fragte die Malleck.

»Wegen dem Protestfolk-Album vom Leo. Als Doppelagent«, sagte ich.

»O nein«, sagte die Malleck und strich sich die braunen Haare aus dem Gesicht.

»Das ist ja alles viel schlimmer, als ich gedacht habe. Dann haben die Rechten den Holger umgebracht?«, sagte die Malleck.

»So sieht's aus«, sagte ich von der anderen Seite des Schreibtisches.

»Als ob die Dinge nicht schon schlimm genug wären.«

»Wird sicher bald alles wieder besser«, sagte ich und kam mir schon zwei Sekunden nach dem Satz blöd vor.

»Max«, sagte die Malleck zum Mandel, der mittlerweile nicht mehr ihre Hand hielt.

»Ich hab mit dem Sigi geschlafen.«

»Ich weiß«, sagte der Mandel und schaute verständnisvoll.

»Nur, dass du es weißt. Ich will nicht, dass es zwischen euch steht.«

»Ach Quatsch, ich weiß doch, wie einsam du grade bist.«

Was für ein Arsch, der Mandel.

»Ich will ja auch nicht wie ein Flittchen dastehen«, sagte die Malleck.

War man ein Flittchen, wenn man mit mir ins Bett ging?

»Warst du mit dem Holger zusammen?«, fragte der Mandel.

Die Malleck weinte jetzt. Schwer zu sagen, ob diese Staatstrauer echt war. Ich war nach wie vor verliebt, aber traute ihr nicht über den Weg. Wollte sie aber gleichzeitig dringend gegen die Wand drücken und durchficken, bis unser Fickschweiß die hässliche alte Tapete im Büro von der Wand löste. Ich musste nur noch den Mandel loswerden.

Die Malleck schaute auf ihre Füße, die in flachen lila Schuhen steckten.

»Es war nur kurz. Und ich wollte nicht weitermachen. Der Holger hat ja Familie. Wenn auch auseinandergelebt.«

»Verstehe«, sagte der Mandel.

»Sigi, bist du so lieb und machst uns drei einen Kaffee?«, sagte er zu mir.

Ich weiß gar nicht, warum ich immer noch der Büßer war, nachdem der Mandel mich fast im Scharmützelsee hatte ertrinken lassen. Ich ging in die kleine Küche und schüttete lustlos italienisches Espressopulver in die Maschine, die nur jeweils zwei Tassen schaffte. Also verzichtete ich freiwillig auf meinen Kaffee, weil jede weitere Tasse mit dieser Maschine eine Sauerei war.

»Hast du den Edelstein ertränkt?«, fragte mich der Mandel, nachdem die Malleck weg war.

»Klar. Mein Fight-Club-Alter-Ego hat ihn über die Reling gehängt und so lange unter Wasser gehalten, bis er hin war.«

»Jetzt beruhige dich. Ich frag ja nur, weil der Winter das auch fragen wird. Vielleicht hat er ja mittlerweile dein Portemonnaie gefunden.«

»Der ist doch gar nicht zuständig für das Kaff da draußen.«

»Aber für dich ist er zuständig.«

»Was sollte eigentlich das arrogante Getue, von wegen die Malleck so einsam und allein, da kann sie ja auch mit meinem Adjutanten Sigi Singer pennen?«

»Jetzt hör auf. Das bildest du dir ein. Du bist doch nicht mein Assistent. Du bist mein Partner.«

»Adjutant hab ich gesagt.«

»Adjutant bist du?«, fragte der Mandel.

»Nein, eben nicht, aber du hast Assistent gesagt und ich Adjutant.«

Der Mandel sah mich verständnislos an.

Abends stand der Winter bei mir vor der Haustür. Er war mit einem Kollegen in Zivil und einem Uniformierten da und fragte, ob ich kurz Zeit für ein paar Fragen auf dem Revier hätte.

»Nein«, sagte ich.

»Dürfen wir reinkommen?«, fragte der Winter.

»Ist gerade schlecht.«

»Dann kommen wir mit einem Durchsuchungsbefehl wieder«, sagte der Winter.

»Wieso Durchsuchungsbefehl?«

»Dringender Mordverdacht, Verdunklungsgefahr und blablabla«, sagte der Winter.

»Und wie lange dauert das?«, fragte ich.

»Wie lange dauert was?«, fragte der Winter.

»Bis ihr mit einem Durchsuchungsbefehl wiederkommt«, sagte ich.

»Dauert nicht lang«, sagte der Winter, winkte seinem Kollegen in Zivil. Ich zog die Tür zu, aber keine zehn Sekunden später klingelte es wieder. Ich öffnete.

»Wieder da.« Der Winter zog mich am Genick aus dem Hauseingang raus. Wie einen Hund.

»Ziehen Sie sich Schuhe an, Singer, oder ich nehme Sie barfuß mit aufs Revier.«

»Das dürfen Sie doch gar nicht«, sagte ich, war mir aber natürlich nicht sicher.

Der Winter zückte einen Gegenstand aus der Innentasche seines Jacketts. Es war mein Portemonnaie. Und das, wo ich schon alle Karten gesperrt hatte.

Auf dem Revier dann wieder das Gefrage. Warum waren Sie in Diensdorf-Radlow an dem Tag? Wieso liegt Ihr Portemonnaie am Ufer? Wie war Ihr Verhältnis zu dem Ermordeten? Haben Sie den Ermordeten ermordet? Im Nachhinein ist mir schleierhaft, wie der Mandel die Gespräche mit dem Winter so über sich ergehen lassen konnte und dabei auch noch das eine oder andere interessante Detail verschwieg. Mir setzte die strenge Behördlichkeit und das Damoklesschwert der Strafverfolgung so sehr zu, dass ich eigentlich nur die Wahrheit sagen konnte. Zudem gab mir der Winter das Gefühl, dass er mich nicht nur für den Tod vom Edelstein, sondern auch für den Zerfall der gesamten westlichen Welt verantwortlich machen wollte. Und wenn es für den Mordkommissar Winter etwas gab, das noch schlimmer war als Leute aus der Medienbranche, dann waren es Leute aus der Medienbranche, die sich jetzt als Privatdetektive versuchten. Ich erzählte und erzählte, bis auf die Anbahnungen mit der Malleck, versteht sich, aber der Winter wurde immer wütender, weil er nicht verstand, warum der Mandel und ich so handelten, wie wir handelten. Und da konnte ich ihn fast verstehen.

»Warum haben Sie sich mit dem Neumann getroffen? Das habe ich immer noch nicht verstanden. Sie sind doch beauftragt, die verschwundenen Aufnahmen zu suchen, und nicht, bei solchen Leuten zu spionieren. Erklären Sie mir das, weil ich sonst wütend werde.«

Der arme Winter. Da rennst du dir die Füße blutig wegen einem Spektakelmord im Prominentenmilieu und stehst unter riesigem Erfolgsdruck wegen der Presse, aber auch wegen der hausinternen achtzigprozentigen Aufklärungsrate, und dann pfuschen dir zwei Freizeitpolizisten ins Handwerk und machen alles nur noch komplizierter.

»Der Edelstein hat uns eingeladen. Wir wussten gar nicht, dass der Neumann auch da ist. Eigentlich war auch nur der Mandel eingeladen«, sagte ich.

»Ach so. Und Sie sind nicht so speziell mit dem Herrn Edelstein.«

»Wir kennen uns eigentlich gar nicht richtig.«

»Immerhin haben Sie sich in Ihrem Büro geprügelt.«

Der Hausmeister, der gemeine Denunziant.

»Das war eine geschäftliche Prügelei«, sagte ich.

»Eine geschäftliche Prügelei? Und Sie sind sicher, dass Sie nach Ihrem Segeltörn nichts weiter getan haben, als alleine auf einer Holzbank am Scharmützelsee zu sitzen und Ihr Portemonnaie zu verlieren und dann mittellos ins Hotel Odin einzuchecken?«

»Immer noch ganz sicher.«

»Und Sie wollten unbedingt noch eine Nacht in Diensdorf-Radlow verbringen, weil …?«

»Weil es da schön ist. Und wann kommt man schon mal aus der Stadt raus? Nein, natürlich weil ich mein Portemonnaie verloren und außerdem den letzten Bus verpasst hatte.«

»Aber warum hat Sie der Herr Mandel denn nicht mit zurück in die Stadt genommen?«

»Wir hatten eine kleine Meinungsverschiedenheit.«

»Hören Sie mal, Herr Singer, wenn Sie glauben, Sie können

mich hier hinhalten, dann können wir auch andere Saiten aufziehen. Was ist nach dem Segelausflug passiert?«, fragte der Winter lodernd.

»Es war dieser Schwindelanfall.«

»Hast du etwas herausgefunden?«, fragte mich der Mandel am nächsten Tag im Büro.

»Aber *ich* wurde doch verhört«, sagte ich.

»Wann wurde denn der Edelstein umgebracht? Und wie genau? Hast du da nicht mit dem Winter drüber geredet?«

»Ach so. Jemand hat ihn mit einem stumpfen Gegenstand bewusstlos gehauen und dann in den See geworfen. Etwa zu der Zeit, als ich meinen Schwindelanfall hatte.«

»Den du hoffentlich nicht zugegeben hast.«

»Na ja.«

»Wenn deine Geschichte nicht so unglaublich erfunden klänge, hättest du jetzt ein ernsthaftes Problem.«

»Das sagt der Winter auch.«

»Die arme Malleck. Die Typen sterben ihr weg wie die Fliegen«, sagte ich, und der Mandel zog die Augenbrauen hoch.

»Ich muss nochmal mit dem Urbaniak reden«, sagte der Mandel.

»Warum?«

»Weil ich nicht glaube, dass es da nur um ein paar harmlose Aufnahmen mit Antifa-Texten geht. Sonst würden doch nicht alle so ein Theater machen.«

»Du kennst doch die Musikindustrie«, sagte ich.

Der Urbaniak hatte seine Specklocken zu einem kleinen Pferdeschwanz zusammengebunden und trug ein marineblaues Hemd mit einem aufgestickten Emblem auf der linken Brust. Der Mandel saß ihm gegenüber in einem schwarzen Polohemd, auch mit einem Emblem auf der Brust. Der Urbaniak rollte mit der Handfläche einen Kugelschreiber hin und her, und den Mandel machte so was wahnsinnig. Aber man merkte ihm das natürlich nicht an.

»Das ist ja Irrsinn mit dem Holger. Irrsinn. Worauf hat der sich denn da eingelassen?«

»Furchtbar«, sagte der Mandel.

»Und die arme Roni. Das arme Mädchen.«

»Schlimm«, sagte der Mandel.

»Furchtbar«, sagte der Urbaniak.

»Was soll man da sagen?«, sagte der Mandel.

»Grauenvoll. So ein Gemetzel«, sagte der Urbaniak, und fast hätte der Mandel lachen müssen wegen dem Gemetzel. Weil es für ihn immer klang wie »Geschnetzeltes«.

»Was ist das für eine Welt?«, sagte der Urbaniak und nahm sein Telefon in die Hand.

Der Mandel wartete geduldig in seinem Stuhl vor dem Schreibtisch vom Urbaniak. Der Urbaniak legte sein Telefon weg und fing wieder an, den Kugelschreiber mit seiner Handfläche zu rollen.

»Aber wir müssen trotzdem kurz übers Geschäft reden.«

»Deswegen bin ich hier«, sagte der Mandel.

»Was gibt's Neues wegen den Songs vom Leo? Wo sind die Dinger? Wissen wir das jetzt?«

»Noch nicht ganz, Karsten. Noch nicht ganz. Wir wissen jetzt, dass die Songs existieren, weil der Leo sie in seinen Unterlagen erwähnt. Wir wissen auch, dass der Leo mit jemand in Verbindung stand, der die Songs entweder auch kennt oder sogar für den Leo verwahrt hat. Diese Person müssen wir nur noch ausfindig machen.«

»Aha. Eine Person. Und welche Person ist das?«, sagte der Urbaniak.

»Es gibt ein paar Hinweise, aber ich will jetzt noch nicht ins Detail gehen, sonst kommen wir durcheinander.«

»Das würde mich jetzt schon interessieren, was das für eine Person ist«, sagte der Urbaniak und stand auf. Er ging um seinen maßlos großen Schreibtisch herum und türmte sich vorm Mandel auf. Der blieb ruhig sitzen.

»Erstens wissen wir noch nicht genug, zweitens darf jetzt nichts passieren, was diese Person verschrecken könnte. Das ist ein Tanz auf dünnem Eis«, sagte der Mandel und schaute dabei eindringlich hinauf zu der drohenden Urbaniak-Lawine, bis der sich wieder hinter seinen Schreibtisch zurückzog.

»Na schön, aber sobald du weißt, wer es ist, sagst du Bescheid«, sagte der Urbaniak, und es klang leicht beleidigt.

»Logisch. Aber da ist noch etwas anderes.«

»Shoot«, sagte der Urbaniak, und der Mandel verstand ihn erst nach einer semantischen Schrecksekunde.

»Man hat erst den Leo umgebracht, dann hat jemand mein Auto angezündet, und jetzt ist der Edelstein tot. Das kann doch nichts mit den Songs zu tun haben, oder? Das ist doch nicht so eine große Sache, wenn jemand ein Soloalbum veröffentlicht, oder? Selbst wenn er ein politisches Album geschrieben hätte. Das löst doch nicht solche Brutalitäten aus, oder ist mir da etwas entgangen?«

»Nein, nein. Das kann ich mir nicht vorstellen. Ich bin doch selbst im Schockzustand. Ich weiß nicht, warum der Leo tot ist und wer dein Auto angezündet hat. Dass der Holger etwas mit Rechten zu tun hatte, ist mir auch neu. Aber das hat alles nichts mit dem Soloalbum zu tun. Ich mach doch hier lediglich meinen Job und will, dass die Leute die letzte Platte vom Leo noch hören können. Das haben die Fans doch verdient, dass sie nochmal Abschied nehmen. Kommst du eigentlich auf das große Abschiedskonzert von DEMO in Hamburg? Da spielen die Jungs noch mal die großen Songs mit ein paar Special Guests, wie zum Beispiel …«

Der Mandel war nicht jemand, der andere Leute oft beim Reden unterbrach, aber mit dem Marketinggeschwafel brauchte ihm der Urbaniak jetzt nicht kommen.

»Ja, ja. Also du denkst nicht, dass die Morde mit den Aufnahmen zu tun haben? Weil das macht ja auch unseren Job ein bisschen gefährlicher als ursprünglich angenommen.«

»Jetzt versteh ich dich, Max. Klar kann ich euch da noch was extra zahlen. Und das mit dem Auto tut mir leid, aber das hat doch nichts mit dem Leo zu tun. Das ist einfach nur ein komischer Zufall.«

»Hmm«, machte der Mandel. »Wenn wir jetzt die Demos finden, und es ist tatsächlich ein Protestfolk-Album, bringt ihr es dann genau so raus?«, fragte der Mandel.

»Das *releasen* wir genau so, wie es der Leo wollte.«

Der Urbaniak rollte den Kugelschreiber mit der Handfläche, quälend langsam.

»Ich muss jetzt dann los«, sagte der Mandel und stand auf. Erst als er an der Tür war, schaute ihn der Urbaniak an und sagte: »Adios, Max. Halt mich auf dem Laufenden.«

Der Mandel schloss die Tür hinter sich, aber dann fiel ihm noch was ein. Er öffnete sie wieder und fragte den Urbaniak, der ihn anstarrte wie ein Pferd:

»Du, weil's mir gerade einfällt, Karsten, wie verkauft sich eigentlich das neue DEMO-Album?«

»Wie geschnitten Brot«, sagte der Urbaniak.

Als der Mandel wieder da war, fand ich etwas Unangenehmes heraus.

»Hast du Gras?«, fragte ich den Mandel.

»Nein«, sagte der Mandel.

»Ich würde mich jetzt gerne ins Nirgendwo rauchen.«
»Hab nichts.«
»Hast du noch Lust auf ein Bier im Deichgraf?«
»Nein, ich muss leider weg.«
»Wo musst du denn hin?«
»Ich treff mich noch mit der Malleck«, sagte der Mandel.
»Mit der Malleck?«, wiederholte ich.
»Warum?«
»Wir sprechen nochmals alles durch.«
»Alles durch? Was ist denn *alles*?«, fragte ich.
»Ach komm, Sigi«, sagte der Mandel und klaubte den Autoschlüssel vom Dieter vom Schreibtisch auf.
»Du hast wirklich kein Gras?«
»Nein, tut mir leid«, sagte der Mandel und war weg.
Ich wartete kurz, dann rannte ich ihm nach. Er war schon am Wegfahren, aber ließ das Fenster herunter. Es regnete und ich wurde nass.
»Wo geht ihr denn hin?«
»Nur kurz ins Poschardt«, sagte der Mandel und ließ das Fenster hoch. Ich blieb im Regen stehen, während der Mandel wegfuhr.
Danach duellierten sich bei mir zwei Bedürfnisse: dem Mandel sofort ins Poschardt folgen und einen Joint rauchen und ihm dann ins Poschardt zu folgen. Ich hatte nur keinen Joint. Ich schloss das Büro ab und wollte in Richtung U-Bahn gehen, da fiel mir auf, dass im Nachbarfenster zu unserem Büro, also praktisch im selben Haus, das Licht brannte. Das war die Wohnung vom Hausmeister. Ich ging zurück in den Vorgarten und stolperte über ein Blumenbeet, bis ich vor dem Fenster stand. Die Gardinen waren fast zugezogen, aber ein kleiner Spalt ließ einen Blick zu. Der Hausmeister saß drinnen an einem Küchentisch und rauchte einen dicken Jolly Roger. Die

scheinheilige Kröte. Draußen einen auf Saubermann machen und sich in den eigenen vier Wänden ins Delirium rauchen. Ich klopfte dermaßen an die Scheibe, dass dem Hausmeister fast der Joint aus der Hand gefallen wäre. Er drückte ihn hektisch aus. Das Fenster ging auf, die Gardinen zurück.

»Das ist Ruhestörung, Herr Singer. Und Sie stehen auf den Bodendecker-Rosen.«

»Uh, das verstößt sicher gegen die Hausordnung.«

»Janz jenau«, sagte der Hausmeister.

»Und wie steht's mit Einnahme von Rauschgift in der Einbauküche? Da ist die Hausverwaltung sicher kulant, oder?«

»Ick wees nicht, wat Sie hier ...«, fing der Hausmeister an.

»Sparen Sie sich die Ausreden. Ich hab hier ein schönes Foto auf meinem Telefon«, log ich und hielt ihm mein Mobiltelefon unter die Nase.

»Was wollnse von mir?«, fragte der Hausmeister.

»Sie drehen mir jetzt zwei extrastarke Dinger von Ihrem Kraut und reichen sie mir durchs Fenster.«

»Und dann löschense dit Foto, wa?«

»Mal sehen. Kommt drauf an, ob Sie mich weiter jeden Tag wegen irgendwelcher Kleinigkeiten zur Sau machen.«

Auf dem Weg zur U-Bahn hatte ich mir die erste der beiden Hausmeister-Zigaretten zu Gemüte geführt und war jetzt schon breit wie ein Haus. In so einem Zustand war ich lange nicht mehr gewesen, weil ich auch grade erst wieder angefangen hatte mit dem Kiffen. Klar, früher jeden Tag unter der Woche die große Bong, um vierzehn Uhr, in der WG, vom Zirngibl Flo, als *Star Trek Next Generation* noch auf Sat1 kam. Aber nach dem Studium nur noch Verlegenheitsdroge. So richtig Interesse an der Kifferei kam erst wieder Ende letzten Jahres auf, als ich wieder mehr Hip-Hop hörte. An einem langweiligen Freitagabend hab ich mir *Friday* mit Chris Tucker und Ice Cube angeschaut, den übrigens auch Quentin Tarantino wärmstens empfiehlt. Ein reinrassiger Kifferfilm, da wollen wir mal gar nichts wegtun, aber mir hat er irgendwie begreiflich gemacht, dass man nicht Hip-Hop hören kann, ohne Marihuana zu rauchen. Und so funktionierte mein Wiedereinstieg. Kiffen führt ja bei mir nicht zu einer grenzenlosen Albernheit oder einer überbordenden Fantasie wie bei anderen Leuten, ich entwickle eher eine innere Ruhe. So ähnlich, stelle ich mir vor, ist es, der Mandel zu sein. Die Welt um mich herum bewegt sich dann in Zeitlupe wie in einem der Filme von dem Typen – Name vergessen. Ich aber in Normaltempo mitten durch die Zeitlupen, Sinne geschärft, vor allem der Geruchssinn. Nehmen wir als Beispiel den strömenden Regen aus meiner Erzählung gerade: Regentropfen in Zeitlupe auf den Bordstein, das Auftreffen und Aufplatzen. Malerisch. Und dann der Geruch vom Regen. Würzig, fischig, frisch. Sehr guter Geruch.

Beim Poschardt ums Eck stand das gelbe Fahrschulauto. Mit gültigem Parkschein. Ich zündete mir den zweiten Joint an und überlegte. Es regnete immer noch, und ich fühlte mich wie ein nasser Hund. Ein Hund in Zeitlupe mit einem unglaublich scharfen Geruchssinn. Ich konnte nicht ins Poschardt, ich sah zu scheiße aus. Unrasiert und ungekämmt waren in dieser Stadt ja die geringeren Übel, aber triefnasse Kleidung und das Gelbe in den Augen, das kam nicht gut an im Poschardt, wenn man kein Erfolgreicher ist. Ich hätte mir woanders gerne ein Bier zum Mitnehmen gekauft, aber die Gegend hier war zu arriviert für einen Spätkauf.

Eine Stunde lungerte ich herum und hörte Jay-Z auf dem Kopfhörer, dann kamen der Mandel und die Malleck aus dem Poschardt. Ich weiß natürlich, dass man kein Rap-Connaisseur sein musste, um das *Black Album* gut zu finden, aber super Platte ist super Platte, selbst wenn sie total erfolgreich ist. Man könnte sich jetzt fragen, ob das Poschardt nicht der ganz falsche Platz für Personen des öffentlichen Interesses war, vor allem, wenn frisch verwitwet und der hauseigene Anwalt frische Wasserleiche. Aber das ist es ja, was das Poschardt ausmacht. Am Abend waren da nur geladene Gäste, Freunde des Hauses oder ganz intime Freunde von Freunden des Hauses. Meistens Prominente, Industrielle, alles Leute, die kein Interesse daran hatten, sich gegenseitig per Klatsch und Tratsch das Leben schwerzumachen. Das war ein ungeschriebenes, aber ehernes Gesetz im Poschardt. So gesehen war das Poschardt der einzige Platz in ganz Deutschland, wo die Malleck zum jetzigen Zeitpunkt hätte ungestört ausgehen können. Vor dem Poschardt stand Henry, ein Türsteher, Securitymensch und Butler in Personalunion. Der Henry geleitet im Zweifelsfall die Gäste noch zu ihren Taxis, und wehe, der Henry sieht einen Fotografen, dann kann der Henry unwirsch werden, wie man öfter im Fernsehen sieht. Nur noch die nassforschen Billigblattschreiber aus der Provinz waren dumm genug, vor dem Poschardt herumzulungern. Aber nur so lange, bis der Henry mit ihnen ins Gespräch kam. Der Henry trug einen teuren Anzug mit einer Fliege und im Gesicht eine Schlange. Eine Tätowierung, die sich von der Stirn die Backen und den Hals hinunterwand. Das ist dann die Tätowierung, wo selbst jemand wie ich sagen würde: Die bereust du irgendwann.

Der Henry verabschiedete die Malleck mit Küsschen, Küsschen, und dem Mandel rieb er zum Abschied den Rücken, als wär der Mandel jeden Abend im Poschardt. Der Mandel spannte einen Regenschirm über sich und der Malleck auf, und die Malleck zog ihre Baskenmütze tief ins Gesicht. Der Mandel schloss der Malleck die Tür zum Fahrschulauto auf, und sie stiegen beide ein. Sie sahen mich nicht. Ich hörte, wie der

Mandel sagte: »Vorsicht mit den Pedalen auf deiner Seite, weil das ist das Fahrschulauto von meinem Bruder.« Die Malleck lachte und sagte etwas wie »Spaßbremse«. Ich weiß nicht, ob sie merkte, was für ein gutes Wortspiel das war. Dann fuhren sie weg. In Zeitlupe. Ich roch das Benzin. Ich winkte mir ein Taxi her und sagte den Satz, den ich schon immer einmal zu einem Taxifahrer sagen wollte:

»Folgen Sie dem Wagen da vorne.«

Der Taxifahrer war vermutlich ein Türke, dichtes graues Haar und einen schwarzen Riesenschnauzbart. Ich mag Türken sehr gerne und bin dafür, dass wir Deutschen uns vollständig vermischen, das kann dem Essen hierzulande nur guttun.

»So etwas mache ich nicht. Steigen Sie bitte aus«, sagte der Taxifahrer in ultrakorrektem Hochdeutsch.

»Okay, okay, vergessen Sie, was ich gesagt habe. Fahren Sie mich zum Chamissoplatz. Bitte.«

Es war eine Fifty-fifty-Chance, weil der Mandel hätte die Malleck auch nach Hause fahren oder sonst wo absetzen können, aber ich lag richtig, und der Taxifahrer ist dann doch zufällig dem gelben Audi A8 bis zum Chamissoplatz nachgefahren und hat mich dort rausgelassen. Ich wartete eine Weile im Dunkel der unbeleuchteten Grünflächen vom Chamissoplatz, dann schloss ich die untere Haustür auf. Ich hatte noch den Schlüssel wegen dem Stromableser, als der Mandel letztes Jahr bei dem Festival in Barcelona gewesen war. Leise ging ich die Stockwerke bis zur Wohnung hinauf und wartete vor der Tür, horchte, was sich drinnen abspielte. Da waren Stimmen, aber die Stimmungslage war nicht zu ermitteln. Erotisch, geschäftlich, ausgelassen, es hätte alles sein können wegen der schlechten Akustik.

Dann drangen dumpfe Schläge aus der Wohnung. Eine weibliche Stimme schrie: »Ah!« Ich schloss leise die Tür auf. Mittendrin hörte ich wieder ein »Ah«, vielleicht sogar ein »Au«, und auch noch kurz hintereinander. Jetzt muss man wissen, dass die Wohnung vom Mandel einen ziemlich langen Gang hat. Manche finden das schick, ich finde, es ist die reinste Verschwendung von Quadratmetern. Aus so einem Gang hätte man locker noch ein Zimmer herausbekommen. Ich vermutete den Mandel und die Malleck ursprünglich im Schlafzimmer, aber nachdem ich in der Wohnung war, hörte ich sofort, dass sich jemand in der Wohnküche ganz am Ende des Gangs aufhielt. Die Tür war wie immer offen, und ich blieb im Türrahmen stehen und blickte auf ein verstörendes Szenario.

Die Malleck saß auf einem Stuhl, hatte ihren Rock hochgezogen, aber vermutlich nur wegen der Bequemlichkeit. Umringt war sie von den Mandelbrüdern und Gläsern mit einer transparenten Flüssigkeit, die mir nach Beefeater-Tonic aussah. Man merkte auf den ersten Blick, dass die Stimmung ans Ausgelassene grenzte, und bevor jemand Notiz von mir nahm, rief die Malleck aus vollem Hals: »Mau!«

»Nein, jetzt hättest du *Mau*-Mau sagen müssen«, sagte der Dieter, und der Mandel lachte, wie ich ihn selten lachen gesehen habe. Man merkt aber immer, wenn plötzlich jemand im Raum steht, deshalb unterbrachen die drei ihr Kartenspiel und schauten mich entgeistert an.

»Sigi«, sagte die Malleck. »Das ist ja nett.«

»Servus, Sigi. Setz dich her, sind wir mehr«, sagte der Dieter.

»Du bist mir nicht nachgefahren, oder? Mit einem Taxi?«, fragte der Mandel.

»Unsinn. Ich wollte nur nochmal mit dir reden.«

»Ach, ich wollt euch nicht aufhalten, kein Ding. Ich muss jetzt dann eh los«, sagte die Malleck.

»Bleib sitzen, Veroni. Ich muss nur mit dem Sigi kurz was besprechen«, sagte der Mandel, stand auf und schob mich aus der Wohnküche in sein Arbeitszimmer und schloss die Tür hinter sich.

»Bist du noch bei Trost, Sigfried?«

Der Mandel hatte mich das letzte Mal Sigfried genannt, als ich stockbetrunken im Edelweiß diesen Flaming Tequila über den Schoß von Ice Cube geschüttet hatte. Der Mandel war mit dem Ice Cube nach seinem Interview noch auf einen Drink gegangen, und ich als großer Fan hatte mitkommen dürfen. Aber weder die Entourage von Ice Cube noch er selbst fanden das schlimm. Die Flammen erstickten ja sofort, und alle haben herzlich gelacht. Nur dem Mandel war's natürlich peinlich, und er hat einfach nur laut »Kruzifix, Sigfried« gesagt. Den Ice Cube hat das amüsiert, weil bei denen ist das ja kein Schimpfwort. Also Kruzifix, nicht Sigfried.

»Ich bin völlig bei Trost. Ich will nicht, dass du die Malleck jetzt für dich gewinnst. Ich bin verliebt in die Frau.«

»Ich gewinne überhaupt niemanden. Aber du denkst doch nicht, dass du für die Roni mehr als ein Zeitvertreib bist.«

»Ach, jetzt ist sie schon die Roni. Lass sie das doch selbst entscheiden, wie sie sich die Zeit vertreibt«, sagte ich, und ich musste mich an dem weißen Schreibtisch vom Mandel festhalten, der eigentlich nur ein längliches, an der Wand befestigtes Brett war.

»Hey, was ist denn los? Sigi? Geht's dir nicht gut? Nicht aufstützen, das ist nicht stabil.«

»Doch, doch, geht schon«, sagte ich.

Der Mandel reichte mir seine Hand.

»Komm, Sigi, lass uns nicht wegen der Malleck streiten. Keiner von uns wird mit der alt werden. Wir sind doch eine Nummer zu klein für die, wenn wir mal ehrlich sind.«

»Du bist so ein widerlicher Klugscheißer«, sagte ich lauter als gewollt und schlug die Hand vom Mandel beiseite.

»Ist alles gut bei euch?«, rief die Malleck von draußen.

»Alles bestens«, sagte der Mandel.

»Sigi, ich hab's vorhin schon zum Max gesagt, ihr müsst nicht denken, dass ich das nicht merke, dass ihr euch wegen mir streitet. Das ist wirklich das Letzte, was ich in der Situation brauchen kann. Ich dachte, bei euch kann ich mich ein bisschen vor dem Leben da draußen verstecken, aber ihr macht die Sache noch komplizierter. Besser, ich geh jetzt. Ciao.«

Sowohl ich als auch der Mandel waren so verdutzt über diese Gardinenpredigt, dass wir sie nicht aufhielten, als sie die Wohnung verließ. Als hätten wir uns abgesprochen, eilten wir beide zum Fenster vom Wohnzimmer, von wo aus man die Straße sehen konnte. Unten auf dem Bürgersteig vor dem Hauseingang standen ein paar Leute mit schwarzen Anoraks. Einer davon hatte einen Baseballschläger in der Hand.

»Scheißdreck«, sagte der Mandel, und wie der Rote Blitz rannten wir aus der Wohnung die Treppe hinunter und hielten die Malleck im Erdgeschoss gerade noch auf, bevor sie die Haustür öffnete.

»Was ist denn jetzt los? Ich will nach Hause.«

»Pssst«, machte der Mandel und deutete mit dem Finger auf die Haustür. Die Malleck schaute ihn verständnislos an.

»Leute mit Baseballschlägern«, flüsterte er.

»Oh. Dann warte ich noch«, sagte die Malleck.

Ich nahm die Malleck bei der Hand und zog sie die fünf Stockwerke hinauf zurück zur Wohnung.

»Was ist denn los?«, fragte der Dieter, als er uns reinkommen hörte.

»Ärger«, sagte der Mandel.

»Schon wieder«, sagte der Dieter deprimiert. Das mit dem brennenden Audi vom Mandel hatte auch seine Begeisterung an einem Leben als Ermittler gedämpft.

Jetzt versammelten wir uns zu viert am Schlafzimmerfenster, um auf die Straße zu schauen. Einer der Leute in einem schwarzen Anorak schaute zu uns hoch. Sonst tat er nichts. Er schaute nur. Ich zeigte ihm den Mittelfinger.

»Geh, Sigi, du Kindskopf«, sagte der Mandel.

Die Leute mit den schwarzen Jacken stellten unter unseren Augen eine weiße Plastiktüte vor die Haustür, klingelten bei Mandel und gingen dann weg, als wäre nichts gewesen.

»Und jetzt? Holen wir jetzt die Tüte?«, fragte der Dieter.

»Nein, nein. Am Ende ist da eine Bombe drin«, befürchtete die Malleck.

Der Mandel war schon auf dem Weg aus der Wohnung.

»Geh, Max, jetzt spinn nicht!«, schrie ihm der Dieter hinterher und die Malleck auch: »Nein, lass es!«

Kurze Zeit später sahen wir, wie unten die Haustür aufging und der Mandel vorsichtig mit dem halben Körper herausschielte.

»Niemand weit und breit!«, rief ich ihm zu, und er wagte sich vollständig auf die Straße. Vorsichtig betrachtete er die weiße Plastiktüte. Der Mandel legte sich auf den Boden und horchte vielleicht an der Tüte, so genau konnte man das aus dem fünften Stock nicht beurteilen. Jetzt kniete er vor der Tüte und bog vorsichtig ihre Ränder zurück. Und dann hat es mich doch sehr gewundert, was der Mandel als Nächstes gemacht hat. Weil jeder andere, der gesehen hätte, was in der Tüte war, wäre auf der Stelle weggelaufen oder hätte die Tüte ganz schnell wieder zugemacht. Der Mandel hat aber den Kopf vom Holger Edelstein an dessen Ohren aus der Tüte gezogen und ihn sich aufmerksam angeschaut. Selbst von hier oben konnte ich erkennen, dass der Kopf ein wenig aufgequollen war. Und blasser als zuletzt.

»Die sind ja wahnsinnig, die Typen«, hat er dann zu uns

hochgerufen, und die Malleck hat mich gefragt, was der Mandel da in der Hand hat. Ich denke heute noch, da wollte der Mandel uns zeigen, wie hartgesotten er ist, denn dass das taktlos ist, der Malleck den Kopf ihres Ex-Liebhabers unter die Nase zu halten, auch wenn fünf Stockwerke dazwischenliegen, das hätte er sich denken können. Als der Dieter und ich die Malleck förmlich vom Fenster wegrissen, war es schon zu spät, denn sie hat sofort auf das Bett vom Mandel gekotzt.

Achtzehn

»Aha. Ihr Auto ist ausgebrannt. Das sagen Sie mir jetzt«, sagte der Kommissar Winter und kam dem Mandel dabei unangenehm nahe.

»Die Kollegen haben's doch aufgenommen. Tauscht ihr euch nicht aus?«, sagte der Mandel, und ich wäre nicht so patzig gegenüber dem Winter gewesen. Der Winter hatte sicher langsam auch die Schnauze voll davon, dass er uns jeden zweiten Tag zu sich in die Keithstraße bestellen musste.

»Wo hatten die denn den Kopf vom Edelstein her?«, fragte ich dazwischen, um vom Mandel seiner Patzigkeit abzulenken.

»Halten Sie den Mund, wenn Sie nicht gefragt werden, Herr Singer.«

»Okay, okay«, sagte ich.

»Und woher werden die den Kopf schon haben, Sie Amateur. Pathologie sagt Ihnen was? Schon mal einen Krimi im Fernsehen gesehen, der Herr Detektiv?«

»Ja, ist ja gut«, sagte ich.

»Nichts ist gut. Ich hab zwei zerstückelte Leichen am Hals und keinen stichhaltigen Beweis, um beide in Verbindung zu bringen.«

»Gibt es keine Videoüberwachung in der Pathologie?«, fragte der Mandel.

»Gibt es den Weihnachtsmann?«, fragte der Winter zurück.

»Kommt auf den Kulturkreis an«, sagte der Mandel.

»Das Schlimme ist, Herr Mandel, dass ich einer Null wie Ihnen am Ende noch Personenschutz gewähren muss. Wegen Ihrer nichtsnutzigen Schnüfflerei darf der Steuerzahler Ihnen ein Hotelzimmer in Bernau spendieren.«

»Lieber nicht. Da ist doch diese Mülldeponie«, sagte der Mandel.

Im Büro am Nordufer sagte der Mandel, er habe jetzt keine Lust mehr auf den Fall. Gut, ich auch nicht, sagte ich. Der Mandel rief daraufhin den Urbaniak an und erzählte ihm von dem toten Kopf vom Edelstein. Das reichte dem Urbaniak als Argument, warum der Mandel nicht mehr die verlorenen Songs vom Tilmann suchen wollte. Er versprach uns eine Aufwandsentschädigung. Das sei nur fair, wenn man Leichenköpfe zugeschickt bekomme, sagte der Mandel. Er legte auf und setzte sich an seinen Computer. Er hörte ein Lied von dem aktuellen DEMO-Album, und er hörte es zu meiner Unbill laut. Der Tilmann sang:

An die See, komm her mein Blut
Komm her mein Fleisch, denn das Wetter ist gut
Es regnet Tränen tagelang
Ich brauch dich mehr, als ich sagen kann

»Das ist ja grausig. Wie heißt denn das?«, fragte ich den Mandel.

»Ich find das nicht so schlecht«, sagte der Mandel

»Aber der Text ist grausig.«

»›Entfernte Verwandte‹«, sagte der Mandel.

»Häh?«

»So heißt das Lied.«

»Ah.«

Eine Weile sagte niemand von uns beiden etwas. Eine ziemlich lange Weile.

»Sperren wir zu?«, fragte ich den Mandel nach dieser langen Weile.

»Für heute oder überhaupt?«, fragte der Mandel.

»Überhaupt«, sagte ich.

»Okay«, sagte der Mandel.

»Schade, dass das jetzt so gekommen ist«, sagte ich.

»Hmm«, machte der Mandel und starrte auf seinen Monitor.

»Weil ich meine, das fing so gut an mit der Malleck bei uns im Büro.«

»Sigi, lass es«, sagte der Mandel.

»Ich geh heim. Wir können ja morgen ein bisschen aufräumen«, sagte ich.

»Ciao«, sagte der Mandel und drehte die Musik von DEMO wieder lauter. Beim Rausgehen hörte ich den Tilmann noch singen.

Kauf dich frei, ich kauf dich ein,
Mach dich zur lebenden Legende.
Ich lass dich nicht sein Spielzeug sein.
Geh jetzt noch nicht, geh noch nicht heim

In der Abendausgabe stand nichts von der gestohlenen Leiche vom Edelstein. Und auch nichts Neues vom Mordfall Tilmann. Mich wunderte es sowieso, wie die Polizei in dieser Stadt bis zu achtzig Prozent aller Morde aufklären konnte. Wenn ich jemand umbrächte, ich würde mir nicht so leicht draufkommen lassen. Jeder, der mal ein paar Krimis gelesen hat, kennt doch die »Don'ts« als Mörder. Tatort säubern, Leiche ordentlich beseitigen, nicht in der Nachbarschaft Leute umbringen und vor allem nicht im eigenen Bekanntenkreis oder in der Familie, da erwischen sie dich immer. Aber wer weiß, vielleicht war die Bevölkerung für einen guten Mord auch zu ungebildet. Oder der Winter war wirklich so ein Höllenhund von einem Kriminalisten und klärte einfach alles auf, was reinkam. Ich ließ die Zeitung in der U-Bahn liegen und ging den halben Kilometer bis zu meiner Wohnung. Als ich unten am Hauseingang stand, überlegte ich es mir anders und ging in den Supermarkt um die Ecke. Nicht, um einzukaufen, eher um ein bisschen zu schauen. Manchmal verirrte sich eine interessante Frau in den Supermarkt. Vor ein paar Wochen war eine mit einem Kleinkind da gewesen, und sie hatte einen weißen Strickmantel angehabt. Ganz dunkle Haare und so ein majestätisch gefasstes Auftreten. Wie sie mit dem Kleinkind geredet hat, mit so einer tranquilen Grundstimmung, das hat mich gleich mit der Welt versöhnt. Ich stand dann hinter ihr an der Kasse und habe mir nur deshalb zwei Fertig-Grießpudding gekauft, damit ich einen Grund hatte, hinter ihr an der Kasse zu stehen. Als sie den Warentrenner auf das Band gelegt hat, lächelte sie mir kurz zu. Mir ist aber kein Gesprächsthema eingefallen.

Heute war die Frau leider nicht da, und auch sonst nur unangenehme Leute im Supermarkt. Solche, wo man vermuten könnte, dass sie lieber im Feinkost einkaufen, aber weil der Feinkost schon zuhat, lassen sie sich noch auf einen Besuch bei Kaiser's herab und sind dementsprechend schlecht aufgelegt. Draußen vor dem Supermarkt schmiss ich den Grießpudding weg, weil mir eh nicht nach Grießbrei war. Ich überlegte, ob ich jetzt nach Hause gehen sollte. Meine Wohnung gehörte einer anderen Zeitrechnung an. Alles um mich herum war sonderbar irreal geworden. Die so lange herbeigesehnten Veränderungen waren in markerschütternde Brutalität umgeschlagen, und auch meine Situation mit Frauen hatte sich verschlimmert. Wer hätte das gedacht nach dem Drama mit Maria. Und dann gab es ja auch ein berufliches Dilemma. Das Ermittlungsbüro würden wir schließen, aber ich wollte auch nicht mehr schreiben. Zumindest nicht mehr über Musik. Weil das auch kein seriöser Beruf war. Wie konnte jemand überhaupt über Musik schreiben, mit so einer überheblichen Gewissheit, dass man sie besser und genauer hört als der Rest der Leute? Beim Fußball oder beim Libretto in der dritten »Handlung« von Schuberts *Lazarus* ist das etwas anderes. Da gibt es sicher den einen oder anderen Kommentator oder Journalisten, der sich besser auskennt als ich selbst. Die mir beibringen, worauf ich achten soll, wo die Kunst genau liegt. Aber bei populärer Musik, das ist doch nur eine Nabelschau der Musikjournalisten. Wer macht das beste Wortspiel, und wer hat die besten Referenzen. Und es kommen ständig solche Stilblüten zusammen wie: »Ihr aktuelles Album klingt, als träfen sich Belle & Sebastian mit Manowar auf einen Fünf-Uhr-Tee in Pans Labyrinth und leihen sich den Zucker für den Earl Grey von Jeff Buckley.« Ich sag jetzt nicht, wer das geschrieben hat.

In meiner Wohnung machte ich mir einen Rotwein aus Venezien auf, ein unappetitliches Zeug, das mir der Mandel zum Geburtstag geschenkt hatte. Ich schaltete den Fernseher ein, und irgendjemand hatte wohl in kürzester Zeit eine aktuelle Dokumentation über den Tilmann und die Band fertiggestellt, weil mit einem frühzeitigen Tod vom Tilmann war ja nicht zu rechnen gewesen. Das war kein vorproduzierter Nachruf, wie ihn die Sender gerne bei älteren Politikern im Giftschrank haben. Eine alte Live-Aufnahme zeigte den Tilmann nach einem Auftritt, wie er den Kai Bartels und den Schredder umarmte. Alle in Schweiß gebadet und in einer Herzlichkeit, die alles zusammenhielt, das konnte man sehen. Selbst diese Idioten hatten mal bessere Zeiten, dachte ich.

Der Mandel und ich hatten auch bessere Zeiten. Als wir uns praktisch jeden Tag auch nach der Arbeit gesehen haben. Da gab es noch keine Maria, und der Mandel war grade mit der Jana auseinander. Klar waren wir schon länger befreundet, aber es war eine gewisse Oberflächlichkeit eingekehrt, seit wir unsere WG aufgelöst hatten. Aber dann kam unser zweiter Frühling. Das Faschingswochenende vor zehn Jahren. Das war noch in einem anderen Jahrtausend, das muss man sich mal vorstellen.

1999 saßen der Mandel und ich an einem frühen Freitagabend in der Firma auf der Couch gegenüber von der Rezeption, und ich sagte so etwas wie: »Ich hätte Lust, mich am Wochenende total zu besaufen und bei blöder Musik blöde Frauen kennenzulernen.«

»Auf Frauen hab ich Lust. Auf blöde Musik eigentlich nicht«, sagte der Mandel.

»Ist nicht gerade Fasching? Weil im Fasching ist doch immer überall was los«, sagte ich.

»Hier gibt's keinen Fasching. Und außerdem ist Fasching doch was für notorische Spaßvögel und Leute, die gerne Afro-Perücken aufsetzen. Und es gibt keinen Fasching, bei dem die Musik erträglich wäre. Da laufen Sachen wie ›Viva Colonia‹«, sagte der Mandel. »›Viva Colonia‹!«

»Was kein schlechter Song ist. Aber Fasching ist vor allem enthemmt. Pflichtenthemmt. Zwangsenthemmt. Schau mal, sonst gehen die Leute immer wie hinprogrammiert in Clubs oder hocken blöd in der Bar. Da passiert ja nie was, weil alle so angestrengt drauf warten, dass was passiert. Aber im Fasching muss man nicht drauf warten, weil da passiert ja von selbst was, weil alle so enthemmt sind. Das fängt schon beim Kostüm an. Eine Verkleidung fördert immer die Enthemmung.«

»Ich kann dir nicht folgen, Sigi.«

»Durch die Pflichtenthemmung sind Frauen bereit, ihren Dünkel abzulegen. Und ihre ewigen Überlegungen, wer, wann, wie und warum. Weil sie im Kostüm gar nicht sie selbst sind. Da können sie ihre krampfhaften Zukunftspläne endlich mal beiseitelegen. Und du musst auch nicht überlegen, ob das die zukünftige Frau Mandel wird, weil ist ja nur für'n Fasching.«

»Ich zieh kein Kostüm an, beim besten Willen.«

»Doch, da müssen wir ein bisschen über unseren Schatten springen. Und außerdem gibt es ein todsicheres Kostüm, das immer bei den Weibern ankommt und trotzdem nicht albern ausschaut.«

»Und das wäre?«

»Cowboy.«

»Cowboy?«

»Cowboy.«

»Echt jetzt?

»Hundertprozentig.«

»Cowboy, sagst du.«

»Cowboy, sag ich.«

»Hmm.«

»Oder?«

»Cowboy also.«

»Unbedingt Cowboy.«

»Und wo bekämen wir dann Kostüme her bis morgen, vorausgesetzt, wir finden in dieser Stadt überhaupt einen Fasching?«

»Na, erstens musst du nur zum Karstadt gehen, und zweitens bleiben wir nicht in der Stadt«, sagte ich.

»Sondern?«

»Wir fahren nach München.«

»Nach München?«, fragte der Mandel entsetzt.

»Logisch nach München. In München ist der Fasching schön ausgelassen, aber noch nicht so unbarmherzig wie in Köln. Genau das Richtige für uns Faschingsnovizen.«

»Meinst du?«

»Auf jeden Fall. Und ich weiß, wie wir sogar noch eine Veranstaltung finden, wo sich nicht nur die ganz primitiven Faschingsfanatiker aufhalten.«

»Und wie?«

»Wir gehen auf einen Studentenfasching.«

»Das ist echt die blödeste Idee, die ich seit langem gehört habe«, sagte der Mandel.

Und das verbindet natürlich, wenn man im Rahmen einer so blöden Idee am Samstag in aller Herrgottsfrühe sechs Stunden im Auto quer durch Deutschland fährt. Weil man sich auch ganz anders austauscht als im Büro oder beim Kaffee morgens in der Wohngemeinschaft. Wobei der Mandel zu dem Zeitpunkt schon eine eigene Wohnung hatte. Das mit der WG hat nicht lange gehalten wegen den unterschiedlichen Bedürfnissen und der ganzen gegenseitigen Erwartungshaltung.

Zum Karstadt wegen der Kostüme sind wir dann auch erst in München gegangen, und das war schon ein großartiger Spaß. Da standen wir vor dem Spiegel und haben uns gegenseitig verschiedene Hüte aufgesetzt und uns über die Preise der Colts beschwert und gefachsimpelt, ob ein Patronengurt zu unserem Stil passt oder nicht. Letztlich entschied sich der Mandel, ganz in Schwarz, mit seinem alten Ledermantel aus den Neunzigern, zum Fasching zu gehen. Ich selbst hatte mir ein Jeanshemd gekauft und trug eine zerrissene Jeans. Über dem Hemd so eine Weste aus falschem Wildleder, auch aus der Faschingsabteilung, aber frage nicht, wie teuer. Überhaupt war so eine Cowboy-Grundausstattung eine kostspielige Angelegenheit, selbst wenn man nur die Pistolen, Hüte und Halfter kaufte. Der Mandel hatte gottseidank noch die Cowboystiefel aus seiner Zeit im Roxy früher, ich musste meine alten Springerstiefel anziehen.

»Es fehlt noch was«, sagte der Mandel draußen vor dem Karstadt.

»Nämlich?«

»Die Cowboynamen. Wenn uns jetzt jemand fragt, wer wir sind, dann können wir nicht Mandel und Singer sagen.«

»Stimmt. Gut, dann bin ich Sigi The Kid. Und du bist der ...«

»Buffalo Max.«

Drinnen, in dem Studentenheim, schossen wir auf alles, was sich bewegte. Einen anderen Cowboy mit Sheriff-Stern ließen wir tanzen, indem wir auf seine Füße zielten. Einen Indianer verjagten wir von der Bar, und einen Priester baten wir, uns wegen unserer zahlreichen Morde und Raubüberfälle die Absolution zu erteilen. Bald knutschte der Mandel mit einem Mädchen im Engelskostüm herum und fasste ihr beim Schmusen an den Hintern. Ich brauchte noch eine ganze Weile länger, aber dann traf ich eine alte Bekannte, mit der ich zusammen studiert hatte, ein irrer Zufall, und da fiel der Einstieg natürlich leicht. Danach trennten sich unsere Wege, weil der Mandel mit dem Engel nach Hause fuhr und ich eine Stunde später mit der Studienkollegin, die übrigens als Spinnenfrau verkleidet war.

Irgendwann machte ich den Fernseher leise und versuchte zu schlafen. Ganz ohne Fernseher ging das leider schon seit Monaten nicht mehr. Ich brauchte den leisen Ton und das blaue Licht, sonst wurde ich unruhig. Ich muss schon fest geschlafen haben, als das Telefon klingelte. Ich sah auf die Uhr, es war fünf Uhr früh. Noch eine Leiche, ein Drohanruf von den Kulturfreunden des Nordens oder die Polizei? Oder einfach nur wieder Maria? Aber vielleicht auch die Malleck, der es leidtat. Es war der Klingelton vom Festnetz. Also konnte es eigentlich nur meine Mutter oder der Mandel sein, sonst kannte die Nummer niemand.

»Singer«, sagte ich.

»Wir schließen das Büro doch noch nicht«, sagte der Mandel, und er klang angetrunken.

»Wie bitte? Weißt du, wie spät es ist?«

»Fünf. Eine Mail ist gekommen.«

»Was für eine Mail?«

»Von Adriana.«

»Ach. Was sagt sie?«

»Ich, also wir, sollen kommen und uns treffen.«

»Wohin denn?«

»Nach Binz.«

»Wo ist das?«

»Auf Rügen.«

»Auf Rügen?«

»Genau.«

»Warum auf Rügen?«

»Was weiß ich.«

»Und wann?«

»Morgen früh.«

»Also heute.«

»Genau.«

»Dann steh ich mal langsam auf.«

»Du schläfst doch gar nicht«, sagte der Mandel und legte auf.

Neunzehn

Autofahren mit dem Mandel ist immer dasselbe. Du redest auf ihn ein, er tut so, als ob er dir zuhört, hört aber eigentlich der Musik zu. Sobald du eine Redepause einlegst, dreht er die Musik lauter, und wenn du wieder anfängst zu reden, tut er so, als höre er dich nicht. Als wir an diesem Morgen an die Ostsee fuhren, nicht mehr lange von der kompletten Auflösung der Verhältnisse entfernt, hörte der Mandel keine Musik. Es war sonderbar still in dem gelben Fahrschulauto, weil noch nicht einmal ich redete. Der Mandel saß hinter dem Steuer, als wäre er ein Jetfighter-Pilot. Augen hellwach, die Miene zu Eis erstarrt und überhaupt von einer spielfilmreifen Determiniertheit. Er fuhr viel zu schnell, was man in dem Auto kaum wahrnahm, weil der Motor so gespenstisch leise war. Nach hundert Kilometern erlaubte ich mir dann doch eine Zwischenfrage.

»Was stand denn in der Mail?«

»Hab ich doch gesagt«, mumpfte der Mandel, gerade, dass er überhaupt den Mund aufmachte.

»Na ja, so im Detail«, hakte ich nach.

Der Mandel seufzte und zog ein gefaltetes Blatt Papier aus der Innentasche seine schwarzen Mantels. Ich war froh, wenn es endlich wieder wärmer wurde, dann musste ich nicht jeden Tag den schwarzen Mantel vom Mandel sehen.

Lieber Max Mandel,
der Leo hat mir von dir erzählt. Dass er dir vertraut, dass du die richtigen Dinge an der Musik schätzt. Auch an seiner Musik. Dass du ehrlich bist und es dir nicht nur ums Geschäft geht. Vielleicht hätte der Leo gewollt, dass wir uns treffen. Vielleicht hätte er gewollt, dass ich dir erzähle, was genau er vorhatte. Ich lasse es darauf ankommen. Der Leo besitzt ein Haus in Binz auf Rügen, in dem ich hin und wieder bin. Deshalb treffen wir uns bitte am Freitag um 11 Uhr auf der Promenade bei dem weißen UFO. Ich freue mich.
**L*

»Was für ein UFO?«, fragte ich.

»Das ist ein Rettungsschwimmerhaus am Strand«, sagte der Mandel, als müsste man das wissen.

»Haha, und das ist ja süß, dass sie glaubt, dir geht es nicht ums Geschäft«, sagte ich.

Der Mandel riss mir das Papier aus der Hand und sagte: »Ums Geschäft geht es doch schon lange nicht mehr.«

»Sondern?«

»Darum, dass das irgendein Ende finden muss.«

Dann machte der Mandel die Musik an: Neil Young, »Southern Man« von der *After The Goldrush*. Ab der Hälfte ein einziges Gitarrensolo. Und kein gutes.

Auf dem Weg nach Binz über die Insel haben sie den Mandel geblitzt. Da war eine Siebziger-Zone, von der wir beide dachten, sie wäre eigentlich längst zu Ende. Aber das war eigentlich klar, dass die Polizei gerade hier ihr Blitzgerät hinstellt. Das sei die Wegelagerei der Moderne, sagte der Mandel. Raubritter, fügte er hinzu.

Zielsicher steuerte er auf Binz zu, schlängelte sich durch die

Ortschaft bis zur Promenade. Ich war bis zu dem Tag noch nie auf Rügen gewesen, aber war nicht beeindruckt. Was die Villen im Ortsbild positiv herausrissen, das glichen die Leute wieder negativ aus. Spießige Rentner und ranzige Spießer, nordische Geher, fahrradfahrende Fitnessextremisten mit neongelben Helmen und quengelnde Kleinkinder. Der Mandel fand einen Parkplatz in der Geschäftsstraße, der auf eine Stunde begrenzt war. Er holte zielsicher eine Parkscheibe aus dem Handschuhfach und legte sie hinter die Windschutzscheibe, wie es sich gehört. Dann stiegen wir aus und gingen vor bis zur Promenade und die dann hinunter. Der Mandel wusste offensichtlich genau, wohin. Ich betrachtete den Strand. Er war fast leer, der Tag hatte regnerisch angefangen. Es war ein schöner Strand, weiß und breit, wie man ihn sich im Urlaub wünschen würde. Schade um den schönen Strand in so einer piefigen Ortschaft.

»Warst du hier schon mal?«, fragte ich den Mandel.

»Ja.«

»Mit wem denn?«

»Mit meinem Vater.«

»Echt? Ich dachte, du redest seit fünfzehn Jahren nicht mehr mit ihm.«

»Er war zur Kur hier und wollte sein Erbe mit mir besprechen.«

»Und was erbst du?«

»Nichts«, sagte der Mandel und zog an einer Haarsträhne, die ihm in die Stirn hing. Damit war das Thema für ihn erledigt.

Die Sache mit dem Mandel-Vater war immer schon ein heikles Eisen gewesen. Ich wusste nicht viel über das Verhältnis, außer dass es eigentlich keins mehr gab. Die Mama vom Dieter und vom Mandel war gestorben, als der Mandel zehn war, und das Über-Patriarchat schien dem Mandel nicht so gutgetan zu haben. Selbst wenn die beiden Brüder heute zusammensaßen, erwähnten sie so gut wie nie ihren Vater. Alles, was ich wusste: Der Vater vom Mandel wohnte im Nachbarort vom Dieter, der sich um das Behördliche bei dem alten Mann kümmerte und auch seine Haushälterin bezahlte. Der Mandelvater hatte zwar einiges angespart, behauptete aber vehement, er hätte nichts mehr. Die Mandels haben früher eine eigene Firma gehabt, eine Schweißerei, wenn ich das richtig im Kopf hab. In den Achtzigern hatte der Mandel-Vater Konkurs angemeldet, aber sich noch in den Siebzigern so viel zur Seite gelegt, dass er sich zwei vollständige Mietshäuser in Regensburg hatte kaufen können. Und von den Mieten hatte er angeblich nicht schlecht leben können, in seinem alten Haus, alleine mit seiner Haushälterin, die aber der Dieter bezahlen musste. Das war alles, was der Mandel von daheim erzählen wollte.

Das Telefon vom Mandel summte in seiner Innentasche. Nicht das erste Mal.

»Wer ruft denn da dauernd an?«

»Ach, das ist der Dieter. Der will wissen, ob wir gut angekommen sind.«

»Wieso gut angekommen?«

»Wegen seinem Auto wahrscheinlich.«

Jetzt sah ich das UFO. Und es sah wirklich mehr nach einem Flugobjekt als nach einem Bademeisterhaus aus. Ich kann es gar nicht richtig beschreiben, es war ein weißer Behälter auf einer kurzen Säule, abgerundete Ecken, riesige Fenster darin. Wie aus der Kulisse eines windigen Science-Fiction-Films aus den Sechzigern. Ed Wood bestenfalls. Oder wie eine extravagante Konstruktion aus den Neunzigern, als man mit einer rücksichtslosen Penetranz überall das Loungeflair der Sechziger hat hineindesignen müssen.

Natürlich hielten wir längst die Augen offen nach Adriana. Keine Ahnung, wie sie aussah, aber wenn sie eine Bumse vom Tilmann war, dann sicher nicht allzu schlecht und nicht allzu alt. Wir waren noch zirka hundert Meter vom UFO entfernt, als ich beobachtete, wie sich vom Strand aus eine Frau näherte. Weiße Strickjacke, weiße Leggins. Haare dunkelbraun und zu einer Art Kugel auf dem Hinterkopf geflochten. Ein hübsches Gesicht aus der Entfernung. Je näher sie kam, desto sicherer war ich, dass das Adriana war. Sie wirkte elegant, gleichzeitig auch unsicher, tapsig, vielleicht auch einfach nur jung. Ich hatte einen Gedanken, und sie blieb beim weißen UFO stehen. Wir waren jetzt nur noch gute fünfzig Meter entfernt.

»Das ist das Mädchen von der Beerdigung«, sagte der Mandel mit seinem erstaunlichen Gesichtergedächtnis.

»Und mir kommt sie auch bekannt vor«, sagte ich, den Gedanken noch nicht ganz in Worte fassen könnend.

»Woher …« Der Mandel sagte seinen Satz nicht zu Ende, weil ihm von hinten jemand eine Pistole in den Rücken hielt.

»Strandspaziergang machta 'n andermal«, sagte der wulstige Typ mit dem akkuraten Mittelscheitel und legte seinen Arm um die Hüfte vom Mandel. Ich hatte meinen eigenen Entführer, mit Wollmütze auf dem Kopf und einem pickeligen, aber glattrasierten Gesicht. Hätte ich so viele Pickel, ich würde mich nicht glattrasieren. Vor allem nicht nass. Aber der Pickelige war da scheinbar anderer Meinung, den Furchen in seinem Gesicht nach zu urteilen. Er war höchstens achtzehn. Auch er hatte eine Pistole, die er mir in die Seite bohrte. Die beiden dirigierten uns von Adriana weg, noch bevor sie uns bemerkte.

»Hilfe«, sagte ich versuchsweise, und der Pickelige haute mir sein Knie zwischen die Beine, dass mir schwarz vor Augen wurde. Wäre es nach mir gegangen, wäre ich jetzt zusammengesackt, aber der Pickelige schleppte mich weiter. Gleich bei der Promenade stand ein schwarzer Jeep mit einem wartenden Fahrer. Klar war der Wagen schwarz. Das möchte ich mal sehen, dass ein Verbrecher ein grünes Auto fährt. Oder ein gelbes. Unsere beiden neuen Bekannten setzten sich mit uns nach hinten in den Wagen, während der Fahrer, ein Mann mit Baseballmütze und Ziegenbart, zurück auf die Hauptstraße steuerte. Unsere beiden neuen Bekannten nahmen uns Handy und Portemonnaie ab. Was für ein Glück, dass ich die Karten nachbestellt hatte. Jetzt war das doch nicht umsonst gewesen.

»Was wollt ihr?«, fragte der Mandel und schob verstohlen den Ärmel seiner Jacke über seine teure Uhr.

»Wir wolln gar nix«, sagte der Mittelscheitel und erinnerte mich in seiner unverbindlichen Patzigkeit an die Handwerker, die meine Hausverwaltung hin und wieder vorbeischickte, wenn im Haus was kaputt war. Denen konnte man auch die vernünftigsten Fragen stellen, man bekam nie eine vernünftige Antwort. Und nie erklärten einem solche Leute, was sie gerade taten, selbst wenn es in deinen eigenen vier Wänden war.

»Aaah«, sagte ich, immer noch wegen dem Tritt in die Eier. Ich konnte kaum die Augen offen halten vor lauter Schmerz. Das Telefon vom Mandel summte vorne auf der Ablage. Wir fuhren nicht lange, ich glaube, es dauerte keine zehn Minuten, bis wir auf dem Parkplatz eines überlangen Gebäudekomplexes hielten, dessen Fassade zumindest landseitig ziemlich heruntergekommen wirkte. Der Mandel sah unleidig aus.

»Auch das noch«, sagte er, als hätte jemand einen Elfmeter verschossen.

»Auch was noch?«, fragte ich.

»Die Herrschaften, aussteigen bitte«, sagte der Mittelscheitel.

»Kraft durch Freude«, sagte der Mandel.

»Ganz genau«, sagte der Scheitel.

Ich verstand nur Bahnhof. Unsere beiden Begleiter führten uns zu einem kleinen Eingang. An der Tür hing ein gelbes Plakat mit den Überschriften *NVA-Museum* und *KdF-Museum.* Innen am Eingang saß ein Typ in einem gestreiften Pullover hinter einem Tisch und lächelte, als er uns kommen sah.

»Heute Eintritt frei. Tag der offenen Tür«, lachte er und gab dem Mandel mit Anlauf einen Stempel auf die Stirn, während der Mittelscheitel ihn festhielt. Auf der Stirn vom Mandel stand jetzt *bezahlt.*

»Arschloch«, sagte der Mandel, aber kam ungestraft davon. Der Mittelscheitel, der Pickelige und der Typ vom Einlass lachten nur.

»Das zweite Gästezimmer ist frei«, sagte der Typ vom Einlass.

Man schleifte uns durch den Eingangsbereich zu einer Treppe. Ich sah ein Schild, das auf die KdF-Ausstellung verwies, und einen Pfeil zu einer Sammlung deutscher Motorradroller. Ein weiterer Pfeil zeigte nach oben und war mit *NVA-Museum* beschriftet. Man drängte uns die Treppe hinauf und langsam kam die Angst. Beim Mord am Tilmann war noch die Aufregung und das Berauschen an einem Lebensumschwung gewesen. Mit dem brennenden Auto vom Mandel kam ein Unwohlsein dazu, und der Mord am Edelstein hatte uns fast aus dem Fall hinausgegrault. Und jetzt kalter Schweiß und ein Ziehen im Bauch, wie man es sonst nur vom Verliebtsein kennt. Jetzt nistete sich die Angst ein, dass es lebensgefährlich werden konnte. Zumindest für mich. Weil der Mandel sich immer irgendwie aus Misslichkeiten herauswand. Weil der Mandel immer weich fiel. Und ich immer der war, den die ganze Gewalt des Aufpralls erwischte.

Sie schoben uns einen Gang entlang, vorbei an vergitterten Ausstellungszimmern, in denen sich Devotionalien der Nationalen Volksarmee der Deutschen Demokratischen Republik befanden. Sauber aufgereihte Uniformen in Plastikhüllen mit Medaillen in Schaukästen davor. Im Raum daneben eine Wand voller Gasmasken, von der Decke hing eine Puppe im Kampftaucheranzug. Für meinen Geschmack höchst makaber, so eine kommentarlose Aufreihung. In einem anderen Raum ein Altar für schwere Waffen auf einem Tischtuch aus rotem Samt und besonders kurios: ein Zimmer voller holzversetzter Terminals mit Computern und Druckern aus einer Zeit, in der es meines Wissens noch keine Drucker und Computer gegeben hat.

Ich wusste nach wie vor nicht, wo wir uns befanden, aber der Mandel hat es später in mich hineindoziert. Dieses Monstrum von einem Gebäude war ein sogenanntes Seebad, das die Prokuristen des Dritten Reichs hatten bauen lassen, um ihrem Volk ein einheitliches Urlaubserlebnis an der Ostsee zu bieten. Den »Koloss von Prora« nannte man das Untier im Volksmund, hat der Mandel gesagt. Im Zuge der ideologischen Gleichschaltung wollte man hier Urlaub nach Vorschrift durchsetzen – so was können sich auch nur die Deutschen ausdenken –, aber so richtig fertig ist das Gebäude wohl nie geworden. Es war nur passend, dass nach dem Krieg irgendwann die NVA hier ihre Zelte aufschlug. Und vorübergehend auch die Bundeswehr. Kurzzeitig ist hier auch mal eine großzügig angelegte Jugendherberge eingezogen, aber entweder gab es nicht genug jugendliche Rechtsekzeme, die hier ihre Freizeit verbringen wollten, oder das Ding war selbst für Campingtouristen zu hässlich.

Damit der Laie sich ein Bild von der ursprünglich intendierten Gemütlichkeit machen konnte, hatte man ein paar der Gästezimmer wieder originalgetreu hergerichtet. Und es war gerade diese Originaltreue, die bestialisch auf mich wirkte.

Der Mandel und ich blickten in einen engen Raum, der in der Hauptsache aus zwei frisch gemachten Betten bestand. Die Betten sahen mit ihren Metallrahmen wie Krankenhausbetten aus. Rechts von den beiden Betten standen ein kleiner Holztisch und zwei Holzstühle. Ein großes Fenster ging vermutlich zur See hinaus, es war vergittert und halb verhüllt von zwei orange-braunen Vorhängen. Vor dem Fenster ein kleiner Servierwagen. Auf jede der Bettdecken hatte jemand eine weiß-rosarote Rose gelegt. Depression war der erste Eindruck, egal, in welchem Jahrzehnt man lebt. Selbst mit einem Plasma-Fernseher und einer Minibar hätte dieses Zimmer einem nicht das Gefühl von Urlaub vermitteln können. Im besten Fall wirkte es wie eine Gefängniszelle, auf mich machte es eher den Eindruck einer letzten Ruhestätte. Die Rosen auf dem Bett waren die Blumen auf unserem Grab.

»Schönen Urlaub und Heil Hitler«, sagte der Wulstige mit dem Mittelscheitel, und der Pickelige lachte. Das hatte ich mir sowieso immer gedacht, dass selbst die Rechtsextremen so ein »Heil Hitler« albern fanden. Der gut gelaunte Pickelige drehte mich dann spontan zu sich und schlug mir ins Gesicht, so dass ich rückwärts in den Raum taumelte, direkt auf das Bett. Der Mandel wurde hinterhergeschubst, aber ich weiß nicht, ob man ihn auch geschlagen hatte. Es wäre typisch, wenn es nur wieder mich getroffen hätte. Zumindest reichte sein Schwung nicht aus, um auf mich draufzufallen.

Eine Weile lag ich so da, auf dem Rücken, den Blick auf die niedrige Decke des Gästezimmers vom Koloss von Prora gerichtet. Blut, das mir ursprünglich aus dem Mund gelaufen war, lief wieder in den Mund zurück, weil ich mit der Zungenspitze darin herumbritzelte. Der Mandel hatte sich mittlerweile den Bezahlt-Stempel von der Stirn gewischt, aber ein grauer Fleck war übrig geblieben. Er versuchte, mit Gewalt die Tür zu öffnen, wirkte aber nicht überrascht, als es ihm nicht gelang. Ich unternahm nichts. Es war gar nicht der Schlag ins Gesicht, der mich so apathisch auf dem Bett liegen ließ, es war der Schwindel.

»Wer war das Mädchen? Bevor man uns einkassiert hat, da hast du gesagt, du weißt es«, fragte der Mandel.

»Ich bin mir nicht sicher. Sie kommt mir bekannt vor, hab ich gesagt«, sagte ich.

»Jetzt sag schon, Sigi.«

»Findest du nicht auch, dass wir uns ein bisschen auseinandergelebt haben?«

»Wer ist das Mädchen, Sigi?«

»Ich finde schon, dass wir uns auseinandergelebt haben.«

»Na gut«, seufzte der Mandel. »Wer hat sich auseinandergelebt?«

»Du und ich.«

»Wie kommst du denn jetzt darauf?«, fragte der Mandel und sah verwirrt aus. Vielleicht war es ihm ja wirklich nicht aufgefallen.

»Ich finde, wir haben uns in den letzten Wochen wie Konkurrenten verhalten. Wegen der Malleck.«

»Ach, die Malleck«, sagte der Mandel herablassend.

»Wie, ach, die Malleck?«, fragte ich.

»Ach, die Malleck. Die ist den Ärger doch nie wert gewesen.«

»Ach so, jetzt auf einmal.«

»Denkst du denn, das wäre was für länger gewesen mit euch, Sigi?«

»Ja, nein, wahrscheinlich nicht. Aber nach dieser ganzen Maria-Angelegenheit, da war ich halt anfällig. Das Ego, das wird ja ziemlich in Mitleidenschaft gezogen bei so chaotischen, gallertartigen Geschichten wie mit Maria. Und dann kommt eine Prominente. Klar verliebt man sich da. Und dann ist eben alles egal.«

»Nur wenn man so angelegt ist, dass einem wegen einer Verliebtheit alles egal ist«, sagte der Mandel vorwurfsvoll.

»Okay, John Wayne, sag mir, dass du sie nicht gebumst hättest.«

»Ich hab sie gebumst, Sigi. Hab ich. Lange vor dir.«

»Wie bitte?« Ich setzte mich auf. Trotz des Schwindels.

»Ruhig Blut, Sigi. Da war sie noch nicht bekannt. Sie hat diesen Film gedreht, von der Filmhochschule aus, diesen *Königskinder*, wo sie die Tochter von einem SED-Funktionär spielt. Der Verleih hat mir quasi ein Interview aufgedrängt, und weil wir in dem Monat eh ein Ostrock-Spezial im *Express* hatten, passte das ganz gut. Vielleicht erinnerst du dich. Nach dem Interview sind wir noch was trinken gegangen. Wie es halt so ist.«

»Du Motherfucker, Mandel, das hast du mir nie erzählt!«, schrie ich ihn an. Die Rechten draußen würden sich auch wundern, was wir für Sorgen hatten.

»Man redet da nicht drüber. Wenn die Personen bekannt sind oder später bekannt werden, redet man nicht darüber.«

»Aber das gilt doch nicht für deinen besten …, ach Scheiße, du weißt schon, was ich meine.«

»Doch, das gilt auch für meinen besten Freund«, sagte der Mandel ganz sachlich. Den *besten Freund* betonte er explizit.

Jetzt war ich verwirrt, weil der Mandel sich zwiespältig verhielt. Einerseits stellte er einen seltsamen Ehrenkodex – den es meiner Meinung nach überhaupt nicht gibt – über unsere Freundschaft. Andererseits bejahte er, mein bester Freund zu sein, und da war ich dann doch gerührt. Dann musste ich dran denken, wie der Mandel und die Malleck …

»Wer war denn jetzt das Mädchen am Strand? Die war nämlich auch auf der Beerdigung vom Leo. Sie stand abseits«, fragte der Mandel.

»Ich bin mir nicht ganz sicher, aber ich hab den Laptop vom Tilmann durchsucht und die ganzen alten Fotos gefunden. Und da gab es ein Kind, das mich ziemlich an das Mädchen vom Strand erinnert hat.«

»Ja, und?«

»Ich glaube, das ist die Tochter vom Schredder.«

»Die Tochter vom Schredder? Das ist ja widerlich.«

»Wieso widerlich?«

»Na ja, ich stell mir grade vor, du hast eine Affäre mit meiner Tochter.«

»Hast du eine Tochter?« Jetzt war ich kurz erschrocken.

»Nein, Blödmann. Parabel.«

»Ah. Ja, stimmt schon, wenn das wirklich eine Affäre von ihm ist, dann ist das widerlich. Und wenn ich Recht habe, dann ist das die Tochter vom Schredder seiner Ex-Frau, der Anna Münster. Auch ein scharfes Gerät. Genau wie seine jetzige Frau, diese Irina.«

»Allerdings«, bekräftigte der Mandel.

»Wenn der Tilmann aber tatsächlich die Tochter vom Schredder nagelt, dann hat die gleich mehrere Probleme. Erstens bekommt sie sicher einen Riesenärger mit ihrem Papa und zweitens einen Riesenärger mit der Neumann-Truppe, wenn sie im Besitz der Aufnahmen ist«, sagte der Mandel.

»Aber ich glaube nicht, dass die das Mädchen gesehen haben. Die sind uns einfach nur bis Binz nachgefahren. Vielleicht haben sie ja einen Peilsender benutzt. Einen dieser Markenpeilsender mit der langen Akkulaufzeit«, sagte ich.

»Selten so gelacht«, sagte der Mandel.

Irgendwann muss ich kurz eingeschlafen sein, zumindest fand sich Platz für einen Traum.

Ich bin seit Jahren wieder mal in meiner zweiten Wohnung. In meinen Träumen besitze ich ein zweites Apartment. Das Haus ist ein flacher Neubau und steht auf einer Art Betonplateau, leicht über den Bürgersteig erhoben, in etwa so wie eine dieser alten Kaufhallen. Vorne ein Schaufenster, wie bei einem Geschäft. Innen gibt es einen Vorraum mit einer kleinen, heruntergekommenen Küchenzeile und einem Tisch. Dahinter, ohne Tür oder Durchgang, nur durch ein Mauereck abgetrennt, fängt der Wohnbereich an. Mit einer Couch, einem Fernseher, einer Matratze auf dem Boden und einem Tisch mit einer uralten Stereoanlage darauf. Es stehen einige LPs herum, mehrere von Joni Mitchell, die *Aqualung* von Jethro Tull, zwei Alben von Quicksilver Messenger Service und die *Mars Hotel* von Grateful Dead. Das wirklich Merkwürdige an der Wohnung ist, dass man aus dem Wohnbereich durch eine Schiebetür in den hinteren Teil des Gebäudes gelangt. Dort gibt es ein zweites Schlafzimmer mit roten Wänden. Alte, vermutlich teure Perserteppiche liegen auf dem Boden, und naive Malerei hängt an den Wänden. Doch mit dem prunkvollen Schlafzimmer aus einer anderen Epoche ist die Wohnung nicht zu Ende. Ein Arbeitszimmer in schwerem Dunkelgrün mit einem gewaltigen Sekretär schließt sich an und dahinter ein weiteres Schlafzimmer mit einem Himmelbett mit Vorhängen. Es ist fast wie bei diesen Schlossbesichtigungen, wo man in den Seitenflügeln von Zimmer zu Zimmer geht und eigentlich das Gefühl hat, einen nicht enden wollenden Gang abzuschreiten. Am Ende der drei zusätzlichen Zimmer, die durch identische Schiebetüren verbunden sind, befindet sich eine Art Waschküche, wo mehrere Waschmaschinen stehen und jemand weiße Handtücher an Leinen, die an der Decke entlanggespannt sind, aufgehängt hat. Aus der Waschküche führt eine kleine Tür aus Metall in einen langen Garten mit akribisch aufgereihten Bäumen, durch den ein kleiner Bach fließt. An dem Bach spielen kleine Kinder. Ich weiß, dass der geräumige hintere Teil meines Apartments einem Arzt gehört, ich weiß aber nicht, ob ich ihn benutzen darf. Es ist zwar nie jemand in der Wohnung außer mir, aber die Miete, die ich bezahle, ist so lächerlich gering, dass sie unmöglich die noblen Hinterzimmer beinhalten kann. Ich bin manchmal jahrelang nicht in der Wohnung, und ich nehme nie jemand mit. Das ist das erste Mal, dass ich nicht alleine da bin.

»Warum hast du noch eine zweite Wohnung?«, fragt der Mandel.

»Weil ich sie vergessen habe.«

»Aber die Abbuchung der Miete, siehst du das nicht auf deinen Kontoauszügen?«

»Ich schau nie auf meine Kontoauszüge.«

»Was machst du mit der Wohnung?«

»Nichts. Es ist nur gut, dass es sie gibt. Damit ich auch mal in einem anderen Viertel übernachten kann.«

»Aha«, sagt der Mandel.

»Herr Singer«, ruft jemand aus den noblen Hinterzimmern.

»Ich komme gleich«, sage ich.

»Wer ist denn das?«, fragt der Mandel.

»Das ist der Arzt, dem das Haus gehört. Ich geh mal zu ihm, ich hab ja noch nie mit ihm persönlich geredet.«

Auf dem Weg durch die Hinterzimmer frage ich mich wieder, warum hier nie jemand ist. Der Arzt wartet in dem Arbeitszimmer. Er sitzt hinter dem riesigen Sekretär. Er sieht eigentlich aus wie ein Anwalt, er trägt eine schwarze Robe und eine Richterperücke.

»Herr Singer, ich muss gleich weg, aber Sie müssen diese Wohnung auflösen. Es ist wegen Eigenbedarf.«

»Eigenbedarf? Aber hier ist doch nie jemand.«

»Die Wohnung wird verkauft.«

»Aber Sie sagten doch Eigenbedarf.«

»Sie können nicht mehr hier wohnen. Es ist zu spät dafür. Wo waren Sie denn die ganzen Jahre?«, sagt der Arzt, der jetzt definitiv ein Richter ist.

»Ich war doch immer in der Nähe«, sage ich.

»Wie bitte?«, sagt der Richter.

»Wie bitte?«, sagte der Mandel.

Er stand mit dem Rücken zu mir und schaute aus dem Fenster auf den Strand von Prora, den man wegen den hohen Bäumen kaum sehen konnte, was für ein Strandhotel eine Enttäuschung war.

»Was meinst du?«, fragte ich, während ich kurz überlegte, wo ich war.

»Du hast doch was gesagt.«

»Ich hab geträumt«, sagte ich. »Wie spät ist es?«

»Fast drei.«

»Schon so spät.«

»Was denkst du, was jetzt passiert?«, fragte ich.

»Die werden wohl ein paar Fragen stellen.«

»Wegen den Aufnahmen?«

»Vermutlich.«

»Fucking Fuck. Alles wegen diesem Soloalbum. Die überschätzen doch völlig die Wirkung von der Platte. Im Endeffekt interessiert das doch keine alte Sau, wenn der Tilmann auf Protestsänger macht. Was soll der auch aufdecken mit seiner Musik? Wann hat jemals irgendwer etwas aufgedeckt mit Musik? Der Urbaniak wird die Platte sowieso nicht herausbringen. Weil es von den Musikjournalisten nur Häme hageln würde, wenn der Tilmann einen auf Weltverbesserer macht. Nachdem der so einen Sellout die Jahre vorher betrieben hat.

Und der Konsument kann doch mit so einer Message-Musik auch nichts anfangen. Das nervt die Leute doch nur, wenn sie politisch erzogen werden. Ich sag dir, was passiert, Mandel: Am Ende gibt es eine neue *Best of DEMO* mit einem der Folksongs vom Tilmann als Hidden Track und jedes Jahr zum Todestag das große DEMO-Reunion-Konzert, wo der Tilmann auf einer großen Leinwand eingespielt wird, während die anderen Hanseln ihre größten Hits runternudeln. Vielleicht gehen sie auch mit dem Tilmann auf Leinwand auf Tour, so wie Queen. Das haben wir doch alles schon tausendmal erlebt. So ein Musikertod ist nichts Besonderes mehr. Und ein Soloalbum noch viel weniger. Das ist alles viel zu viel Lärm um nichts und wieder nichts. Die steigern sich alle in etwas hinein. Bis ins Ungesunde steigern sich alle hinein. Und wegen dem Hineinsteigern aufgrund von ein paar Musikstücken müssen wir jetzt um unser Leben fürchten. Das ist doch hochgradig lächerlich. Sag doch auch mal was«, fuhr ich den Mandel an, weil ich mich so in Rage geredet hatte.

»Jetzt beruhig dich, Sigi. Und na ja, der Biermann hat schon etwas bewirkt damals. Das mit der Ausbürgerung«, sagte der Mandel.

»Warum hat niemand den Tilmann ausgebürgert? Jetzt ist es zu spät«, sagte ich.

Zwanzig

Eine halbe Stunde später sperrte der Wulstige mit dem Mittelscheitel die Tür auf und eskortierte uns beide den endlosen Gang hinunter, bis wir an eine Tür gelangten, die in den nächsten Sektor des Gebäudes führte. Er zeigte uns während der Eskorte seine Pistole, und wir verhielten uns dementsprechend.

»Wohin geht's denn?«, fragte ich.

»Halt die Fresse«, sagte der Mittelscheitel.

»Wird man ja noch fragen dürfen«, sagte ich und bekam das vordere Ende der Pistole in den Rücken gebohrt.

Irgendwann ging es wieder ein Stockwerk nach unten, bis wir in einem leeren Kantinensaal ankamen, einer Art längst verlassener Mensa. Es war wie in diesem Computerspiel *Silent Hill*, das in einer Geisterstadt spielt, die eigentlich eher eine Art Fegefeuer ist. Diese erdrückende Menschenleere mit den abblätternden Tapeten und den teilweise vernagelten Fenstern. Unzählige Tische gespenstisch aufgereiht, aber die meisten Stühle umgeworfen. Angekokeltes Irgendwas lag auf dem Boden, es roch nach Asche und Moder. Am Ende des Saals eine verwaiste Essensausgabe. Leere Vitrine, zerbrochenes Geschirr, Staub, Asche. Überreste der Essensausgabe der Jugendherberge. Man glaubt nicht, wie schnell so ein Verfall um sich greift. Der Verfall braucht keine Jahrzehnte, um sich gemütlich einzurichten. Neben der Essensausgabe befand sich der Ausgang.

Unsere Schritte wurden vom Staub geschluckt, aber der schwere Tritt vom Mittelscheitel hallte in dem Saal wider. Ich hörte ein tiefes Grollen von irgendwoher. Entfernte Bauarbeiten, ein Untier, ein Schiff, das entladen wurde, man konnte es nicht genau sagen.

An dem ersten Tisch der linken Reihe neben der verrotteten Essensausgabe saß der Neumann. Er trug eine Art Wildlederjackett und seine weiß-rote Krawatte dazu. Er sah aus, als würde er gleich die Superhitparade der Volksmusik moderieren. Volksmusik, wahrscheinlich hörte er Volksmusik. Warum bin ich da am Scharmützelsee nicht draufgekommen?, dachte ich dem Moment.

»Die Herrschaften, herzlich willkommen«, sagte der Neumann.

Der Mittelscheitel setzte uns auf zwei Stühle gegenüber vom Neumann. Von hinten kam der Pickelige in den Saal und hatte ein Messer in der Hand. Der Neumann winkte ihn weg, und so blieb er in einiger Entfernung von unserem Tisch stehen und drehte das Messer immer wieder an seinem Griff um die eigene Achse, der Angeber.

»Das ist ja ein schlechtes Zeichen, Herr Neumann, dass Sie persönlich zugegen sind«, sagte der Mandel.

»Wieso, Herr Mandel?«, sagte der Neumann.

»Wenn Sie keine Angst vor einer Identifizierung haben, wollen Sie uns wahrscheinlich im Anschluss umbringen«, sagte der Mandel, und ich wunderte mich, wie leicht ihm die Vokabel »umbringen« über die Lippen kam.

»Unfug, Herr Mandel. Ich schlage Ihnen lediglich ein Geschäft vor. Sie wären schlecht beraten, deswegen gleich zur Polizei zu rennen.«

Der Neumann zog das neumodische Telefon vom Mandel aus seinem Jackett und hielt es ihm unter die Nase.

»Sehr schönes Telefon. Übrigens haben Sie vierzehn unbeantwortete Anrufe von einem Dieter. Aber am meisten beeindruckt mich, wie wahnsinnig viel Musik auf so ein Telefon passt. Auch Sachen, die mir gut gefallen. Peter Maffay zum Beispiel.«

Der Mandel hatte Peter Maffay auf seinem Telefon? Abgründe. Darüber würde ich mit ihm reden müssen.

»Was schlagen Sie denn nun vor?«, fragte der Mandel den Neumann, als hätte er es eilig.

Der Neumann lehnte sich zurück und lächelte zufrieden. Auf den ersten Blick hätte er jetzt sicher nicht unsympathisch gewirkt. Wir waren allerdings schon deutlich weiter als beim ersten Blick, und das war nur dieses selbstgefällige Lächeln von Weisungsbefugten.

»Lassen Sie mich erst eine Vorgeschichte erzählen«, sagte der Neumann, und ich dachte, o nein, jetzt kommt hoffentlich nicht die Geschichte vom Ursprung des Universums und wie der Neumann auf seine perfiden Pläne zur Weltbeherrschung gekommen ist. Ich war auch viel zu angespannt, um aufmerksam zuzuhören. Nicht, dass der Neumann danach noch Fragen zum Inhalt stellte. Das hat mich in der Schule schon immer nervös gemacht, wenn der Biolehrer Schmeissel gesagt hat, er stellt nachher Fragen zum Stoff. Keine einzige konnte ich beantworten unter der Anspannung. Der Neumann, genauso ein didaktischer Typ wie der Schmeissel. Jemand, der einem unangenehme Fragen stellte und einen abstrafte, wenn man das eben Gehörte nicht sofort akkurat wiedergab. Nach außen hin aber immer so gefasst lächelnd, das ist eigentlich das Gruseligste. Das ist ein bestimmter Typ Mensch, der einem ein schlechtes Gewissen macht, der einem unterschwellig eine komplette Lebensverfehlung unterstellt, aber dabei immer ein *verdammt höflicher Fucker* bleibt, um mal David Lynch zu zitieren. Quasi die psychologisch fortgeschrittene Variante der Hausmeistermentalität.

»Sie beide sind nicht die ersten Privatdetektive, die der Herr Tilmann beauftragt hat«, begann der Neumann, und wir sparten uns die Feinheit, dass uns der Tilmann nie mit etwas beauftragt hatte.

»Vor ziemlich genau einem Jahr haben wir einen sogenannten privaten Ermittler erwischt, der sich in unserem Vereinsheim ein bisschen umgeschaut hat. Wir haben ihn freundlich zu seinem Auftraggeber befragt, und es stellte sich heraus, dass er angewiesen war, ein paar Fakten über mich und den Verein herauszufinden. Wir haben Ihrem Kollegen ein gutes Geschäft vorgeschlagen, und er ist darauf eingegangen.«

Der Neumann machte ein Pause, so als müssten *wir* jetzt etwas sagen. Aber was sagt man denn auf so ein selbstgefälliges Kokettieren mit der Gewaltbereitschaft? Mir fiel jedenfalls nichts ein.

»Wenn Sie was von Ihrem Geschäft verstehen, dann wissen Sie ja, was mich interessiert.«

Genau das war er, der widerwärtige Unterton, der von Haus aus eine einzige Unterstellung war.

»Und?«, sagte der Neumann, weil wir nicht auf seinen Satz eingegangen waren. Aber er hatte ja auch keine Frage formuliert, sondern nur eine Unterstellung.

Der Mandel ließ sich nicht gängeln. Er schwieg weiter.

»Die Aufnahmen. Die Aufnahmen vom Herrn Tilmann«, antwortete sich der Neumann jetzt genervt selber.

»So weit sind wir leider noch nicht«, sagte der Mandel.

»Aber Sie sind doch nicht nach Binz für einen Strandurlaub gekommen. Mitten im April.«

»Ich mag die vorsaisonale Ruhe hier«, sagte der Mandel, und das war sicher nicht gelogen.

»Dank Ihnen wissen wir von der Ostseeresidenz von Herrn Tilmann. Und natürlich dank der freundlichen Unterstützung der ortsansässigen Kollegen.«

Er nickte dem Pickeligen zu, und der lächelte zurück. Er hatte bei weitem nicht so ein ordentliches Gebiss wie der Mittelscheitel. Aber alles an dem Gesicht, was nicht Pickel oder Narben waren, wertete es ungemein auf.

»Aber wir fragen uns natürlich, was es mit dem Haus auf sich hat.«

»Wissen Sie, Herr Neumann, ich glaube nicht, dass wir Ihnen weiterhelfen können. Erstens wissen wir nichts, was Sie nicht auch schon wissen, und wahrscheinlich sogar wesentlich weniger, und zweitens machen wir mit Leuten wie Ihnen grundsätzlich keine Geschäfte.«

Ich war mir in dem Moment nicht sicher, ob der Mandel auch einfach so für mich sprechen konnte.

»Jeder nach seiner Fasson, Herr Mandel«, sagte der Neumann und winkte den Pickeligen zu sich. Der trat mit einem schnellen Tritt meinen Kantinenstuhl um, so dass ich auf den Rücken fiel. Der Mandel schaute mit Bedauern zu mir herunter, während der Pickelige seinen Stiefel auf meine Brust setzte und mit dem Messer vor mir herumwetzte.

»Jetzt gleich den Brustkorb von Ihrem Kollegen einzutreten wäre natürlich eine empirisch hochinteressante Angelegenheit und würde ganz sicher Ihre Kooperationsbereitschaft erhöhen, Herr Mandel, aber wir sind keine Unmenschen«, sagte der Neumann und streckte dem Pickeligen gönnerhaft seine Hand entgegen, nach dem Motto: Walte deines Amtes, Pickeliger.

Der Pickelige ging auf die Knie und setzte mir sein Messer auf die Brust. Man erfasst den vollen Ernst dieser Redewendung erst in so einer Situation. Es war ein fein gezacktes Messer und sah militärisch aus.

»Das ist doch Blödsinn«, sagte der Mandel.

»So ganz kann ich auch nicht hinter dieser Gewalt stehen«, sagte der Neumann, und der Pickelige sah fragend zu ihm auf.

»Nur ein Spaß«, sagte der Neumann.

Der Pickelige lachte und riss mein Hemd auf. Er stach mir in den Bauch. Dann führte er die Klinge langsam nach unten, so dass sie die Bauchdecke zerteilte. Ich schrie wie ein Tier, gar nicht unbedingt wegen dem Schmerz, sondern wegen der Unglaublichkeit, dass jemand Löcher in mich hineinschnitt.

»Aufhören«, sagte der Mandel.

»Bitte!«, schrie ich, doch der Pickelige ritzte weiter in der Bauchdecke herum. Ganz langsam. Und das Blut kam immer schneller. In kürzester Zeit der reinste Blutrohrbruch.

Das muss wohl am Ende selbst dem Mandel zu viel Blut gewesen sein, denn er stürzte sich aus heiterem Himmel auf den Pickeligen und riss ihn von mir herunter, was einerseits gut war, aber andererseits schlecht, weil der Pickelige dadurch sein Messer aus mir herausriss und dabei ein bisschen was von meiner Bauchdecke mitnahm, fürchte ich. Der Mandel trat dem Pickeligen mit dem Fuß das Messer aus der Hand und schlug ihm mit der Faust ins Gesicht. Ich glaube, er hat ihm sofort die Nase gebrochen. Das Blut pumpte aus meinem Bauch hinaus, während der Mittelscheitel den Mandel von hinten von dem Pickeligen herunterpflückte und ihn auf einen Kantinentisch schmiss, der samt Mandel umkippte. Dann war erst mal Ruhe, weil der Mandel nicht mehr aufstand, sondern schwer atmend auf dem Boden liegen blieb. Aber Respekt vor seinem Einsatz. Ich interpretierte das als eindeutigen Freundschaftsbeweis.

»Also nochmal von vorn«, sagte der Neumann, der noch immer an seinem Tisch saß, seelenruhig die Hand auf dem neuen Telefon vom Mandel.

»Die Blutung vom Sigi«, sagte der Mandel. Das war schön, dass er als Erstes an mich dachte.

»Je schneller wir ins Gespräch kommen, desto eher verarzten wir den Herrn Singer«, sagte der Neumann. Der Mann verstand sein Geschäft.

»Scheißdreck«, sagte der Mandel.

»Wenn Sie sich die Zeit nehmen wollen, ein bisschen Dampf abzulassen, bitte sehr«, sagte der Neumann, und bei aller Abneigung musste ich ihm zugestehen, dass er einen ordentlichen Bösewicht abgab, weil didaktisch eiskalt, sympathisches Lächeln und ein paar gute Sprüche dazu. Der Pickelige war mittlerweile aufgestanden und hielt sich die blutende Nase. Er ging zum Mandel und trat ihm in den Magen.

»Scheiße«, sagte der Mandel

»Ich höre«, sagte der Neumann.

»Die Frau, mit der wir uns treffen wollten, ist eine Geliebte vom Tilmann aus Hamburg. Sie weiß von unserer Zusammenarbeit mit ihm. Sie wollte uns die Aufnahmen geben, damit wir sie sicher verwahren, bis das Theater um den Mord vorbei ist. Wie die Frau heißt, wissen wir auch nicht, wir wissen nur, dass sie eigentlich in Hamburg wohnt und nur wegen uns heute hier war. Aber bevor wir Kontakt aufnehmen konnten, kam uns ja was dazwischen. Vermutlich ist sie wieder heimgefahren, als sie uns nicht gefunden hat.«

Der Mandel immer mit seiner ewigen Wahrheit. Das war eine merkwürdige Strategie. Ich hielt meine Hand auf den Bauch und sah zu, wie mein weißes Hemd zu einem roten Hemd wurde. Radiale Blutausbreitung, kein schöner Anblick, wenn es auf dem eigenen Hemd passiert.

»Wie heißt diese Frau, Herr Mandel? Wie können wir sie finden? In Hamburg.«

Hamburg sagte er so, als würde er die Geschichte vom Baron Mandel sowieso nicht glauben. Dabei hatte der bisher ausschließlich die Wahrheit gesagt. Der Mandel stand jetzt langsam auf. Er blutete an der Hand, oder war das Blut von der Nase vom Pickeligen? Bei dem Blutsaustall kam man schnell durcheinander.

»Ich weiß es nicht«, sagte der Mandel.

Der Pickelige hob sein Messer auf und hielt es dem Mandel an den Hals.

»Tina Malleck. Martina Malleck. Das ist die Schwester von der Schauspielerin. Aber die Adresse kenn ich auch nicht«, sagte der Mandel mit dem Messer am Hals.

»Aha, die Schwester. Gut, wir werden uns das mal ansehen. So lange können Sie sich ja noch ein bisschen bei uns im Ostseebad erholen«, sagte der Neumann.

Er deutete auf mich und sah den Mittelscheitel an. Der verschwand kurz und kam dann mit einem verstaubten Erste-Hilfe-Kasten wieder, der wahrscheinlich in den Siebzigern abgelaufen war. Auch Verbandskästen haben eine Haltbarkeitsdauer, ich musste deswegen schon mal bei einer Verkehrskontrolle zwanzig Euro zahlen. Der Mittelscheitel warf dem Mandel den Verbandskasten vor die Füße. Der Mandel entnahm eine Mullbinde und band sie mir viel zu lasch um den Bauch. Der Druck reichte nicht, um die Blutung zu stoppen.

»Du musst fit sein«, flüsterte mir der Mandel zu, und ich stellte mir vor, wie es wäre, jetzt die Augen zuzumachen und einfach zu sterben. Aber der Mandel hatte andere Pläne für mich.

Um sich die folgenden Sekunden besser vorstellen zu können, muss ich kurz die Gesamtlage in der Mensa schildern: An dem Kantinentisch, an dem wir ursprünglich gesessen waren, saß jetzt nur noch der Neumann. Ich lag davor auf dem Boden, und der Mandel kniete neben mir mit dem Verbandskasten, stand aber gleich auf. Hinter dem Neumann hatte sich der Mittelscheitel samt Pistole aufgebaut, und der Pickelige stand direkt hinter mir. Und jetzt gleich würde der Mandel so derart über sich und seine stoische Art hinauswachsen, dass selbst ich mir gedacht habe, was manchmal in den Leuten steckt, das zeigt sich erst in Extremsituationen. Und grade diese unerwartete Flexibilität und Anpassungsgabe, die der Mandel gleich zeigen würde, ließen mich hoffen, dass das vielleicht doch noch was werden würde mit unserem Detektivbüro, selbst wenn der Mandel die Anwesenheitspflicht von der Sicherheitsakademie nicht ernst nahm.

»Spiel DEMO – ›Sommerrebell‹«, sagte der Mandel.

Im ersten Moment dachte ich natürlich, jetzt hat es den Mandel erwischt, jetzt ist ihm der Stress der Lebensgefahr doch zu Kopf gestiegen, weil das war ja vogelwild, so etwas in so einer Situation zu sagen. Aber eine Sekunde später verstand ich. Und das Mobiltelefon vom Mandel auch. Es spielte in einer ganz schlechten Klangqualität die Anfangsgitarren von »Sommerrebell« ab, aber in einer Lautstärke, das traute man so einem kleinen Telefon gar nicht zu. In dem Moment, wo das Telefon losplärrte, kam Leben in die Mensa.

Der Pickelige ging vor Schreck einen Schritt auf den Tisch zu, so dass ich ihm mit meinem Fuß gegen seinen Knöchel hauen konnte und ihn damit umsäbelte. Der Neumann und der Mittelscheitel griffen im Reflex gleichzeitig nach dem Telefon vom Mandel. Der Mandel trat ihnen mit aller ihm vom lieben Gott gegebenen Kraft den Kantinentisch entgegen. Der Neumann kippte samt Stuhl nach hinten um und der Tisch auf ihn drauf. Den Scheitel haute es mit dem Kopf zuerst auf den staubigen Kantinenbeton. Ich war inzwischen aufgestanden und begab mich mit dem Mandel in einen Spurt, wie man ihn nur in einer Extremsituation zustande bringt. Wir rannten auf die nah gelegene Essensausgabe zu, denn links davon befand sich der Ausgang. Es dauerte ein paar entscheidende Sekunden, bis der Pickelige und der Wulstige wieder auf die Beine kamen, aber da waren wir schon zur Tür hinaus und rannten wie die Verrückten. Ein paar Meter vor uns verlangsamten gerade zwei australische Touristen ihre elektronischen Zweiräder. Ich weiß nicht, ob Sie das kennen, aber in Gegenden mit Tourismus sieht man oft Leute auf einem Trittbrett auf zwei Rädern herumfahren und sich an einer Stange festhalten. Das Brett ist mit einem Motor ausgestattet und erspart einem bergauf die Schinderei. Zum Beispiel in San Francisco ist das ein echter Vorteil.

Von zwei dieser Zweiräder wollten die Touristen gerade absteigen, als der Mandel und ich sie wegschubsten und uns auf die Bretter stellten. Mir tat es ein bisschen leid, weil die beiden noch relativ jung waren und die Frau gar nicht so übel aussah mit ihren langen blonden Haaren, aber ich musste sie nur leicht zur Seite drängen, während der Mandel den australischen Mann gleich zu Boden riss. Das Gute an den Touristen waren aber nicht nur ihre elektronischen Zweiräder, sondern ihre Anwesenheit an sich, weil sich der Mittelscheitel dadurch das Schießen erst einmal verkniff. Trotzdem waren er und der Pickelige nur noch ein paar Meter weg. Der Pickelige humpelte, und der Wulstige mit dem Mittelscheitel war sicher kein Experte auf die hundert Meter. Ich stellte mich auf das Brett und fand keine Pedale und keinen Anlasser. Die blonde Frau schrie mich auf Englisch an.

»Get the fuck off my bike!«

Sie wusste offensichtlich auch nicht, wie man das Zweirad nannte. Man kann es natürlich anhand von so wenigen Vokabeln nicht genau sagen, aber ich glaube, ich lag mit meiner Vermutung gar nicht so falsch. Da war schon ein australischer

Akzent. Ich war an der Uni mal mit einer aus Brisbane zusammen gewesen, was heißt zusammen, also wir haben uns nach den Wohnheimfesten noch hin und wieder in meinen zwölf Quadratmetern zusammengetan. Felicity hat sie geheißen. Und seitdem weiß ich genau, wie ein australischer Akzent klingt. Wenn ein Australier beispielsweise »Steak« sagt, dann klingt das wie »Staik«. Aber auch von der Melodie unterscheidet sich das australische Englisch sehr vom amerikanischen beispielsweise, und das lässt sich auch an einem kurzen »Get the fuck off my bike« festmachen, wenn man gut ist. Der Mittelscheitel schoss in die Luft, und die Australier warfen sich auf den Boden.

»Ich kann nicht fahren!«, schrie ich den Mandel an.

»Lehn dich nach vorne, so gibst du Gas. Aber erst, wenn der Infokey grün leuchtet«, rief der Mandel, der schon Fahrt aufgenommen hatte.

»Was für ein Infokey?« Ich lehnte mich nach vorne in die Stange. Das Ding fuhr nach einer kurzen Verzögerung los. Ein kleiner Computer, der eigentlich eher wie eine Armbanduhr aussah, war an der Lenkstange festgeschnallt und ließ die Stundenkilometer in der Anzeige nach oben schnellen. Na ja, schnellen ist vielleicht zu viel gesagt.

»Wie lenke ich?«

»In die Kurve lehnen«, rief der Mandel.

»Woher weißt du das alles?«

»Hab mal einen bei einer Platinverleihung Probe gefahren.«

»Bei einer Platinverleihung?«

»Jetzt beeil dich, Sigi.«

Was für ein Bild: Zwei ramponierte Typen, einer davon mit Loch im Bauch, stottern mit Zweirädern über den Parkplatz vom Nazi-Spaßbad, und hinter ihnen humpeln ein Pickeliger mit einem Messer und ein wulstiger Mensch mit einem ganz akkuraten Mittelscheitel und einer Pistole her. Und hinter denen wiederum traben die australischen Touristen, in der vagen Hoffnung, ihre Zweiräder wiederzubekommen. Schnell waren die Trittbretter nicht, aber mit den lädierten Rechtsekzemen konnten sie es aufnehmen, wir machten anfangs sogar ein paar Meter gut. Der Mittelscheitel war genervt und schoss jetzt doch in unsere Richtung, traf aber nicht. Der Mandel wirkte trotz der Schüsse, als hätte er Freude am Beruf, so aufrecht und konzentriert, wie er auf seinem Brett stand, während ich jeden Moment eine Kugel in meinen Rücken einschlagen und mir die Wirbelsäule zerfetzen sah. Nachdem wir fast die gesamte Freifläche vor dem Koloss abgefahren hatten, gaben der Scheitel und der Pickelige die Verfolgung auf, und es war offensichtlich, dass sie gleich mit dem schwarzen Jeep neben uns auftauchen würden. Aber der Mandel dachte mit und bog nach dem Koloss links zu dem Kiefernwald am Strand ab. Der Pickelige schrie uns irgendetwas hinterher.

Durch den Kiefernwald verlief ein sandiger Weg am Strand entlang in Richtung Binz. Weit konnte der Ort nicht weg sein, gemessen an der kurzen Autofahrt zum Seebad heute Morgen. Mir war schwindelig, und der Bauch tat mir weh. Der Verband vom Mandel saß zu locker, und mir war eiskalt.

»Mein Bauch«, sagte ich.

»Sigi, du musst dich jetzt zusammenreißen«, sagte der Mandel und redete sich wie immer leicht.

Schon ein paar Hundert Meter weiter hörten wir, wie der Jeep durch den Wald röhrte.

»Die kommen von der Hauptstraße«, stellte der Mandel fest.

»Was machen wir denn jetzt?«, schrie ich ihn an.

»Absteigen.«

Der Mandel bremste sein Zweirad und stieg ab.

»Wie bremst man?«

»Einfach zurücklehnen«, sagte der Mandel, aber da war ich schon gegen den Baum gefahren.

»Komm jetzt, Sigi. Es pressiert«, rief der Mandel und sprang den kleinen Hang hinunter zum Strand, lief fast bis zum Wasser und legte sich hinter ein weiß gestrichenes Holzboot. Ich hinterher.

»Schneller!«, schrie der Mandel, und mir fiel auf, dass ich den Mandel eigentlich bis zu dem Tag nie hatte schreien hören. Es war interessant, weil seine Stimme fast eine Oktave höher war, wenn er schrie. Das Hypnotische an ihm war weg. Ich warf mich zum Mandel hinter das weiße Boot.

»Die finden doch jetzt unsere Räder und wissen, dass wir hier sind.«

»Die kommen mit dem Auto gar nicht auf den Waldweg. Die müssen vorher irgendwo aussteigen und suchen. Also bleib unten.« Dann sah er mich an. »Sigi, du blutest immer noch«, sagte der Mandel vorwurfsvoll.

»Weil dein Verband so scheiße ist«, sagte ich.

Wir lagen ein paar Minuten schweigend hinter dem Boot und konnten nicht sehen, was sich auf der bewaldeten Düne tat. Wir hörten stattdessen Stimmen am Strand. Ich musste an die Spuren denken, die wir vielleicht im Sand hinterlassen hatten. Gottseidank hatte es nicht mehr geregnet seit heute Morgen.

Die Stimmen, die wir hörten, gehörten zu einem Rentnerpaar, das sich in einem süddeutschen Singsang über den Koloss von Prora unterhielt.

»Das war doch eine schöne Ausstellung. Der Film war sehr aufschlussreich«, sagte er.

»Mir waren da zu viele Hakenkreuze in der Ausstellung«, sagte sie.

»Ach, so war das halt früher«, sagte der Mann.

»Aber man muss ja nicht immer so ins Detail gehen«, sagte die Frau.

»Aber sonst ist es ja nicht historisch«, sagte der Mann.

Das Ehepaar ging auf unserer Seite an dem Boot vorbei.

»Grüß Gott«, sagte der Mandel, im Sand liegend.

»Hilfe, jetzt haben Sie mir aber einen Schrecken eingejagt«, sagte die Frau zum Mandel. »Mit Ihrem schwarzen Mantel.«

»Sie mir auch«, sagte der Mandel und stand auf. Keine Spur von dem Pickeligen oder dem Mittelscheitel.

»Auf geht's, Sigi.«

Der Mandel joggte los, am Wasser entlang in Richtung Binz. Ich folgte ihm, so gut ich konnte, aber der Bauch.

»Die haben doch sicher nicht aufgegeben«, sagte ich beim Joggen.

»Sicher nicht«, sagte der Mandel, ohne dass es ihn zu beunruhigen schien. »Aber hier sind jetzt zu viele Leute.«

Mit jedem Meter wurde der Strand tatsächlich bevölkerter. Ältere Menschen, die einen Nachmittagsspaziergang unternahmen. Ausnahmsweise beneidete ich die Leute, weil sie wussten, viel passiert heute nicht mehr. Und auch sonst nicht mehr. Nach über zwanzig Minuten waren wir an der Promenade angekommen, und ich war froh, endlich wieder Asphalt unter den Füßen zu haben, weil Sand ist scheiße, wenn man es eilig hat.

Unter Führung vom Mandel betraten wir das erstbeste Hotel auf der Promenade und marschierten an der Rezeption vorbei zur ausgeschilderten Toilette. Ich zog mein Hemd aus, und der Mandel wusch mit nassem Klopapier und Wasser die Bauchwunde aus. Ich hatte eine wahnsinnige Angst, dass die Klopapierfetzen in der Wunde hängenblieben und sich entzündeten. Ich vertraute auch nicht unbedingt in die medizinischen Fähigkeiten vom Mandel. Doch dann band er mir den

Verband richtig fest um und gab mir seinen schwarzen Kapuzenpullover, damit mir nicht mehr so kalt war.

»Hat die Malleck tatsächlich eine Schwester?«, fragte ich den Mandel.

»Klar«, sagte der Mandel.

»Toll, die wird sich bedanken.«

»Die wohnt aber in Köln. Bis die das herausgefunden haben, müssen wir in das Haus vom Tilmann und sicherstellen, dass Adriana nichts passiert.«

»Und wo ist das Haus vom Tilmann?«

»Das wissen wir gleich«, sagte der Mandel.

Und das war jetzt schon beachtlich, wie er das alles hinbekam mit der Flucht und den weiteren Plänen. Aus dem war ja ein richtiger Aktivist geworden.

Der junge Mann hinter der Rezeption trug einen Anzug, der ihm viel zu groß war. Von maßgeschneidert konnte keine Rede sein. Und eine randlose Brille, die aussah wie aus einem Designer-Alptraum. Früher war ja Hornbrille das Erkennungszeichen der Nerds gewesen, jetzt war Hornbrille der letzte Schrei, und den Nerds blieben nur die Randlosen. Seine Haare waren zu schwarz gefärbt für einen Hotelmanager und seine Haut zu weiß für einen Beach Boy aus Binz. Klarer Fall von Gothic, für den Beruf zurechtgemacht. Wahrscheinlich Azubi.

»Einen schönen guten Tag«, sagte der Mandel. »Interessieren Sie sich für Musik?«, fragte er den Rezeptionisten und fingerte eine Visitenkarte aus der Innentasche. Da wir für das Büro noch keine gemacht hatten, musste es eine vom *Express* sein.

»Hmm. Umm, ja schon«, sagte der Gothic-Azubi. »Wie kann ich Ihnen helfen?«, errang er seine Dienstleistungsverfassung zurück.

»Mein Name ist Max Mandel, ich bin Journalist für das Magazin *Rock'n'Roll-Express*.«

Der Mandel überreichte die Visitenkarte.

»Ah. Das kenne ich«, sagte der Gothic-Rezeptionist nicht unbeeindruckt.

»Ich schreibe eine Reportage über die Band DEMO.«

»Hmm, der Leo Tilmann. Ja, tragisch, wir haben die alten Songs früher auch gehört.«

Das stimmte wohl. Es war immer das Erfolgsgeheimnis von DEMO gewesen, mit ihrem melancholischen Getue neben den Punks und den Poppern auch die gotische Kaufkraft abzugreifen. Und die ist enorm in Deutschland, glaubt man nicht, aber ich kenne die Zahlen.

»Ich weiß aus zuverlässiger Quelle, dass der Herr Tilmann hier in Binz ein Haus besitzt, in dem er gelegentlich ist, äh, war. Ich bin mir sicher, dass Sie mir da weiterhelfen können«, sagte der Mandel zum Gothic-Azubi.

Ich glaube, der Azubi freute sich sehr über den Besuch vom Mandel, gerade weil der kein Hotelgast war. Hauptsache mal kein Rentner an der Rezeption, auf der Suche nach frischem Obst und einem Schluck Tafelwasser. Auch wenn er jetzt so tat, als würde er sich wegen der Information winden und quälen – der Mandel hatte ihn schon für sich gewonnen.

»Dazu kann ich Ihnen leider nichts sagen, Herr Mandel«, sagte der Gothic-Rezeptionist gequält.

»Schon klar, Herr Wisnow. Oder kann ich Andy sagen?«

Den Namen hatte er von dem Namensschild abgelesen.

»Äh, ja, geht beides«, sagte der Andy Wisnow.

»Andy, das versteh ich. Diskretion ist ja heutzutage auch von allergrößter Wichtigkeit. Ein hohes Gut, das immer mehr abhandenkommt.«

Der Andy Wisnow nickte zögerlich, weil der Mandel sich so geschwollen ausdrückte.

»Andererseits würde ich dir auch als Dankbarkeit eine Karte

fürs Nocturnal Blast zukommen lassen. Mit Backstage. Ist das nicht schon im Mai? Ist das so deine Richtung?«

»Äh. Ja«, sagte der arme Andy Wisnow, völlig überrumpelt von der jovialen Attacke. Dann nahm er die randlose Brille ab und rieb sich die Augen, bis sie rot waren.

»Ich weiß, dass das Haus in der Nähe von dem UFO ist«, sagte der Mandel.

Schuss ins Blaue, nahm ich an.

»Genau. Das ist die alte Villa Sturmvogel. Direkt an der Promenade ganz hinten. Das drittletzte Haus.«

»Andy«, sagte der Mandel väterlich. »Du bist klasse. Ich schick dir die Karten hierher.«

»Geil«, sagte der Andy Wisnow und räusperte sich dann, als wäre ihm seine Begeisterung peinlich.

»Ruf mich jederzeit an, wenn du noch Fragen hast«, sagte der Mandel.

»Sie haben nicht zufällig eine Aspirin hier?«, fragte ich.

»Doch, klar«, sagte der Andy Wisnow und holte unter dem Tresen ein kleines Glasdöschen mit Pillen hervor. Ich nahm mir fünf und schenkte mir ein Glas Wasser aus einer Glaskanne ein, die für die guten Gäste jederzeit bereitstand. Neben dem frischen Obst. Der Mandel wartete ungeduldig, bis ich ausgetrunken hatte.

»Ciao, Andy«, verabschiedete sich der Mandel, und wir gingen.

»Tschüssi dann.«

Andy Wisnow, der Gothic-Azubi, stand hinter seinem Tresen und wirkte hilflos in seinem alles andere als maßgeschneiderten Anzug und seiner randlosen Brille.

Die Mandelshow war in vollem Gange. Als ob die Lebensgefahr ihn erst richtig in Fahrt gebracht hätte. Da war nichts mehr träge und behäbig an ihm. Er war im Fluss, das Adrenalin war im Einsatz. Er wirkte mit jeder Minute mehr so, als hätte er die Dinge umfassend im Griff. Mich dagegen hatte der Schmerz umfassend im Griff. Ich setzte jetzt einige Hoffnung auf die fünf Aspirin.

Bis zum UFO würden wir mindestens eine Viertelstunde brauchen. Ich schaute mich beim Gehen um. Einerseits aus Angst vor dem Scheitel und dem Pickeligen, andererseits wegen der Landschaft. Es dämmerte schon, und der Wind blieb sanft. Die Wellen überschlugen sich nur einmal kurz vor dem Strand, und die Luft roch nach Kiefern und Salzwasser. Es war doch gar nicht so schlecht auf Rügen. Bis auf die Lebensgefahr. Ich hätte jetzt einfach nur gerne ein bisschen meine Ruhe gehabt. Einfach nur irgendwo hinlegen. Man schraubt seine Ansprüche im Ernstfall ja immer nach unten. Ansonsten hätte ich jetzt gefordert: kein Loch mehr im Bauch, einen Anorak, einen warmen Grießbrei mit Butter und Zimt, ein Doppelbett für mich alleine, ohne das Geschnarche vom Mandel. Und keine Lebensgefahr mehr. Keine Rechten. Keine Morde und keine Veränderung mehr. Aber weil man nicht alles haben kann im Leben und schon gleich gar nicht im Ernstfall, hätte ich mich auch mit einfach nur irgendwo Hinlegen zufriedengegeben. Aber mein Einsatzleiter trieb mich voran.

Die Villa Sturmvogel war – und jetzt fällt mir kein blöderes Wort ein – hochgradig pittoresk, so dass sich in meinem Kopf sofort Szenarien von Kaminfeuer und Wolldecken abspielten. Direkt am Waldrand, zu ihren Füßen der Strand. Schneeweiß und ein Turm in der Mitte, flankiert von zwei Seitenflügeln. Der kleine Turm besaß ein schwarzes Kupferdach mit einer Spitze und einem goldenen Ding darauf. Wie ein kleines Schloss. So auffällig, dass es unmöglich war, in einem Kaff wie Binz nicht zu wissen, wer hier ein- und ausging. Subtilität war die Stärke vom Tilmann nicht.

Wir sahen uns um, bevor wir den entscheidenden Schritt auf die Villa zu taten, aber die Passanten wirkten durchgehend unradikal, also klingelten wir ganz naiv an der Haustür von der Villa Sturmvogel. Nach einer Minute klingelten wir nochmals. Im ersten Stock ging ein Licht an.

»Wie heißt denn die Tochter vom Schredder?«, fragte mich der Mandel.

»Keine Ahnung. Irgendwas mit L … L-Punkt-Schredder.«

»Frau Münster!«, rief der Mandel nach oben. »Max Mandel.«

Das Licht ging wieder aus. Nach einer Minute ging es unten an, und jemand schloss die Haustür von innen auf.

»Schnell rein, Jungs«, sagte das Mädchen.

Langes weißes T-Shirt und eine schwarze Leggins darunter. Braune Haare, die fein und ausdauernd die Schultern herabströmten. Gesicht schmal und Sommersprossen. Sie erinnerte mich an eine bestimmte Schauspielerin aus Frankreich, Name vergessen.

»Ich bin Lana«, sagte sie.

»Hallo Lana, Sigi. Kann ich mich hinlegen? Ich hab ein Loch im Bauch«, sagte ich und schob das Hemd hoch, damit man den blutdurchtränkten Verband sehen konnte.

»Ach du Scheiße«, sagte das Mädchen, und das war putzig, wie sie »Scheiße« sagte.

»Komm mit, Sigi.«

Einundzwanzig

Leider gab es im Haus von Lana keinen Kamin mit offenem Feuer, dafür immerhin eine Art Wohnzimmer mit einer Designercouch aus hellgrauem Leder, einen maßlosen Fernseher im Leinwandformat, diverse gerahmte Schwarz-Weiß-Fotografien von Türen – fragen Sie mich nicht, warum Türen – und einen ausgezeichnet funktionierenden Heizkörper. Ich lag auf der Ledercouch in eine Decke und ein frisches Hemd gehüllt, das Lana aus dem ersten Stock für mich geholt hatte.

Auf dem Weg ins Wohnzimmer waren wir an einer Art Rezeption vorbeigekommen, und Lana hatte erklärt, das wäre lange ein Apartmenthaus für Urlauber gewesen. Die meisten Wohnungen waren auch noch in dem alten Zustand. Der Leo wollte das alles umbauen lassen. Aber bisher hatte er nur das Wohnzimmer ganz unten geschafft.

»Kennst du seine Frau, die Veronika?«, fragte der Mandel.

»Nur aus dem Fernsehen«, sagte Lana und blies sich ihre Haare aus dem Gesicht. Sie war höchstens achtzehn. Obwohl – wer konnte heutzutage noch das Alter von Mädchen zwischen vierzehn und vierundzwanzig schätzen.

»Die Malleck kennt also dieses Haus gar nicht?«, fragte ich.

»Ich geh mal nicht davon aus«, sagte Lana.

»Warum hat der Leo denn seine Ostsee-Residenz vor ihr geheim gehalten?«, wollte der Mandel wissen.

»Weil er mich geheim gehalten hat. Weil das unser Treffpunkt war«, sagte Lana, und ihr Blick und ihre Stimme wurden ein bisschen sturer.

»Verstehe«, sagte der Mandel.

»Wo wohnst du denn normalerweise?«, fragte ich von der Couch aus.

»Bei meinem Vater in Hamburg«, sagte Lana, und der Mandel musterte sie jetzt schulmeisterlich.

»Du warst auf der Beerdigung vom Leo«, sagte der Mandel.

»Ich war in der Nähe. Aber dich habe ich nicht gesehen«, sagte Lana.

»Ich war auch nur in der Nähe.«

»Ach so«, sagte Lana, und es klang nicht einmal misstrauisch.

»Die Leute, die dem Sigi ein Messer in den Bauch gesteckt haben, interessieren sich auch für dich. Das weißt du, oder?«, sagte der Mandel.

Ich stellte mir indessen vor, wie der Tilmann mit Lana einen sexuellen Vorgang …, aber das war zu widerwärtig, um es zu Ende zu denken. Das süße Sommersprossending mit dem alten Sack. Und jetzt hatte ich es mir doch vorgestellt, verdammt nochmal.

»Hab ich mir schon gedacht. Das war ja auch ein Grund, weshalb ich euch kontaktiert habe.«

»Ach so? Und warum nicht die Polizei?«, fragte der Mandel.

»Der Polizei hätte ich das mit den Aufnahmen erklären müssen, und dann wäre das alles öffentlich geworden. Die Plattenfirma hätte sich eingemischt. Der Brocken hätte sich eingemischt.«

»Der Brocken?«, fragte der Mandel.

»So nannte Leo den Typen von der Plattenfirma. Kennt ihr doch, den Dicken mit den Locken«, klärte ihn Lana auf.

Ich musste lachen, aber nicht lange, wegen dem Bauch.

»Der Urbaniak«, sagte der Mandel schmunzelnd.

»Ich wollte vorher mit euch reden. Ich wusste vom Martin, dass ihr in der Sache ermittelt. Dass ihr Detektive seid«, sagte Lana.

Ich glaube, die einzige Person in Deutschland, die noch nicht wusste, dass wir den Beruf gewechselt hatten, war meine Mutter. Und ich würde mich nie an dieses alberne Wort gewöhnen. *Detektive.* Schon komisch, dass man immer ein Detektiv sein will, schon als Kind, und dann ist es endlich so weit, und einem ist schon das Wort peinlich.

»Das hat auch den Leo beeindruckt. Dass jemand in eurem Alter noch mal die Kehrtwende macht und einen ganz anderen Beruf ergreift. Das hätte er auch gern. Er wäre immer gerne Schreiner geworden. Die ehrliche Arbeit mit den Händen und so weiter. Aber das war natürlich nur eine Spinnerei. Weil Leo zwei linke Hände hatte, und das hat er sich auch nur eingeredet mit dem Schreiner. Ich hatte ja schon Angst, wenn der Gemüse geschnitten hat.«

Das klang gar nicht abfällig, wie Lana über den Tilmann lästerte. Da verbarg sich eine grundlegende Liebe dahinter, da war ich mir sofort sicher.

»Aber dann wusste er doch auch, dass ich ihn mit der Reportage angelogen habe. Wieso vertraute er mir dann?«, fragte der Mandel nicht zu Unrecht.

»Er ist halt ein Bauchmensch. Wenn er dich mag, dann mag er dich, egal, was du tust, wie du dein Geld verdienst, und egal, wie du zu ihm bist. Aber Leo war am Ende nicht mehr so naiv wie früher. Der hat nur noch wenigen getraut. Vielleicht auch euch, aber eigentlich nur noch dem Danny und mir. Deshalb hab ich jetzt ja auch dieses blöde Soloalbum am Hals.«

»Du hast wirklich die Aufnahmen, die halb Deutschland

sucht? Das legendäre Protestalbum? Die Geburtsstunde des deutschen Bob Dylan?«, fragte ich von der Couch aus.

»Jetzt sei nicht so respektlos«, sagte Lana, und es tat mir augenblicklich leid.

»Hat er sie dir zur Aufbewahrung gegeben? Hat er etwas Konkretes befürchtet?«, fragte der Mandel.

»Nein, überhaupt nichts hat er befürchtet, wenn du den Mord meinst. Er wollte natürlich nicht, dass ihm jemand dreinredet, dass die Plattenfirma ihn das so nicht veröffentlichen lässt, wenn sie zu früh von seinen Plänen Wind bekommt. Er hat das ja alles als ganz zentral in seinem Lebenswerk angesehen. Das war ja die große, gute Tat und die Neuerfindung als ernstzunehmender Künstler in einem Aufwasch. Ach, der Träumer. Und er wollte nicht, dass jemand außer mir und Danny die Aufnahmen hört, bevor er sie selbst dem Brocken in die Hand drückt. Er wollte die allerletzte Deadline abwarten, damit der Brocken die Veröffentlichung nur noch schwer hätte aufhalten können. Deshalb habe ich die Originalaufnahmen.«

»Aber heutzutage macht man doch Sicherheitskopien«, sagte ich.

»Sicherheitskopien? Doch nicht der Leo«, sagte Lana fast entrüstet.

»Er hat also nicht befürchtet, dass ihm die Rechten auf den Leib rücken.«

»Na ja, wie gesagt, er hat ja immer angenommen, dass es eigentlich keiner böse mit ihm meint. Dass er ein paar Rechtsradikale aufscheucht und die ihm vielleicht ein paar Drohbriefe schreiben, war sein Worst-Case-Szenario. Es ist ja auch nur eine Platte, ein Stück Musik. Kann ja keiner ahnen, dass man dafür umgebracht wird.«

Wie sie so erzählte. So überlegt. So gefasst. Fast lakonisch, und das angesichts einer so monströsen Gesamtsituation.

Aber das war keine emotionale Kälte, nein, das war nur ein Mädchen, das sich nicht aus der Ruhe bringen ließ.

Der Mandel schüttelte ungläubig den Kopf.

»Und was ist denn jetzt drauf auf der Platte? Worum geht es denn jetzt genau? Ist es eine gute Platte?«, fragte ich von der Couch aus.

»Das Hemd steht dir gut«, sagte Lana, und ich wusste nicht, was ich dazu sagen sollte, denn es war vom Tilmann, und es passte wirklich gut. Lana hatte mich besser verbunden als der Mandel, und ich hoffte, dass kein Blut auf das Hemd vom Tilmann tropfte. Das wäre mir pietätlos vorgekommen.

»Was war die Frage?«, fragte Lana.

»Die Platte. Das Album«, sagte ich.

»Ach, die Platte. Also, mir gefällt sie nicht. Leo ist jetzt auch nicht der beste Gitarrist, und es ist alles ein bisschen einfallslos komponiert.«

»Aber die Texte. Die sind doch das Ausschlaggebende«, sagte der Mandel, und es klang fast, als würde er den Tilmann vor seiner höchstwahrscheinlich minderjährigen Geliebten verteidigen.

»Ja, wahrscheinlich wird es eh nur auf die Texte hinauslaufen, wenn jemand das Album überhaupt veröffentlicht. Aber das wollte er ja genau so. Im Prinzip ist das auch keine Platte wegen der Musik, sondern wegen der Enthüllung.«

»Wie meinst du das?«, fragte der Mandel.

»Wir können uns das auch gerne anhören«, sagte Lana.

»Nein, wir müssen hier eigentlich sofort weg. Der Neumann kennt die Villa.«

»Neumann kennt das Haus?«, fragte Lana entsetzt.

»Einer von den Rechten.«

»Ja, ja, ich weiß«, sagte Lana und sah blässlicher aus als noch eben. »Also gut, dann Kurzversion: Auf dem Album gibt es verschiedene Songs gegen Gewalt und Ausländerfeindlichkeit, aber der zentrale Song, der zwölf Minuten dauert, deckt auf, dass ...«

In dem Moment gab es einen Knall, und ein Pflasterstein flog am Mandel in seinem Ohrensessel vorbei, vorbei an der Lana in dem anderen Sessel und landete auf dem Glastisch vor der Couch, wo ich lag. Der Tisch blieb ganz.

Erst war es totenstill, dann sagte ich: »Stabiler Tisch.«

»Gibt es einen Hinterausgang?«, fragte der Mandel.

»Klar«, sagte Lana.

»Dann gehen wir vorne raus«, sagte der Mandel.

Ich war mir ja nicht so sicher, ob der Plan vom Mandel aufging. Diese umgekehrte Psychologie, dass wir vorne rausgehen, weil der Feind vielleicht denkt, wir gehen hinten raus, überzeugte mich nicht. Weil der Feind konnte ja erstens auch zu blöd sein, um an den Hinterausgang zu denken, oder zu clever, um auf die Taschenspielertricks vom Mandel reinzufallen, und an beiden Eingängen warten.

»Moment«, sagte ich.

»Was?«, fragte der Mandel.

»Lana, kannst du die Aufnahmen vom Leo mitnehmen? Und alle Datenträger, wo sie drauf sein könnten. Hier ist ja nichts sicher.«

»Hat er Recht«, sagte der Mandel, und Lana holte eine unbeschriftete CD aus einem Buch, das in einem Designerregal stand.

»Fertig«, sagte sie.

Wir löschten das Licht, denn das Licht von der Promenade draußen genügte, um den Weg vorbei an der ehemaligen Rezeption zur Haustür zu finden.

»Vorne an der Straße, der weiße Kombi gleich links«, sagte Lana.

Lana machte vorsichtig die Tür auf und lief los. Ich hinterher und dann der Mandel. Vorne an der Promenade stand der schwarze Jeep und hatte sein Licht angemacht. Von hinten kam der Pickelige angelaufen, der Mandel hatte Recht gehabt mit seinen Tricks. Der wulstige Mittelscheitel stieg aus dem Jeep, als er uns kommen sah. Auf den ersten Blick keine Pistolen. Die Überraschung war uns dennoch geglückt, denn als der Wulstige kapierte, dass wir schneller in das weiße Auto am Eck steigen würden, als er uns einfangen konnte, musste er erstmal wieder in den Jeep zurück und außerdem den Pickeligen einsammeln. Bis der Scheitel uns also mit seinem Wagen den Weg hätte abschneiden können, waren wir schon losgefahren.

»Ich kann fahren«, hatte der Mandel kurz vor dem weißen Kombi gesagt, aber Lana hatte ihn ignoriert. Jetzt saß sie hinter dem Lenkrad und prügelte den alten Ford durch Binz, dass ich dachte, ich bin auf einer Rallye.

»Wie werden wir die Fatzkes jetzt los?«, fragte Lana eher sich selbst.

»Ich hab eine Idee«, sagte ich von der Rückbank aus.

»Du?«, fragte der Mandel. Lana peitschte links in die Hauptstraße rein und dann ein einziges Gehupe wegen den Leuten auf der Straße. Wir als Humanisten verloren natürlich wertvolle Zeit, indem wir auf Passanten Rücksicht nahmen. Derartige ideologische Beschränkungen in der Fahrweise kannte der Mittelscheitel vermutlich nicht, und außerdem hatten wir ja schon alle, die sich nach Anbruch der Dunkelheit noch in Binz herumtrieben, zur Seite gehupt. Der Jeep war also nicht abzuschütteln. Es war meine erste Autoverfolgungsjagd. Ich kann nicht sagen, dass ich mich gut unterhielt.

»Was für eine Idee?«, fragte Lana.

»Gib mir mal dein Telefon.«

Lana zog ein Telefon aus der Brusttasche ihrer Jeansjacke

und warf es ohne zu schauen auf die Rückbank, wo ich es auffing und wählte.

Eine ganze Weile später waren wir runter von Rügen und auf der Autobahn.

»Das war eine klasse Idee«, sagte Lana.

»Nicht schlecht«, sagte der Mandel.

»Danke. Wohin fahren wir jetzt?«, fragte ich.

»Hamburg«, sagte der Mandel.

»Warum Hamburg?«

»Weil wir mit der Band reden müssen. Die sollen entscheiden, was mit den Aufnahmen passiert.«

»Und wieso fahren wir dann nach Hamburg?«, fragte ich.

»Weil die Band morgen Abend in Hamburg ihr Abschiedskonzert spielt. Und weil Martin und ich da wohnen«, sagte Lana.

»Wer ist denn der Martin?«, fragte ich.

»Der Schredder«, antwortete der Mandel.

»Ach so«, sagte ich, weil ich hatte kurz vergessen, wie der Schredder mit Vornamen hieß. Martin Schröder, genau, so war's.

»Ach, das ist schon das große Abschiedskonzert?«, fragte ich.

»Angeblich«, sagte Lana.

»Warum in Hamburg?«

»Weil sie da gewohnt haben, als sie mit *Kellerkinder* den ersten großen Erfolg hatten. Das war doch die legendäre Band-WG, die von der Polizei hochgenommen wurde.«

Klar, dass der Mandel jetzt die Augen verdrehte, weil Allgemeinbildung in seinen Augen.

»Weiß der Schredder eigentlich, dass du und der Leo …?«, fragte ich.

»Dass ich und Leo was?«, fragte Lana zurück.
»Na ja, so bekannt miteinander seid.«
»So bekannt miteinander?«, wiederholte Lana.
»Nein, weiß er nicht. Er denkt, ich besuche Schulfreunde auf Rügen, die da ein Haus haben.«
»Und wie erklären wir ihm dann, dass ausgerechnet du die Aufnahmen hast?«, fragte der Mandel.
»Ich glaube eh, dass es an der Zeit ist, alles aufzuklären. Ausnahmsweise die Wahrheit zu sagen. Leo hatte das ohnehin vor.«
»Der Schredder tut mir jetzt schon leid«, sagte ich.
»Mir auch«, sagte Lana und sah jetzt das erste Mal wirklich genauso todtraurig aus, wie die Umstände waren.

»Ich kann mir einfach nicht vorstellen, dass Neumann und seine Leute den Leo umgebracht haben«, sagte Lana ungefähr auf der Höhe von Rostock.
»Ich auch nicht. Nicht wegen einer Platte«, sagte ich.
»Die konnten ja nicht wissen, ob sie dadurch die Enthüllung überhaupt verhindern würden. Sie wussten ja nicht im Detail, wie weit Leo schon war mit dem Album, und wer schon alles davon wusste.«
»Vielleicht wussten sie es ja doch, weil der Edelstein wirklich ein Doppelspion war«, sagte ich.
»Wer war ein Doppelspion?«, fragte Lana nach.
»Niemand«, sagte der Mandel.
»Und was ist denn jetzt überhaupt die große Enthüllung vom Leo? Dass der Neumann in seiner Freizeit Klezmer hört?«, sagte ich, und Lana lachte über meinen Witz. Der Mandel lachte nicht.
»Das ist eine längere Geschichte«, sagte Lana.
»Wir haben ja auch noch fast zwei Stunden bis Hamburg«, sagte der Mandel.

»Na gut. Leo hat sich vor zwei oder drei Jahren mal mit Leuten vom Simon-Wiesenthal-Zentrum getroffen. Dafür ist er sogar nach L. A. geflogen. Ich hab ihm damals in den Ohren gelegen, dass er mit seiner Bekanntheit, damit, wie viele Leute er erreicht, etwas Sinnvolles anfangen müsse, statt immer nur mit der Malleck auf Premierenfeiern rumzuhängen und so zu tun, als sei er noch fünfundzwanzig. Im Nachhinein ist mir auch klar, ich hätte ihn da nicht so gängeln sollen, schließlich ist er ja auch gar nicht der Typ Weltverbesserer, aber ich war da grade fünfzehn und in so einer politischen Phase. Schülerzeitung, Theatergruppe et cetera. Kennt man ja.«

Ich verspürte einen Anflug von Ekel, als Lana erwähnte, dass sie vor kurzem noch fünfzehn gewesen war. Schreckte denn der Tilmann vor überhaupt nichts zurück?

»Auf jeden Fall hat sich Leo das total zu Herzen genommen und hat wie immer übertrieben, hat sich gleich mit den obersten Nazijägern höchstpersönlich getroffen und die Leute vom Simon-Wiesenthal-Zentrum gefragt, ob er mit seiner Musik oder mit seiner Prominenz etwas für die Sache tun könnte. Mit der Tür ins Haus, wie er halt so ist. Es gibt in Deutschland ja nun wirklich genug antifaschistische Organisationen und Projekte und was weiß ich noch alles, aber nein, Leo muss natürlich nach L. A. fliegen.«

»Wie ist er denn ausgerechnet auf das Wiesenthal-Zentrum gekommen?«, fragte der Mandel dazwischen.

»Ach, das ist ganz absurd. Er hat mal einen Artikel gelesen, in dem BAP, das ist diese Kölner Band, als ›Simon Wiesenthal mit Gitarre und Schlagzeug‹ bezeichnet wurden. Ich weiß nicht, ob Leo die Ironie in dem Artikel verstanden hat, aber er war ganz hingerissen von der Formulierung ›Simon Wiesenthal mit Gitarre und Schlagzeug‹. Und weil er sich schon immer für das Dritte Reich interessierte, hat er die Leute dort gefragt, ob es noch Altnazis gibt, die man noch nicht erwischt hat und die eventuell sogar noch am Leben sind. Und man weiß ja immer nicht, ob es wirklich stimmt, aber angeblich ist der Verbleib von zwei ganz wichtigen Kriegsverbrechern nie geklärt worden. Das eine ist der Alois Brunner, von dem habt ihr vielleicht schon gehört. Der war die rechte Hand von Eichmann und für die großen Deportationen nach Auschwitz zuständig.«

Der Mandel nickte eifrig, so als wollte er sein Geschichtswissen an dieser Stelle bekräftigen. Ich glaube, er hatte keine Ahnung, wer der Eichmann überhaupt war.

»Und der andere«, fuhr Lana fort, »ist ein gewisser Adalbert Hoff, den ›Schlächter von Leschwitz‹ nennen sie ihn. Er soll in seinem KZ Leute ohne Betäubungen operiert haben und muss überhaupt ein ziemliches Vieh gewesen sein. Jetzt wollen englische Journalisten vor kurzem herausgefunden haben, dass dieser Hoff schon vor über fünfzehn Jahren in Ägypten eines natürlichen Todes gestorben ist, und zwar unter dem Namen Ahmed Hussein. Das weiß man von seinem Sohn Roger, der irgendwo in München eine Druckerei leitet und seinen Vater mal in den Achtzigern in Ägypten besucht hat, angeblich, um ihn wegen seiner Verbrechen zur Rede zu stellen. Verpfiffen hat er ihn zu Lebzeiten trotzdem nie. Es konnte am Ende aber nicht bewiesen werden, dass Adalbert Hoff wirklich tot ist, weil kein Grab und keine sterblichen Überreste gefunden wurden. Auch der Sohn in München kann den Tod seines Vaters nicht belegen. Er hat anscheinend lediglich einen Brief der ägyptischen Haushälterin erhalten, ist dem aber nicht mehr nachgegangen, nachdem das Gespräch mit seinem Vater damals wohl ziemlich unbefriedigend verlaufen ist. Das haben sie dem Leo im Simon-Wiesenthal-Zentrum erzählt und ihn gefragt, ob er bereit wäre, den Hoff zu treffen, so von Star zu

Normalbürger, damit Hoff vielleicht doch noch einen Hinweis zum Verbleib vom Hoff senior preisgibt. Die Geschichte hat Leo sowieso total fasziniert, er hat sofort eingewilligt, Roger Hoff in München einen Besuch abzustatten. Dazu passend wollte er dann für DEMO auch ein Lied schreiben, wie das ist, wenn du Sohn von einem Jahrhundertverbrecher bist. Leo hat Hoff junior dann also in München in dessen Wohnung getroffen und ihn zu seiner Lebensgeschichte und seinem Verhältnis zu seinem Vater befragt. Leo hat sich Notizen gemacht, und Hoff war kooperativ, weil irgendwie war es für ihn auch eine Befreiung, mit jemand reden zu können, der nicht von der Presse oder einer Behörde war. Und natürlich war Leo für ihn eine Berühmtheit, das kommt noch dazu. Hoff junior hat allerdings weiter darauf bestanden, dass sein Vater in Ägypten gestorben ist, und das hat ihm Leo schließlich auch geglaubt, auch wenn er ein bisschen enttäuscht war. Er hätte sicher zu gerne eigenhändig den Schlächter von Leschwitz beim Simon-Wiesenthal-Zentrum in Los Angeles abgeliefert. Er hat wohl trotzdem eine Menge Details und unerhörte Geschichten über Hoff senior erfahren, weil das Gespräch mit Roger so reibungslos und zutraulich verlief. Leo schließt man ja auch schnell ins Herz wegen seiner verbindlichen Art. Hoff junior hat Leo dann sogar seine Druckerei gezeigt, und abends sind die beiden einen trinken gegangen, und Hoff hat im Suff behauptet, dass er noch einen Halbbruder vom selben Vater hat, den er der Öffentlichkeit bisher verschwiegen hat. Der im Osten aufgewachsen ist und mittlerweile da bei den Nationalen in der Politik tätig ist. Der das ideologische Erbe seines Papas auf eine ganz andere Art verarbeitet als er selbst. Und der auch lange in intensivem Kontakt mit seinem Vater in Ägypten stand. Und das ist der Neumann gewesen. Kind einer Affäre von Hoff senior mit einer Kriegswitwe aus Görlitz, in der

Nähe von dem Lager. Da ist der Neumann auch aufgewachsen, während sich sein Vater nach dem Krieg schnellstens vom Acker gemacht hatte. Der Neumann hat wohl erst spät von seiner Mutter erfahren, wer sein Vater war, aber dann hat er schleunigst Kontakt nach Ägypten aufgenommen. Dass er dann bei so einer Partei wie den Nationalen Karriere gemacht hat, da kann ja jeder selbst seine Schlüsse ziehen. Da hat sich Leo natürlich gedacht: Skandal, das muss an die Öffentlichkeit! Und zwar durch Leo Tilmann, zeitkritischer Rockstar höchstpersönlich. Da konnte er drei Fliegen mit einer Klappe schlagen: Neumann als Sohn vom Schlächter Hoff verpetzen, sich als Künstler neu definieren und seine Tochter beeindrucken. Das Simon-Wiesenthal-Zentrum hatte er da schon wieder vergessen.«

»Welche Tochter?«, fragte ich, aber dann merkte ich, wie der Mandel mich anschaute, und ich schaute zurück, und dann war natürlich alles klar.

»Na, das hat ja gedauert«, sagte Lana und strahlte kurz zu mir nach hinten auf den Rücksitz. Trotz der Überraschung war ich augenblicklich erleichtert, dass Lana nicht die Bumse vom Tilmann war.

»Aber zurück zum Thema«, sagte sie, ohne dass wir uns auf diese Neuigkeit richtig hätten einstellen können.

»Der Leo hat erst mal einen Privatdetektiv damit beauftragt, Neumann auf den Zahn zu fühlen, damit er sich sicher sein konnte, nicht einem Schwindel aufgesessen zu sein, denn beweisen konnte Hoff junior eigentlich gar nichts. Er berief sich ja nur auf das Gespräch mit seinem Vater in Kairo, denn da hatte ihm Hoff senior von seinem Halbbruder das erste Mal erzählt. Er selbst hat Neumann nie kontaktiert und umgekehrt auch nicht. Der Privatdetektiv war aber anscheinend nicht das Gelbe vom Ei, und so schickte Leo für ein horrendes Honorar

Mallecks Anwalt – ich vergesse immer seinen Namen, er hat was mit Schmuck zu tun – auf Spurensuche, weil der ja mal in so einem Skandalprozess als Verteidiger einen Freispruch für einen Rechten erwirkt hat und deshalb bei dem Verein vom Neumann einen Stein im Brett hat. Der Anwalt konnte sich tatsächlich ein bisschen in die Szene hineinkuscheln und bestätigte Leo anhand von heimlich mit dem Handy gemachten Aufnahmen den Kult, den die Kulturfreunde des Nordens um ihren Chef, den Hoff-Sprössling, veranstalteten. Natürlich hätte Leo gerne noch mehr Beweise gehabt, aber grundsätzlich war das sein Ansatz: ein Konzeptalbum, auf dem er gegen Intoleranz und Faschismus sang, aber das Kernstück sollte ein Lied über den Werdegang Neumann sein, dem Sohn vom Schlächter von Leschwitz. Und das Ganze so in spartanischem Folk wie beispielsweise von Gisbert zu Knyphausen, falls ihr den kennt. Mir ist ja selbst der zu deutsch, zu dramatisch, aber das mögen ja die Leute. Leo rechnete sich aus, dass sein Protestfolk-Album wie eine Bombe in den Medien einschlagen würde, wenn er die geheimen Aufnahmen von den Treffen der Kulturfreunde als Samples in die Platte einfügte. Er wusste schon, dass ihm das Ärger einbringen würde, aber die Konfrontation mit Neumann suchte er ja förmlich, und letztlich auch die mit der Plattenfirma, die ihm für seinen Geschmack schon immer zu sehr in seine Angelegenheiten reingeredet hatte. Und das war seine Chance, sich zu emanzipieren. Das war seine späte Rebellion, die Neuerfindung der Kunstfigur Leo Tilmann. Hätte er gewusst, dass man ihn gleich umbringt, hätte er sich das sicher alles anders überlegt mit dem Konzeptalbum. Auch wenn es manchmal so wirkt, aber Leo war eigentlich nie der Draufgänger. Er hat immer aus einer sicheren Position heraus operieren können. Wenn der Scheiße gebaut hat, dann wusste er auch, dass er damit durchkommt.«

»Puh«, machte ich.

»Und wie kannst du gleichzeitig die Tochter vom Schredder und vom Tilmann sein?«, fragte der Mandel, und es klang fast verzweifelt. Er hatte die Neuigkeit noch nicht verdaut.

»Offiziell bin ich die Tochter von Martin Schröder. Meine Mama und Leo haben nichts mehr miteinander zu tun, und meine Mutter wollte nie, dass Martin weiß, dass ich nicht seine Tochter bin.«

»Deine Mama ist die Anna Münster, die Ex-Frau vom Schredder«, sagte ich.

»Genau. Aber nicht unbedingt das, was man eine fürsorgliche Mutter nennt. Es hat schon seinen Grund, warum ich freiwillig bei Martin und Irina wohne.«

»Ich verstehe die Konstellation immer noch nicht«, sagte der Mandel.

»Pass auf, Herr Mandel. Als meine Mutter damals mit Martin zusammengekommen ist, hat sie auch Leo kennengelernt. Das ließ sich ja nie vermeiden bei dem Geklüngel mit der Band, und davor hatten auch immer alle Bandmitglieder Angst, wenn sie neue Freundinnen hatten. Dass die dann den Leo besser finden. Weil alle wussten, wie Leo auf die Frauen wirkte mit seiner Sorglosigkeit. Und obwohl meine Mutter sich mit Martin zunächst gut verstanden hat, fing sie natürlich eine Affäre mit Leo an, und das muss wohl eine ganz leidenschaftliche Angelegenheit gewesen sein, was es nicht weniger schäbig macht.«

Ist schon merkwürdig, wie stolz dann das Kind zwischen den Zeilen auf den Vater ist, weil er ein Womanizer war. Das ist ja nun wirklich nichts, worauf man als Tochter stolz sein sollte.

»Aber irgendwann war sie eben schwanger, und ihr war klar, dass das Kind von Leo ist, dem sie das nicht sagte, weil Leo nicht zu ihr stehen würde, denn es ging ja immerhin um seinen besten Freund und um den Fortbestand seiner Band. Selbst, als Leo die Affäre gegen den Willen meiner Mutter beendete, behielt sie ihr Geheimnis für sich, um nicht als billige Affäre vom Leo dazustehen.«

»Und du? Was war mir dir?«, fragte ich.

»Ach, ich hab keine große Rolle gespielt. Bis zur Scheidung wohnte ich eben als das Kind von Martin mit meiner Mutter in dessen Haus in Hamburg. Danach zog ich mit meiner Mutter in eine kleine Wohnung in Altona. Nach der Trennung von meiner Mutter und Martin – ich war zehn – fiel ich in ein schlimmes Loch, weil meine Mutter ständig unterwegs war. Sie sagt, auf Drehs, ich sage, in Bars. Sie ließ mich alleine zu Hause sitzen in ihrem kleinen Zweizimmerapartment. Ich hab Schredder ganz fürchterlich vermisst, weil er so ein liebevoller Papa war, ganz im Gegensatz zu meiner Mutter. Als sie eines Abends angetrunken nach Hause kam und ich mir die Augen ausheulte, weil mein gesamtes Leben in Scherben lag, bekam sie einen Wutanfall und schrie mich an, dass Martin noch nicht einmal mein echter Vater sei, ich bräuchte jetzt hier nicht auszuflippen. Kann man sich ja vorstellen, wie das bei einer emotional völlig heruntergewirtschafteten Zehnjährigen ankommt. Wir lieferten uns eine Art Prügelei, in der ich sie mit einem Küchenmesser zwang, mir zu sagen, wer mein richtiger Vater ist.«

Unfassbar, wie das junge, süße Sommersprossending eine Monstrosität wie die Bedrohung der eigenen Mutter mit dem Messer heruntererzählte wie einen Schwank aus der Jugend.

»Danach lief ich weg zu Martin, und seitdem wohne ich da, und meine Mutter hat nie versucht, mich zurückzuholen. Ich habe nach einer Weile angefangen, sie einmal die Woche zu besuchen, und ich tu es immer noch. Mittlerweile wohnt sie in der Elbchaussee in der Wohnung vom Jo, ihrem zweiten

Mann. Der hat eine Produktionsfirma. An die zweite Frau von Martin, die Irina, habe ich mich gut gewöhnt, die wird keinen Nobelpreis mehr in ihrem Leben gewinnen, aber sie hat das Herz auf dem rechten Fleck. Meine Mutter hat sich im Prinzip von mir abgewendet. Ich glaube, ich erinnere sie immer noch zu sehr an Leo, der – auch wenn sie es nicht zugeben will – immer ihre große, lebensbedrohende Liebe war.«

»Aber warum bist du nach dem Streit mit dem Messer nicht sofort zu deinem echten Vater, also dem Til ... – dem Leo?«, fragte ich.

»Wo denkst du hin, Sigi? Das ist einfach zu viel für mich gewesen. Dass Leo mein richtiger Vater ist, das war zu viel Information zu dem Zeitpunkt. Ich musste diese schreckliche Nacht und die Prügelei verdrängen, und damit verdrängte ich auch, dass Schredder nicht mein echter Vater war, sondern eben Leo. Ich kannte Leo ja auch überhaupt nicht. Der war eher wie ein lustiger Onkel, dessen vertraute Albernheiten einem nicht gänzlich unangenehm, aber immer ein bisschen unheimlich waren. Und dann sein überdimensionales Selbstbewusstsein, das verunsichert einen als Kind.«

»Wenn man genau hinschaut, siehst du ihm schon ähnlich. Die Augen«, sagte der Mandel jetzt fast andächtig, während er Lana beim Autofahren beobachtete.

»Nur wenn man's weiß. Mit sechzehn hab ich das mit den Augen auch festgestellt, als auf MTV ein Video von DEMO kam. Es war ›Freddie Krieger‹, ich weiß es noch. Ich hab wie ein Roboter eine Tasche gepackt und bin mit der Bahn alleine zum Leo gefahren. Ich klingelte einfach so ohne Vorwarnung, und dann erzählte ich ihm alles. Er war wirklich völlig ahnungslos und verständlicherweise völlig aus den Angeln. Es war ja das erste Mal, dass er Vater wurde. Aber er hat sich dann schnell unglaublich gefreut, das werde ich nie vergessen.«

Jetzt hatte sie doch Tränen in den Augen. Ich legte von hinten meine Hand auf ihre Schulter. Der Mandel schaute nur teilnahmslos zur Windschutzscheibe hinaus.

»Eigentlich haben wir uns in einem familiären Sinne an dem Wochenende gleich ineinander verliebt. Er hat dann ziemlich bald dieses Haus in Binz gekauft, was zu unserem gemeinsamen Treffpunkt wurde, wo wir uns, sooft es ging, heimlich sahen und so eine Art Familienleben nachholten. Weder Martin noch meine Mutter noch die Malleck wussten von dem Haus. Nur Danny kennt es. Allerdings hatte Leo langfristig immer vor, unsere Verwandtschaft öffentlich zu machen. Er hat auch das Gespräch mit meiner Mutter gesucht, aber die hat ihn nur abgewiesen.«

»Aber wenn du beim Leo warst, ist da die Malleck nicht misstrauisch geworden?«, fragte ich.

»Ich war ja nur genau einmal bei Leo. Das erste Mal. Danach haben wir uns woanders getroffen und später nur noch in Binz. Traurig, oder? Und die Malleck war an dem Abend nicht zu Hause gewesen. Die war ja ohnehin nie zu Hause. Und Leo hat ihr auch nichts erzählt, weil er sie nicht kränken wollte, hat er gesagt. Weil sie doch selbst so gerne Kinder mit ihm gehabt hätte. Wobei ich nicht ganz sicher bin, ob man der Malleck einen Familiensinn glauben kann. Da geht es wohl mehr um den Anspruch, neben der erfolgreichen Karriere als Schauspielerin der Vollständigkeit halber auch noch die Mutter zu geben. Ich glaube eh, mit Veronika und Leo haben sich zwei gnadenlose Egoisten gesucht und gefunden, die mit möglichst wenig Kompromissen ihrer eigenen Karriere stets den Vorzug gegeben haben. Und ich glaube auch, dass Leo der Veronika nie so ganz über den Weg getraut hat. Aber wie auch? Wenn ich schon diese gekünstelt superwachen Augen sehe, dann weiß ich doch, dass Veronika Malleck eine einzige Maskerade ist, ein lebenslanger Kostümball. Im Gegensatz dazu wollte sich Leo aber von seinem Egoismus befreien. Für Leo waren ich und sein Soloalbum die Chance, sich moralisch zu rehabilitieren. Es war der Auftakt zu seinem zweiten Leben, so hat er das formuliert.«

»Wie alt bist du eigentlich jetzt?«, fragte ich Lana.

»Achtzehn. Bald neunzehn.«

»Können wir die CD jetzt eigentlich mal anhören?«, fragte der Mandel.

»Sorry, der CD-Player im Auto ist leider kaputt«, sagte Lana.

Zweiundzwanzig

Gottseidank und natürlich kannte der Mandel in Hamburg jemanden, sonst hätten wir uns von Lana auch noch Geld für die Übernachtung ausleihen müssen. Weil beim Schredder im Haus schlafen, das wäre nach der aktuellen Sachlage nicht infrage gekommen. Wir waren schon ausreichend in die Verwandtschaftsverhältnisse der Tilmanns und Schröders verstrickt, man muss es nicht übertreiben. Der Mandel wollte mich eigentlich noch nachts in die Notaufnahme verfrachten wegen dem Loch im Bauch, aber ich wollte nur noch schlafen. Und so durfte ich als Schwerverletzter im Doppelbett vom Harry Wagner übernachten, während der Harry Wagner und der Mandel auf der Couch schliefen. Der Harry Wagner war der Gründer der Hamburger Plattenfirma Goldene Zeiten und hatte früher ziemlich eigensinnige deutsche Musik veröffentlicht. Jetzt arbeitete er für einen großen Anbieter von Handy-Software und Klingeltönen. Aber immerhin als Abteilungsleiter für das Ressort Music & Entertainment. Der Harry Wagner hätte natürlich gerne gewusst, wer mich angestochen hatte und warum wir weder Portemonnaies noch Telefone bei uns hatten, aber mit der Wahrheit ist der Mandel dann dieses Mal doch sparsamer umgegangen. Kleiner Raubüberfall auf Rügen, das musste dem Harry Wagner reichen.

»Auf Rügen?«, hatte der Harry Wagner ungläubig gefragt.

Am nächsten Morgen fuhr mich der Harry Wagner ins Krankenhaus Altona, wo sich die Ärzte meinen Bauch anschauten. Nein, Krankenkassenkarte hatte ich leider nicht dabei. Was mir denn passiert sei, wurde ich gefragt. Und ich sagte das, was wahrscheinlich alle sagen, die mit Messerstichen ins Krankenhaus eingeliefert werden.

»Wir haben ein bisschen was getrunken gestern Nacht, na ja, ein paar Bier halt und vielleicht einen Schnaps, und ich wollte gerade den Tiroler Bauernschinken aufschneiden, bin aber über das Ladekabel vom Laptop gestolpert und ins Brotmesser gefallen.«

»Wenn Sie jetzt in Lebensgefahr schweben würden, müssten wir die Polizei rufen«, sagte der Arzt, ein großer Mann mit so dichtem braunem Haar, dass man hätte meinen können, er trägt eine Mütze.

»Tu ich also nicht?«

»Was tun Sie nicht?«

»In Lebensgefahr schweben.«

Und da hat der Arzt dann lachen müssen.

Man schaute im Anschluss unter meine Bauchdecke, damit man sehen konnte, was der Pickelige angerichtet hatte. Mehr als die Bauchdecke war aber nicht beschädigt. Keine Organe waren angestochen, und auch sonst hatte sich nichts entzündet. Wahrscheinlich reinigte der Pickelige sein Messer immer mit Alkohol. Kann man froh sein, wenn ein Messerstecher einen hygienischen Umgang mit seinem Sportgerät pflegt.

Nachdem man mich zugenäht hatte, hätte man mich natürlich gerne noch dabehalten, aber alleine in einem Hamburger Krankenhaus, wo man niemanden kennt, danach war mir nicht. Also verließ ich unter Protest des Arztes mit der Haarmütze und unter seiner Drohung, der Krankenkasse Bescheid zu sagen, das Krankenhaus.

Es war ein sonniger Samstag, T-Shirt-Wetter mitten im April. Hinz und Kunz auf der Straße. Für einen kurzen Moment vergaß ich, in was für einer misslichen Lage wir uns immer noch befanden. Ich saß einfach auf den Stufen vor der Klinik und dachte an den kommenden Sommer, und wie ich mit neuem Selbstbewusstsein unter die Leute gehen würde, jetzt wo ich mit einer bekannten Schauspielerin geschlafen hatte und angestochen worden war. Auf den Grillfesten würde ich der Cheferzähler sein, ich würde mich nicht mehr verunsichern lassen von den ganzen Possenreißern und Egomanen, die angeblich schon so viel erlebt hatten.

Der Mandel und der Harry Wagner hatten in der Zwischenzeit gefrühstückt und holten mich aus dem Klinikum ab. Der Harry Wagner hatte aus seiner Firma zwei Telefone mitgebracht, die er uns leihen konnte. Normalerweise dienten sie dem Test von neuer Software. Der Mandel hatte zwei Prepaid-SIM-Karten gekauft und die wichtigsten Nummern, die ihm der Dieter am Telefon gegeben hatte, in sein neues Telefon übertragen. Ich hatte keine Ahnung, woher ich meine ganzen Nummern wiederbekommen sollte. Ich hatte nur die von Lana, die sie mir gegeben hat, bevor sie uns beim Harry Wagner abgesetzt hatte.

»Was sagt der Arzt?«, fragte der Mandel, als er mich auf den warmen Stufen vor der Klinik sitzen sah.

»Strikte Bettruhe.«

»Ah, das geht doch«, sagte der Mandel.

Später rief ich Lana an, wie ausgemacht. Sie hatte uns über den Schredder zwei VIP-Tickets für die Hamburg-Arena beschafft. Außerdem sollten wir uns um fünf mit ihr und der Band im Backstage-Bereich treffen. Als wir mit dem Taxi ankamen, wartete Lana schon vor dem Liefereingang der Halle auf uns.

»Na, alles wieder gut mit dem Bauch?«, fragte sie mich und lächelte.

»Strenge Bettruhe«, sagte ich.

»Ah, dann ist ja gut«, sagte Lana.

Man konnte nicht auf Anhieb sagen, ob die Band sich darüber freute, uns zu sehen. Als wir ankamen, waren alle beschäftigt. Der Kretschmann spielte lautlos irgendein Zeug auf seiner honiggelben Les Paul, der Bartels schrieb mit einem schwarzen Filzschreiber Songtitel auf einen Zettel, und der Schredder las eine Zeitung. Die Band saß in einem Aufenthaltsraum, der dreimal so groß wie mein Wohnzimmer war und in dem es drei Sofas gab, was dreimal so viele Sofas wie in meinem Wohnzimmer waren. Alle aus Leder. Als der Schredder von seiner Zeitung aufschaute und Lana sah, leuchtete sein an sich schon rotes Gesicht noch roter auf.

»Hallo Papa«, sagte Lana, und ich konnte dem Mandel ansehen, dass ihm auch nicht wohl in seiner Haut war.

»Ah, Max«, sagte der Kai Bartels und streckte dem Mandel die Hand hin, in der er nicht den Filzschreiber hielt.

»Und auch dir hallo«, sagte er zu mir.

»Sigi Singer, wir haben uns schon mal getroffen«, sagte ich, und dann fiel mir ein, dass das kurz nach der Zerlegung vom Tilmann in zwei Teile gewesen war. Quasi noch am Tatort.

Der Kretschmann schaute kurz von seiner Gitarre auf, ohne seine Fingerübung zu unterbrechen. Der Schredder hingegen stand auf und nahm uns beide gleichzeitig in den Arm. Drückte uns wie ein Bär.

»Ich nehme an, du willst deine Reportage zu Ende bringen«, sagte der Kai Bartels, und man konnte seinem Gesichtsausdruck nicht entnehmen, ob er es ernst meinte.

»Auch«, sagte der Mandel.

»Wir haben die Aufnahmen von Leo«, sagte Lana, und jetzt

hörte der Kretschmann augenblicklich mit dem lautlosen Gedudel auf.

»Ah ja? Und woher? Wer hatte sie denn?«, fragte der Kai Bartels.

»Ich«, sagte Lana.

»Du?«, fragte der Kai Bartels, und das Gesicht vom Schredder war ein lebendig gewordenes Fragezeichen.

»Leo hat sie mir gegeben«, sagte Lana und versuchte, ihrem Gesicht keinen Ausdruck zu geben, um dem argwöhnischen Blick vom Kai Bartels standzuhalten. Es war jetzt ziemlich andächtig in dem Aufenthaltsraum, weil natürlich jeder dasselbe dachte wie ich und der Mandel bis zu der Autofahrt nach Hamburg. Kann nicht sein, der Tilmann hat die Tochter vom Schredder gebumst.

»Es ist nicht so«, sagte die Lana in die Andacht hinein, als antwortete sie direkt auf die Gedanken der anderen. »Leo ist mein Papa.«

Bis auf den Mandel und ich schauten jetzt alle auf den Schredder, dessen Blick auf die Titelseite seiner Zeitung fiel, so als hätte er die Atombombe nicht gehört, die gerade über der Arena niedergegangen war. Die Schlagzeile lautete: ICH WAR NIE NACKT, DAS WAR PHOTOSHOP! *Casting-Kandidatin streitet Nacktfotos ab.* Selbst ich war in dem Moment kurz irritiert, weil ich jetzt nicht gedacht hätte, dass Lana ihren neuen Vater vor der ganzen Band enthüllt. Eine Art »Pre-Listening« hätte doch mindestens dem Schredder zugestanden. Aber so waren sie vermutlich, die Tilmanns, immer auf den Spezialeffekt aus.

Es klopfte, und weil ich der Tür am nächsten stand, öffnete ich.

»Noch mehr Besuch«, sagte der Sicherheitsmensch in dem dunkelblauen Hemd und hielt die Tür auf. Der Danny rollte in einem Rollstuhl herein und sagte:

»Hier ist ja eine Stimmung wie auf einer Beerdigung.«

Dann erzählte Lana das, was sie uns schon im Auto erzählt hatte. Ich schaute mir den Danny an, und wenn sein Mund nicht dauernd auf- und zugeklappt wäre und wenn er sich nicht immer mit dem Handrücken über den Kopf gefahren wäre, hätte man vielleicht sagen können, der Mann sieht aus wie jemand, der vollkommen im Einklang mit der Welt ist. Nichts in seinem Blick deutete darauf hin, dass ihn die Geschichte in Aufregung versetzte oder dass sie überhaupt etwas Neues für ihn war. Ich sage, der war seiner Band um Jahre voraus. Der Schredder hingegen sah überhaupt nicht gefasst aus. Er sah aus, als würde er die Luft anhalten, und gleich würde es ihn in Fetzen reißen. Niemand außer mir schaute ihn an, während Lana ihr Geständnis ablegte.

»Wenn ich euch jetzt die Aufnahmen anvertraue, was macht ihr damit?«, fragte Lana die Band, und es klang fordernd.

»Der Urbaniak hat uns zwar beauftragt, sie zu finden, aber dann ist ja alles ganz anders gekommen. Ihr seid die Band und die besten Freunde vom Leo, wir halten uns da raus«, sagte der Mandel, obwohl ihn keiner gefragt hatte.

Wieder klopfte jemand an die Tür. Der Security-Mann bat den Urbaniak herein. In einem dunkelgrauen Anzug aus Stoff, der funkelte. Wie ein Zirkusdirektor.

»Hey Guys, what's up? Bereit für den großen Showdown?«, fragte der Urbaniak.

Der Mandel saß mit mir und dem Urbaniak an der VIP-Bar, und er spürte sicher überschwer die CD mit dem Soloalbum vom Tilmann in der Innentasche seines Mantels. Wie einen Stein. Weil der Urbaniak so plötzlich hereingeplatzt war, hatte er sie den DEMOs noch nicht übergeben können. Zwischen der Band und Lana und vor allem zwischen Lana und dem Schredder gab es jetzt ja einigen Redebedarf, da hätte der Urbaniak nur gestört, und so hatten wir ihn zur Bar gelotst.

»Na? Wie weit seid ihr mit der Recherche?«, fragte der Urbaniak.

»Wir haben die Aufnahmen gefunden.«

Und wieder die Wahrheitsmaschine Max Mandel.

»Echt? *Crazy Shit*. Und, wo sind sie?«

Der Urbaniak rieb sich nervös die Hände. Der war überhaupt ziemlich auf Sendung. Garantiert eine chemische Nervosität.

»Der Danny hatte sie.« Ah, doch nicht die Wahrheitsmaschine.

»Der Danny? Der *Fucker*«, sagte der Urbaniak, aber es klang eher frustriert als wütend. Als würde er sich ärgern, dass er da nicht selbst drauf gekommen war.

»Was meinst du mit *hatte*?«, kam es dem Urbaniak dann, und er rieb sich mit seinem fetten Arsch an dem Barhocker.

»Er hat sie gelöscht«, sagte der Mandel, ohne mit der Wimper zu zucken.

»Warum hat er sie denn gelöscht?« Der Urbaniak witterte Morgenluft.

»Er war nicht so begeistert von der Platte«, sagte ich.

»Das gibt's doch alles nicht. Was für ein Fuck«, sagte der Urbaniak, aber man musste nicht sein Yogalehrer sein, um zu merken, dass er sich für seine Verhältnisse entspannte. Zumindest hatte er aufgehört, sich an dem Barhocker zu reiben.

»Müsst ihr halt erst mal ein GreatestHits-Album rausbringen«, sagte ich.

»Diese ganze Branche ist doch so abgefuckt. Jetzt muss ich versuchen, aus den alten Aufnahmen was zu basteln. Alle Verträge stehen doch schon. Der Vertrieb lyncht mich, wenn ich nicht mit Material ankomme«, sagte der Urbaniak und bestellte sich noch ein Bier.

»Wie war denn das Material, das der Danny gefunden hat?«, fragte der Urbaniak nach einer Weile.

»Folk. Nicht besonders gut«, sagte der Mandel.

»Ah«, machte der Urbaniak. »Na dann.«

»Schau an, die Herren Mandel und Singer«, sagte der Kommissar Winter und haute dem Mandel zur Begrüßung von hinten auf die Schulter, dass der fast vorne über den Tresen gekippt wäre. Ich übertreibe, aber es war schon grob vom Winter.

»Immer da, wo was los ist«, sagte der Winter.

»Heut Abend passiert zumindest kein Mord«, sagte der Mandel, als wäre er nicht im Geringsten überrascht, den Winter hier in Hamburg auf dem Abschiedskonzert von DEMO zu sehen.

»Wer weiß, Herr Mandel. Vielleicht machen Sie ja wieder die falsche Kiste auf.«

Der war sichtlich gut gelaunt, der Winter.

»Ich muss eh mal bei den Global-Jungs vorbeischauen«, sagte der Urbaniak, aber es beachtete ihn keiner, als er sich davonschlich.

»Was machen Sie eigentlich hier? Sind Sie DEMO-Fan?«, fragte der Mandel den Winter.

»Keineswegs, Herr Mandel, keineswegs. Ich wollte dem Herrn Singer mal wieder sein Portemonnaie vorbeibringen. Der kommt ja viel herum, wie es scheint.«

Er hielt mir mein Portemonnaie vor die Nase. Er hielt es an der Ecke zwischen Daumen und Zeigefinger.

»Und Ihres haben wir natürlich auch, Herr Mandel.« Der Winter zog ein zweites Portemonnaie aus der Tasche und legte es neben dem Mandel auf den Tresen.

»Da waren die Kollegen aus Rügen so nett, mir die per Eilkurier nach Hamburg reinzubringen.«

»Wo haben Ihre Kollegen die denn her?«, fragte ich.

»Ja, merkwürdig, oder? Wir haben einen Tipp von einem anonymen Anrufer bekommen, dass ein Fahrzeug mit sechzig Kilometern pro Stunde durch eine Spielstraße in Binz gefahren ist. Die Portemonnaies haben wir dann den zwei Rasern abgenommen, die sich als Mitglieder einer mutmaßlich rechtsextremen Vereinigung herausgestellt haben. Wenn Sie jetzt nicht sagen, dass Sie denen die Portemonnaies geschenkt haben, könnten die Kollegen diese Männer durchaus wegen Diebstahl festsetzen.«

»Unbedingt. Absoluter Diebstahl«, sagte ich.

»Auf jeden Fall«, sagte der Mandel.

»Und Körperverletzung.« Ich zog mein Hemd hoch und zeigte dem Winter den dicken Verband.

»Absolute Bettruhe eigentlich«, fügte ich hinzu.

»Wir sind nur noch nicht dazu gekommen, die Leute anzuzeigen. Wegen des Abschiedskonzerts heute Abend. Die Band hat uns persönlich eingeladen«, sagte der Mandel.

»Unsere Telefone haben Sie nicht zufällig gefunden?«, fragte ich.

»Sie können froh sein, dass ich heute so gute Laune habe, meine Herren, sonst würden wir uns jetzt in einem Einsatzwagen weiterunterhalten«, sagte der Winter.

»Haben Sie nicht auch irgendwo einen *good cop*?«, fragte der Mandel.

»Strapazieren Sie nicht meine Geduld, Sie Witzbold«, sagte der Winter und drehte dem Mandel kurz den Arm auf den Rücken, einfach so. Illegale Polizeigewalt, wenn Sie mich fragen.

»Verdammt nochmal«, sagte der Mandel.

»Geben Sie mir ein Bier«, sagte der Winter zur Bedienung

des VIP-Bereichs, nachdem er den Arm vom Mandel wieder losgelassen hatte, oder vielleicht sogar noch währenddessen.

»Haben Sie Lust auf eine Wette, Herr Mandel?«

»Geht so. Was wetten wir?«

»Wer den Tilmann umgebracht hat. Ich weiß es schon, aber Sie müssen raten. Wenn Sie verlieren, darf ich Sie und Ihren Sozius den Kollegen auf Rügen wegen Diebstahl von zwei Segways melden, und wenn Sie Recht haben, vergess ich die Sache.«

»Was sind denn Segways?«, fragte ich.

»Diese elektronischen Zweiräder«, klärte der Mandel mich auf.

»Oh«, sagte ich.

»Jetzt geben Sie schon Ihren Tipp ab, Mandel. Der große Privatdetektiv wird doch wohl eine Idee haben.« Die gute Laune vom Winter erreichte haarsträubende Dimensionen.

Der Mandel zupfte an einer grauen Strähne, die ihm ins Gesicht hing.

»Ich habe keine Ahnung«, sagte der Mandel.

»Sehen Sie, Herr Mandel. Und deswegen ist es immer schwierig für Quereinsteiger in unserer Branche. Weil man immer eine Ahnung haben muss. Zu jeder Tageszeit. In jeder Situation.«

»Wer war's denn jetzt?«, fragte ich.

»Ich geb Ihnen einen Tipp, Herr Singer. Wir haben ausschließlich DNA von den Bandmitgliedern am Tatort gefunden.«

»Also war's einer von der Band«, folgerte ich ein bisschen tumb.

»Jetzt warten wir doch einfach das schöne Konzert ab, und dann lassen Sie sich überraschen, wen wir verhaften.«

»Der Killer ist also anwesend. Das ist ja wie bei Miss Marple«, sagte ich.

»Und wieso verhaften Sie ihn nicht jetzt gleich?«, murrte der Mandel, dem das Höhnische vom Winter langsam auf die Nerven ging.

»Zu viel Unruhe für zu viele Menschen. Das machen wir schön gemütlich nach der Zugabe, wenn die Leute zu Hause sind.«

»Na, dann wird das ja ein sehr spannendes Konzert«, sagte ich, und für einen Moment spürte ich sie wieder. Die Wucht der kommenden Veränderung. Wie sie näher kam. Und trotz Loch im Bauch und der Unbill der letzten Woche war ich wieder ein bisschen optimistischer. Denn es gab jetzt die konkrete Aussicht, dass dieser Wahnsinn heute Nacht endete. Und danach würde ja zwangsweise etwas Neues kommen. Und danach würde ich irgendwann die Malleck wiedersehen, ganz außerhalb des Berufs und ohne Ermordungen ringsherum.

»In diesem Sinne viel Vergnügen noch, die Herren«, sagte der Winter.

»Äh, eins noch, weil wir grade so schön plaudern, Herr Winter. Wer hat denn nun den Edelstein auf dem Gewissen? Wissen Sie das jetzt schon?«, fragte ich.

»Niemand«, sagte der Winter vergnügt.

»Wie, niemand?«, fragte der Mandel.

»Der Edelstein ist bei Regen auf seinem Segelboot ausgerutscht, mit dem Kopf auf der Bootskante aufgeschlagen, ohnmächtig ins Wasser gefallen und ertrunken. Und das nur ein paar Meter von Ihrem … Schwindelanfall entfernt.«

»Gibt's doch nicht«, sagte ich. »Wie unnötig.«

»Das entscheiden nicht wir, ob nötig oder nicht«, sagte der Winter mystisch, aber ich glaube, er machte sich nur lustig. Er sah mir nicht wie der religiöse Typ aus.

»Jetzt muss ich aber wirklich los. Ich habe einen guten Platz in der VIP-Loge«, sagte der Winter und ging.

»Der war aber gut drauf für seine Verhältnisse«, sagte ich zum Mandel.

»Kann sein«, sagte der Mandel.

»Wahnsinn, das mit dem Edelstein. Haut der sich den Kopf an und ertrinkt. Da wird man ja fast lieber ermordet«, sagte ich.

Der Mandel schien angestrengt über etwas nachzudenken.

»Was denn?«, fragte ich.

»Ich glaube, die verhaften den Schredder.«

»Den Schredder?«

»Ich glaube, der hat das gewusst mit Leo und Lana. Dass sie gar nicht *seine* Tochter ist. Wer weiß denn, ob es ihm die Münster nicht doch erzählt hat? Der Danny schien es ja auch zu wissen. Und vielleicht hat es auch der Winter längst herausgefunden. Und schon hast du ein Motiv. Ein besseres findest du nicht mehr. Der entmachtete Papa und gehörnte Ex-Mann streitet sich mit dem, der quasi sein Leben in eine Farce verwandelt hat. Nach so einem Live-Konzert liegen die Nerven doch eh oft blank. Da kann einem schon mal die Hand ausrutschen.«

»Oder die Axt«, fügte ich hinzu.

»Sehr witzig, Sigi«, sagte der Mandel völlig unamüsiert.

»Na ja, noch besser ist das Motiv, wenn er geglaubt hat, der Tilmann fickt seine Tochter. Und wer weiß, was mit dem Bartels los ist? Der ist doch immer schon neidisch auf den Tilmann gewesen. Vielleicht haben sie sich über die Zugaben gestritten, und der Bartels hat dem Tilmann mit seinem Fender-Jazz-Bass den Schädel eingeschlagen. Und in dem Hirn vom Tilmann hat der Winter dann die Splitter vom Bass vom Bartels gefunden. Oder es war der Kretschmann mit einer Flying V. Jeder Gitarrist aus den Achtzigern hat doch eine Flying V.«

»Ach, geh, Sigi«, sagte der Mandel.

»Glaubst *du* denn, der Schredder war's?«, fragte ich.

»Na ja, es muss schon jemand mit viel Kraft gewesen sein, denn er hatte ja nur knapp zehn Minuten, um den Leo umzubringen und ihn dann in zwei Teile zu zerhacken. Und schau dir den Schredder an.«

»Hm«, machte ich.

»Was denkst du denn, wer's war?«, fragte ich den Mandel.

»Willst du jetzt auch wetten?«

»Nein, deine Meinung interessiert mich halt«, sagte ich.

»Ich denke, dass man schon ziemlich außer sich sein muss, wenn man jemand so zerlegt. Und ich denke, dass der Tilmann in der Kiste zugedeckt lag, ist auch kein Zufall. Das spricht doch für eine gewisse Fürsorge und Reue von jemandem, der ihn gekannt hat. Wenn ich dich jetzt im Affekt umbringen würde, täte es mir sicher auch gleich danach leid. Dann würde ich dich auch zudecken. Weil ich dich ja im Prinzip mag.«

»Du würdest mich zudecken, weil dir der Mord peinlich ist und du die Schweinerei nicht sehen willst, die du angerichtet hast«, sagte ich, und der Mandel lachte, obwohl ich es ernst gemeint hatte. Er hatte schon lange nicht mehr über einen Kommentar von mir gelacht. Er lachte weiter.

»Es deutet schon vieles auf den Schredder hin. Aber ich kann es mir einfach nicht vorstellen. So ein Bär«, sagte er, nachdem er sich beruhigt hatte.

»Eigentlich ist es ja nicht unser Problem, oder?«

»Eigentlich nicht, aber irgendwie hängen wir da doch schon zu tief drin. Und was ist mit Lana? Ein Papa tot, der nächste im Gefängnis.«

»Stimmt. Das ist Mist. Aber sag mal, du hast doch den Tilmann in der Kiste gefunden. Was war denn dein erster Verdacht, ganz instinktiv aus dem Bauch heraus?«

»Ach, Instinkt. Instinkt ist Unsinn.«

»Nicht grundsätzlich.«

»Aber meistens. Du gehst ja auch nicht nach Instinkt über die Straße, sondern wenn Grün ist.

»Aber vielleicht würde es auch mit Instinkt funktionieren. Wenn ich zum Beispiel die Augen zumache und dann …«

»Lass es, Sigi.«

»Ja, ja«, sagte ich und sah mich in der VIP-Bar nach der Malleck um, aber keine Spur. Weintheke, Schnittchenschaufenster, Nachspeisenbuffet und Brezelständer, mediokres Kantinenessen auf Edelrestaurant getrimmt. In Schlangen standen sie an: die Männer mit ihren T-Shirts mit V-Ausschnitten und teuren Jacketts darüber. Oder wahlweise in sportlich: in ihren Nobeltrainingshosen und den viel zu unbenutzt aussehenden Turnschuhen. Die Frauen in kurzen Kleidern und hohen Absatzschuhen. So sahen Leute aus, die ihr Geld mit Musik verdienten und sich nach Feierabend trotz der tiefsitzenden Spießerseele ein bisschen rockig fühlen wollten. Zwischen den ganzen Business-Rockern und Gelegenheits-Rockludern strömten Dutzende von schreienden Kindern umher, und es herrschte ein striktes Rauchverbot. Mittendrin der Mandel und ich mit der Gewissheit, dass gleich etwas passieren würde.

Der gastronomische Teil des VIP-Bereichs verfügte über eine riesige, ununterbrochene Fensterfront, von der aus man den Hamburger Abendhimmel sehen konnte. War der Tag noch ziemlich sonnig gewesen, sah es jetzt schon wieder nach Regen aus. Es hielt sich eben nie, das gute Wetter. Ein sich aufblähender Wolkenhaufen verdeckte die letzte Sonne des Tages. Es dauerte nicht lange, bis sich das gelbe Licht auch in der VIP-Bar breitmachte und auf die Gesichter der Business-Rock'n'Roller fiel.

»Sigi«, sagte jemand. Es war das erste Mal, dass die Malleck mich in der Reihenfolge vorm Mandel begrüßte. Weiß Gott, was sie damit bezweckte.

»Veroni … Aua«, sagte ich, weil die Malleck mich so herzlich umarmte.

»O nein, hab ich dir wehgetan?«, fragte die Malleck.

»Dem Sigi haben sie in den Bauch gestochen«, erklärte der Mandel.

»Wirklich? O Gott, wer denn?«, tat die Malleck entsetzt.

»Ein paar von den Rechtsekzemen auf der Suche nach den Bändern vom Leo«, sagte ich in der Hoffnung, dass die Malleck mein Wortspiel bemerkte.

»O Gott, Sigi, o Gott. Das tut mir so leid.«

»Muss es nicht. Kannst du ja nichts dafür«, sagte ich.

»Und wie geht es dir?«, fragte die Malleck.

»Strikte Bettruhe, sagt der Arzt«, sagte ich.

»Ach so. Aber gut siehst du aus. Dafür, meine ich.«

»Du auch. Dreharbeiten zu Ende?«

Ich deutete auf ihre blonden Haare, die sie offen trug, aber dieses Mal aus dem Gesicht geklammert. Die Schwärmerei über die Beine in der schimmernden blauen Latexhose mit nichts als einem T-Shirt darüber spare ich mir.

»Nein, nur Drehpause. Das Braun war nur eine Farbe. Das mach ich wieder drauf, wenn wir weiterdrehen.«

»Wir haben die Aufnahmen gefunden«, sagte ich, und ehrlich gesagt, weiß ich im Nachhinein gar nicht mehr genau, warum ich das gesagt habe. Vielleicht, weil ich dem Mandel zuvorkommen wollte, mit seiner Taktik der bedingungslosen Wahrheit. Oder weil ich spürte, dass die Malleck in Eile war und wollte, dass sie noch bei uns blieb. Und sicher auch, weil ich ihr zeigen wollte, dass wir keine unfähigen Esel in unserem Beruf waren, auch wenn wir nach jetzigem Stand wohl kein IHK-Zertifikat bekommen würden wegen der Anwesenheitsliste. Der Mandel jedenfalls warf mir einen äußerst vorwurfsvollen Blick zu. Ausgerechnet er.

»Ach echt? Das ist ja ein Ding. Wo waren sie denn?«

»Bei der Tochter vom Schredder. Lana. Und jetzt hat sie die Band.«

»Die Tochter vom Schredder? Wie kommt die denn dazu?« Die Malleck wirkte für eine Millisekunde empört.

»Das erzählen wir dir nach dem Auftritt. Ganz lange und kuriose Geschichte«, sagte der Mandel.

»Okay, alles Weitere dann nachher. Ich muss jetzt eh los, hinter die Bühne. Ich habe einen Gastauftritt, ich darf einen der Songs von Leo singen.«

»Ach ja? Das ist ja toll«, sagte ich.

»Ja, und auch traurig. Aber irgendwie muss man jetzt auch an die guten Zeiten denken. Es ist ja so viel Schlimmes passiert, der Leo und der Holger würden sich wünschen, dass wir nach vorne schauen und dass wir sie ein bisschen hochleben lassen.«

Ein merkwürdiges Bild tat sich mir in Gedanken auf, während die Malleck das sagte: Der Edelstein sitzt auf einer Wolke in einem weißen Nachthemd. Auf seinem Hinterkopf eine klaffende Wunde von dem Sturz auf die Bootskante. Der Edelstein hat seinen Kopf auf seinen Arm gestützt und sieht genervt aus. »Schau mal, Holger, die feiern uns!«, schreit der Tilmann von der Nachbarwolke rüber. Er sieht super aus, er trägt ein enges schwarzes Nachthemd mit einem Nietengürtel um die Hüfte. Seine Haare glänzen frisch gewaschen, und sein Bart wirkt ebenfalls sehr gepflegt. Nur etwas verrenkt sitzt er da. Der Edelstein sieht weiter genervt drein, und der Tilmann sagt: »Na ja, vielleicht feiern sie ja auch nur mich. Weil so ein Mord, das ist schon was. Du dummer Hund hast dich ja aus Versehen selber umgebracht. Das muss man erst mal schaffen. Wie die Roni dich bumsen konnte, weiß auch nur der liebe

Gott. Und jetzt schau nicht so belämmert, sondern lach doch mal. Schließlich sind wir hier im Himmel.«

Ich musste lachen, und die Malleck schaute verstört.

»Was ist denn so lustig?«

»Nichts ist lustig. Überhaupt nichts. Ich bin wohl nur ein bisschen übernächtigt. Der Winter hat uns gerade erzählt, wie das mit dem Holger passiert ist. Da möchte man glatt verrückt werden, wenn man so etwas hört.«

»Ja, grauenvoll«, sagte die Malleck, und irgendwie musste sie sich auch kurz auf die Zunge beißen, hatte ich den Eindruck.

»Viel Glück auf der Bühne«, beendete der Mandel die unangenehme Situation, und die Malleck gab ihm die Hand und drückte mich zur Verabschiedung.

»Aua«, sagte ich.

Der Mandel und ich setzten uns auf unsere VIP-Plätze, wo wir auch Lana wiedertrafen.

»Da seid ihr ja endlich. Es geht gleich los«, sagte sie.

»Wie war denn noch die Aussprache mit dem Schredder, äh, Martin?«, wollte ich wissen.

»Gut«, sagte die Lana.

»Gut?«, fragte der Mandel.

»Ja. Gut.«

»Aber wie kann die denn gut sein? Ich meine, das war doch ein lebensbedrohlicher biografischer Sprengsatz, den du da vorhin vor allen Leuten hast detonieren lassen«, sagte ich.

»Martin hat doch eh etwas geahnt. Oder Danny hat's ihm sogar erzählt. Ich kenn doch den Martin, das hätte ihn sonst viel mehr aus der Bahn geworfen«, sagte Lana, ohne dass es wie eine Entschuldigung klang.

»Der Danny?«, fragte der Mandel nach.

»Ja, Danny. Der hat seine Finger überall drin. Wenn es jemanden gibt, der alles weiß, bei dem alle Fäden zusammenlaufen, der die Geschicke von Leo immer entscheidend mitbestimmt hat, dann ist das Danny. Selbst vom Krankenhaus aus noch mit der schlimmen Krankheit. Was meint ihr, wie froh der Brocken war, als sie Danny im Krankenhaus behalten haben. Als die Diagnose mit dem Huntington kam. Endlich war er seinen größten Bremser los. Ohne Danny hätte er viel eher seine ganzen Marketingpläne um die Solokarriere von Leo verwirklichen können. *Tilmann – das Musical*, oder wer weiß, was da noch gekommen wäre. Danny lag als Einzigem das Gesamtwohl der Band am Herzen. Leo hat mal gesagt: Danny ist der eigentliche Chef von der Band. Nur er hat das geschafft, dass wir so viel Geld verdienen und uns trotzdem nie lächerlich gemacht haben.«

»Aha«, sagte der Mandel, und ich widersprach im Geiste heftig, was das Lächerlichmachen betraf. »Weißt du, dass die Polizei hier ist?«

»Die Polizei? Wegen Neumann und seinen Leuten, die hinter uns her sind?«

»Nein, weil sie jemand aus der Band verhaften wollen. Es gibt angeblich Beweise dafür, dass es jemand aus der Band war.«

»O nein«, sagte Lana.

Der Mandel schaute sie ernst an.

»Dann muss ich bei ihm sein. Ich kann hier nicht sitzen, wenn die ihn nach dem Konzert verhaften. Das bin ich ihm schuldig.«

Lana stand auf, und der Mandel hielt sie am Ärmel fest, was ungewöhnlich war, weil der Mandel ja eigentlich keiner ist, der andere am Ärmel festhält.

»Jetzt wart doch, Lana. Ich weiß doch gar nicht, wen sie verhaften.«

Lana riss sich los und lief zum Ausgang der VIP-Tribüne. Unten wurde das Licht gedimmt, es ging ein Raunen durch das Publikum, aber es war noch nicht soweit. Ein paar Roadies kamen auf die Bühne und stellten irgendwas an den Instrumenten ein. Einer drehte kurz die Gitarre laut, und ich fragte mich, wozu. Hatte man das nicht schon vorher überprüft, ob der Verstärker funktioniert? Bevor die zigtausend Leute da waren? Ein anderer schraubte an einem Verstärker herum, und der Dritte kontrollierte das vorderste Mikrofon. Ich glaube ja, dass das die fünfzehn Minuten Ruhm für die Roadies waren, damit sie später mal ihren Enkeln immer denselben Witz erzählen können, sie wären auch schon mal vor fünfzehntausend Leuten aufgetreten, hahaha. Aber apropos vorderstes Mikro: Ich fragte mich, wer heute überhaupt singen würde. Der Kai Bartels? Die Malleck? Xavier Naidoo?

»Ich kenn den Roadie da unten am vordersten Mikro. Das ist der, mit dem ich den Tilmann gefunden habe. In der Kiste«, sagte der Mandel.

Und da wundere ich mich immer, dass jemand wie der Mandel, der nie auch nur den geringsten Anteil an seinen Mitmenschen nimmt, so ein akribisches Phänotypen-Gedächtnis an den Tag legen kann. Immerhin saßen wir hier oben im VIP-Bereich, Ewigkeiten von der Bühne entfernt.

»Der Roadie hat die Kiste getragen, in der die Leiche vom Leo lag. Die Schlagzeugkiste. Das war der. Einer von den zweien«, sagte der Mandel.

»Ach ja?«, sagte ich, obwohl ich die Bewandtnis jetzt nicht so besonders fand. In dem Moment gingen die großen Videoleinwände links und rechts neben der Bühne an, vermutlich zu Testzwecken. Sie zeigten die Bühne in Nahaufnahmen. Der Mann, den der Mandel meinte, hatte keine Haare und einen äußerst symmetrischen Bart um den Mund herum. Olivgrüne Armeehose und ein schwarzes T-Shirt. Er kam mir bekannt vor. Die Videoleinwände gingen wieder aus.

»Der kommt mir bekannt vor«, sagte ich zum Mandel.

»Vielleicht hast du ihn auf dem Konzert im Kunstpalast gesehen«, sagte der Mandel.

»Nein, nein, ganz und gar nicht. Weißt du, woher ich den kenne? Der war bei der Eva-Braun-Demo in Babelsberg.«

»Bei welcher Eva-Braun-Demo in Babelsberg?«

»Hatte ich das nicht erzählt? Ich war doch zufällig bei der Malleck auf dem Filmset, und da …«

»Zufällig.«

»Mehr oder minder zufällig, aber ist doch egal jetzt. Ich war also da, und da hat so ein Auflauf von Idioten demonstriert, und der Roadie, der Kurzhaarige, das war einer der Bannerträger. Jetzt weiß ich es wieder genau: *Eva Braun – Deutschland bleibt dir treu* stand drauf. Ich seh's jetzt genau vor mir.«

Der Mandel riss den Mund auf. Und machte ihn wieder zu.

»Das gibt's doch nicht. Sigi, weißt du, was das heißt?«

»Dass es eine rechte Roadieszene gibt?«

»Depp. Das heißt, dass der Neumann einen seiner Lakaien in die Kreise der Band eingeschleust hat. Gegenspionage. Oder Schlimmeres als nur Spionage. Auftragsmord.«

»Aber wenn doch nur die DNA-Spuren der Bandmitglieder gefunden wurden?«

»Umso besser für den Neumann. Vielleicht hat sich der Roadie ein T-Shirt vom Bartels genommen oder einen vom Schredder seinen Schlagzeug-Handschuhen. Oder tatsächlich den Fender-Jazz-Bass.«

»Fuck«, sagte ich. »Das wär ja ein Ding.«

»Wir sagen das jetzt dem Winter, solange das Konzert noch nicht angefangen hat. Vielleicht überlegt er sich das noch mal mit der Schredder-Verhaftung«, befahl der Mandel.

Ich wollte etwas entgegnen, aber da ging das Licht aus, und die Leute kreischten, als wäre das der letzte Tag auf Erden.

Dann ging ein rotes Licht am hinteren Ende der Bühne an und umrahmte eine Projektion hinter dem Schlagzeug. Ein Bild vom Tilmann wurde sichtbar. In tiefes, stilles Rot getaucht in einer Fotografie, wie er schweißgebadet in ein Mikrofon schreit. Dann wurde seine Stimme eingespielt. Die Aufnahme stammte vielleicht aus einem alten Interview.

»Ich hab schon vor, ewig zu leben«, lachte der Tilmann auf Band. »Ich kann mir gar nicht vorstellen, jemals mit der Musik aufzuhören. Und die Leute da draußen lassen mich ja auch gar nicht.« Er lachte wieder. Dann machte die Aufnahme einer Gitarrenrückkopplung Platz, und der Kretschmann kam auf die Bühne, seine hässliche honiggelbe Les-Paul-Gitarre in der Hand. Ich weiß, ich weiß, die Les Paul ist ein Klassiker, und Gott und die Welt spielt diese Gitarre. Und es gibt Menschen, die nennen sie liebevoll »Paula«. Menschen, die immer wieder betonen, wie wichtig diese Gitarre für die Rockmusik ist, wegen Steve Hackett, Jimmy Page und Jeff Beck und zu allem Überfluss Slash. Und den Menschen sage ich immer wieder, dass diese Gitarre hässlich und schwer wie ein Felsbrocken ist und dieses Gedröhne von den Humbuckern jegliche Nuance im Akkordspiel verhindert. Selbst für Metal ist die noch zu breiig. Aber sie sterben nicht aus, die Les-Paul-Anhänger.

Auf den Kretschmann mit der Les Paul folgte der Kai Bartels mit seinem weißen Fender-Jazz-Bass und einem weißen Hemd. Er spielte ein tiefes E, und der Kretschmann fing an, irgendetwas zu dudeln. Kein Schredder. Das rote Licht hinter dem Schlagzeug wurde schwächer, der Tilmann zur Silhouette.

»Schön, dass ihr da seid«, sagte der Kai Bartels und streckte seinen Bass in Richtung der Leute. Die schrien sowieso weiter, egal, was der Kai Bartels sagte. Noch immer kein Schredder. Der Mandel war aufgestanden, aber nicht, um seinen Respekt vor der Band zu bekunden. Ich glaube, er sah sich nach dem Winter um. Der saß drei Reihen weiter hinten und nickte uns selbstgefällig zu. Dann schaute ich wieder auf die Bühne. Immer noch kein Schredder. Aber am Bühnenaufgang stand Lana, wenn ich das richtig sah. Und jetzt kam auch der Schredder. Sie umarmte ihn kurz, und er schlich zu seinem Schlagzeug. Jemand schaltete die Schlagzeugbeleuchtung ein, und der Schredder tauchte kurz über den Burgzinnen auf. Sein Gesicht war blau. Von dem Bühnenlicht. Er zählte bis vier, und die Band fing an. Der Bartels fing an zu singen. Das machte er gar nicht schlecht:

Dein Geheimnis
Dein dunkles Geheimnis
Du bist die Antwort auf die Fragen
Die sich keiner stellen traut
Bist die Plage aller Plagen
Deine Haut auf meiner Haut
Dein Geheimnis
Dein dunkles Geheimnis

Ich bring Licht in deine Wände
Ich schrei deine Stille nieder
Ich breche deine Widerstände
Doch ich frag mich immer wieder
Was ist dein Geheimnis
Dein dunkles Geheimnis

Die Leute sangen jedes einzelne Wort mit. Es war beeindruckend, das kann ich bei aller Verachtung für Musik und Text nicht abstreiten. Und ich muss zugeben, dass der Moment etwas Erhabenes hatte mit dem Hintergrund, dass der Tilmann nicht mehr am Leben war.

»Darf es noch etwas zu trinken sein?«, schrie mir jemand ins Ohr. Ich drehte mich erschrocken zur Seite, und da stand eine junge Frau in einer weißen Schürze und einem Tablett in der Hand. Der Mandel winkte dankend ab, obwohl ich gerne ein Weizenbier bestellt hätte.

Was ist dein Geheimnis, dein dunkles Geheimnis, sang der Kai Bartels.

»Ich hätte gerne ein Weizen«, sagte ich zum Mandel.

»Keine Zeit, wir müssen mit dem Winter reden wegen dem Roadie.«

Wir trafen den Winter vor dem Eingang zur VIP-Lounge. Der Mandel hatte ihn auf dem Weg nach draußen zu uns gewunken.

»Was ist denn jetzt schon wieder, Mandel? Machen Sie es kurz, ich will die Show sehen«, sagte der Winter.

Der Mandel erzählte dem Winter von dem Roadie. Der Winter sah sauer aus.

»Ihre große Erkenntnis tut leider nichts mehr zur Sache, Herr Mandel. Wir haben im Kopf vom Tilmann Holzfasern gefunden. Das Labor hat bestätigt, dass es sich dabei um Reste eines Gitarrenkorpus handelt. Daraufhin wurden alle Instrumente der Band konfisziert. Die Mikro-Splitter gehören zu einer Gitarre aus dem Besitz von Lars Kretschmann. Auf der wiederum haben wir dann Blutspuren vom Tilmann gefunden. Also erzählen Sie mir nichts von irgendeinem Bühnenarbeiter«, sagte der Winter.

»Mit der Gitarre. Fast, wie ich gesagt habe«, sagte ich.

»Und wo ist das Motiv?«, fragte der Mandel.

»Leo Tilmann unterhielt eine Affäre mit der Freundin von Lars Kretschmann. Einer Russin.«

»Litauerin. Sie ist Litauerin«, sagte der Mandel. Keine Ahnung, woher er das wusste.

»Ja? Ist das bewiesen?«, fragte ich.

»Steht vermutlich in ihrem Pass«, sagte der Mandel.

»Nein, ich meine die Affäre.«

»Ja«, sagte der Winter.

»Und wie?«, frage der Mandel.

»Eine Aussage dieser Frau. Sie ist mit der Ehefrau von dem Schlagzeuger befreundet und hat sich bei ihr ausgeheult. Unter anderem, weil Herr Kretschmann sie regelmäßig verprügelt hat.«

»Hmm«, machte der Mandel.

»Aber Sie können nicht diesen Roadie ignorieren.«

»Jetzt gehen Sie mir nicht auf die Nerven, Herr Mandel.«

»Aber zumindest verhören können Sie ihn.«

»Lehnen Sie sich zurück, genießen Sie die Show«, sagte der Winter und ging wieder auf seinen Platz.

Dem Mandel und mir blieb nichts anderes übrig, als weiter das Konzert zu schauen. Verschiedene Gastsänger aus anderen Bands kamen auf die Bühne. Sogar eine Rap-Version von »Totengräber« spielten sie. Mit den Leuten von Derbes Brett. Komisch, wie sich immer alle untereinander kannten. Wo blieb Xavier Naidoo?

Wenn es wirklich stimmte, dass der Tilmann Sex mit der Freundin vom Kretschmann gehabt hat, dann hätten wir das früher oder später für die Malleck herausgefunden. Auch keine schöne Aufgabe, die Vielweiberei vom Tilmann gegenüber der Ehefrau zu enthüllen. Man kann am Ende ja fast froh sein, dass uns die Ermordung vom Tilmann dazwischengekommen ist. Detektivbüro, was für eine Idee. Ein Leben lang Leute beim Fremdgehen ertappen, vielen Dank.

Das Grande Finale vom angeblich letzten DEMO-Konzert aller Zeiten hatte angefangen, als die Bedienung mir das dritte Weizenbier an den Platz brachte. Wegen mir könnte es bei jedem Konzert die VIP-Lounge sein, ich muss mich nicht zwingend mit dreißig verschwitzten Idioten an einer Theke aufreihen und hoffen, dass mich der Barkeeper sieht. Um dann, wenn er mich gesehen hat, vier Euro Extrapfand auf einen Plastikbecher zu zahlen, den ich nie zurückgebe, und selbst wenn ich ihn zurückgeben wollte, würde ich die Pfandmarke nicht mehr finden.

Das Licht auf der Bühne war jetzt aus, und ein weiteres Foto wurde hinter dem Schlagzeug auf der Videowand gezeigt. Diesmal war es der Tilmann mit der Malleck im Arm. Im anderen Arm hielt er eine Flasche holländisches Bier. Es war ein Schwarz-Weiß-Bild, aber es war ganz sicher im Sommer aufgenommen. Der Tilmann trug kein T-Shirt und die Malleck ein bauchfreies. Ihre Haare waren zerzaust, als hätte sie gerade Sex gehabt, und sie strahlte übers ganze Gesicht. Der Kretschmann spielte irgendein viel zu langes, gezupftes Intro mit tausend Effekten, und ich stellte mir vor, wie er dem Tilmann eine Gitarre über den Kopf zog in seiner desinteressierten Art. Ein Scheinwerfer richtete sich währenddessen auf das Mikrofon ganz vorne. Aus dem Dunkeln trat der Kai Bartels heraus und sagte:

»Auch wenn die beiden es nie geschafft haben, ein Duett zu singen, ich weiß, dass sie es immer vorhatten. Wir wollten ihnen das am Ende doch noch ermöglichen. Einen großen Applaus für unseren Ehrengast Veronika Malleck.«

Die Leute im Publikum wurden verrückt, und das lag nicht an der Standesamtbeamten-Ansage vom Kai Bartels. Die Malleck kam auf die Bühne in einem weißen Sommerkleid mit offenen Haaren. Sie wurde von hinten angestrahlt, überirdisch wirkte ihre Frisur in dem Moment. Hinter ihr war es stockfinster.

»Hallo ihr«, sagte die Malleck pseudoschüchtern.

»Es freut mich sehr, hier bei euch zu sein. Ich will nicht lange reden. Ich kann auch gar nicht. Ich vermisse Leo ganz furchtbar, und ihr sicher auch. Das hier ist für dich, mein Schatz.«

Der Schredder zählte zwei Takte vor. Sechsachteltakt. Dann ein völlig verhalltes Gezupfe vom Kretschmann mit so Zwischennoten. Obertönen, Flageolett genannt, aber Flageolett ist wirklich nur noch für Idioten heutzutage. Dann spielte jemand Klavier. Ach Gott, der Bartels am Klavier. Die hatten einen Flügel auf die Bühne geholt. Mir war unangenehm zumute, und ich fühlte einen leichten Schwindel heraufziehen. Vielleicht schämte ich mich aber auch nur wegen dem ganzen Pathos, dem man uns aussetzte. Ich schaute zum Mandel, der wie eine Schlange auf die Bühne starrte. Den Gesang vom Tilmann spielten sie vom Band ein. Den Rest der Strophe vollendete dann immer die Malleck. Im Refrain sangen sie zweistimmig.

Tilmann:
Ich will nicht, dass du gehst
Ich will nicht, dass du lebst
Ohne mich, weil ich dich
So sehr lieb

Malleck:
Ich kann nicht ohne dich
Vergess nie dein Gesicht
Wenn du das noch willst
Bleib ich hier

Malleck:
Und allein vergeht die Zeit
Unendlich grausamer als zu zweit

Tilmann:
Stell deine Uhr auf null
Und mach dich für mich bereit

Malleck & Tilmann:
Hier ist einer für die Ewigkeit
Hier und jetzt bleib ewig stehen
Niemand nimmt uns diesen Augenblick
Er kann nie wieder vergehen

Tilmann:
Die Zeichen an der Wand
Der Ring an deiner Hand
Sagen dir, dieser Sturm
Wird bald vergehen

Malleck:
Ich halt den Atem an
Es dauert nicht mehr lang
Dann wäscht der Regen
Uns hinweg

Die Malleck sang beileibe nicht schlecht. Jetzt erinnerte ich mich auch wieder an die Ballade. Weihnachten vor fünf Jahren. Ganz Deutschland hatte mitgeweint. Im Original damals mit der Sängerin von dieser Teenager-Popband gesungen, Name vergessen. Grausiger Schmonz. Eigentlich. Und vielleicht auch nicht. Ich wusste es plötzlich nicht mehr. Denn das Lied traf mich unerwartet und heimtückisch. Es riss mich mit. Nach unten. Wegen dem, was ich vorher schon mal gesagt habe. Dass erst der Verlust irgendeine beliebige Liebe zu einer großen Liebe macht. Und der Song und wie die Malleck ihn jetzt mit der

Stimme vom Tilmann aus dem Jenseits im Duett sang, das war der Verlust in seiner reinsten Essenz. Ich hielt mir die Hand vor die Augen, als der Schwindel anfing. Alles kam heruntergekracht. Die ganzen Umstände. Die Malleck. Der Mandel. Der Tilmann. Die Malleck in unserem Büro am ersten Tag, das letzte Konzert vom Tilmann im Kunstpalast, der Edelstein auf seinem Segelboot. Die Nacht in der Pension Odin, die Gewalttätigkeit im Koloss von Prora, die Sommersprossen von Lana. Der Schwindel. Alles kam in vollem Umfang zurück zu mir. Genau in dem Moment. Ich hatte das Gefühl, alles um mich herum wird immer größer. Der Mandel, die Leute, die Bühne, mein Weizenglas. Und ich als Mini-Sigi kaum mehr sichtbar in meinem bezogenen Stuhl in der VIP-Lounge. Ich glaube, ich war panisch. Und das alles wegen einer Ballade. Ich sah den Mandel an, und der starrte weiterhin auf die Bühne wie eine Schlange. Ich atmete tief ein und wieder aus. Der Schwindel verzog sich langsam, spätestens als der Kretschmann noch ein Solo spielte, hatte ich mich wieder etwas beruhigt.

»Gar kein schlechter Song, dieses ›Ewigkeit‹«, sagte ich zum Mandel, immer noch kurzatmig.

»Geht so«, sagte der Mandel.

Der Kretschmann ließ die hässliche Paula jaulen, während die Malleck sich einfühlsam an den Bartels lehnte, der jetzt nicht mehr Klavier spielte, sondern wieder ungerührt seinen Fender-Jazz-Bass. Ich hatte mich wieder beruhigt und dachte, was für ein Schmierentheater. Grotesk, dass mich ein Lied so mitnahm. Und einmal noch der Refrain und hinter dem Schlagzeug jetzt eine Art überdimensionale Dia-Schau mit Bildern vom Tilmann durch die Jahre. Der Tilmann früher mit grünem Irokesenschnitt, der Tilmann mit abrasierten Haaren, der Tilmann mit langen Haaren. Es war eine einzige Frisurenparade. Dann war die »Ewigkeit« vorbei.

»Danke. Danke. Ihr seid toll«, sagte die Malleck und verteilte Kusshände ans Publikum. Sie sah mehr nach Rockstar aus als jeder andere in der Band. Sie konnte mit dem Licht spielen. Mit dem Publikum und mit dem Mikrofon, das sie in den Händen hielt wie Zügel. Eine letzte Ansprache noch für die Leute, für uns:

»Bevor wir jetzt gehen«, sagte sie bedächtig, »noch ein letztes Wort. Viele haben Leo vorgeworfen, dass er sich verkauft hat. An die Medien, an den Erfolg. Dass ihn irgendwann nur noch der Jetset motiviert hat. Dass er abgehoben ist und sich entfernt hat von den Fans, die ihn groß gemacht haben. Leo war ein Lebemann, das weiß niemand besser als ich. Einer, der nie Nein zu einer guten Zeit sagen konnte. Aber im Herzen hat Leo immer die Musik getragen. Und egal, wie sehr Leo manchmal aus der Spur gekommen ist, im Grunde hat er das alles aus Liebe getan. Aus Liebe zur Musik und aus Liebe zu euch, die ihr ihm die Möglichkeit gegeben habt, sein Leben so zu leben, wie er es immer wollte. Ich glaube, es wäre in seinem Sinne, dass ich euch heute Nacht noch mal Danke von ihm sage. Danke, ihr Lieben.«

Publikum in Richtung Raserei.

»Und ich glaube auch, das hätte ihm gut gefallen, dass wir ihn heute Nacht so hochleben lassen«, lächelte die Malleck.

»Ciao, Leo. Wir werden dich nie vergessen.«

Ein Jubel, dass man denkt, die Regierung ist abgesetzt. Dann Licht aus, aber hinter dem Schlagzeug vom Schredder noch ein letztes Bild vom Tilmann und der Malleck. Sie sitzen auf der Rückbank eines Autos. Die Malleck in einem Hut mit Schleier. In einem weißen Kleid, weit ausgeschnitten. Sie lächelt verschämt. Neben ihr der Tilmann in einem weißen Anzug mit einer Flasche Champagner zwischen den Beinen und einer Zigarette in der Hand. Der Tilmann hat den Mund weit aufgerissen, als würde er schreien. Das war das bekannte Hochzeitsfoto, das damals auch in der Zeitung gewesen ist. Eine klassische Musik wurde eingespielt. Der Triumphmarsch aus *Aida*. Verdi, erkenn ich im Schlaf. Am Boden der Bühne das letzte matte Licht, damit man die Silhouetten der Band noch sehen konnte. Und die der Malleck, der heiligen Malleck. Trotz der peinlichen Ansagen eine Heilige heute Abend. Und alle Silhouetten bewegungslos im Verglühen des Bühnenbilds.

Dann riss die Musik ab, und das Saallicht ging an. So grell, dass es wehtat. Die Band und die Malleck standen für eine Sekunde noch auf ihren Positionen, aber drehten sich dann erschrocken um. Vier Polizisten kamen über den seitlichen Eingang auf die Bühne. Dahinter der Winter in seinem dunkelblauen Anzug mit der grauen Krawatte. Frisur saß perfekt, das konnte man auf den Videoleinwänden sehen, die noch ein paar Bilder von der Bühne übertrugen. Zwei Polizisten zerrten den Schredder hinter dem Schlagzeug hervor, dann erloschen die Videoleinwände. Der Winter war beim Bartels und sagte ihm etwas ins Ohr. Die anderen Polizisten führten den Kretschmann ab, und der Bartels wurde vom Winter persönlich von der Bühne geleitet. Die Malleck stand ratlos alleine im Licht. Fünfzehntausend Leute blieben für ein paar ewig dauernde Sekunden ruhig, bis sich langsam, aber bedrohlich ein Tornado aus gellenden Pfiffen erhob. Sofort kamen die Roadies und begannen, das Zeug abzubauen.

»Jetzt hatte der Winter ja doch noch seinen großen Auftritt«, sagte der Mandel.

Jemand schaltete Musik in der Halle ein. Es war die *Heaven And Hell* von Black Sabbath. Eine klassische Tontechniker-Platte. Erster Song natürlich »Neon Knights«, nichts Besonderes bis auf das grandiose Tony-Iommi-Solo. Der Mann war ja eigentlich nicht für seine schnellen Soli bekannt, aber das war anspruchsvoll und eingängig zugleich. Und zusammen mit dem auf der *Holy Diver* auch der beste Gesang von Ronnie James Dio.

Oh no, here it comes again
Can't remember when
We came so close to love before
Hold on, good things never last
Nothing's in the past
It always seems to come again
Again and again and again

»Hat der Winter grad die ganze Band verhaftet?«, fragte ich den Mandel, während Tony Iommi solierte.

»Sieht so aus.«

»So ein Fanatiker.«

Vor der Halle hatte sich schon jede Menge Presse und Polizei versammelt. Die Leute wurden beim Verlassen der Halle überwacht, damit keine Panik ausbrach. Da hatte der Winter immerhin vorgesorgt. Der Mandel und ich nahmen schleunigst ein Taxi zum Harry Wagner. Von da aus versuchte ich, Lana zu erreichen, aber sie ging nicht ans Telefon. Wir saßen noch eine Weile mit dem Harry Wagner in seiner Küche und tranken tschechisches Bier. Der Mandel und der Harry Wagner sprachen über Wishbone Ash. Der Harry Wagner behauptete, alles, was Wishbone Ash vor der *Argus* rausgebracht haben, hätte noch nicht diese Tiefe gehabt. Erst mit dem *Argus*-Konzept, wenn auch penetrant, weil biblisch, hatten sie eine Mystik in die Songs gebracht, die sie von den ganzen Bluesbrüdern damals abhob. Der Mandel stimmte zu, dass die *Argus* das Opus Magnum war, aber er fand die beiden Alben davor auch gut.

Gerade auf dem Debüt war doch mit »Errors Of My Way« schon ein wegweisender Twilight-Rock-Klassiker, und die zweistimmigen Gitarrenlinien gab es auch schon. Aber dann sind auf der ersten Platte so überflüssige Default-Rocknummern wie »Blind Eye«, die es zu der Zeit im Dutzend billiger gab, warf der Harry Wagner ein, und der Mandel konnte nicht widersprechen. Nach der *Argus* ist es aber endgültig bergab in Richtung Bluesrock gegangen, einigten sich der Mandel und der Harry Wagner. Ob der Mandel wüsste, dass Wishbone Ash ein großer Einfluss für Iron Maiden waren wegen der zweistimmigen Gitarren. Klar, sagte der Mandel fast abfällig, als wäre es unverschämt, so etwas überhaupt noch zu erwähnen. Bei zweistimmigen Leadgitarren würde man übrigens zu Unrecht immer die Allman Brothers vergessen, sagte der Harry Wagner. Klar, sagte der Mandel. Völlig zu Unrecht.

Ich dachte indessen an die Malleck. Dieses Bild von der Malleck in dem gleißenden Licht, alleine vor fünfzehntausend Leuten, das ging mir nicht aus dem Kopf. Später konnte ich nicht schlafen wegen dem Bild. Und wegen den Schmerzen in meiner Bauchdecke. Ich stand auf und nahm fünf Ibuprofen aus der Medizinschublade vom Harry Wagner.

Am nächsten Morgen stieg ich mit dem Mandel in den Zug nach Rügen. Die Fahrt dauerte ewig, und es gab nichts mehr zu reden. Ich versuchte, Lana zu erreichen, aber ihr Telefon war ausgeschaltet. In Binz holten wir das Fahrschulauto. Niemand hatte es abgeschleppt. Niemand hatte die Reifen aufgeschlitzt oder die Windschutzscheibe zerschlagen. Es stand immer noch auf dieser Einkaufsstraße nahe der Promenade. Drei Strafzettel. Und dann noch einmal dreieinhalb Stunden Fahrt, was für eine Heimreise. Den ganzen Tag auf der Straße, und ich wäre einfach nur gerne ins Bett gegangen und hätte vier Wochen durchgeschlafen. Und dann aufwachen, und die Verhältnisse hätten sich in meiner Abwesenheit von selbst neu geordnet.

Irgendwann während der Fahrt zog der Mandel aus seiner Innentasche die CD heraus.

»Hey, die haben wir jetzt gar nicht abgegeben«, sagte ich.

Der Mandel legte sie ins CD-Fach. Die CD begann mit einer Sprachaufnahme mit der Stimme vom Neumann, die Hintergrundgeräusche ließen auf eine Versammlung schließen.

»Wer Wind sät, wird Sturm ernten. Merkt euch das, Fratzen der Demokratie. Ein Sturm wird schon bald über dieses Land kommen, und danach wird das deutsche Volk wieder zu alter Stärke zurückfinden. Und jetzt, Volk, steh auf, und Sturm, brich los!«

Ich kicherte. Der Mandel gähnte. Danach drei Akkorde auf der akustischen Gitarre, und der Tilmann nölte los, als hätte er verlernt zu singen.

Ich bin allein. Ich bin ich selbst.
Die Freiheit nur zu tun, was mir gefällt.
Es ist die Zeit, es ist der Ort
Es ist Deutschland, es ist Mord

Ihr könnt euch horten
Ihr könnt laut schreien
Ihr könnt heut immer noch von gestern sein.

Ihr brecht uns nicht
Habt kein Gewicht
Ihr bleibt in eurem Menschenhass allein

»Ui, ui, ui«, sagte ich.

»Hmm«, machte der Mandel und drückte ein paar Nummern weiter. Bald hatten wir den epischen Song über den Neumann gefunden, den Lana gemeint hatte. Es begann mit einem Rezitativ vom Tilmann.

Leschwitz, nichts kann dich aus dem Kopf löschen.
Die Toten, die Schreie, den Hass.
Der Abdruck des Todes bleibt
Ein Stigma auf deinem Leib.

In deiner Familie
In deiner Tradition.
Steht der Hass
An erster Position

»O je«, sagte der Mandel.

»Mach's aus«, sagte ich.

»Wusstest du, dass Johnny Cash in den Sechzigern mal ein Konzeptalbum für die Indianerbewegung aufgenommen hat?«, fragte der Mandel.

»Nein. Echt?«, sagte ich.

»Hat keine Sau gekauft, die Platte«, sagte der Mandel.

Dreiundzwanzig

Der Mandel hätte mich auch nach Hause gefahren, aber mir war es lieber, wenn er mich im Büro absetzte. Das mag jetzt merkwürdig klingen, aber irgendwie hatte ich ein Bedürfnis, mich alleine in das dunkle Büro zu setzen und aufs Nordufer hinauszuschauen. Der Dieter wartete ebenfalls am Nordufer auf uns, denn er wollte dringend nach Hause fahren, und ihm fehlte der Wagen dafür.

»Na, wie war's in Hamburg?«, fragte der Dieter, der an der Schreibtischhälfte vom Mandel saß, als wir das Büro betraten.

»Ach, ganz nett«, sagte der Mandel.

»Gehst du morgen wieder in die Fahrschule?«, fragte der Mandel seinen Bruder.

»Klar. Deshalb muss ich jetzt auch dringend los.«

»Das klingt doch gut.«

»Ich hab keine Lust auf die Fahrschule grade«, sagte der Dieter.

»Das tut mir leid«, sagte der Mandel.

»Kannst du doch nichts dafür.«

»Es ist ein Fax gekommen«, sagte der Dieter und drückte dem Mandel ein Blatt in die Hand.

Der Mandel studierte das Fax, und ich studierte das Gesicht vom Mandel. Eine allumfassende Müdigkeit war alles, was das Gesicht vom Mandel noch hergab.

»Aha«, sagte der Mandel.
»Aha?«, fragte ich.
»Das ist vom Winter.«

Verehrte Mitarbeiter der
Detektei Mandel und Singer,
ich habe der Vollständigkeit halber heute nochmals den Bühnenarbeiter Malte Hanisch untersuchen lassen, obwohl wir nach unserer ursprünglichen Zeugenbefragung ausgeschlossen hatten, dass jemand der Bühnenarbeiter an dem Mordfall beteiligt war. Nichtsdestoweniger – und da räume ich gerne ein Versäumnis ein – konnten wir durch einen Informanten eine Verbindung von Hanisch zu den Kulturfreunden des Nordens belegen. Kurioserweise hat eine biografische Überprüfung von Herrn Hanisch weiterhin ergeben, dass er zeitgleich mit Frau Malleck auf dem Schiller-Gymnasium in Köln 1994 das Abitur abgelegt hat. Im Moment halten wir allerdings aufgrund von Indizienbeweisen an einem Täterkonglomerat innerhalb der Band fest. Ich bleibe dabei, dass Sie meine Ermittlungen eigentlich nichts angehen, aber immerhin stammt der Tipp von Ihnen, und vielleicht finden Sie noch etwas mehr dazu heraus, und Sie lassen es mich wissen. Vielleicht wird ja doch noch irgendwann ein Krimineller aus Ihnen.
Grüße,
Dr. T. Winter
(Leiter Achtes Mordkommissariat, Keithstraße)

»Zusammen Abitur«, sagte ich.
»Unglaublich«, sagte der Mandel.

»Willst du da nachhaken?«, fragte ich.

»Nein«, sagte der Mandel. »Du?«

»Nein. Ich will nirgends mehr nachhaken«, sagte ich.

»Ich fahr jetzt heim«, sagte der Mandel.

»Soll ich dich fahren?«, fragte der Dieter.

»Nein«, sagte der Mandel.

»Dich?«, fragte der Dieter mich.

»Nein, danke.«

Der Mandel hatte schon den Türgriff in der Hand, als es mir einfiel.

»Du, eins noch.«

»Ja?«, sagte der Mandel.

»Warum hast du denn Peter Maffay auf deinem Telefon?«

»Recherche«, sagte der Mandel.

Die Mandels traten raus in die Dunkelheit, während ich alleine im Büro blieb und alle Lichter eingeschaltet hatte. Vielleicht hätte ich jetzt die Malleck angerufen, aber ohne mein altes Telefon war die Nummer weg. Und es gab keine andere Möglichkeit, sich bei der Malleck zu melden. Ich hatte keine E-Mail-Adresse von ihr und keine Telefonnummer. Ich hätte schon zu ihrer Wohnung fahren müssen. Ich blieb aber an meiner Schreibtischhälfte sitzen. Und wer weiß, ob sie überhaupt schon aus Hamburg zurück war.

Es waren nur vier Wochen vergangen, seit die Malleck hier in diesem Büro ihre Maschinerie angeworfen hatte. War es das jetzt? Waren die Tilmann-Kriege jetzt vorbei? Und wer hat überhaupt gewonnen? Und was machten wir jetzt mit dem Büro? Wenn man einmal im Krieg war, geht man ja auch nicht einfach so problemlos wieder in seinen alten Beruf zurück. Da sind schon viele dran gescheitert, an der Resozialisierung. Ich würde auch nicht mehr zurückgehen. Ich würde bleiben. In dem Leben, das wir mit der Malleck begonnen hatten. Es war vielleicht ein wenig abgründiger, aber es kam mir deutlich realler vor als das, das ich vorher gelebt hatte. Ich nahm mir den Praxisratgeber für Detektive aus dem Schrank und las da weiter, wo ich vor ein paar Wochen aufgehört hatte. Ich wollte jetzt nicht heimgehen.

Kann sein, dass ich eine Stunde lang gelesen habe, kann auch sein, dass es weniger war. Irgendwann klopfte es an der Scheibe, und ich hatte bestenfalls den Hausmeister erwartet, wunderte mich aber sonderbarerweise auch nicht darüber, dass es die Malleck war. Ich machte ihr auf.

»Hi, Sigi. Du warst nicht zu Hause und nicht am Telefon. Dachte, ich probier hier mal mein Glück.«

»Glück ist gut«, sagte ich.

Die Malleck trug ein T-Shirt und eine schwarze Lederjacke drüber. Jeans, keinen Rock. Turnschuhe.

»Gute Stimme«, sagte ich.

»Äh, ja, danke.«

»Wird's auch Aufnahmen mit der Band geben?«

»Vielleicht ein Live-Album. Und der Kai wollte ein paar Songs für mich schreiben. Aber das ist alles noch nichts Festes.«

»Klingt gut«, sagte ich.

»Sigi«, sagte die Malleck.

»Ja?«

»Ich wollte nur sagen, dass es mir leidtut, dass ich euch da mit reingezogen habe in das ganze Desaster. Und dass ich mich revanchieren will. Ich zahl euch eine Aufwandsentschädigung, und ich kann euch sicher auch den einen oder anderen Kunden besorgen. In meiner Branche gibt es immer irgendetwas auszukundschaften. Ich kenne Journalisten vom Boulevard, die eure Unterstützung brauchen könnten. Das gibt's in England ganz oft, dass die Detektive beauftragen, um ein bisschen mehr herauszufinden über die Prominenten.«

»Ja, ich weiß, das nennt man schwarze Künste«, sagte ich.

»Ach, das ist ja lustig«, sagte die Malleck, und wir standen immer noch in der Tür, steif wie zwei Beamte.

»Setz dich doch«, sagte ich und war versucht, ihre Hand zu nehmen. Ich riss mich zusammen.

»Ich muss gleich wieder los. Ich wollte dir nur sagen, dass es schön war, dich ein bisschen kennenzulernen. Es ist grade nur leider kein guter Zeitpunkt, das fortzuführen. Kannst du das irgendwie verstehen?«

»Klar. Klar, ist doch kein Ding. Nach den ganzen Dingen«, sagte ich.

»Hass mich nicht«, sagte die Malleck.

»I wo. Warum denn?«

Dann stellte sie sich auf die Zehenspitzen wie ein kleines Mädchen und küsste mich auf den Mund. Ganz still und andächtig.

»Ciao, Sigi.«

»Ciao, Roni.«

Die Malleck drehte sich um und war schon fast draußen am Nordufer.

»Äh, Roni«, sagte ich nach draußen.

»Ja? Was ist denn noch?«, fragte die Malleck und kam wieder einen Schritt nach drinnen. Und ich weiß selbst nicht, was mich dann geritten hat. Es ist einfach nur aus mir herausgebrochen, vielleicht weil ich ihre gönnerhafte Art nicht auf mir sitzenlassen wollte. Vielleicht war es wirklich nur die gekränkte Eitelkeit, als ich zu ihr sagte:

»Jetzt muss ich dir doch noch kurz was erzählen. Ich weiß, das klingt ein bisschen weit hergeholt, aber der Mandel hat ja die Theorie, dass du dir selbst den Leo hast vom Hals schaffen lassen. Weil du damit quasi fünf Fliegen mit einer Klappe schlägst. Erstens blamiert der Leo dich nicht mehr mit seinen

Affären, zweitens macht sein Tod dich zur totalen Berühmtheit, drittens musst du dich nicht mehr mit dem Neumann herumärgern und dem Soloalbum, viertens hat dich das jetzt im Nachhinein mit Lana wahnsinnig verletzt, weil eigentlich hättest du ja gerne ein, zwei hochbegabte und gut aussehende Kinder von ihm bekommen, und fünftens kannst du in Zukunft über seine Tantiemen verfügen, und das dürfte eine Menge sein bei so viel Airplay. Grade im Moment spielen sie die neue DEMO-Platte rauf und runter. Bis auf den emotionalen Verdruss also eine einzige Win-win-Situation. Und weil du dir die Hände natürlich nicht selber schmutzig machen wolltest, hast du über deinen alten Kumpel Malte Hanisch mit der Neumann-Truppe paktiert. Dass die eh grade nicht so gut auf den Leo zu sprechen sind, hat dir dein Liebhaber, der Edelstein, geflüstert. Aber zum Paktieren mit dem Neumann hast du den Edelstein dann gar nicht gebraucht. Denn das kam dir nicht ungelegen, dass dein alter Schulschwarm, der Hanisch, ideologisch ein bisschen verrutscht ist und für seine Eva Braun alles getan hat. Der Neumann wiederum hat dafür gesorgt, dass er selbst nicht den Schwarzen Peter im Mordfall Tilmann zugeschoben bekommt und hat ganz fachmännisch die Tat auf den Kretschmann gemünzt und den Tatort entsprechend präpariert, was natürlich nur ging, weil der Hanisch als Roadie die Drecksarbeit erledigt hat. Zum Kretschmann hattest du auch am wenigsten Bezug, oder? Den Hanisch hast du vorher natürlich dem Leo als neuen Bühnenarbeiter empfohlen. Aber jetzt fehlten noch die Aufnahmen, von denen du dem Neumann versprochen hast, sie zu löschen, bevor es zu einer Veröffentlichung kommt. Aber der Mandel und ich waren ja eh auf der Suche, und du hast gehofft, dass der treudoofe Sigi dir sicher Bescheid sagt, wenn er sie hat. Aber da hat dir Lana einen Strich durch die Rechnung gemacht. Jetzt musst du im Nachhinein die Band dazu bringen, die Aufnahmen nie zu veröffentlichen, notfalls wirst du dafür der neue Frontmann bei DEMO, oder du gehst vor Gericht, was den Millionen von Tilmann-Fans allerdings sauer aufstoßen dürfte. Bis gestern hat eigentlich alles super funktioniert. Aber dann hat der Winter gleich die ganze Band festgenommen statt nur den Kretschmann. Dabei war das alles so gut eingefädelt mit der Litauerin vom Kretschmann. Du wusstest wahrscheinlich, dass die scharf auf den Leo war, und hast ihm auch noch so eine Art Freibrief ausgestellt, nach dem Motto: Tob dich ruhig mal aus. Und als der Leo sich genügend ausgetobt hatte, war die Litauerin gekränkt und hat in ihrer Wut alles dem Kretschmann und ihrer Freundin Irina erzählt, die der Winter dann als Zeugin benutzen konnte. Dumm nur, dass ich den Malte Hanisch erkannt habe. Ärgerlich, dass man so Leute wie die Kulturfreunde des Nordens nie von ihren idiotischen Kundgebungen abhalten kann. Die alberne Demonstration in Babelsberg mit dem Hanisch war dir sicher peinlich. Weil ohne die Kundgebung und den Malte Hanisch wäre der Mandel ja gar nicht auf seine Theorie gekommen.«

»Nicht im Ernst, Sigi, oder?«, sagte die Malleck.

»Ach so, ja, bleibt die Frage, warum du uns überhaupt diesen Beschattungsauftrag erteilt hast. Der Mandel denkt, dass du so an die Aufnahmen kommen wolltest. Du wusstest ja auch nicht, wer sie hatte, aber dass der Tilmann von irgendjemand eine zweite Meinung beziehungsweise ein Lob für seine gesellschaftliche Großtat brauchte, das war dir klar. Und dass er seinen Frauen unbedingt immer seine Musik vorspielen muss, das kennst du ja auch noch von früher. An Lana hast du gar nicht gedacht, oder? Dass der Urbaniak uns dann auch noch explizit damit beauftragt hat, die Aufnahmen zu suchen, war reiner Zufall, sonst hättest du das früher oder später getan.

Aber gottseidank haben wir uns ja eh an dich gewendet, statt für den Urbaniak zu arbeiten. Wie gesagt, jetzt hat der Bartels die Aufnahmen, aber mit dem lässt sich ja sicher reden, oder?«

»Das ist ein Scherz, oder?«, sagte die Malleck

»Ja, ja, das ist natürlich nur eine verrückte Spekulation, die der Mandel sich so zusammengereimt hat vorhin, als wir zusammen im Büro saßen. Er ist ja grade erst weg. Das ist nicht auf meinem Mist gewachsen. Aber interessant ist es schon, wenn man das mal so durchspielt. Findest du nicht?«

Die Malleck sah mich an, als würde ich auf dem elektrischen Stuhl sitzen. Mit einer Mischung aus Mitleid und Neugier.

»Das ist wirklich traurig, dass du so denkst, Sigi.«

»*Ich* denk ja nicht so. Der Mandel, wenn dann«, sagte ich.

Die Malleck, die immer noch in der Tür stand, drehte sich weg und trat aus dem Büro raus ans Nordufer. Ich schaute ihr nicht nach. Ich starrte nur ins Dunkle, auf die Bäume, die den Kanal verdeckten. Irgendwo sprang ein Auto an. Ich nahm meinen Detektivratgeber mit aus dem Büro, löschte das Licht und schloss die Ladentür ab. Die Luft draußen war mild und roch angenehm frisch. Egal, was für Wetter noch kam, den Sommer konnte jetzt niemand mehr verhindern.